차례

Illustration
가지구이

원수를 외나무다리에서 만나면, 흔들어라

멜라스 정상 회담, 마지막 회의 날.

갓 동이 텄을 때, 혜지아나는 말했다.

"이제."

손에 힘이 들어갔다. 혜지아나는 움켜쥐고 있던 포크를 팬케이크에 내리꽂았다.

가벼운 아침식사용 접시와 식기를 얹은 식탁이 흔들렸다.

"할센라비온만 따먹으면 되네!"

혜지아나의 투기 가득한 표정을 보고, 리시와 로미나는 찻잔을 미리 들고 있어서 다행이라고 생각했다. 물론 이런 일이 있을 거라고 생각해서 들고 있었던 건 아니었다.

"따먹는다니 정력이 아직도 왕성하신 듯하여 무척이나 안심이 됩니다, 성하."

"적절한 언어표현이군요. 팔목상대할 만큼 성장하신 듯하여 이 로미나는 무척 기쁩니다."

"아, 아니. 이건 좀 흥분해서…!"

언어 사용의 부적절함을 깨달은 혜지아나가 급하게 입을 막았다.

"아…. 아니."

하지만 혜지아나는 잠시 생각하는 표정을 짓더니 포크에 꽂힌 팬

케이크를 쳐다보았다. 감미로운 벌꿀이 따뜻한 팬케이크에 듬뿍 스며들어 있었고, 따뜻한 훈풍에 실린 달콤한 향기가 코끝을 간질거렸다.

"이제 와서 뭔 상관인가, 까짓것 따먹으면 되지."

"성하!"

"정말 성장하셨군요!!"

감탄의 박수가 양옆에서 터졌다. 헤지아나는 그들의 찬탄을 말리지 않고 결의를 담아 팬케이크를 씹으며 말했다.

"이간도 얼마 어꼬 후다…."

"성하, 드시고 말씀하십시오, 드시고."

"시간도 얼마 없네. 얼른 일을 성사시켜 놓고 봐야 뭐가 돼도 되겠지!"

리시가 권한 홍차보다는 우유를 꿀꺽꿀꺽 넘기며 헤지아나가 말했다.

"일단 몸부터 맞춰 보면 무언가 변화가 생겨서 그놈이 며칠 정도는 더 라스할드에 머무를지도 모르네. 기한이 얼마 남지 않았어. 내일모레 아침까지, 모든 수단과 방법을 동원해서 침대로 끌어들여야 하네…!"

"성하, 정말로…."

감탄하다 못해 눈가가 그렁그렁해진 로미나의 모습은 무시하고, 헤지아나는 머리를 돌려보았다.

대체 어떻게 할센라비온을 침대에 자빠뜨릴 수 있을까. 마음은 급하고 의욕은 끓어 넘쳤다. 그러나 그 결과에 닿기 위한 방법으로 무엇을 선택해야 할지 알 수가 없었다. 역시 제일 선택하기 쉬운

길은,

"납치, 감금, 능욕 3종 세트가 좋겠습니다. 성하."

"리시."

헤지아나는 근엄한 표정으로 제안하는 리시를 보며 미간을 찌푸렸다. 헤지아나의 손이 리시의 어깨에 얹어졌다.

"자네도 굉장히 이 일에 익숙해졌군."

격려하듯이 헤지아나의 손이 리시의 어깨를 두들겼다. 리시가 살풋 웃으며 헤지아나에게 송구하다는 듯이 대답했다.

"과찬이십니다, 성하. 성하의 성장만 하겠습니까?"

"성하, 정말로 많이 성장하셨군요! 이 로미나는 너무나 기쁩니다!"

"자네는 대체 왜 우는 건가…."

헤지아나는 자신의 옆에 무릎 꿇고 앉더니 옷자락을 붙잡고 눈물을 닦아 내는 로미나를 밀어내며 질린 표정으로 말했다. 그러나 로미나는 자신을 밀어내는 헤지아나의 손을 슥 피하더니 물었다.

"그래서 가일란 대표는 노예가 된 건가요?"

"어머, 노예인가요? 그러고 보니 제가 가일란 대표 이야기는 듣지 못했군요."

"제가 성하께 들은 바로는 아주 확실하게 그쪽입니다."

"아니, 그러니까 로미나 자네에게 이야기할 때엔 확신 못 했다고…."

"그래서 제가 드린 도구는 써 보셨습니까?"

"아, 아니…. 그게…."

생각해 보니 정작 그 도구는 쓰지도 못했다. 헤지아나는 아쉬워

하는 로미나의 얼굴을 보고는 대신 재미있는 이야기를 해 주기로 했다.

"그렇지만 도구 없이도 재미있는 건 할 수 있더군."

듣고 싶으냐는 듯 헤지아나가 씩 웃었다. 그 모습을 보고 리시가 입을 벌렸다.

"성하, 처음의 부끄러워하던 모습은 더 이상 온데간데없군요…."

"대체 언제까지 부끄러워해야 하는 건가?"

"아닙니다. 놀려먹는 재미가 있었기 때문에 아쉽지만 역시 성하의 성장을 반겨야겠죠."

"놀려…?"

"하여간 가일란 대표에게 뭔 짓을 하신 건가요?"

리시가 재빨리 말을 돌렸다. 헤지아나는 찌뿌둥한 표정으로 잔을 집어 남은 우유를 마셨다.

"루시올과 하는 걸 보게 하거나."

"네? 셋이서?"

"아, 아니. 그건 아니고. 그리고 발받침으로 삼거나."

"아니, 언제 그런 플레이도 익히셨죠?"

"그, 그냥…. 뭐든지간에 힘들고 고통스러운 걸 좋아하길래 이것저것 해 보다가…. 아, 아니 그런데 이것도 플레이인가?"

"꽤 고전적인 플레이입니다. 그런 플레이를 통해 비인격적인 존재, 주인의 도구라는 것을 각인시켜 주는 것이지요."

로미나가 눈을 빛내더니 입술을 쓱 닦았다. 물론 그녀는 자기 자리에 앉아, 다시 식기를 든 상태였다.

"이제 성하의 실행능력은 걱정할 필요가 없겠습니다. 황제를 감금조교합시다."

"마침 제가 근자 황제의 동태를 살폈습니다."

"과연 리시 추기경이군. 내 일을 믿고 맡길 수 있는 건 자네뿐일세."

"성하, 저는요?"

"호호, 과찬이십니다. 하지만 칭찬이 듣기 나쁘지는 않군요."

"나도…."

"자네가 모아 온 정보니 쓸 만하겠지. 그럼 요즘 황제의 동태는 어떤가?"

"칭찬…."

멜라스의 양극 국가, 서의 극 이비아네라.

그 극의 극이자 정점인 황제를 노리는 어두운 계략이, 신의 축복이 쏟아지는 밝은 햇살을 씨실로, 맑은 은잔이 부딪히는 듯한 청아한 웃음소리를 날실로 하여 짜이기 시작하였다.

◆◈◎◈◆

"기분이 안 좋아."

이비아네라의 극존, 그리하여 그 나라의 이름을 쓸 수 있는 단하나의 인물.

황제, 할센라비온은 오감을 찌르는 은근하고 음습한 예감을 느꼈다. 그것을 무엇이라고 해야 할까. 전혀 겪어 본 적 없는 오싹함이어서 그는 그 예감에 이름을 붙이는 것을 포기했다.

기분 탓이겠지.

할센라비온은 턱을 따라 흐르는 땀방울을 손으로 훔치며 숨을 깊이 들이쉬었다. 가슴이 크게 부풀고, 길게 뻗은 목을 따라 흘러내린 땀은 가슴 위를 구르며 사라졌다.

할센라비온이 움직임을 멈추자 대기하고 있던 수행원이 그에게 수건을 건네주었고, 그는 수건으로 자신의 흑단 같은 머리카락 사이에 스며든 땀방울을 닦아 내며 아침연습을 끝냈다. 물은 마른 입 안을 축일 한 모금만 입에 머금고, 충분히 미지근해진 다음 삼켰다. 그 짧은 시간 동안 이 라스할드의 푸른 하늘에서 떨어지는 햇빛은 금세 어깨를 따뜻하게 데웠다.

"좋은 날이군."

할센라비온이 낮게 중얼거렸다. 물론 이 라스할드에 있었던 약 2주간의 시간 동안 나쁜 날씨를 본 적이 없었다. 좋은 곳이었다. 따뜻하고, 선선하며, 평화롭고, 안전한…

어울리지 않는 곳.

할센라비온은 잠시 눈을 감았다. 햇빛이 눈꺼풀을 통과해 눈을 적셨다. 언뜻 보이는 붉은 빛은 햇빛의 색인지, 눈꺼풀에 비치는 피부의 색인지.

잠시 눈을 감은 채 아침 햇살을 받고 있던 할센라비온이 눈을 뜨며 말했다.

"먼저 가라. 혼자 있고 싶다."

"알겠습니다."

군말 없이 수행원들이 주변의 물건을 정리하여 숙소로 향했다. 할센라비온은 잠시 맨몸으로 햇빛을 더 받고 있다가, 몸이 충분히 식었음을 깨닫고 옷을 걸쳤다.

오늘 오후의 회의가 마지막 회의였다. 그리고 내일 폐회식, 내일모레 아침에는….

"…가기 싫군."

아니, 하지만.

"가야 해…."

계속 살아왔던 곳으로 가야 한다. 갑작스러운 피로감이 어깨를 짓눌렀다.

대체 이것들은 언제 끝날까. 그러나, 끝을 내기 위해서는 계속 움직여야만 한다. 할센라비온은 느린 걸음으로 교황청의 정원을 거닐었다. 언제 걸어도 좋은 곳이었다. 특별히 아름답지 않지만 묘하게 마음에 들었고, 할센라비온은 그게 역시 볕 좋고 물 좋은 환경 때문에 뭐든 좋아 보이는 거 아닐까 생각했다.

이비아네라는, 대장벽에 가까운 남부면 모를까 대격벽에 가까운 북부는 날이 화창한 경우가 드물었다. 흐린 것은 기본이고 비가 내렸다 바람이 불었다 제멋대로인 날이 더욱 많았다. 심지어 수도 비리스는 현재 한창 물안개가 낄 때 아닌가.

북부와 유사한 대격벽성 기후에 대격벽의 괴물들까지 처리해 온 이비아네라가 무를 숭상하는 것은 당연한 흐름이었을 것이다. 그 무가 최초에는 자연과 싸우기 위한 것이었다면, 시간이 흐르며 사람과 싸우는 것으로 발전한 것이 현재.

"후."

낮은 한숨을 내쉬며 할센라비온은 소매를 걷어 자신의 팔을 만져 보았다.

그 검성— 황태자 놈보다 가늘다. 물론 그는 생각처럼 우락부락한 자는 아니었고, 보통 사람보다 좀 더 튼튼해 보이는 정도였다. 그리고 자신의 몸 역시, 보통 사람과 크게 다른 부피를 갖고 있진 않다.

딱, 그냥 보통 사람 같아 보인다.

딱 그 정도.

"대체 뭐가 문제인 거지?"

이맛살을 찌푸리며, 할센라비온은 자신의 팔을 쥐어 보았다.

부하 중에는 근육이 비대하게 부푼 자들도 있다. 그러나 자신의 몸은 지방질이란 찾아볼 수 없는 마른, 그나마 훈련을 통해 채워 넣은 근육뿐이고, 부풀거나 비대해질 낌새는 전혀 없었다. 결국 힘이란 근육량의 문제이고 그래서 경지에 이르지 못했나 생각했다. 그러나 저 황태자를 보니 그것이 문제는 아닌 거 같고.

"짜증스럽군."

뱉듯이 말하고 할센라비온은 회랑에 들어섰다.

지붕이 그늘을 만들어 몸을 식혔고, 기둥 사이사이로 보이는 연둣빛이 짜증을 가라앉혔다.

오늘은 어디서 쉬는 게 좋을까. 밖에서 쉬면 쓸데없는 방문객이 나타나 거리를 두었다만, 어차피 돌아갈 날이 얼마 남지 않았으니….

"오늘 아침도 성실하시군요."

앞에서 들려오는 목소리에, 할센라비온은 고개를 돌렸다.

"할센라비온 황제."

"—교황 성하."

이 여자는 왜 여기 갑자기 나타났지?

할센라비온은 일단 보라색 눈동자를 굴려 주변을 살펴보았다. 그녀 외에는 아무도 없었다. 비웃음 비슷한 것을 띤 얼굴로, 그는 헤지아나를 쳐다보았다.

"이곳엔 웬일이신지. 제가 있는 것을 알면서도 부러 온 것이신지요? 그렇다 함은."

느리게, 발끝을 끌듯이, 하지만 한달음에 헤지아나와 간격을 좁힌 할센라비온이 입 끝만 올려 웃으며 말했다.

"제가 그리도 보고 싶으셨습니까?"

"말하자면, 그렇다고 할 수 있겠군요."

"호오."

할센라비온이 순수하게 감탄에 찬 소리를 냈다. 표정은 감탄보다는 비웃음에 가까웠지만 말이다. 이전에는 가까이 다가간 것만으로도 바싹 긴장하더니 제 발로 찾아오는 이유는 무엇일까.

황제는 속으로 교황이 꺼낼 이야기들을 생각해 보았다.

'아마도 평화를 유지할 방법을 제시하고 싶겠지.'

그러나 이미 황제는 교황이 제안한 '평화의 방법'을 거절했다.

교황이 제일 원하는 것은 싸움이 커지는 것을 막는 것. 유랑 민족과 제국의 싸움이야 막을 수 없겠지만, 그 배후로 추정되는 서쪽 연합이 제국에게 배후로 지목되어 보복당하는 것은 막고 싶을 것이다. 그러니 '서쪽 연합과 손을 잡고 유랑 민족을 몰아내라' 같은 얼토당토않은 소리를 한 것이겠고.

그러나 맨입으로 체면을 포기하라고 요청할 순 없다. 제국이 보복을 포기한다면, 교황청은 그에 합당한 대가를 내놓아야 한다. 그렇다면 보통, 이런 때에 '황제'는 뭘 원할까. 생각해 본 결과, 제일 매력적인 제안은 이것이었다.

'헤이엘피나 공작의 대관식 불가.'

신의 이름 아래에서는 황금 옥좌에 앉은 이라 해도 그저 사람의 자식일 뿐.

권력은 신에게서 오는 것이고, 신의 대리자들은 대관식에 참석해 그들의 왕권이 정당함을 선언했으며 그 전통과 힘은 여전히 유의미했다. 때문에 교황의 힘이 예전과 같이 강하지 않더라도 교황의 호출을 거절하지 못하고 이 회의에 참석한 것이기도 하고.

그러므로 헤이엘피나 공작의 대관식을 허용하지 않는다는 것은 그의 권력을 인정치 않겠다는 선언이 된다. 매우 세심하고 정갈한 거래였다. 내부에 위협적인 존재가 있는 지배자가, 그 지배권을 허락하는 종교의 장에게서 받아낼 수 있는 정적 제거용 최강의 패.

그 패라면 서쪽 연합을 공격하지 않겠다고 약조하는 것 정도는 어렵지 않다. 다만, 교황청이 서쪽 연합에게 어떤 내용의 성명을 발표하게 할지, 어떤 외교적 압력을 줄 수 있는지 논하는 정도의 마무리는 해야 할 터.

'성사만 된다면 아쉬울 것 없는 거래야.'

할센라비온은 잠시 헤지아나를 쳐다보았다. 말끔한 눈빛이 이쪽을 말없이 쳐다보고 있었다. 파란 눈동자가 햇살이 비치는 한여름의 깊은 바다처럼 빛났다.

사실, 정말로 서쪽 연합이 유랑 민족의 배후라고 생각하지는 않는다.

의심스러운 것은 카람찬트 황태자였다. 하지만 연결점은 찾지 못했다. 때문에 자신과 같이 이도저도 하기 어려운 이에게 교황이 저런 매력적인 제안을 한다면, 대부분은 지금을 넘길 수 있는 좋은 패로 여길 것이다.

그러나— 내가 그것을 원하지 않는다면?

할센라비온은 생각을 끝내고 헤지아나를 쳐다보았다.

"이야기는 충분히 한 듯한데, 무슨 이야기신지?"

아무렇지도 않게, 할센라비온은 헤지아나의 어깨에 손을 올렸다. 헤지아나의 파란 눈이 흘끔 어깨에 얹어진 손을 쳐다보았지만, 그뿐이었다. 눈동자는 다시 미끄러지듯 움직여 자신을 내려다보는 보라색 눈동자를 응시했다.

"궁박한 상황을 벗어날 묘책을 마련하셨다더군요."

"묘책?"

무슨 소리인지. 할센라비온은 가만히 눈살을 찌푸렸다가 '아' 하고 작게 신음했다.

아마도 '그것' 이야기겠지. 확실히 그것이 있으면, 헤이엘피나 공작도 이쪽도 움직이지 않은 채 서쪽 연합을 처리할 수 있으니 보기에는 '묘책'일 수도 있을 것이다.

'그건 그렇고 소식도 빠르군.'

어디서 이야기가 새어 나갔을까? 뭐, 상관없는 일이지만.

"묘책이랄 것이 있겠습니까. 그저, 조금 좋은 것을 손에 넣은 정도지…"

조심스럽게 손마디로, 가볍게 어깨를 쓸어내렸다. 흠칫, 헤지아나의 어깨가 떨리는 것을 보곤 할센라비온은 자신도 모르게 웃었다. 불쾌한 모양이군. 그러나 아니꼬워 봤자 뭐 어쩌겠는가? 화를 내면 자기가 원하는 평화를 위한 길은 망가질 테니 화를 낼 수도 없을 것이고, 그렇다고 웃으면서 받아들일 만한 인물은 아니지.

"그것으로 무엇이 해결될 리가 없지 않겠습니까."

헤지아나의 청색 눈동자가 슥 움직였다. 어깨에 얹어진 투박한 그의 손을 흘긴 눈동자는 다시 움직여 할센라비온의 보라색 눈동자를 쳐다보았다. 한색(寒色)의 눈동자가 서로를 마주한 순간 할센라비온은 씩 웃으며 손을 움직였다. 손가락이 헤지아나의 목을 스쳤고, 할센라비온의 눈가에 맺힌 웃음이 더욱 짙어졌다.

"그렇군요."

그때였다.

"이미 손에 넣기는 하신 모양입니다?"

턱. 아무렇지도 않게 헤지아나가 할센라비온의 손을 붙잡았다. 아무런 감정 없는 눈빛이었다. 심지어 하얗고 가느다란 손은 할센라비온의 손을 붙잡더니 이상하다는 듯이 한 번 쓰다듬었다.

하얀 손이 거칠고 마디 굵은 손을 쓸어내리는 건 묘한 기분이어서, 할센라비온은 손을 빼려고 했다.

"2차 회의 이후로 거의 방에만 계시지 않았습니까. 물론 자국의 안전이 불안한 와중이니 대륙의 일이 눈에 들어오지 않으심은 이해가 되긴 합니다만."

그러나 헤지아나의 손은 튀어 오른 물고기를 낚는 물새의 부리처럼, 빠져나가는 할센라비온의 손을 날래게 붙잡았다. 손이 움직이며 손을 맛보았— 그런 기분이었다. 이상하게도. 할센라비온은 묘한 감각이 자신의 등골을 훑쓸고 지나가는 걸 느꼈다.

"오늘 회의에는 필히 참석해야 하심을 알고 계시리라 믿습니다."

청색의 눈이 묘한 이채를 뿜어낸 순간, 할센라비온은 황궁에서 살아남아 정점에 오른 자로서 갈고 닦은 감이 자신에게 호소하는 것을 깨달았다.

"—물론, 그럴 것입니다."

재빨리 손을 빼내고, 할센라비온은 뒤로 한 걸음 물러섰다. 헤지아나는 끈질기게 붙잡지는 않았다. 다만 그 자리에 서서, 느긋하게 턱을 당기며 한 발자국 물러선 그를 쳐다보고 있었다.

저런, 먹잇감을 노리는 맹수의 눈빛이라니.

할센라비온은 마른침을 한 번 삼켰다. 쏟아지는 햇빛 속에 녹아든 암사자 같은 모습이었다. 햇살 속에 모습을 숨기고 목 줄기를 물어뜯을 기세가, 살기가 있었다. 왜인지 헤지아나의 혀가 가볍게 입술을 적시는 것이 보였다. 붉은 혀가 유연하게 입술을 적셔 광택을 더한 순간, 할센라비온은 깨달았다.

'위험하다.'

도망쳐야 했다. 왜인진 모르지만 교황의 태도는 매우 이상했고, 그것은 경계하기에 매우 타당하며 회피해야 할 이유였다.

"회의에 참석하라고 부러 발길하신 모양이군요. 그러지 않아도 마지막 회의이니 그럴 참이었습니다. 그러면 회의실에서 뵙지요."

고개를 꾸벅 숙이고, 할센라비온은 빠른 걸음으로 헤지아나를 지나쳐 건물 입구로 향했다. 카르마는 충분히 쌓은 것 같으니, 굳이 교황을 자극하지 않아도 상관없지 않을까 하는 생각과 함께 말이다.

"저런."

스쳐 지나갈 때, 교황이 놀란 듯이 말했다.

"아직 좀 더 해야 할 이야기가—."

알 바 아니다. 할센라비온이 교황을 뒤로 넘기고 한 발자국 더 옮겼다. 사람은 업을 놓고 갈 수 있다. 그러나 업은 그리 쉽게 사람을 놓아주지 않는 법이다.

"—있는데 말입니다!"

"윽?"

입에서 짧은 신음이 튀어나왔다. 우악스러운 손길이 손목을 붙잡았던 것이다. 잡아당기는 힘에 자세가 흐트러졌고, 손길이 잡아끄는 대로 휘청거린 순간.

쿵!

"큭!!"

어깨가 아팠다. 헤지아나는 할센라비온의 어깨를 붙잡더니 뒤로 밀었고, 불행히도 뒤에 있는 벽의 장식물에 몸이 부딪혔다. 갑작스런 통증에 눈을 질끈 감았던 할센라비온은 빠르게 눈을 뜨며 분노 가득한 표정으로 헤지아나를 쳐다보았다.

"대체 이게 무슨 짓…!"

쾅.

빠르고 정확하게 손이, 할센라비온의 귓가를 스쳐 지나갔다. 그 다음 벽에 닿은 머리로 느껴지는 둔중한 진동에 할센라비온은 잠시 숨을 멈췄다.

이게 암살이었으면 지금 죽었다.

물론 이곳은 평화로운 교황청이었다. 암살자가 있을 리가 없으며, 무엇보다 교황이 자신을 아무리 싫어하더라도 암살할 이유는 없었다. 하지만 자세가 무너진 자신을 내려다보는 눈빛은 광기 서린 듯 새파랬고, 할센라비온은 겪어 본 적 없었던 긴장감에 짧게 마른 침을 삼켰다. 귀 옆의 벽을 짚고 있는 헤지아나의 손이 크게 느껴졌다.

"어떤 방법을 손에 넣으셨는지 아직 말씀하지 않으셨지요."

—말하면 안 된다.

숨을 들이쉬며 할센라비온이 뒤로 물러섰다. 하지만 더 물러설 곳이 없다. 뒤는 벽이다.

"회의가 끝난 이후에는 한가하시겠지요? 오늘 저녁은 어떠십니까?"

"그… 건."

아니, 말하면 안 된다니까.

할센라비온은 자신이 압도당하고 있다는 걸 깨달았다. 무너진 자세를 회복해 일어서려고 했지만, 헤지아나의 손이 더 몸을 일으키는 것을 허락하지 않았다. 자신을 꿰뚫을 듯 응시하는, 집착의 염이 담긴 시선이 몸을 짓눌렀다.

"일전의 입맞춤은 아주 뜨거우시더군요."

"윽…."

심장이 크게 뛰었다.

오해를 막기 위해 말하자면, 그것은 핏기가 빠지는 종류의 두근거림이었다. 할센라비온은 불가해한 공포가 자신의 심장에서부터 퍼지는 것을 맛보며 고개를 들이미는 헤지아나를 피했다.

"그토록 저에게 열정을 가지고 계시다면, 저 또한 열정 있는 여인으로서 그 마음에 응답하지 못할 것도 아닙니다."

"이, 이봐…. 아, 아니. 성하. 지금 그 말씀은…."

"시간이 얼마 없지요. 그사이에 서로의 마음을 확인해 볼 필요가 있지 않겠습니까?"

뭔가 잘못됐다.

할센라비온은 자신의 손가락 사이를 파고드는 부드러운 감촉에 흠칫거렸다. 고개를 돌리니 헤지아나의 손이 자신의 손을 깍지 껴 붙잡고 있었고, 다시 정면으로 고개를 돌리니 거기엔 어느새 간격을 좁히고 미소 짓는 헤지아나의 얼굴이….

"그렇지 않나요?"

"읍…?!"

부드러운 웃음, 달콤한 목소리는 함정이었다.

다가온 훈풍에는 달콤한 꽃향기가 섞여 있었고 그와 함께 부드러운 입술이 닿았다. 할센라비온은 놀라 움직임을 멈췄다. 헤지아나의 오른손이 자신의 뺨을 붙잡고 입 맞추고 있었다. 손가락도 따뜻하고, 숨결은 상냥했다. 그리고 그 모든, 천상의 따뜻한 봄볕에 비견될 것들과 달리 혀만은 뱀처럼 사악하게 움직였다.

"으, 음…!"

입술을 물어 벌리고 이를 핥은 다음 잇몸을 건드렸다. 손은 보조하듯이 턱을 잡아당겨 입을 벌리게 하고, 윗니와 아랫니 사이에 작은 틈이 생기자 뱀처럼 꾸물거리며 들어와 연약한 혀를 유린했다.

"흐, 으음…!"

할센라비온이 신음하며 뒤로 물러서려고 했다. 하지만 움찔거린 순간 헤지아나가 손목을 움켜쥐었다. 제지에 움직임이 멈춘 순간 손은 손목을 놓고 허리를 슬쩍 문질렀다.

'뭐, 뭐야?'

흠칫. 할센라비온의 등에 소름이 돋았다. 혀는 여전히 정신없이 뒤섞이고 있고, 말이 나온 김에 키스에 대한 감상을 말하자면— 잘하는 편이었다. 자신의 입맞춤에 굳어 있던 여자가 맞나 싶을 정도로.

거기다 은근슬쩍 허리를 쓰다듬더니 감는 손길마저, 완벽하게 능숙했다. 신음이 튀어나오고 거친 숨이 뒤섞이는 입술 사이로 흘러나왔다.

"앗…!"

할센라비온은 헤지아나를 밀쳐냈다. 방심하고 있던 헤지아나가 뒤로 밀려났고, 할센라비온은 뒤도 돌아보지 않고 달렸다.

위험했다. 잠깐 정신을 놓고 혀를 섞고 말았다. 그리고 무엇보다, 몸이 반응하기 직전이었다. 정말 위험했다!

"대체…!"

할센라비온은 쓸데없이 입술을 문지르며 신음했다.

심장이 빠르게 뛰고 있었다. 다시 오해를 막기 위해 말하자면, 이건 손끝이 차가워지는 종류의 두근거림이었다. 맹수가 입 맞췄다. 맹수가 목덜미를 물어뜯으려고 했다. 입술을 가린 채로 할센라비온은 날카롭던 푸른 눈동자를 떠올렸다.

"대체 뭐야?!"

알 수 없는 상대였다. 불가해의 공포가 할센라비온의 목덜미를 간질였다.

"젠장."

헤지아나는 입술을 닦으며 할센라비온이 도망간 길을 쳐다보았다.

"아깝군요. 야외 플레이를 하시나 했는데."

"이렇게 사람들이 많이 다니는 길에서 미쳤나, 로미나. 자네도 있는데."

헤지아나는 뒤에서 들려오는 목소리에 대답하며 고개를 돌렸다. 헤지아나의 말대로 로미나가 그 자리에 서서 아쉽다는 표정으로 쳐다보고 있었다.

"대체 언제부터 거기 있었나?"

"성하께서 황제의 일정을 받고 움직이실 때 같이 움직였지요. 물론 반대편으로 돌아 나왔지만."

"자네, 엿보려고 한 건가?"

헤지아나가 얼굴을 찡그렸지만, 로미나는 눈썹 하나 까딱하지 않고 안경을 슥 올리며 말했다.

"납치를 도와드리려고 했습니다만."

"납치?"

"납치, 감금, 능욕 3종 세트를 하자고 말씀드리지 않았습니까."

그러니까 납치를 하려고 기다리고 있었다는 걸까. 어쩐지 손에 가느다란 새끼줄이 들려 있다고 했더니.

"여하간 아쉽습니다. 이제 저도 즐거운 사건을 하나 정도 목격하나 했는데. 황제는 하이라이트일테니 여태까지 즐거운 사건을 보지 못한 것의 충분한 보상이 될 텐데….."

"이보게, 로미나! 자네는 이게 내 사생활이라는 걸 잊었나?"

"공무 아니었습니까?"

"그래서 보고 싶다는 건가?"

"허락하신다면요."

"허락이 없어도 볼 것 같이 말해 놓곤!"

"뭐, 우연찮게 보는 건 어쩔 수 없지 않겠습니까."

로미나가 다시 안경을 치켜 올렸고, 빛을 반사한 안경이 번쩍 광선을 쏘아댔다. 헤지아나는 인상을 찌푸리며 그늘로 시선을 돌렸다. 할센라비온이 달려간, 아니, 도망간 길이 보였다.

"조금만 밀어붙이면 될 거 같았는데…."

"초조해하지 마세요. 오늘과 내일, 그리고 모레도 있습니다."

"하지만 사람 마음이 그렇지 않나. 마지막 산을 넘을 때가 제일 초조한 법이고…."

기한은 넉넉히 잡아 사흘. 그리고 이제 할센라비온만 쓰러뜨리면 성무는 달성된다. 고지가 코앞이라는 초조함이 헤지아나를 채찍질했다.

"반드시 따먹고 말 거야…."

"성하, 여기 밖입니다."

"아차."

안 되겠다. 언어 순화를 해야겠다.

멜라스 정상 5차 회의에서 가칭 '웨스월드'가 비준되었다.

투표로 결정된 사항이므로 이 안건에서 빠져나가는 건 불가능했다. 때문에 동쪽의 황태자는 무척이나 열심히 요모조모를 짚어 유리한 고지를 차지하려고 애썼다. 그러나 역시 상아탑은 명불허전으로 그 견고함이 나무랄 데가 없었다.

할센라비온도 그 대화에 끼기는 했다. 물론 의심 가는 부분, 부당하게 여겨지는 부분, 손해가 될 법한 부분들을 논박한 것이나 실제 그런 논박을 한 이유는 '쓸데없는 의심을 사지 않기 위해서'였다.

회의 동안 할센라비온은 틈틈이 헤지아나를 흘끔거렸다.

'대체 무슨 계략이지?'

설득이 통하지 않을 것 같으니 미인계라도 쓰려는 건가.

허황된 생각은 아니었다. 사실 투표의 결과는 곁눈질로 봐도 이상하지 않았는가.

일단 상아탑과 성기사, 요정. 이 셋은 교황의 편이 확실하다. 그러니 그들이 찬성을 던졌음은 확실하다. 하지만 찬성은 네 표로, 과반수를 넘었다.

'반대는 내 것 하나뿐.'

그럼 나머지 한 개의 찬성표는 어디에서 나온 걸까? 저렇게 열심히 트집을 잡아대는 어린 황태자가 찬성을 던졌을 리 없다. 아마 그는 백지를 던졌겠지.

'제 머리 같은 생각을 하는군.'

실없는 생각을 치우고, 할센라비온은 보랏빛 눈동자를 굴려 회장을 둘러보았다. 소거법으로 남은 한 명이 보였다.

가일란, 그가 찬성표를 던졌을 것이다. 합리적인 추론이지만 할센라비온은 그 추론을 납득할 수 없었다. 그가 웨스월드를 원한다고? 자신에게 '그것'을, '열세 번째 빛'을 가져다 준 그가?

그가 목표하는 것은 분란이고 전쟁이다. 할센라비온은 그것을 바로 알았다. 황제는 세상에 분란을 심을 의향이 분명히 있었다. 둘의 목적은 동일했고 그래서 거래는 시작되었다. 그런데 그 분란을 멈출 기관의 설립을 선택하다니, 대체 왜?

의아해하며 눈살을 찌푸린 순간, 가일란이 고개를 돌렸다. 흥미진진하다는 듯이 그저 장내를 쳐다보기만 하는 그의 표정은 마치 장난감 말이 돌아다니는 체스판을 관람하는 구경꾼 같았다. 눈꼬리에는 미묘한 웃음이 걸려 있었고, 그 웃음은 그대로 황제를 향했다.

시선이 마주친 순간 흑갈색 눈동자가 가늘어졌다. 할센라비온의 미간에는 주름이 잡혔고, 가일란은 더욱 재미있다는 듯이 웃더니 시선을 돌렸다. 조금 더 옆으로 이동한 시선은 위로 향했고— 그 순간, 할센라비온은 미간의 주름을 더욱 깊게 잡았다.

그 만족한 듯한 웃음은 뭐란 말인가.

할센라비온은 고개를 돌려 가일란의 시선이 향한 쪽을 쳐다보았다. 거기엔 헤지아나가 있었고, 마침 가일란을 쳐다보던 헤지아나가 웃었다.

본 적 없는 웃음이었다. 그것은 그녀가 평소 짓던 엄숙한 웃음도, 자애로운 미소도 아니었다.

차갑고, 냉정한, 심지어 경멸까지 섞여 있는 듯한 웃음. 확실하게 깔아내려 보는 표정이었고, 그 깔아내려 봄에는 궁휼함이 뒤섞인 것 같았다.

하지만 저 여자가 저런 냉정한 표정도 지을 줄 알았단 말인가?

할센라비온이 내심 놀라 시선을 고정시킨 순간 헤지아나의 얼굴에서 웃음이 사라졌다. 할센라비온은 시선을 돌려 가일란을 쳐다보았다. 그리고 발견했다.

그 만족스러운 듯한 웃음.

그는 웃음을 숨기려는 듯 손으로 재빨리 입을 가렸지만 할센라비온은 분명 보았다. 그것은 포식하여 만족한 자의 웃음. 충족된 자의 기쁨. 가슴 가득한 환희의 증거…. 그의 두터운 손 밑에 분명 그 감정의 흔적이 감춰지는 것을 보았다.

'대체.'

순간 잊어버린 지 오래된 감정이 피어올랐다.

아니, 그것을 잊어버리기는 했던 걸까? 가지고 있었던 적이 있기나 한 걸까? 존재하기는 했었나? 그러나 무엇이든지간에, 허탈함이 가슴에서 연기처럼 피어오르는 것은 막을 수 없었다. 박탈감이 심장을 움켜쥐고 피를 양분삼아 자랐다.

갑자기 주변이 적막해졌다.

회의가 끝났을 때는 이미 날짜가 넘어가 있었다.

사실, 여섯 대표 모두 마지막 회의가 길어질 가능성을 염두에 두었을 것이다. 본디 이 대륙의 지배자들이 모여 하는 회의는 대대로 그러했기 때문이다. 회의 일정동안 계속 서로를 떠보며 물밑 작전을 펼치고 신경전을 하다가 마지막에 여태까지의 협잡을 기반으로 설전을 펼쳐 최후 결과를 끌어내는 것. 이는 이미 전통이었다.

설전의 과정 중 투표를 할 수도 있고, 이번과 같이 투표 후 설전을 할 수도 있었다. 그 모든 것은 한 번으로 끝나지 않는다. 작은 사안에 대한 표결이 이 회의에도 세 번은 있었고 표결 이후에도 카람찬트처럼 조금이라도 그 합의의 의의를 흐리고자 하는 자가 혀를 능란하게 움직였다. 본디 합의로 가는 길이란 이다지도 피로하고 긴 법이다.

그러나 길을 가고자 하는 의지란 물 흐르듯 잔잔해도 산처럼 움직이지 않아서, 과연 세 강과 세 산을 호령하는 이스파시아의 왕은 여태까지 한 차례도 흔들리지 않고 의제를 정리해 결론 내렸다. 심지어 이에 과반수가 찬성하고 있으니 아무리 카람찬트가 수완이 능하다고 해도 방법이 없는 것이 사실이었다.

빠져나갈 길이 없다. 카람찬트는 입술을 깨물고 패배를 인정했다.

"최종합의안입니다. 확인해 주십시오."

리암이 말했다. 한 장이던 요약이 두 장으로 늘어났고 카람찬트는 그것을 천천히 읽었다. 그러니까 일방적인 침략전쟁은 할 수 없다. 구실을 어떻게든 만들어야 한다. 그 구실을 어떻게 만들 것인가….

카람찬트는 전혀 포기하지 않았다. 헤지아나가 알았다면 일단 뒤통수를 후려쳤을 것이다. 그 전에 리암이 눈빛으로 찔러 죽였겠지만 말이다.

"전통에 따라."

위에서 목소리가 들려왔다. 카람찬트는 고개를 들었다. 헤지아나가 말하고 있었다.

"내일 폐회식에서 기구의 설립과 그에 따르는 평화 협정에 서명하게 됩니다. 최종합의안을 읽고 서명한 후 퇴장하여 주시기 바랍니다. 이로서 멜라스 정상 회의를 폐장합니다."

폐장 선언과 동시에 펜이 종이를 긁는 소리가 났다. 마치 천이 찢어지듯 거친 소리였고, 카람찬트가 눈동자를 들어 정면을 본 순간 할센라비온이 자리에서 일어나 몸을 돌리는 것이 보였다. 곧 루시올이 자리에서 일어났고, 그 뒤로 아셔, 가일란이 차례대로 일어났다. 리암은 그저 자리에 서 있었다. 카람찬트는 자리에서 일어나 퇴장했고, 궁내원들이 서류를 수거하여 헤지아나에게 건넸다.

"하아."

자기 앞에 놓인 여섯 묶음의 서류를 보며 헤지아나는 깊게 한숨을 내쉬었다.

"성하."

리암의 목소리에 헤지아나는 고개를 들었다. 자리를 정리하는 궁내원들을 뒤로 하고 리암이 단상으로 올라오고 있었다.

"지치셨습니까?"

"리암."

무표정하지만, 분명 눈가에 걱정이 묻어 있었다. 헤지아나는 가볍게 웃음 지으며 다가오는 리암의 손가락을 슬쩍 소매 아래에서 붙잡았다.

"물론 피곤합니다. 그렇지만, 그보다는…. 대업이 달성되었군요."

안도의 한숨과 함께 헤지아나가 시선을 돌려 여섯 묶음의 서류를 쳐다보았다. 이 성무의 결과. 신의 뜻에 따르게 될 도구.

"조금 오싹합니다. 이것을 달성시켰다는 자각이 온몸을 긴장시켜요."

"많은 걱정은 하지 마세요."

리암이 헤지아나의 손끝을 맞붙잡더니 들어 올렸다. 그리고 주변을 흘끔 쳐다보더니, 색 옅은 손톱에 가볍게 입 맞췄다.

"제가 옆에 있을 겁니다. 그리고 저는 어떻게든 해내겠지요."

달콤했다. 감각 없는 손톱 끝인데 이파리 사이로 쏟아지는 햇볕 한 점이 피부를 데우듯 리암의 입술이 닿은 곳에서부터 전해지는 온기가 혈관을 타고 올라와 몸을 편안하게 데웠다. 순식간에 몸을 뒤덮고 있던 냉기가 사라지고 심장의 고동이 편안하게 울렸다.

"…고마워요."

헤지아나가 리암의 손을 들어 가볍게 입술을 맞췄다. 무심코 이어진 행동에 두 사람은 누가 먼저랄 것도 없이 주변을 둘러보았다. 그러나 궁내원들은 정리에 바빴다.

"저."

헤지아나가 아직 부끄럽다는 듯이 서로 비벼대는 손끝을 붙잡았다. 리암은 새침한 손끝과 달리 재미없을 정도로 자연스럽게 회장을 둘러보던 시선을 돌려 헤지아나를 보았다.

"네."

"오늘 밤, 시간이… 있을까요?"

묘한 아쉬움에 무심코 물어보고, 헤지아나는 조금 후회했다. 그도 그럴 것이 리암은 이 회의에서 제일 많이 발언하고 논쟁했던 사람이다. 피곤할 것이 뻔했고….

두 번째는 리암에게 조금 미안하다만, 말하고 보니 할센라비온이 생각났기 때문이다.

창조신께서는 여섯 놈을 전부 따먹으라고 하시지 않았는가. 웨스월드는 신의 도구일 뿐, 아직 그분이 말씀하신 조건— 여섯 명의…. 뭐라고 해야 할까, 하여간 그게 되지 않았다. 그리고 아직 회의는 종료되지 않았다!

"오늘 회의에 대해 더 할 이야기가 있으신 겁니까?"

"아, 아니요. 그게 아니라, 리암…."

이걸 다행이라고 여겨야 하는 건지. 헤지아나는 이마를 문지르며 짧게 신음했다. 그러나 그 순간 리암은 온화하게 웃더니,

"하지만 오늘은 헤지아나가 피곤하잖아요."

작게 속삭이며 헤지아나의 손을 꼭 붙잡았다. 조심스럽게 손끝을 주무르는 손길. 다정한 시선. 조용하고 잔잔한, 하지만 확고한 애정을 느끼게 하는 그 시선과, 목소리와, 움직임, 숨결까지.

끌어안고 싶었다. 살을 섞지 않더라도 서로의 존재감을 느끼며 이대로 밤을 보낸다면 좋을 텐데. 말로 할 수 없는 감정을 온기와, 무게와, 촉감으로 전달할 수 있다면 좋을 텐데. 그 목소리로, 몇 번 정도 더 내 이름을 불러 주면 좋을 텐데.

"하지만…. 회의도 끝이고, 대표들은 돌아가잖아요. 리암도 곧…."

같이 있고 싶은 마음에 헤지아나가 어물어물 말을 잇자, 리암은 조금 더, 확연히 알아볼 수 있을 정도의 웃음을 지어 보이더니 헤지

아나와의 간격을 조금 줄였다.

"저는 금방 돌아가지 않을 겁니다."

"네?"

"웨스월드의 제안자가 누구인데요. 최소 2주는 더 머물러야 하겠죠. 이스파시아는 걱정하지 마십시오. 이미 웨스월드를 준비할 때부터 내정 상황이 정상적으로 돌아가도록 조율을 해 둔 상태니까요. 이 일만 잘 처리된다면 긴급한 사안도 없을 것이고요."

한 걸음, 리암이 조금 더 가까이 다가왔다. 연한 푸른색의, 하늘색 같기도 하고 투명한 아쿠아마린 같기도 한 눈동자가 헤지아나의 쪽빛 눈동자를 깊숙이 들여다보았다.

"그동안 조용히 헤지아나를 독점할 수 있겠네요."

"예?"

"그러니 서두를 필요는 없어요."

슬쩍, 머리카락이나 면사포보다도 거리가 있는 허공에 찍히는 옅은 입맞춤. 그것이 입술에 닿은 듯 갑자기 부끄러워져서 헤지아나는 고개를 숙였고, 그 모습을 보고 리암이 작게 소리 내어 웃었다.

"아, 생각해 보니 독점은 어렵겠군요. 저만 남는 것이 아니니…"

흘끔 리암이 곁눈질했다. 그 곁눈질 끝에 저 멀리, 문 밖에서 기다리고 있는 작은 금발 요정이 보였다. 그의 곁엔 당연히도 하얀 기사가 있었고, 그들은 대화를 나누고 있었지만 대화 때문에 거기에서 기다리고 있는 것 같지는 않았다.

"그렇지만 지금처럼 바쁘진 않을 테니까 우리 둘이 대화를 할 시간이 있겠죠. 서로를 알아 갈 시간요…"

리암이 눈짓으로 문가를 가리켰다. 헤지아나가 고개를 돌린 순간 마침 이쪽을 보던 루시올과 시선이 마주쳤고, 루시올은 그대로 몸을 돌려 헤지아나를 쳐다보았다. 오기를 기다리는 것 같았다.

"천천히 이야기하고 싶습니다."

루시올과 아셔에게 시선을 고정시킨 채, 리암이 말했다.

"지금은 일을 이유로 내가 원하는 방식의 교류만을 해 왔죠. 내가 아는, 내가 할 줄 아는 기쁨과 호의의 전달 방식이었죠. 내가 원하는 사랑의 방식이었습니다. 그러나 모두 이와 같은 방식을 좋아하는 게 아니지요."

리암의 손끝이 여섯 개의 서류 묶음 위에 얹어졌다. 그는 서류를 잠시 쳐다보더니 고개를 들어 헤지아나에게 말했다.

"이제 당신이 원하는 사랑의 방식을 이야기해 줘요."

"아…."

갑자기 헤지아나는 말을 잃고 리암을 쳐다보고 말았다. 그것은.

"당신이 무엇을 원하는지, 어떤 관계를 원하는지, 어떻게 나와 함께하는 방식을 정하고 싶은지, 나는 듣고 싶습니다. 나는 당신 곁에 있고 싶고."

봄의 온기가 가슴을 채웠다. 가슴을 꽉 채우고, 목구멍까지 치밀어 올라서,

"당신이 그걸 알려 준다면, 저는 어떻게든 해내겠죠."

뭐든지 괜찮을 것 같았다. 뭐든지 할 수 있을 거 같았다. 당신이 나의 동반자가 되어 준다면, 삶도, 세계도.

헤지아나는 리암을 먼저 보내고 천천히 단상에서 내려왔다.

힘을 얻은 기분이었다. 누군가 자신을 지켜보고 지지해 준다는 기분….

'아니, 이 점에 있어서 그 누구보다 강력한 존재가 나를 지켜보고 지지해 주고 있긴 한데….'

헤지아나는 눈살을 찌푸렸다. 그러니까 교황인 저를 창조신이 지켜보고 가호하고 지지해 주긴 하는데요, 왜 이렇게 신께서는 이런 힘을 주고 충만하게 해 주질 못하시는 걸까요. 아, 노예처럼 부려먹어서 그런 건가. 일을 시키기 위해 해 주는 치료를 받는 기분이라 그런가.

"성하. 많이 피곤하세요?"

"아, 아니랍니다, 루시올. 그냥…. 생각난 게 있어서."

루시올이 쪼르르 걱정스러운 얼굴로 다가오자, 헤지아나는 애써 웃어 보이며 그의 머리카락을 쓸어 넘겨주었다. 그러나 웃는 얼굴에 묻은 짙은 피로감은 어쩔 수가 없었기 때문에, 뒤에 서 있는 아셔도 헤지아나를 보고 걱정스러운 듯 말했다.

"피로가 심각해 보입니다, 성하. 혹시 걷기도 피곤하시다면 제가 모시고…."

"아, 아뇨. 그 정도까진 아닙니다."

헤지아나는 재빨리 손을 저어 보였다. 아셔가 자신을 안아들고 갈지 들쳐 업고 갈지 모르지만 그런 식으로 시선을 끄는 건 부끄러웠다. 헤지아나는 루시올에게 물었다.

"그런데 왜 방으로 돌아가지 않고 여기에 있나요?"

"성하와 함께 돌아가고 싶었거든요."

씩 웃는 루시올의 얼굴은 귀엽고 천진해 보였다. 그렇지만 그 눈가에 묻은 영악함이란.

이제 헤지아나도 조금 알게 되었다. 정확히는, 가일란에게 날 선 모습을 보이며 관계 중에도 과시하듯 행동하는 루시올을 보고 깨달을 수밖에 없게 되었다. 그의 본래 성질은 자신에게 보여 주는 것과 다르다. 그는 관심을 얻기 위해 자신에게 연기하고 있었다.

물론 사람들이란 사회적 가면을 쓰기 마련이고, 이런 자리에 올 정도의 사람들은 공적인 태도가 어떠한 것인지 알아 가면을 능숙하게 갈아 끼운다.

루시올은 그에 익숙해 보이지 않았고, 그래서 자신에게 보여 주는 태도는 순수한 것이리라 생각했다.

'관심을 받고 싶어서겠지.'

상반된 감정이 솟아 올라왔다. 그렇게 자신에게 귀여움 받고 싶어 하는 루시올이 사랑스럽다. 동시에, 그러한 태도를 취할 정도로 절박한 그의 상황이 안쓰러웠다.

"루시올."

"네."

"이제 대표로서의 소임이 끝나지요? 그럼 이제 평신도로서 교황청에 머물게 됩니다."

"아, 네…."

루시올의 표정에서 웃음이 흐려지고 미약한 걱정이 드러났다. 헤지아나가 말했다.

"루시올은 어떤 방식으로 나와 함께하고 싶나요?"

솔직히, 이 애를 옆에 두는 건 조금 무서웠다.

루시올의 이중성이 무섭다는 게 아니다. 자신이 무서웠다. 루시올을 곁에 두고 항의를 무시하고 세례를 주기까지 얼마나 맹진하였는가. 그건 사랑하는 이에게 눈멀어 파멸한 영웅들의 모습과 비슷하지 않은가. 그들과 다르지 않게 이 요정을 손아귀에 쥐고 놓지 않으려고 했다. 미약했던 과거의, 잃어버린 가족과 이어진 무엇으로 여겨 움켜쥐고 붙잡으려고 했었다. 불쌍하고 가엾고, 사랑스러운 인연. 지켜야만 하는 나의….

돌이켜 보면 그런 생각 속에서, 한 가지 중요한 것을 놓친 것 같았다.

루시올은 뭘 원할까?

"제가 사제가 되길 원하시는 건가요?"

"아니요, 루시올. 그게 아니라…."

헤지아나는 고개를 저었다.

"저에게 무엇이 되고 싶나요? 어떤 사람이…. 어떤 관계가 되고 싶나요?"

루시올의 표정에서 어색하게 남아 있던 애교가 사라졌다. 반요정은 녹색 눈동자로 잠시 헤지아나를 쳐다보더니 바닥을 향해 시선을 떨궜다. 침묵이 조금 길게 이어졌다. 루시올은 고개를 들었다.

"당신의 남자 중 첫 번째요."

중의적으로 들을 수 있는 말이었지만, 보통은 그런 의미로 해석하지 않는 말이었다.

뒤에 서 있던 아셔 역시 '그런 쪽'으로밖에 들을 수 없었는지 매우 당황한 표정을 짓고 있었다. 그러나 소년의 모습을 한 반요정은 눈썹하나 흔들리지 않은 채 헤지아나를 쳐다보았다. 앳된 티가 남아 있지만 단호한 시선과 표정은 이미 다른 다섯 대표들의 성숙함과 다름이 없었다.

 "매달리는 거 아니에요. 착각하는 것도 아니고. 이제 자신에게 거짓말할 수 없어요. 속일 수도 없고."

 조금도 흔들리지 않는 시선으로, 짙푸르기가 한이 없어 빠져들 듯한 녹색 눈동자로 헤지아나를 쳐다보며 루시올이 말했다.

 "옆에 있을 거예요. 그러면 뭐가 되어야 하죠? 추기경?"

 "꼭 그렇게 되어야 할 필요는 없어요, 루시올. 그건…."

 "버리지 못하는 위치가 되려면 그 정도는 되어야 하지 않아요?"

 그때, 헤지아나는 루시올의 뒤에 선 아셔가 잠시 눈을 감는 것을 보았다. 안타까움이 감은 눈꺼풀 사이에서 흘러내렸다. 눈을 뜨며 자신을 보는 아셔의 표정을 보건대, 자신의 표정 역시 아셔와 다르지 않았던 모양이다.

 "그러한 상황에 만족하나요? 길이 없어서 그런 게 아니라?"

 "물론 길이 없긴 하죠…."

 루시올은 시선을 내리깔며 말끝을 흐리더니 곧 고개를 저었다.

 "제가 원하는 건 제가 알아요. 그리고 전 지금 같은 날들을 원해요. 지금과 같이 신경 써 주세요. 생각해 주세요. 지금과 같이 대해 주고, 어젯밤처럼 다정하게 대해 주세요."

 순간 헤지아나는 아셔의 눈치를 살폈다. 그러나 아셔의 표정으로는 그가 무슨 생각을 하는지 알 수 없었다.

루시올은 아셔도 경계해서 일부러 이런 곳에서 이런 식으로 말을 하는 걸까? 그러나 지금 자신을 보는 루시올의 눈빛엔 영악함이 없었다. 소년의 순수하고 직선적인 의지만 거기 있었다.

"당신에게 사랑받는 것은 제가 알아서 하도록 할게요."

손끝이 가볍게 떨렸다. 헤지아나는 잠시 루시올을 쳐다보았다.

"애교도 부리고, 불편한 마음을 편안하게도 해 줄 것이고, 제가 아는 즐거움을 알려 드릴 수도 있겠죠. 성하께서 원하시는 것을 배우고 실력을 뽐내서 성하를 기쁘고 자랑스럽게 해 드릴 수도 있고요. 원하신다면 성하의 무기가 되기도 하겠죠."

"아뇨."

말하지 않을 수가 없었다. 헤지아나는 다가서서 루시올의 어깨에 손을 얹었다. 무기라니, 그것은 안 된다. 그렇게 만들지 않을 것이다.

"아뇨… 아뇨."

헤지아나는 루시올의 머리카락을 쓸어 넘겼다. 그리고 이마에 가볍게 입 맞췄다.

"평화롭게, 행복하게 지내세요. 그것이 제가 원하는 바입니다."

"알았어요."

루시올이 고개를 끄덕였다. 루시올은 잠시 눈을 감더니 다가온 헤지아나에게 작게 속삭였다.

"걱정하지 마세요. 저는 잘 할 수 있으니까."

당신에게 제일이 되는 것 정도는. 루시올은 떨어지려는 헤지아나를 붙잡았다. 자신의 뺨을 붙잡은 손은 부드럽고 따뜻했다.

"보세요. 저는 분명 성하의 남자들 중 제일의 남자가 될 거니까.

왜냐면 인간들은 빨리 늙고 죽을 거거든요. 하지만 성하께서 원숙해지셨을 때 저는 그때도 젊은 모습일 거예요. 그럼 제가 제일이 되는 거죠. 그건 시간문제니까 걱정할 필요가 없어요."

"이런, 내가 다 늙어도 곁에 있을 거란 말인가요?"

"당연하죠."

루시올이 씩 웃었다. 그건 조금, 그 얼굴에 어울리는 개구쟁이 같은 표정이어서 헤지아나도 같이 웃음 지어 버렸다.

"당신의 사랑의 방식이 그러하다면, 알겠어요."

여태까지 루시올의 사정보다는 자신의 사정을 우선하여 일방적으로 일을 진행했다는 느낌이 있었다. 그래서 이제는 들어줘야 할 때라고, 헤지아나는 생각했다.

사실 루시올도 자기 사정에 따라 마음대로 굴었지만, 헤지아나 입장에서는 신이 말해 주지 않는 이상 알 수 없는 일이었고 신은 말할 생각이 없었다. 그러므로 헤지아나는 계속 모르는 상태일 것이다. 헤지아나는 한 번 더 루시올의 이마에 입 맞추었다.

"같이 가자고 기다렸는데 아쉽게도 아직 할 일이 있어요. 내일 폐회식 절차를 확인해야 해서…. 피곤할 텐데, 먼저 들어가서 쉬어요. 아셔도…."

"괜찮아요. 앞으로 함께할 수 있는 날은 많으니까요."

루시올의 애교 섞인 웃음에 헤지아나는 맑게 웃었다. 사랑받고 싶어 하는 모습이 이제는 그저 귀엽기만 했다. 헤지아나는 루시올의 머리카락을 쓰다듬어 귀 뒤로 넘겨주고, 아셔에게 눈짓했다.

"아셔도 피곤할 텐데 어서 들어가서 쉬도록 하세요."

"성하의 명령을 수행하는 데에 피곤함이란 없습니다. 성하께서 하명하신 바를 수행하기 위해 물러가겠으나 성하께서도 과로하지 않기를 바랍니다."

루시올이 돌아섰고 아셔가 그 뒤를 따랐다. 헤지아나는 그들이 멀어지는 것을 가만히 서서 지켜보았다. 루시올이 중간에 몇 번 정도 뒤돌아보았고, 헤지아나는 그 때마다 손을 흔들어 주었다.

당신이 원하는 것을 해 주고 싶다. 당신이 원하는 것을 알고 싶다.

당신이 원하는 것이 내가 할 수 있는 것이어서 다행이다. 나의 작은 요정.

"다정도 하시군."

뿌듯함과 만족감으로 깊게 들이쉰 숨이 달콤했던 그 순간, 뒤에서 낮은 남자 목소리가 들렸다. 약한 위협감이 느껴지는 목소리에 헤지아나는 몸을 뒤로 돌렸다.

제일 먼저 보이는 것은 보라색의 눈동자.

"—할센라비온."

황제.

…아, 아니. 황제라고 불렀어야 했는데. 헤지아나는 입을 가리고 헛기침을 한 다음 몸을 완전히 돌려 황제를 쳐다보았다.

"황제께선 제일 먼저 퇴장하지 않으셨습니까? 다시 오신 건가요?"

"펜을 떨어뜨렸더군요."

할센라비온이 펜을 들어 보이며 말했다. 상아 몸체는 기하학적 무늬가 투각되어 있고 금으로 만든 내부 또한 작은 보석과 세심한 세공이 겹쳐져 있는 펜이었다.

"이비아네라 물건은 아니군요. 그냥 보기에도 귀한 물건으로 보이는데….'

"이비아네라에서 만들긴 했습니다. 결혼 선물로 받은 것이지요."

결혼. 그러고 보니 그는 여섯 대표 중 리암을 포함해 유이하게 결혼을 했었던 인물이다.

그의 비는 그가 아직 황자일 때 그의 아이를 낳다가 난산으로 아이와 함께 죽었다고 했다. 그리고…. 비의 사망 이후 그의 성격이 바뀌었다던가.

"그렇다면 정말 귀한 물건이겠습니다. 놀라셨겠군요. 다시는 잃어버리는 일이 없으셨으면 좋겠습니다."

"그렇죠. 요즘 남부 코끼리가 밀렵으로 수가 많이 줄어든 탓에 상아가 더욱 귀해졌다고 하더군요."

펜을 검은 비단으로 만든 필통에 꽂아 넣으며 그가 말했다.

"멸종할지도 모른다고 합니다. 거기다가 사냥한 코끼리를 상수원에 버려 시독(屍毒)으로 사람들이 죽었다고도 들었습니다."

…어쩐지, 이 말은.

헤지아나는 눈살을 찌푸리며 할센라비온을 쳐다보았다.

아무리 생각해도 이건 '열세 번째 빛'에 대한 암시인데…. 이자는 지금 무엇을 목적으로 이런 소리를 떠들어 대는 걸까. 헤지아나의 눈이 가늘어졌다.

"인간이 자연의 은혜를 입어 살아간다는 걸 잊은 자들이 많은 듯하지 않습니까, 성하? 그런 인간들은 좀 없어져도 될 텐데요. 그럼 남부의 식량 문제도 좀 해결이 될 텐데."

이 자식이.

헤지아나의 얼굴이 조금 일그러졌다. 눈꼬리에 주름이 잡히고 입은 조금 벌어져서, 전체적으로 한심한 작자를 보는 표정이 됐다. 사람을 죽여서 식량 문제를 해결하겠다니? 남부는 사람이 없으면 물자 생산이 안 된다고. 사람이 없어도 괜찮을 정도로 기술적으로 발달한 곳도 아닌데!

"그러게 말입니다. 인간이 자연 안의 존재라는 것을 잊고 살아가는 사람들이 많죠."

헤지아나는 한 걸음 할센라비온에게 다가갔다. 그는 천으로 감은 펜을 품 안에 넣고 있었다.

"저는 될 수 있으면 유아독존한 자라도 그 역시 자연의 존재로 짐승과 같은 본능을 갖고 있다는 점을 일깨워 주고 싶은데."

뭔 소리야? 라는 표정으로 할센라비온이 헤지아나를 쳐다보았다.

사실 헤지아나는 잊지 않았다. 자신이 해야 하는 일, 창조신이 자신에게 내린 성무를 말이다. 그 대업을 완성하기 위한 마지막—그, 뭐냐! 스틱이라고 하긴 좀 그렇고, 장기말!

"그런 걸 좋아한다고 하셨던 거 같은데, 어떠신가요. 모든 일이 끝난 오늘."

헤지아나의 손이 할센라비온의 팔을 쓰다듬었다. 그 순간 눈에 띄게 할센라비온이 흠칫 떨었다. 설마 닿은 것만으로 느낀 걸까. 헤지아나는 할센라비온의 눈동자를 쳐다보며 천천히 손을 움직였다. 어깨에 닿은 순간 그의 표정이 굳었고, 목에 닿은 순간 그의 발이 반걸음 뒤로 물러섰으며….

"무, 무슨 말씀이신지…."

"이제는 새침을 떠는 건가요? 그렇게 유혹을 해 놓고."

헤지아나는 강하게, 하지만 맹렬하지는 않게 몰아붙였다. 성무를 실패해서는 안 된다.

…는 사실 핑계고, 물론 그도 중요하긴 하지만 이쯤 되니 이놈을 맛보지 않는 것은 아쉬울 거 같았다. 한번쯤은 깔고 앉아서 이토록 건방지게 굴 만한 자격이 있는지 확인을 해 봐야 하지 않겠는가? 대체 서쪽 황제의 맛은 뭐가 그리 다르기에 그토록 오만방자하단 말인가?

다섯 대표의 맛을, 아니 이제 어느 게 상등품인지 평가할 수 있을 정도는 되었다. 과연 이자는 깔고 앉을 만한 명마일까?

'아, 아니 잠깐.'

헤지아나는 잠시 움직임을 멈추었다. 이거 너무 주색에 물든 중년 독자의 사고방식 같은데. 아직 쓸데없이 남아 있는 청렴한 사고방식이 헤지아나의 움직임을 멈췄다. 동시에 헤지아나의 기세가 꺾인 그 순간.

"성하, 여기 계셨군요. 준…."

헤지아나는 자신을 돌아보는 소리에 고개를 돌렸다. 그 순간 할센라비온이 크게 한 발자국 물러섰고, 그 모습을 본 리시는 그만 입을 꾹 다물어 버렸다. 리시가 고개를 숙였다.

"오늘 회의록이 정리되었습니다."

"바쁘신 듯하군요. 저는 내일 폐회식에서 뵙겠습니다."

할센라비온의 목소리에 헤지아나는 고개를 돌렸다. 할센라비온이 마치, 맹수에게서 벗어난 사슴 같은 모습으로 안도의 한숨을 내쉬고 있었다.

젠장. 놓쳤군. 헤지아나는 입술을 깨물었다. 그러나 이대로 놓칠 쏘냐?

"그러고 보니 황제. 한 가지 여쭐 것이 있습니다."

헤지아나는 한 걸음 할센라비온에게 다가갔다. 안도하던 할센라비온의 표정이 다시 바짝 굳었고,

"무엇… 이신지요?"

그는 고개라도 뒤로 빼고 싶어 하는 것 같았다. 헤지아나는 슬쩍 간격을 좁히며 눈을 치켜뜨고 그를 올려다보았다.

"폐회식 다음 날부터 돌아가실 수 있게 되지요. 그러면 언제 돌아가실 예정이신지?"

"아."

갑자기 보라색 눈동자가 두려움 대신 총기를 띠고 위아래로 바쁘게 구르기 시작했다.

"글쎄요…. 서둘러야 하겠죠."

"아하…. 하긴, 내국의 일이 바쁘시니."

할센라비온이 헤지아나를 쏘아보았다. 그러나 그는 헤지아나의 웃는 얼굴을 보자 흠칫하더니 표정에서 독기를 지웠다.

"그럼 성하께서도 공사다망하신 듯한데, 방해꾼인 일개 필부는 사라지도록 하겠습니다."

헤지아나는 대답하지 않았다. 할센라비온은 등을 돌려 수행원들과 함께 방으로 향했고, 헤지아나는 그의 등을 계속 쳐다보고 있었다. 어깨는 넓군. 카람찬트보다는 못하지만.

"리시."

"네, 드릴 말씀이 없습니다."

"아니, 그런 게 아니네."

헤지아나는 리시가 자책하지 않도록 손을 들어 저었다. 시선은 여전히 할센라비온의 뒷모습을 향하고 있었고, 머릿속은 어떻게 해야 저 자식이 이곳을 뜰 내일모레 아침까지 한 판을 뜨는가 하는 생각으로 가득 차 있었다. 심지어 저자는 다른 대표들과 다르게 항시 수행원들을 대동하니….

"말 다리라도 분지를까요?"

갑자기 뒤에서 들려온 소리에 헤지아나는 고개를 돌렸다. 조금 일그러진 표정이었다.

"리시."

"네."

"자네, 내 생각을 읽나?"

"이심전심이지요."

헤지아나는 고개를 끄덕였다. 그녀는 황제를 턱짓으로 가리키며 하명했다.

"하게."

"소름이 돋아."

방에 돌아온 할센라비온이 이마를 짚으며 말했다.

그 여자는 갑자기 이상해졌다. 아침에는 벽치기를 하지 않나, 아니, 이 인생에, 최소한 황제가 된 이후로의 인생에서 벽치기 같은 걸 '당할' 거라고는 생각해 본 적이 없었다. 그도 그럴 게 누가 황제에게 감히 그런 짓을 할 수 있단 말인가?

그러나 그녀는 가능했다. 교황. 세속의 어떤 권위도 무력화시킬 수 있는 자.

"갑자기 왜 태도가 바뀌었지?"

심지어 그토록 질색하던 치근거림을 오히려 그녀가 행하지를 않나.

…솔직히 그렇게 저돌적인 건 좀 무서웠다. 그러나 순순히 무섭다고 말하기엔 자존심이 상해서, 할센라비온은 그저 입가만 쓸어내리다가 괜스레 물로 입술을 축였다.

"이래서는 곤란해."

[자살계획에 말입니까?]

수정구에서 흘러나온 목소리에 할센라비온은 미간을 찌푸렸다.

"정리 작업이겠지."

[실언했군요. 용서를.]

할센라비온은 허공에 손을 저어 보였다. 어차피 보이지도 않을 것이다. 그는 물 잔을 내려놓고 겉옷을 벗어 던져놓았다.

"교황이 이상하게 적극적이야. 정말 뭐든 해 줄 것 같단 말일세. 잠자리를 요구하면 승낙할 것 같단 말이야. 이래서는 안 돼."

[여태까지 오는 여자 마다하지 않으시더니.]

"그들이 암살자인 줄 알았지. 반의반은 실제 그랬고. 하지만 교황은 나를 침대에 끌어들여 암살할 이유가 없어."

할센라비온이 불안하게 방을 서성였다. 갑자기 변한 교황의 태도를 이해할 수가 없었다.

"그녀가 나를 싫어해야 해."

싫어하는 정도가 아니라 눈엣가시로 여기고, 제거하려고 해야 한다. 죽이고 싶어 할 정도라면 더 좋다. 물론 사람에게, 그것도 교황에게 죽이고 싶을 정도의 증오심을 심는다는 건 쉬운 일은 아니지만….

할센라비온은 고개를 돌려 수정구를 쳐다보았다.

"교황청 내부의 움직임은 없어. 교황이 갑자기 태도를 바꿀 만한 외부요인이 있나?"

[현재 에네스와 리니아의 움직임은 교착상태고…. 아무래도 밀어붙이긴 어렵겠죠. 동시에 내부의 혼란이 있는 듯합니다.]

"예상했던 일이기는 해. 문제는 그들을 물리치지 못하는 게 아니라 어떻게 보복하느냐니까. 그 외엔 없나? 타국의 동향에 특이점은?"

[현재로선 눈에 띄는 것은 없습니다. 교황청의 움직임 이후로 모두 조용합니다.]

그렇다면 교황은 자신만 조용히 시키면 끝난다고 생각하는 걸까? 그래서 마치 유혹하는 듯한 태도를 취하는 걸까?

[그건 그렇고 교황이 육체적으로도 접근하는 모양이군요, 폐하.]

"미인계라도 생각하나 싶을 정도네."

[그런데 피하고 계시다, 이겁니까?]

조금 자존심을 건드리는 말투였다. 할센라비온은 미간을 찌푸리며 변명하듯 말했다.

"속내를 알 수 없어."

[그러나 여태껏 불쾌함을 사기 위해 치근대지 않으셨는지요? 갑

자기 태도를 바꾸면 그 또한 이상해 보이지 않겠습니까?]

그도 그렇다. 할센라비온은 미간에 잡았던 주름을 펴며 낮게 침음했다.

[그리고 교황을 침대로 끌고 가는 건 나쁘지 않은 생각인 거 같습니다.]

"무슨 소리지?"

['정리 작업'을 하고 싶으시면 말입니다. 보십시오. 아무리 교황이라고 해도 사람인데….]

수정구 너머에서 낮은 신음소리가 들렸다.

[잠자리를 하고 내쳐도 같은 반응일까요?]

방을 서성거리던 할센라비온이 그 말에 잠시 멈춰 섰다.

[아무래도 자존심이 상하겠죠. 자존심 상한 자들의 복수란 치졸한 법이고.]

울던 여자도 있고, 증오의 말을 내뱉고, 저주를 하던 여자도 있었다. 심지어 이쪽이 원해서 손댄 것도 아니었는데 말이다. 자기들 혼자 사랑하고, 욕망하고, 증오했다.

정작 나를 사랑하는 것도 아니면서.

차라리 목에 비수를 꽂으려던 여자들이 나았다. 그들은 최소한 자신이 원하는 것이 무엇인지 알고 있었으니까. 아니, 알지는 못했을 것이다. 그저 우연찮게 서로의 필요가 맞았을 뿐이다만….

할센라비온은 목을 더듬었다.

[역사의 큰일들이란 사소한 치정과 사소한 자존심, 사소한 복수심, 사소한 체면에 얽혀 일어났지요. 원래 대의는 인간의 제일 밑바닥 마음을 가려 주는 아름다운 도구 아니겠습니까?]

조금 지친 듯한 목소리였다. 허탈한 듯하기도 한 목소리가 목을 조르는 것 같았다. 할센라비온은 손가락으로 목을 눌러 보았다. 아무것도 없었다.

[적의를 사고 싶으시다면, 세상을 적으로 돌리고 싶으시다면 나쁘지 않은 방법이지요.]

어쩔 수 없다는 듯한 말투. 납득할 순 없지만 이해는 한다는 그 목소리.

[상처를 나게 하고 곪게 하여 고름을 결국 짜내고 싶으시다면 그렇게 하십시오. 긁어내셔야죠.]

"그래."

이토록 피로감 섞인 목소리라니. 할센라비온은 놀라 잠시 입을 다물었다.

"긁어내야지."

목을 손톱 끝으로 긁어 보았다. 아무것도 긁히지 않았고, 통증도 느껴지지 않았다.

"…그러려면 한 가지만 가지곤 안 돼."

[생각하시는 바가 있으신지요?]

"물건은 들어왔나?"

잠시 수정구 너머에서 답이 없었다. 다소 긴 침묵 후, 힘겹게 수정구에서 대답이 들려왔다.

[예.]

"사용해."

침묵.

할센라비온은 대답을 재촉하지 않았다. 정말로 길고 긴 침묵 이

후 한숨 같은 대답이 들려왔다.

[예.]

쥐어 짜낸 듯한 대답이었다.

[그것이 당신을 황제로 만든 이 나라의 운명이겠죠.]

"피해를 줄이고 싶다면 줄일 방안을 생각해 봐. 하지만 내일 오전까지는 말해야 해."

할센라비온이 차갑게 말했다. 내일 오후. 폐회식이 시작되면 협정안에 서명하게 되며 그는 구속력을 가진다. 즉, 다시 말해 합의는 아직 완료되지 않았다. 가설적 협약 상태이나 완전한 협약은 아니어서 협정 위반이라고도 말할 수 없는 이 애매하고 짧은 시간.

[원하시는 바를 위해 최선을 다하겠습니다.]

할센라비온의 손이 수정구를 덮었다. 미약한 빛은 손에 덮여 지워졌고, 이윽고 완전히 사라졌다.

아무것도 보이지 않았다.

"아무래도 말 다리를 분질러 버리는 건 무리였습니다."

헤지아나의 집무실에서 리시가 보고했다.

"말 다리라는 게 보통 튼튼한 것이 아니더군요."

"저런. 아쉽군요, 추기경님. 일단 감금을 하려면 물심양면으로 고립시켜야 하는데 일단 고립시키는 것이 시작 아니겠습니까? 이동을 불가하게 하고 사회적 관계를 단절시켜야죠. 그 시작부터 막혀 버리다니."

대표들이 서명해야 하는 서류를 필사하던 로미나가 진심으로 아쉽다는 목소리로 말했다. 헤지아나가 그에 대답했다.

"로미나, 잉크가 번지겠네."

"로미나의 말이 맞습니다. 그러나 꼭 박살 내야 물건이 못 쓰게 되는 것은 아니지요."

리시가 씩 웃음 지었다.

"말이 먹으면 탈이 날 것을 사료에 섞었습니다. 이로써 하루는 얻을 수 있을 것입니다."

"음."

헤지아나가 고개를 끄덕였다.

"자네도 성장했군."

"모두 대의를 위한 것 아니겠습니까."

물론 대의보다는 사욕이 우선하고 있다는 점을 모를 정도로 헤지아나는 눈치가 없지 않았다. 헤지아나는 책상에서 열심히 필사하고 있는 로미나를 쳐다보았다.

"여섯 장…. 다 써 가는군…."

곧 끝난다. 한 명만. 저 한 명만 어떻게든 하면.

"오늘 밤을 그냥 넘길 순 없네."

"그 기세, 그 기백, 너무나 패자의 것에 가당하며 품격 있고 강건하시군요, 성하."

"그러나 지금 황제는 잠들었습니다. 방에 숨어들어 가는 것은 좋은 방법은 아니지요."

"요는 사람들 눈을 피해, 단둘이 있으면서, 옷을 벗을 틈을 주어야 한다는 건데."

리시와 로미나가 한마디씩 주고받았다. 세 여자의 길고 낮은 신음과 신들린 듯한 필사 소리가 적막한 방 안에 흘렀다.

"어쩔 수 없군요."

긴 침묵 끝, 리시가 말했다.

"계책이 있습니다."

"리시, 자네 오늘따라 유능하군."

"전 원래 유능했습니다. 그러니 추기경이지요."

오늘 공식 행사를 위해 성장했던 적색 영대를 휘날리며 리시가 말했다.

"성성궁내청 추기경의 능력이 무엇인지 보여 드리겠습니다."

해도 뜨지 않은 새벽이었다.

할센라비온은 생각보다 일찍 일어나 버렸다. 그건 어제의 스트레스가 지대하기 때문인가, 아니면 주변이 소란하기 때문인가….

묵직한 피로감에 이마를 짚으며 일어난 할센라비온은 가운을 걸치고 수행원을 불렀다.

"밖이 시끄러운 것 같은데."

"오늘의 폐회식 준비를 이른 아침부터 하고 있다고 합니다."

할센라비온은 수행원의 보고에 상황을 납득했다. 폐회식이 시작할 오후를 생각해 보면 이 시각부터는 움직여야 시간에 맞추어 행사를 시작할 수 있을 것이다.

"궁내청 사람이 왔다 갔는데, 지금 폐회식 준비로 궁의 많은 곳이 소란하니 평소 연습하시는 곳 또한 폐회식 준비로 사용하고 있어 다른 곳을 알려 주었습니다. 평소 이용하시던 곳 바로 위이고 다른 사람들이 접근하지 않도록 해 놓았다고 합니다."

"아…."

생각지 못한 배려에 할센라비온은 조금 감탄했다. 사실 마지막 날이고 하니 대충 무료하고 지루하게 시간을 보내며, 이곳에 좀 더 머무를지 말지를 결정할 생각이었다.

"배려에 감사드려야겠군. 기껏 마련해 준 자리이니 가 보는 게 좋겠어."

할 일도 없고. 자리에서 일어나며 할센라비온은 가운을 벗었고, 수행원은 고개를 숙인 후 물러났다.

밤새 흘린 땀을 가볍게 닦아 낸 다음, 그는 아침 식사를 시작했다.

할센라비온은 잠을 쫓아내기 위해 우유와 설탕을 탄 진한 커피와 당과를 얹은 얇은 전병, 계란으로 허기를 채웠다. 특별한 일이 있지 않은 한 아침식사는 늘 이랬다. 곧 몸을 움직일 것인데 과식해서야 탈만 날 뿐이니까.

연습하기 좋은 옷을 입고 정원에 나온 할센라비온은 아직 어두운 정원 사이에서 이리저리 움직이며, 또는 큰 목소리로 상대를 부르는 사람들을 보고 축제의 분위기를 느꼈다.

물론 이 폐회식은 기본적으로 엄숙한 것이다만.

'평화를 원하는 사람들에게는 기쁜 일일 수도 있겠군.'

그들을 한눈으로 흘려보내며 할센라비온은 공터에 도착했다. 말 그대로 사람이 없고 한적한 곳이어서 진작 이곳을 알았으면 좋았을 것이라는 생각도 들었다.

"폐하, 실례합니다."

"무슨 일이냐?"

수행원 중 한 명이 달려오더니 고개를 숙이며 말했다.

"다름이 아니라 말 두 마리가 갑자기 성치 못한 상태가 되어…. 상태가 양호한 것을 확인하기 전까지는 움직이기 어려울 것 같습니다."

"말이? 무슨 일이 생긴 거냐?"

할센라비온이 미간을 찌푸리자 수행원은 더욱 고개를 숙였다.

"정확한 사정은 알 수 없으나, 반응을 보건대 다른 짐승의 사료를 먹고 탈을 일으킨 듯합니다. 큰 문제는 아니니 며칠 지나면 괜찮아지겠으나, 폐회식 이후 바로 움직이는 것은 어려울 듯하여…."

"이런."

그야 아직 결정을 내린 것은 아니지만, 만약의 경우 움직일 수 있는 수단이 사라진 것은 기분이 나빴다.

"…어쩔 수 없지. 궁내청 추기경께 상황을 설명 드리고 지체의 허락을 받아라."

"예."

어쩐지 감이 좋지 않았다. 말의 사료에 다른 짐승의 사료가 섞였단 말인가? 말이 먹어서 탈을 일으킨 풀이 다른 동물에게 좋을 리도 없는데?

그러나 이곳은 교황청이다. 사특한 것과 악의가 침입하기에는 어

NINE OF PENTACLES
아홉 개의 동전

려운 곳.

그러므로 그것은 우연이거나 사고라고 생각하는 것이 옳았다.

할센라비온은 천천히 몸을 풀었다. 간밤 피로가 남은 건지 관절이 굳어 뚜둑거리는 소리가 나는 게 영 좋지 않았다. 근육에 힘을 넣고 당기며 잠들어 있던 몸을 깨우고, 천천히 힘을 불어넣었다.

겉보기에 마른, 호리호리해 보이기까지 하는 몸에 근육이 뚜렷하게 결을 드러내며 솟아올랐다가 사라졌다. 열기가 천천히 피부에서 솟아올랐다. 땀방울이 안개처럼 맺히고, 몸이 충분히 데워지자 그는 검을 꺼내 보았다.

무도에 어울린다고는 할 수 없는 몸이었다.

[그래도 하실 겁니까?]

기억 속의 목소리를 따라 몸을 움직였다. 굵고 건장한 목소리였다. 청음이 섞인, 남자 같은 목소리. 그녀가 젊었을 때였다.

[정점은커녕, 수준급에도 이르기 어렵습니다. 근골이 빈약합니다.]

[검을 쓰는 데 그리 많은 힘이 필요하진 않다고 들었다.]

[멍청한 소리죠. 힘이 왜 안 필요하겠습니까? 힘만으로 하는 게 아니란 소리를 착각하지 마십시오. 몸을 생각처럼 움직이는 데에 힘이 필요하지 않을 것 같습니까? 해 뜰 때부터 질 때까지 검을 놓지 않는 것이 근력 없이 가능할 것 같습니까?]

[그래도 해야 해.]

쥐기부터 해라. 손아귀 힘이 약하니 가볍게 쳐도 놓치겠구나. 비틀듯 쥐어 손에 얽혀 들게 해라. 살가죽을 손잡이에 달라붙게 해라. 천천히 힘을 주어서, 그래. 그렇게.

[그래야 복수할 수 있으니까.]

입 벌리지 마라. 입 안에 검을 처박아달라는 거냐.

[그래야 네 동생의 복수를 하지! 너는 분하지도 않은 거냐?!]

[그 앤 전하의 망상처럼 누구에게 살해당한 게 아닙니다!]

발은 땅바닥을 단단하게 붙잡고.

[칸젤리타는 그냥, 당신의 아이를 낳다가 죽었습니다. 난산으로 죽었으니 원인이 있다면 그 원인은 전하입니다. 전하가 죽인 것이겠지요! 엉뚱한 소리는 이제 그만하십시오! 저를 말려들게 하지도 마시고요!]

자세는 정확하게.

[내 아이가 아냐.]

붙잡은 팔에 힘을 넣고.

[내 아이가 아니야. 나도, 칸젤리타도 알고 있었던 사실이야.]

[네?]

[그 애가 태어났다면.]

일격에 모든 것을 베어 죽여 버릴 듯한 의지로 베고, 찌르며, 광인의 춤을 춘다.

[아마 나와 비슷한 처지가 되었겠지.]

황제가 자리를 비운 사이 태어난 아이.

그러나 황제는 이 의심스러운 아이를 어쩌지 못했다. 왜냐하면 그 아이의 아버지는, 자신의 아버지로 추정되므로.

어머니가 조부에게 매력적인 존재였는지, 둘이 정말로 정이 통했는지는 모르겠다. 그러나 중요한 것은 아버지가 오쟁이 졌다는 것이고, 그 모욕감에도 불구하고 그는 조부에게 저항할 수 없었다. 조부의 목적 또한 아들에게 모욕을 주어 무릎 꿇리는 데에 있었을 것이다.

자신의 비에게 잉태되었던 그 이름 없는 아이도 비슷한 방법으로 생명을 얻었다.

황제가 자신의 아이들에게 그랬다는 것은 아니다. 그에게는, 아직 황제가 되지 않았던 할센라비온에게는 그를 당연한 모욕의 대상으로 생각하는 형제들이 넘쳐 났다. 살기 넘치는 황궁에서 광기에 미쳐 버린 자들이나 더 약한 것을 짓밟아 안심하고 싶어 하는 이들은 가득했다.

[그 자식들이 칸젤리타를 죽었어. 그렇게 만들기 위해서, 죽이기 위해서 저지른 거라고!]

[전하.]

[나는 복수해야 해.]

[전하, 그렇다고 해도, 그것은.]

갑작스럽게 알게 된 사실에 혼란스러워하던 자는 자신에게 유일하게 허락되었던 비의 자매였다. 박한 용모로 시집도 가지 못했고, 터울 많은 동생을 부모처럼 기르던 맏이였다. 여러 사정으로 기운 가세 탓에 힘도 없는 황자에게 주어질 적절한 비로 간택된 동생을 보냈으며, 그 덕분에 겨우 녹봉을 받으며 홀몸을 지키고 있는 자가 혼란에 뭉그러진 얼굴로 말했다.

[전하의 생각은 과합니다. 지나친 생각이란 말입니다. 그것은, 전하는….]

[독살한 것과 다름이 없어. 타살이야. 명백하게, 타살이란 말이야!]

[전하, 전하는 지금 정상이 아닙니다!]

결국 참지 못하고 그가 울면서 말했다. 푸르고 붉은 옷 두르고 귀한 신분으로 살 줄 알았던 동생이 그런 처참한 꼴을 당한 것이 억울했을 것이다. 분노했을 것이다. 그러나 동시에 두려웠을 것이다. 이 힘도 없고 버림받은 황자가 비가 죽은 후 살해당했다고 주장하고 있다는 것은 누구나 아는 사실이었고 사람들은 그가 미쳤다고 말했다.

그러나 그가 미쳤다고 주장할 수는 있어도 그가 미쳤다는 것은 사실과 달랐다. 그가 자신의 비가 살해당했다고 말할 순 있으나 정말로 살해당했는가는 사실과 달랐다. 싸워서 이길 수 있는 것 또한 아니며 그 과정에서 겪어야 할, 자기 여자도 지키지 못한 사내에 대한 조롱은 어쩔 것이고 황가의 추문을 덮기 위해 가해질 압력은 어떻게 될 것인가.

동생의 억울한 죽음 앞에서도 목숨 붙어 살아 있는 자로서 삶이 두려웠다. 나약한 삶을 간단하게 짓밟을 거인들의 손짓이 두려웠다. 간단한 것은 눈앞의 소년을 미친 자로 만드는 것이었다. 그러나 소년은 너무나 냉정하게 말했다.

[정상?]

차가웠다. 분노는 하나도 없이 의아함만으로 보랏빛 눈동자가 물었다.

[이 황궁에서 정상인 자가 살아남을 수 있어?]

소년은 그렇게 말할 자격이 있었다. 황궁의 고귀한 신분으로 태어나 제일 밑바닥에서 목숨만 부지해 왔다고 단언할 증거를 탄생부터, 삶의 숨결 하나하나에 새기고 있었다.

[나는 죽고 싶지 않아.]

그제야 여자는 보았다. 소년이 움켜쥐고 있는 자신의 옷깃. 긴 소매 끝을 붙잡은 하얀 손끝. 공포가 하얗게, 손 마디마디에 숨겨져 있었다.

[그렇게 죽고 싶지 않아. 나는….]

분노가 아니었다. 여자는 다시 소년을 보았다.

분노라고 생각한 것은 공포였다. 개죽음당하고 싶지 않다는 공포. 죄인의 죄도 묻지 못한 채 묻힐 수 없다는 공포감. 그 무너질 듯한 정신의 멱을 억지로 붙들어 일으키는 것은.

[칸젤리타의 원한을 갚을 거야.]

그것은, 정말로 보복하고자 하는 마음이 아니었다.

삶이 두려워, 인생의 격류에 떠내려가는 자가 붙잡은 한 가닥 지푸라기. 무너지는 자신을 억지로 일으키기 위한 핑계.

한 소녀의 죽음 앞에서 둘은 똑같이 살아 있음을 두려워했다. 살아 있을 수밖에 없는 삶을 두려워했다. 어떻게든 살아가기 위해, 그는 복수란 말로 주저앉은 자신을 견인한 것이다.

[그러면 한 가지만 여쭙겠습니다.]

그녀는 잠시 눈을 감았다. 마음을 누르고, 눈물도 눌렀다. 곧 눈을 뜨고 그녀가 물었다.

[제 동생을 사랑하셨습니까.]

잠시, 황자는 말이 없었다.

열여덟 소년에게 사랑을 논하라고 하는 것은 어려웠던 것일까. 그러나 그 나이에는 풋사랑이라도 해보기 마련 아닙니까. 그러한 감정은 없었던 것인지요.

[이 황궁에서 그녀만이 내 동지이고 친구였어.]

황자는 잠시 눈을 감았다. 곧 그는 눈을 뜨며 망자의 자매에게 말했다.

[그러니 나는 그녀의 복수를 해야 할 의무가 있어.]

[그렇군요.]

그녀는 잠시 생각에 빠졌다. 그 말의 의미를 생각하는 것 같았다.

[그거면 충분합니다.]

이제 감상적인 이야기는 할 필요 없었다. 그녀는 표정을 바꿔 물었다.

[원한을, 어떻게 갚으실 것입니까.]

[나는 절대 죽지 않을 거야.]

소년이 입술을 깨물었다.

[위로, 올라가야겠지. 정점에 오르면 그 누구도…. 그리고, 나는.]

눈빛이 선명하게 허공을 꿰뚫었다. 그러나 그 시선은 아무것도 보고 있지 않았다. 허무한 눈빛으로 소년이 말했다.

[이 나라를 없애 버리고 싶어.]

바람이 지나갔다. 바람의 흐름을 따라 소년의 시선 또한 그녀의 얼굴을 스쳤다. 그러나 시선은 바람과 같이 흘러가지 않고 그녀의 눈동자를 응시했다.

[페신하나. 너도 그걸 원하고 있잖아.]

황가의 모략에 얽혀 가주가 죽고 재산이 몰수되었다. 사촌의 일이었으므로 몰살은 피했다고 하나 죄과에 따라 재산은 몰수되었다. 제일 죄과와 가까운 일족은 참살당하거나 노예가 되어 먼 곳으로 팔려 갔으니 그보다는 운이 좋다고 해야 할까.

그러나 딸처럼 키운 동생을, 그 집안이 가진 죄 탓에 이런 힘없는 황자에게 주기 좋은 비로 책봉되어 허울 좋게 빼앗긴 여자가, 그 동생을 모욕적인 방법으로 잃은 여자가 이 나라와 황가를 증오하지 않을 리가 없었다.

[어찌 그렇게 생각하십니까.]

[칸젤리타가 나를 싫어했었으니까.]

황자가 손을 내밀었다. 여자는 그 손을 잠시 쳐다보았다.

[저는 이제 더 잃을 게 없습니다.]

곧, 그녀는 손을 붙잡고 무릎을 꿇었다.

[그러니 그 뜻이 사그라지지 않는 한, 제 목숨을 당신에게 바치겠습니다.]

원한이, 증오가, 두려움이 불타오르는 눈동자. 그 눈 안에 비친 자신의 모습 또한 그러할 것이라고 소년은 생각했다.

[이 나라를 없애 버리십시오, 라드리건.]

숨을 삼켰다.

할센라비온은 갑자기 숨을 들이쉬었다. 오감이 뚜렷해지고 눈앞의 사물이 보였다.

무아의 상태였다. 그 안에서 자신이 숨긴 과거의 편린을 보아 버렸다. 기억하고 싶지 않았던 것을 기억해 버렸다. 시작이 좋지 않았다. 초심을 기억해 내고자 최초의 대화를 생각했던 것이 잘못이었다.

숨을 몰아쉬며 할센라비온은 자세를 바로잡았다. 의식과 상관없이 몸은 기억하는 대로 움직였고, 땀이 등을 따라 흘러내렸다. 그는 들고 있던 검을 땅에 박고 눈을 감았다. 뺨을 따라 흐르는 땀방울에 집중해 다른 길을 헤매는 마음을 자신의 안에 집어넣으려고 했다. 미로 안, 제일 깊은 곳, 자물쇠가 걸린 작은 상자 안….

라드리건.

미로를 지날 때 그 이름을 부르는 목소리가 들렸다. 오래된 이름이었다. 왕호로 지은 이름이 아닌 태어나면서 받은 이름. 그러나 이제 그 이름을 부를 사람은 없었다. 그나마 허용이 되는 혈연은 모두 죽였고 어머니도 부르지 않으며 페신하나는 당연히 부를 수 없었다.

두려움과 분노에 자신을 맡기고 끝없이 상승을 추구했다.

살고 싶었다. 죽고 싶지 않았다.

이 나라를 없애 버리고 싶다— 그런 말은 페신하나를 끌어들이기 위한 소리였을 뿐이다.

물론 그 말을 완전한 거짓이라고 할 순 없었다. 기원하긴 했다. 그러나 진실로 그것을 기원해 한 말 역시 아니었다.

최초의 모략이었다. 갓 생각해 낸 신선한 거짓이었다. 살기 위한 발버둥은 거기서부터 시작되었다고 해야 했다. 자신에겐 그녀의 가호가, 가르침이 필요했기 때문에 어쩔 수 없었다.

이후의 모든 삶은 잘 조형된 연극이었다. 살기 위해 거짓말했고 죽고 싶지 않아서 상대를 함정에 빠뜨리고 죽였다. 그 누구에게도 당하지 않는 자리로 가기 위해, 어딘가에는 안식이 있을 것이라는 생각으로 일념을 다했다. 그저 적들을 없애기 위해 높은 자리가 유리하다고 생각했을 뿐이다.

그 결과가 이 위치였다.

잃을 것은 어차피 없으므로 겁이 없었다. 죽으면 죽는 것이라는 생각으로 덤비니, 잃을 것이 많은 그 누구도 대적하지 못하고 끝내는 손에 쥔 것을 놓지 못하다가 죽었다. 죽음을 두려워하면서도 죽음을 두려워하지 않는 모순된 태도로, 어쩌면 자포자기한 태도로 상대를 자극하고, 함정에 빠뜨리고, 싸움을 맞붙여 파멸하게 했다.

죽일 테면 죽여 봐라. 원한다면 죽여 봐라. 그러나 나 역시 최선을 다할 것이다. 그러니 최선을 다하는 나를 죽여.

살기 위해 물살을 저어 나아가는 것뿐이다. 그 파동이 파도가 되었다. 수많은 이들의 파도가 몰아쳐 격랑이 되었다. 그 파도 안에서 자신 역시 살기 위해서 끝없이 헤엄쳤다.

그 결과가 여기였다. 대국의 황제. 나라의 이름을 쓸 수 있는 자. 왕호를 스스로 선택한 자.

그러나 여전히 잃을 것은 없다. 잃을 것이라고는 오직 하나. 이….

"아니…."

갑작스레 들려온 목소리에 할센라비온은 눈을 떴다. 마침 흩어진 잡념들을 충분히 정리한 상태였다.

"마지막 날까지도 부지런하시군요."

"―교황."

할센라비온은 눈살을 찌푸렸다. 보자마자 본능적으로 좋지 못한 예감이 들었다. 그러나 곧 그는 자신이 예법에 맞지 않게 말했다는 것을 깨닫고 한마디를 덧붙였다.

"성하."

"본디 다른 곳에서 연습하지 않으셨나요? 이곳은 어쩐 일이신지."

"아…. 그건."

할센라비온은 헤지아나를 피하고 싶은 기분에 어물쩍거리며 그 말을 넘기려고 했다. 어쩐지 교황도 마뜩잖은 표정이어서 더욱 그랬다. 그러나 그때, 페신하나가 한 말이 생각났다.

[갑자기 태도를 바꾸면 그 또한 이상해 보이지 않겠습니까?]

그도 그렇지. 할센라비온은 태도를 바꾸어 입꼬리를 끌어올려 웃었다.

"그 장소는 오늘 쓰기 어렵다고 이쪽을 안내받았습니다. 알고 오신 것이 아닙니까?"

천천히, 할센라비온은 발걸음을 옮겨 헤지아나 앞에 섰다.

"그렇게나 저를 보고 싶으셨던 모양인데, 숨기실 필요는 없지요."

간격을 좁히자 옅은 치자 향이 풍겼다. 동시에 헤지아나가 움찔하며 뒤로 물러섰다. 아마 자신의 몸에서 풍기는 열기와 땀 냄새가 그녀를 기겁하게 했을 것이다. 할센라비온은 헤지아나의 손을 붙잡았다.

"제가 오래 머무르길 원하신 것 같은데 기뻐하시길. 말에 문제가 생겨 내일 당장 이동하기 어렵다는 보고를 받았습니다. 창조신의 가호가 이런 곳에도 머무르는 모양입니다."

할센라비온은 헤지아나의 눈동자를 쳐다보며 손가락에 입 맞췄다. 여태껏 자세히 보지 못했는데 손가락이 하얗고 가늘었다. 입술에 닿는 감촉도 나쁘지 않았다. 촉감을 즐기며 할센라비온이 웃자 헤지아나의 표정이 미묘하게 일그러졌다. 그 일그러짐에 할센라비온은 더욱 만족했다.

"표정이 좋지 않으시군요. 어째서 그러십니까. 이런 걸 원하시지 않았습니까?"

[교황을 침대로 끌고 가는 건 나쁘지 않은 생각인 거 같습니다.]

다시 페신하나의 말이 떠올랐다. 그렇지만 이틀 안에 그런 게 가능할 리가 없다.

그리고 뭐— 그런 걸 하지 않아도 상관없겠지.

"갑작스레 태도가 바뀌셔서…"

"그때는 몸이 좋지 않았습니다. 아시지 않습니까, 제게 여러 일이 있다는 걸?"

혜지아나는 못내 납득한 표정이었다. 그러나 그녀가 짧게 중얼거리는 것을, 할센라비온은 들어버렸다.

"예상과 다른데."

—대체 뭐가?

생각한 순간이었다. 갑자기 여기저기에서 큰 소리가 울려 퍼졌다.

"무슨…"

"불이야!"

소리가 나는 곳을 돌아보자, 푸른 하늘에 회색 연기가 피어오르는 것이 보였다. 할센라비온은 당황했다.

"습격인가?"

"그럴 리가요. 짐을 옮기다가 실수라도 한 모양이군요."

혜지아나가 다급하게 할센라비온의 곁으로 다가왔다.

"생각보다 불이 큰 것 같습니다."

"실례합니다. 폐하. 아, 성하께서도 계셨군요. 먼저 알아보지 못함에 사죄드립니다."

황급히 달려온 궁내원이 할센라비온을 보고 입을 열었다가 헤지아나를 발견하고 고개를 숙였다. 헤지아나는 손을 저어 말을 멈추게 했다.

"무슨 일입니까?"

"짐을 옮기다 불씨가 튀어 불이 났습니다. 불이 빠르게 번지고 있어 손이 부족한데, 마침 폐하께서 이쪽에 계셔서 수행원의 손을 빌리고자 합니다."

"이런, 불이 정말 큰 모양이군요. 도와주시면 감사하겠습니다."

헤지아나가 걱정스러운 표정으로 말했다. 종이 울리고 사람들이 바쁘게 움직이는 소리를 들으며 할센라비온은 고개를 끄덕였다.

"급한 일이 우선이지. 가서 도와주도록."

"감사합니다. 이쪽입니다, 여러분."

궁내원이 수행원들을 인솔하여 빠른 걸음으로 사라졌다. 다급해 보이는 그 발걸음 뒤로 곧 연기가 매캐한 냄새와 함께 달려왔다. 헤지아나는 옷깃으로 코를 막으며 할센라비온의 팔을 움켜쥐었다.

"여기도 안전하지 못한 것 같습니다. 자리를 옮기지요."

"아."

생각할 틈도 없이, 할센라비온은 헤지아나에게 끌려 발걸음을 옮겼다.

"불이야!"

"이쪽도 연기가 가득하군요. 안 되겠습니다."

북쪽으로 향하던 헤지아나는 동쪽에서 또 연기와 목소리가 올라오는 것을 보고 코를 가리며 뒤로 몸을 돌렸다.

"어차피 정원에 난 불입니다. 그냥 뚫고 지나가는 것이 좋겠군요."

"겁 없는 소리 하지 마십시오. 옷에 불이 붙으면 성할 거라 생각하십니까? 아니면 나신으로 활보하고 싶으신 겁니까?"

헤지아나가 연기 나는 쪽으로 몸을 돌리는 할센라비온을 붙잡으며 말했다.

"연기가 이렇게 피어나는 것을 보니 보통 크게 불이 난 것이 아닌 모양입니다. 그러나 교황청의 방재(防災)기구가 곧 작동할 테니 그때까지만 연기와 불을 피해 몸을 숨기도록 하지요. 이쪽으로 오십시오."

헤지아나가 엄한 표정으로 말했고, 할센라비온은 그녀의 강경한 태도에 잠시 말을 멈췄다. 사실 그녀의 말이 사리에도 맞았으므로, 할센라비온은 일단 헤지아나를 따르기로 했다.

❖◆❖

"불이야!"

"옳지. 더 크게 외치십시오."

리시가 옆에서 소리치는 궁내원을 향해 말했다.

"불이야!!"

"그래요. 그 정도는 되어야 소란 속에서도 화재가 일어났음이 전달될 수 있습니다. 다음!"

"불―!! 쿨럭쿨럭쿨럭!!"

"연기를 마시면 안 되지요! 입을 가리고! 젖은 수건이면 더욱 좋습니다!"

리시의 지휘 아래, 여러 궁내원들이 일사불란하게 움직이고 있었다. 여기저기 화로에 담긴 불이 피어오르고 있었고, 궁내원들은 차례대로 가까운 수로의 물을 길어 화로에 끼얹었다. 어떤 궁내원들은 불이 완전히 꺼졌는지 확인하는 법을 알려 주고 있었다.

"리시 추기경님."

"오, 대표분들께 소방훈련을 한다는 점을 전달해 드렸나요?"

"네. 오전에 성화를 옮기는 중 발생할 수 있는 화재에 대비하기 위하여 훈련한다고 말씀드렸으니, 소란에 움직이지 말고 대기하시라 일러드렸습니다."

"좋습니다."

그리고 리시는 귀에 낀 이어커프 같은 것을 쥐더니 말했다.

"아아, 로미나. 들리나요, 로미나?"

[예에, 잘 들립니다. 이거 생각보다 편하군요. 역시 신품이 최고입니다.]

"그렇죠. 기술부가 노는 것은 아니라는 걸 알겠습니다. 하여간 연기는 잘 피우고 있습니까?"

[자알 피우고 있습니다. 몰아넣기도 잘 되는 것 같고요.]

[근데 로미나 님, 이 연기는 왜 피우는 겁니까?]

[성사를 앞두고 정화를 위하여 피우는 것입니다. 좀 더 열심히 연기를 피우세요!]

"잘하고 있군요."

리시가 만족스럽다는 듯 고개를 끄덕였다.

[누가 하는 일인데요. 확인할 수 없습니다만 목표가 지점에 도달한 것 같습니다.]

"좋습니다. 정화를 하였으니 당분간은 사람의 통행을 금지해야 한다고 말하고 보초를 세우십시오. 성무는 멈추지 말아야 합니다."

[성무는 계속될 것입니다. 쭉.]

통신은 중단되었다.

◆◈◈◈◆

—이러한 계략이 있는 것은 당연히, 영원히, 꿈에도 모른 채 황제는 철창 없는 우리에 제 발로 들어섰다.

"대체 어째서 이런 불이…."

"교황청에서 방재 훈련을 하지 않은 지 오래되긴 하였습니다. 이날이 지나면 한번 교육을 하는 게 좋겠습니다."

어쨌든 여기까진 순조로운데.

계획된 장소에 흑표범을 몰아넣는 것까진 성공했다. 장소는 수로가 있어 작은 다리를 건너야 하는 따로 떨어진 구역. 산울타리와 나무가 있지만 관리가 잘 되는 구역이 아니라 제멋대로 자라 있었고, 저 멀리에는 관리 도구를 놓은 수레 따위가 방치되어 있었다.

"도구가 있는 걸 보니 관리인들이 활용하는 곳인가 보군요."

"아, 네. 그렇죠. 관리인들이 관리도구를 보관하는 곳이기도 합니다."

그렇지만 관리하는 궁내원들은 아마 두세 달 전에나 이곳에 왔을 것이다. 관리된 모습을 보면 알 수 있다. 저기 울창하게 나무 위로 우거져 가리개 꼴이 된 넝쿨 식물을 보면 모르겠는가.

헤지아나는 할센라비온이 멋대로 안심하게 내버려 두고 다음 절차를 진행할 기회를 노렸다.

"어머. 이런."

슬쩍, 할센라비온의 뒤로 돌아선 헤지아나가 그의 어깨에 손을 올렸다.

"등에 상처가 난 것 같습니다."

"아."

할센라비온이 등 뒤로 손을 뻗더니 다급하게 몸을 돌렸다.

"오래된 상처가 있습니다. 신경 쓰지 마십시오."

아니, 이렇게 눈치가 없어서야. 헤지아나는 미간을 찌푸렸다가 바로 펴며 할센라비온을 향해 손을 뻗었다.

"아니요. 뛰어오면서 긁힌 것 같았습니다. 피가 나는 듯하니 좀 보여 주십시오."

"긁힌 상처라면 금방 낫겠지요. 내버려 두십시오."

"뭘 그리 내외하십니까. 제 명색이 그래도 신의 사제이고 치료의 권능은 땅 위에서 따를 자가 없습니다. 봅시다."

"괜찮다고 하지 않았습니까."

"아니, 좀 보자니까!!"

할센라비온이 이맛살을 찌푸리며 피하자, 헤지아나가 미간을 찌푸리며 상의의 멱살을 잡아당겼다.

"아니, 이게 뭐 하는…."

"치료해 준다니까 뭘 그리 빼는 겁니까?!"

헤지아나가 우악스럽게 달려들었고 할센라비온은 당혹한 낌새를 숨기지 못하고 헤지아나의 손을 걷어 냈다. 그러나 헤지아나 역시 쉽게 놓진 않았다.

"좀 보자니까…!"

"됐대도…!"

상황은 힘싸움으로 흘러갔다. 그러나 할센라비온은 훈련된 검사였기에 헤지아나가 이기기는 쉽지 않았다. 그러나 인간은 무엇인가? 인간은 신에게 축복받아 지혜를 다루는 종족 중 하나이다. 그래서 헤지아나는 할센라비온이 온 힘으로 자신을 밀어내기를 기다렸다가

—.

"엇!"

힘을 빼서, 그가 앞으로 쓰러지게 했다.

"꺄!!"

가식적인 비명과 함께, 헤지아나는 거친 잡초가 자란 풀밭 위로 쓰러졌다. 그 위로 당황한 표정의 할센라비온도 같이 쓰러졌다. 할센라비온의 몸이 가슴 위를 덮은 순간 숨이 막혔다. 헤지아나는 자신도 모르게 신음을 내뱉으며 몸을 움츠렸다.

"괜찮으십니까?"

재빨리 몸을 일으킨 할센라비온이 놀란 표정으로 헤지아나를 내려다보았다.

"그러게 왜 갑자기 힘을 빼서…."

그러니까 그 말 한마디만 빼면 좋을 것을.

헤지아나는 그러면서도 걱정스러운 듯 자신의 어깨에 손을 얹었다가 부적절하다고 생각했는지 손을 떼는 할센라비온을 보며 그 정

도는 용서해 줄 수 있다는 생각을 했다.

"손이 꺾여 아파서 그랬지요. 그러니 순순하게 치료를 받았으면 좋았을 것을."

"일어나 앉기나 하십시오."

한숨을 내쉬며 할센라비온이 손을 내밀었다.

"아―. 아니. 그냥 앉아 있는 것보다는 기대서 앉는 게 좋겠군요."

헤지아나가 손을 붙잡으려고 하자, 할센라비온은 손을 거두더니 헤지아나의 무릎 밑으로 손을 넣고 들어올렸다.

"우왓…!"

헤지아나가 놀라서 소리 지르며 할센라비온의 어깨를 붙잡았다. 잘 붙잡으라거나 하는 말도 없이 그는 헤지아나를 나무 밑으로 옮기고 기대 앉혔다.

땀과 뒤섞인 체취가 코를 자극했다. 묘하게 몸까지 자극하는 듯한 체취에 이끌린 듯 고개를 들어, 헤지아나는 멀어지는 할센라비온을 살펴보았다.

"저는 주변을 살펴보고 오겠습니다."

"불이 꺼지면 알 수 있을 겁니다. 그 전까지 쉬고 계시지요."

지금 할센라비온이 나가면 소방훈련이라는 것을 눈치챌 수도 있었다. 헤지아나가 손을 붙잡으며 잡아당기자, 할센라비온은 잠시 표정을 굳히더니 씩 웃었다.

"그렇게나 저와 같이 있고 싶으신 겁니까?"

"네?"

할센라비온이 자세를 낮추더니 헤지아나의 손 위에 자신의 손을 얹었다. 헤지아나는 할센라비온의 손을 보다가 자신에게 다가온 보라색 눈동자를 발견하곤 놀라 작게 흠칫거렸다.

"그렇게 원하신다면 곁에 있어 드리지 못할 것도 없지요. 그다음은 뭘 원하십니까?"

할센라비온의 무릎이 땅에 닿았다. 헤지아나의 무릎을 다리 사이에 두고, 할센라비온이 간격을 좁혔다.

"제 옷을 무척이나 벗기고 싶어 하시던데, 굳이 벗기지 않아도 상관없지 않은지요?"

"어…"

할센라비온이 헤지아나의 눈동자를 똑바로 바라보며 그녀의 손을 잡아끌었다. 그것이 뜨겁고 습기가 느껴지는 겉옷에 닿았다. 겉옷 아랫부분에 닿은 손은 옷과 살의 틈새 사이로 끌려들어갔고, 땀에 젖어 있는 피부가 손끝에 닿았다.

지나쳤다. 지나치게 선명했다. 손끝에 습기와 함께 피부의, 부드럽다기보다는 단단하고 균일한 질감이 달라붙듯이 감겼다. 그 감촉이 땀방울과 함께 손가락 사이로 스며들어 신경에 녹아드는 것 같았다.

"원하시는 대로 하시면 되지요."

손이 위로 이끌려 올라갔다. 손에 걸린 옷도 같이 끌려 올라가고, 때문에 손바닥에 닿는 감촉보다 먼저 복근부터 보게 되었다. 여유라고는 하나도 없이 꽉 짜여 있는 몸이었다. 그제야 손끝으로 눌러 본 허리가 단단하다는 것을 깨달았다.

같은 근육질이라고 해도 카람찬트는 훨씬 유습하고 부드러워 살아 있는 생물의 느낌이었다. 그렇지만 할센라비온의 몸은 바위산이

나 사막에 가까웠다. 그러나 사막에도 언덕은 있다. 손끝이 민감하게도 남자의 몸에 새겨진 곡선을 알아차렸다. 굽이굽이 계속 이어지는 모래언덕의 유선처럼 그의 몸에 새겨진 깊은 굴곡을 따라 손이 움직였다.

"기분이 어떠신가요?"

"아…. 어…."

할센라비온이 부드럽게 물었다. 웃음 짓고 있는 그는 상냥해 보였고, 보이는 것뿐만이 아니라 말도 태도도 정말로 상냥하고 친절했다. 그는 헤지아나의 다른 손도 붙잡아 자신의 배 위에 얹었다. 두 손이 천천히 위로 올라가 단단한, 그리고 얄팍한 굴곡이 있는 가슴을 감싸 쥐었다.

"만족하십니까?"

"어—."

네.

헤지아나는 고개를 끄덕이고 싶은 걸 참았다. 눈앞에선 할센라비온의 보라색 눈동자가 정말로 온화하게 자신을 쳐다보고 있었다. 봉사라도 해 주듯이 마음껏 만지게 해 주는, 그야말로 말근육이라고 할 수 있을 만한 가슴을 즐기고 있자니 얼굴이 붉어지고 가슴이 두근거렸다. 마른침도 넘어갔다. 식욕이 돋은 탓이다.

손가락이 조심스럽게 꿈틀거렸다가 탐욕에 젖은 티가 날까 싶은 생각에 움직임이 멈췄다. 손끝에 닿는 몸은— 솔직히 말해서, 탐이 났다. 이게 빨리 처리하고 싶어서 생긴 감정인지, 아니면 정말 육욕이 동한 것인지는 약간 혼란스럽긴 하지만 어쨌든.

'이렇게 적극적이면 어떻게 해야 하지?'

사실 어제처럼 할센라비온이 뺄 줄 알았다. 그런데 이렇게 적극적이면 어떻게— 하긴, 그냥 하면 되지!

헤지아나는 할센라비온의 가슴을 꽉 붙잡았다. 순간 상대의 표정에 당혹감이 스쳤지만, 뭐 그거야 그럴 수도 있었다. 헤지아나가 자신을 진정시키며 말했다.

"적극적인 유혹이군요. 이 몸을 바칠 생각이라도 있으신 겁니까?"

"바—치다뇨."

할센라비온의 미간에 잠시 주름이 잡혔다가, 다시 다정한 웃음으로 바뀌었다.

"그런 말을 아무렇지도 않게 하시는군요. 그런 식으로 색을 밝혀도 되는 겁니까? 교황청은 청렴이라는 말을 버리기로 한 모양이군요. 이래서야."

"먼저 그런 말씀을 하셨잖습니까?"

헤지아나가 손을 움직였다. 할센라비온의 눈썹이 슬금 움찔거렸다.

"그런 적이 없습니다만. 대체 성상납을 받겠다는 소리를 하시다니 교황이 그래도 되는…."

움찔. 할센라비온의 몸이 떨렸다. 헤지아나의 손이 유두 근처를 스치고 지나갔고, 말이 끊긴 순간 그는 자신의 눈동자를 똑바로 보고 있는 헤지아나의 시선을 깨닫고 입을 다물었다. 반응을 살피는 시선이었다. 이런 시선 앞에선 여유로운 척해야 했다.

"격이 떨어지는 행동을 하시면 안 되지요."

"이렇게 도발해 놓고 막상 하려니 겁이 납니까?"

손이 스윽, 살갗을 훑으며 가슴을 지나 옆구리를 건드렸다. 할센라비온의 몸이 크게 떨렸고, 이 떨림은 숨길 수 없었다. 할센라비온이 입술을 씹은 순간 헤지아나가 씩 웃었다.

"끝까지 책임지지 않을 거면 이런 걸 하지 말았어야죠."

"웃…."

할센라비온은 튀어나온 신음을 억누르며 붙잡고 있던 헤지아나의 손을 빼냈다. 그렇지만 헤지아나는 물러서지 않았다. 좀 더 깊이 손을 밀어 넣으며 할센라비온의 가슴을 더듬었다.

손가락 끝이 부드럽게 살갗을 쓰다듬자 단단하던 그의 얼굴에 미세하게 주름이 잡혔다. 그는 다시 얼굴을 굳히려 했지만, 손끝은 예민하게 반응해 솟아오른 유두를 지그시— 정말로 천천히, 느긋하게, 옆으로 문지르듯이 눌렀다. 입술에 힘이 들어갔다.

겨우 소리를 삼키고 할센라비온은 헤지아나의 눈치를 살폈다. 보지 않았으면— 그런 기대와는 달리, 헤지아나의 푸른 눈동자는 똑바로 자신을 보고 있었다. 아마 계속 보고 있었을 것이다. 수치심에 할센라비온의 이가 악물렸고, 그는 헤지아나의 손목을 힘주어 붙잡았다.

"아!"

순간 헤지아나의 얼굴이 고통으로 일그러졌다. 아픔을 줄 생각은 없었다. 놀란 할센라비온이 손에서 힘을 뺐다. 헤지아나는 자신도 모르게 옷 속에서 뺀 손목을 붙잡았다가, 할센라비온을 쳐다보며 속삭였다.

"제 몸은 황제처럼 강건하지 않습니다. 그렇게 힘주어 붙잡으면 몸에 멍이 들겠지요. 제가 멍든 손목으로 오늘 폐회식에 나서도 좋으신가요?"

"원하지 않습니다. 그러니 이런 건…."

"원하는 대로 하라고 한 것이 누구시더라?"

헤지아나가 작게 웃으며 할센라비온의 허리를 붙잡았다. 끌어당기자 그는 순순히 헤지아나의 허벅지 위에 주저앉았고, 눈높이는 여전히 높았지만 이전보다는 낮아졌다. 헤지아나는 그의 뺨에 양손을 얹고 좀 더 아래로 끌어당겼다.

그의 표정은 설마 그럴 리가, 아닐 것이다, 그렇게 생각하는 것 같았지만.

"음…!"

입술이 겹쳐졌다. 이전, 미숙한 탓에 맥없이 당했던 방법 그대로, 얼굴을 붙잡은 채 아랫입술부터 물고 빨아들였다. 열린 입술 사이로 혀를 밀어 넣어 치열을 훑었다. 그의 몸이 가볍게 떨렸고 거부하려는 듯이 물러서는 턱을 억세게 붙잡았다. 다무는 입술을 강제로 벌렸다. 혀를 얽고 미뢰를 비벼 상대를 맛보고, 굵은 신음이 흘러나오자 입천장을 혀끝으로 간질였다.

"흐… 으음…!"

할센라비온의 표정이 어떻게 해야 좋을지 모르겠다는 듯이 일그러졌다.

이런 것은 예상하지 않았다. 그래서 어떻게 대응해야 할지 알 수 없었다. 설마하니 이런 식으로 이어질 줄, 이렇게 노골적으로 나올 줄 누가 알았겠는가? 허리를 더듬는 손길 또한 쳐내지도, 받아들이지도 못한 채 할센라비온은 소극적으로 헤지아나의 혀를 피했다.

[침대로 끌고 가는 건 나쁘지 않은 생각인 거 같습니다.]

좀 전까지는 해 볼 만한 일이라고 생각했다. 하지만 혀를 얽어 본 지금은— 아니, 안 된다. 절대 해서는 안 될 일이었다. 회의 초반의 교황을 상대로 그랬다면 계획은 성공적이었을 것이다. 하지만 지금 은…!

"읍…. 앗, 흑!"

잡아먹힌다.

본능적이고 투박한 직관이었지만, 사실 꽤 정확한 판단이기도 했다. 어쨌든 이 상태로는 그저 상대가 원하는 대로 될 뿐, 자신이 원하는 대로 될 리가 없다는 확신이 등골을 오싹하게 찔렀다. 위기 감이 여기에서 벗어나야 한다고 말했다.

할센라비온은 자신의 턱을 붙잡은 헤지아나의 손을 거칠게 떨쳐 내고 몸을 일으키려고 했다. 그러나 헤지아나는 그가 도망치게 내 버려 두지 않았다. 그녀의 손은 빠르게 할센라비온의 멱살을 붙잡 았다.

"—!"

악문 잇새로는 신음도 나오지 않았다. 옷깃을 낚아챈 손은 거칠 게 그를 잡아당겼고, 강제로 무릎 꿇려진 황제는 중심을 잃고 허공 에 손을 뻗었다. 헤지아나의 어깨를 붙잡았던 것 같았다. 그렇지만 다음 순간, 이쪽이 떠밀렸다는 게 느껴졌다.

아 하는 생각이 머리를 스쳤다. 위험에 익숙해진 몸은 반사적으 로 움직여 땅을 짚었다. 뒤로 밀려나던 몸이 그렇게 쓰러짐을 멈추 나 했다. 그러나 손이 날아들었다.

신기에 가까운 날렵한 움직임이 팔의 관절을 잽싸게 쳤다. 힘의 방향대로 팔이 꺾이고, 몸이 기울고, 뒤통수가 땅에 둔중하게 부딪혔다.

"윽!"

짧은 신음을 이를 악물어 끊어 삼키고 몸을 일으키려고 했다. 머리가 부딪혀 어지러웠지만 그렇다고 누워 있는 것은 죽여 달라는 소리밖에 되지 않는다. 삶의 경험이 그랬던 만큼 그는 일어나서 방어 자세를 취하려고 했다. 그렇지만 이번엔 두 어깨에 무게가 실렸다.

머리가 땅에 닿고, 천장이 보였다. 제일 먼저 보인 것은 푸른 하늘. 거기에서 쏟아지는 작살 같은 아침 햇살. 그것들을 부드럽게 가려 주는 나뭇잎과 나뭇가지에 얽혀 차양처럼 널브러져 있는 넝쿨식물.

새순이 붉은색인 넝쿨식물이었다. 꽃이 핀 듯 화려한 이파리가 아침 햇살에 석류알처럼 빛났고, 다른 넝쿨식물도 그에 같이 얽혀 꽃을 피우고 있었다. 순간적으로, 상황에 어울리지 않게 이대로 누워 있고 싶다는 생각이 들었다. 아름다웠고, 계속 보고 싶었다.

빛과 잎과 꽃을 배경으로 자신을 내려다보고 있는 여자까지도.

"정말 원기가 넘치시는군요."

머리를 부딪치면서 어디 이상해진 것 아닐까?

할센라비온은 이마를 짚으며 얼굴을 찡그렸다. 자신을 내려다보는 헤지아나에게서 시선을 뗄 수 없는 것과는 달리 위기를 알리는 징과 나팔 소리가 머릿속 한쪽에서 계속 울리고 있었다.

"저보다 열한 살이나 많지 않으십니까? 서른 넘으면 한풀 꺾이는 것이 보통이라던데 이토록 혈기방장하시니."

그러게. 생각해 보니 이 여자는 자신보다 열한 살이나 어렸다. 서른 중반에 들어선 남자의 몸으로 스물 초반의 여자에게 밀려, 심지어 깔려 있다는 사실이 자존심을 건드렸다. 그렇지만, 입가를 닦는 헤지아나를 본 순간.

"아— 안 돼."

"됩니다."

혼잣말 같은 중얼거림에 부정하는 추임새가 따라붙었다.

순식간이었다. 옷 안으로 손이 들어오고, 살갗에 닿은 손길이 자극적으로 몸을 찔러 대고, 상의가 위로 걷어져 배와 가슴이 드러났다. 밝은 햇빛 아래 몸이 드러나자 수치심에 순간 몸이 움츠러들었다.

'아니 왜? 저번엔 아예 벗고 있을 때 봤는데?'

의문이 스쳤지만, 답은 바로 나왔다. 그때는 상황이 달랐으니까.

그때는 자신이 연습하던 중 벗은 것이었고, 그 몸으로 상대를 위압하고 있다는 자신감이 있었다. 그렇지만 지금은 주체성도 없고, 주도권도 없다.

"이게…. 이게 무슨 짓이신지, 적당히…!"

"보면 모릅니까? 계속 도발하신 게 누군데 무슨 짓이냐니, 장난도 심하십니다."

옷을 걷어 올린 헤지아나의 손이 가슴의 얕은 굴곡을 따라 움직였다. 그녀의 시선이 가쁘게 움직이는 가슴을 훑듯이 쳐다보고 있었고, 정말로 민감해진 피부를 훑는 듯한 기분에 그의 몸이 가볍게 움찔거렸다.

"기대하게 했으면 책임을 지셔야죠."

보통 남자가 하는 대사 아니던가, 그거.

"그리고 그쪽도, 이렇게 됐으면."

"흑…!"

꽉, 아래를 붙잡는 압력에 할센라비온이 눈을 꽉 감았다. 반사적인 행동이었다. 허벅지에 힘이 들어가고 아랫배부터 말단까지 저릿한 쾌감이 휩쓸었다.

"원한다는 것 아닌가요?"

"그 정도는, 원래 자극을 받으면…"

"자극을 받아서, 이렇게 되었으면 원할 텐데요."

헤지아나의 손이 옷 위에서 움직였다. 조금씩 피가 몰리고 있다는 것은 알았지만 그것을 헤지아나가 눈치채고 있을 줄은 몰랐다. 기둥의 밑부분을 장난치듯이 문지르는 손길에 몸이 달아올랐다. 애가 탄다.

'젠장.'

할센라비온이 이를 악물었다. 신음을 삼키려면 그렇게 할 수밖에 없었다. 앓는 듯한 신음도 내고 싶지 않았다.

"아니면 혼자서라도 해결하실 셈입니까? 이렇게 아래를 불룩하게 하고 나가서, 사람들 가득한 정원과 복도를 지나서…"

헤지아나가 몸을 숙였다. 젖은 푸른 눈동자가 다가왔고, 붉은 입술이 가만히 귓가에 속삭였다.

"방 안에 들어가서, 혼자 해소하실 건가요?"

"앗…. 윽…!"

작게 신음을 냈다가 입술을 깨물었지만, 헤지아나의 손이 점점 열기를 띠는 것을 아예 붙잡고 흔들자 소리를 내지 않을 수가 없었다. 입이 벌어지고 작은 신음이 입술 사이에서 새어 나왔다. 귓가에 속삭이던 헤지아나의 입은 신음 대신 가쁜 숨을 내뱉는 입술을 향해 이동했다. 얼굴이 눈앞에 있었고, 할센라비온은 그녀의 손 움직임에 표정을 바꾸지 않으려고 애썼다.

"겨우 맨살을 손끝으로 조금 더듬은 것만으로도 이렇게 되어버리다니."

그렇지만 그런 의지를 농락하려는 듯, 헤지아나의 입술이 턱 밑에 뜨거운 낙인을 찍었다.

"정말 음란하군요."

"아, 윽…. 하아…!"

손이 옷 위에서 기둥을 감싸 쥐고 위아래로 움직였다. 움직이면서 머리 부분을 슬쩍 건드렸다가 멀어졌다. 이래선 안 된다는 이성과 반대로 욕구는 애가 달아서 미쳐 버리려고 했다.

민감했다. 지나치게.

"오는 여자 막은 적이 없다고 하시던데 본성에 음기가 많아 그럴 수밖에 없으셨던 모양이군요?"

"이봐, 너…!"

할센라비온이 거친 목소리로 위협하며 헤지아나의 팔을 붙잡았다. 하지만 헤지아나의 혀가 가슴에 닿은 순간, 그는 잠시 저항할 의지를 잃어버렸다.

"윽…!"

참았다. 부드럽고 축축한 혀가 뱀처럼 가슴 위를 기어 유두를 간질이는 것도, 가느다란 손이 위아래로 움직이며 자극해서 숨이 거칠어지는 것을 억누르고 신음이 나오려는 것을 삼켰다. 그렇지만 이미 잔뜩 일그러진 얼굴은 더 숨길 수 없었다.

"으… 흐윽…!"

…생각해 보면, 꽤 오래 금욕했다. 회의 전부터 바빠서 딱히 여자가 접근하지도 않았고, 회의 동안은 첫날 꾼 음란한 꿈을 포함해도 근 2주간 아무 일도 없었다. 이 교황청에서 아무 일도 없는 게 당연하지만 말이다.

오랜만에 느끼는 부드러운 손길. 타인이 어루만져 주어 일깨운 쾌감을 몸이 메마른 땅이 물을 받아들이듯 머금고 흡수했다. 단 한 톨도 거부하지 않았다. 그래서는 안 된다는 생각조차 흐려지고 이유 없는 반사적인 저항만 남았다.

"이렇게 음란한 몸인 게 들통났다면 순순히 받아들여도 될 텐데요. 그렇게 앙탈 부리듯 저항하는 이유가 뭡니까?"

음란한 몸이라느니, 앙탈이라느니, 반박하고 싶은 말이 한두 가지가 아니었다. 하지만 얼굴을 찌푸리고 입을 연 순간 헤지아나가 축축하고 미끈한 혀로 가슴 옆, 옆구리를 핥았고 허리를 입술로 꼬집었다. 열린 입에서는 반박 대신 신음이 힘겹게 흘러나왔다.

"아. 혹시."

헤지아나의 혀가 복근 위를 천천히 기었다. 곧 그녀의 오른손이 계속된 자극으로 꿈틀거리는 성기를 움켜쥐었다. 아직 완전히 발기하진 않았지만, 느낌상으로 반…. 아니, 반 이상은 흥분했다. 헤지아나의 손안에서 자신의 물건이 흥분해 꿈틀거리는 것이 조금씩 느껴졌다. 한 번 불끈거릴 때마다 부풀어 올랐고, 맥동할 때마다 단단해졌다.

그 맥동과 변화를 헤지아나도 그대로 느끼고 있었던 것 같다. 헤지아나는 할센라비온의 페니스를 옷 위에서 오른손 엄지손가락으로 문지르며, 만족스러운 듯 가늘어진 눈으로 할센라비온을 내려다보았다. 할센라비온에게는 그것이 비웃는 것으로 느껴졌다.

"저항하다가 힘으로 눌려 정복당하는 쪽이 취향이십니까?"

헤지아나가 손가락을 훑으며 간지럽게 속삭였다.

"누가, 그런 웃."

"그런 쪽이라면 제가 요즘 배운 것이 있지요."

헤지아나가 할센라비온의 아랫배에서 손을 뗐다.

손길이 멀어진 순간 갑자기 숨이 막혔다. 조금 더 원한다는, 타인의 손이 닿길 바란다는 본능적인 요구로 몸이 들썩거리고 그래서는 안 된다는 이유 없는 이성의 외침이 충돌해서 머릿속이 먹먹해진 사이 양손이 머리 위로 들어 올려졌다.

"남자라면 보통 한 손으로 여자의 양 손목을 잡을 수 있는 듯하지만."

헤지아나의 목소리와 숨결이 목덜미를 간질였다. 그때마다 아래쪽이 자신에게 자극을 달라고 반응했다.

'젠장, 미치겠군.'

입에서 거친 숨소리가 나왔다. 위에 걸터앉은 여자는 그것을 눈치챈 듯 '풋' 소리를 내며 웃더니 허리끈을 풀고 엉덩이를 내렸다. 몸의 굴곡 사이에 자신의 물건이 자리 잡는 게 느껴졌고, 묵직한 무게가 그것을 짓눌렀다. 이어 천천히, 부드럽고 육중한 살덩이가 발기한 것을 문질렀다.

"흐으… 읏!"

"아…. 뜨겁군요. 옷 위에서도 느껴질 정도로 흥분하시다니."

헤지아나의 표정이 달콤하게 녹아내렸다. 뺨에 홍조가 돌고 입술은 더욱 붉어졌으며, 허리는 다리 사이의 페니스를 압박하며 천천히 위로 올라왔다.

"제가 특별히 뭔가를 하지 않았는데도 이렇게 되시다니, 정말 기대가 많으신 모양이군요. 좋아요. 원하시는 대로 해 드리겠습니다."

"대체 무얼…."

헤지아나는 대답 대신 고개를 숙였다. 가슴이 할센라비온의 얼굴을 덮었고, 뺨과 입술을 누르는 뭉근하고 부드러운 감각에 할센라비온은 잠시 숨을 멈췄다. 자극과는 다른 류의 부드럽고 관능적인 감각에 순간 정신이 아찔했다.

그렇지만 이어 손목에 닿는 느낌은―.

"정복당하는 쪽이 취향이시라면, 부끄러워하지 마세요."

"이봐, 이거 풀어…."

할센라비온이 거친 숨을 내뱉으며 말했다. 그러나 그런 힘없는 목소리로 말해 봤자 설득력이 없었다.

"원한다면 끊으시면 됩니다."

물론 그것은 카람찬트의 손을 묶은 것으로 교황청의 물품이다.

헤지아나는 씩 웃으며 할센라비온의 팔을 눌렀다. 헤지아나는 자신의 몸을 가리며 길게 늘어진 망토를 고정한 핀을 풀어 흰 어깨를 드러내며,

"철저하게 수동적인 즐거움을 맛보여 드리지요."

이극의 세계에서 일극을 맡은 지배자를 두려움에 떨게 했다.

살을 맞대는 감촉만 따지자면야 카람찬트나 가일란이 더 좋았다. 물론 가일란은 체모가 많아서 정리를 좀 할 필요가 있겠지만. 그리고 피부의 감미로움은 리암이나 루시올이 더 좋았고.

하지만 황제의 몸은 거칠고 질긴, 사막이나 바위산, 새벽이슬에

나 겨우 습기를 머금는 마른 황야 같았다. 여유는 하나도 없이 팍팍하게 짜인 몸은 살아남기 위해 달리기만 해 온 야생 짐승 같았다. 물론, 그런 짐승을 마음껏 만지는 것은 매우 흥분되는 일이었다.

헤지아나는 손목을 움직여 보는 할셴라비온의 가슴을 향해 고개를 숙였다. 흐트러진 머리카락이 닿자마자 천년 동안 움직이지 않을 것 같은 바위 같은 몸이 흠칫거렸고, 혀가 닿자 바위가 쪼개져 구르는 듯한 신음이 잇새에서 흘러나왔다.

오래 끌 필요는 없었다. 목에 입 맞춘 다음, 마른 몸 위의 유일한 습지인 입술에 입 맞추고 그 안의 물방울을 강탈하며 헤지아나는 그의 바지춤을 붙잡았다. 골반쯤에 손이 닿자 그는 그녀가 하려는 것을 알아차린 듯했다. 할셴라비온의 허리가 저항하듯 비틀렸지만. 헤지아나는 무릎으로 허벅지를 눌러 그의 저항을 무마시켰다.

역시 마른 몸이었다. 허벅지 옆으로 쑥 들어가는, 움푹 팬 곳에서 헤지아나는 옆으로 손을 움직였다. 손에 닿는 허벅지 근육은 말처럼 단단하고 결이 큼직큼직하게 나뉘어 있었다. 심지어 그것은 달리는 말처럼 꿈틀거렸다.

헤지아나는 긴장해 어떻게든 해 보려고 꿈틀거리는 허벅지를 힘주어 움켜쥐었다. 그러나 허벅지는 돌처럼 단단해 손끝 하나 제대로 들어가지 않았다. 카람찬트는 훨씬 부드러운 느낌이었는데.

"으음…!"

할셴라비온이 저항하듯이 신음을 내뱉었다. 그러나 입고 있는 옷부터 그의 편이 아니었다. 앞부분의 끈을 풀면 앞섶이 느슨해져 국부를 가리는 천 조각이 드러나는 그 옷은 남성의 용변을 쉽게 처리하기 위해 만든 옷이었다. 이 의복에는 그의 나라의 역사가 관여하니, 그의 나라의 역사가 그의 편이 아니라고 해도 무방했다.

헤지아나는 혀끝으로 그의 신음을 억누르며 열린 틈 사이로 손을 넣었다. 훅, 열기가 손끝에 감겼다. 헤지아나는 국부를 가리는 천 조각 밑으로 손을 넣었다. 굵은 음모가 느껴졌고, 다음은 열기의 근원이 닿았다. 그녀는 그것을 쥐었다.

그리고.

"흑…."

"어…."

헤지아나는 잠시 움직임을 멈췄다.

혀의 움직임조차 멈춘 탓에 할센라비온의 입술이 떨어졌다. 그 입에서 터지는 가쁜 숨이 입술에 닿았다. 헤지아나는 할센라비온의 페니스를 다시 쥐어 보았다.

"응…!"

할센라비온의 몸이 다시 꿈틀거렸다. 열기와 미묘한 습기로 끈적한 살이 맞닿았고, 핏줄이 바짝 돋은 것이 느껴질 정도로 발기한 것은 헤지아나의 손안에서 작게 꿈틀거렸다. 헤지아나는 그것을 손 끝으로 문질러 보았다.

"으윽…."

가늘게 일그러지는 그의 얼굴, 힘겹게 새어 나오는 듯한 신음.

헤지아나는 한 손을 더 뻗어 그것을 쥐어 보았다. 사실 굵기가 좋은 편이라는 것은, 옷 위에서 만져 보았을 때도 대충 예상했다. 그리고 이곳의 대표들은, 루시올처럼 어리지 않은 이상 길이와 굵기는 대부분 평균을 넘었다. 심지어 루시올마저도 굵기는 충분했다.

하여간 넘어가서 옷의 두께가 있으니 어느 정도는 뿅, 아니, 포장이려니 했다.

하지만 실제로 만져 보니— 아니었다. 구체적으로, 한 손으로 잡기 빠듯한 굵기.

더 나아가, 헤지아나는 그것을 위아래로 더듬어 보았다. 대표들의 대다수가 두 손으로 잡아도 남기는 했다. 그런데, 이자는….

"크흑…."

사이즈를 확인하느라 바쁘게 움직이는 손길에 얼굴이 일그러진 할센라비온을 내려다보며 헤지아나는 마른침을 삼켰다. 뭔가 잘못된 것인지도 모른다는 생각이 들어 헤지아나는 할센라비온의 바지를 무릎까지 내렸다.

바람이 부드럽게 불었다.

나뭇잎들이 서로 부딪히며 사라락거리는 소리를 냈고, 햇살은 나뭇잎들 틈새로 떨어져 황동색 남자의 피부를 빛냈다.

결박된 손목이 줄과 마찰해 붉게 물들었다. 짧은 검은색 머리카락은 땀에 젖어 이마와 목덜미에 달라붙어 흐트러져 있었고, 미간은 위에서 쏟아지는 날카로운 아침 햇살 때문인지, 아니면 다른 이유 때문인지 사정없이 일그러져 있었다. 얇은 입술 또한 가지런한 잇새에서 짓씹혔다가 참지 못하고 벌어져 가쁜 숨을 뱉어 냈다.

계곡처럼 확실하게 쪼개진 두 개의 가슴은 얕게 부풀었다가 가라앉기를 바쁘게 반복했고, 늘씬하게 뻗은 허리 또한 잘 경작된 대지처럼 정돈되어 있었다. 그리고 그 아래,

나뭇잎 사이로 떨어지는 햇살을 받아, 드러나는 것을 견디지 못하겠다는 듯이 꿈틀거리는 그것은.

"크흡…."

수치스럽다는 듯이 할센라비온이 몸을 움츠렸다. 하지만 그건 가릴 수 없었다. 위로 솟아 있는 데다가, 손 한 개로 쥘 수 없을 정도로 두껍고, 손 두 개로 다 쥘 수 없을 정도의 길이였으니까. 손 두 개가 무언가. 아무리 보아도 이건.

'손 하나가 더 필요할 거 같은데?'

몸만 말근육인 줄 알았더니 그것도 말자…. 아니, 말의 것인가.

헤지아나는 마른침을 삼켰다. 그도 그럴 게 자신이 이런 생각을 할 줄 몰랐다만, 그 상투적인 어구가 머릿속을 스쳐 지나간 것이었다.

'이게 들어가긴 하나…?'

아니, 물론 사람 머리가 나오게 되어 있는 곳에서 저 정도 물건이 들어가지 말라는 법은 없다. 그렇지만 굵기는 둘째 치고 길이가 과연 될 것인가. 들어가기야 들어가겠지만 잘 안 맞아서 아프지 않을까.

헤지아나는 고민했다. 물론 그 고민은 그렇게 길지 않았다.

"왜 그렇게 정숙하게 구시나 했더니, 좋은 걸 함부로 주기는 또 싫으셨던 모양입니다."

첫날 이미 해봤으니 어떻게든 되겠지. 왜 그때 본 물건이 기억이 안 나는지는 모르겠지만, 그때 자신이 경황이 없었던 것 역시 사실이니 뭐 어쩔 수 없는 일이겠다.

헤지아나는 앞섶을 터 가슴을 드러내고, 치맛자락을 들어 할센라비온의 위에 앉으며 혀끝으로 입술을 핥았다.

"그렇다면 거래를 하자고 말씀을 하셨어야죠. 함부로 도발만 하는 게 아니라, 훌륭한 것을 바칠 테니 보상을 달라고."

"누가 물건인 것처럼…."

할센라비온이 얼굴을 일그러뜨렸다. 그러나 헤지아나가 손가락을 혀로 핥았다. 축축해진 손가락을 아래로 내려 투명한 액이 묻은 머리부터 농락했다. 손가락은 헤프게 점액을 흘려 대는 틈새를 희롱했고, 틈새를 파고든 걸 느낀 순간부터 그의 입에선 말이 사라졌다. 대신 신음이 차올랐다.

"으흑…! 아, 앗…!"

"이렇게 저를 달아오르게 하면서도 정숙하게 구셨던 건 저에게 맛을 볼 기회를 한 번 주시기 위한 것이겠지요. 좋습니다. 저도 한 번 맛을 보도록 하지요. 마음에 들면…."

헤지아나가 천천히 속옷을 내렸다. 사실 준비는 충분히 되지 않았지만, 그건 일단 머금어 본 다음 해 보기로 했다.

"보상을 드리도록 하지요."

"너―."

할센라비온이 씨근거렸다. 하지만 헤지아나는 내려다보며 웃을 뿐이었다.

준비가 충분하지 않아서 즐겁지 않을 수도 있었지만, 사실 궁금했다. 대체 이걸 넣으면 어떤 느낌이 들까. 올라타는 것이니까 자신이 리드할 수 있었다. 넣고 움직여서 자신을 흥분시키는 걸 생각하니 기대감에 속이 움찔거렸다.

어차피 생각과 달리 좋지 않으면 바로 끝내 버리면 됐다. 그리고 다른 방법을 써 보면 되겠지. 일단 몸을 튼 이상 다음 기회를 잡는 건 어렵지 않으니까.

—아니, 잠깐.

지금 생각하는 거 한 10년은 놀아먹은 난봉꾼 같은데.

뭐, 하여간 뭔 상관이란 말인가. 헤지아나는 할센라비온의 물건을 손에 쥐었다. 할센라비온의 표정이 순간 일그러졌다.

"흑…!"

허리가 꿈틀, 흔들렸다. 헤지아나는 치맛자락을 허리까지 걷어 올렸다. 국부가 드러나고, 할센라비온의 페니스가 다리 사이에 닿았다. 다가온 순간 열기가 확 느껴졌고, 그걸 보는 할센라비온의 얼굴은 눈앞에서 벌어지는 일을 믿을 수 없다는 듯 일그러져 있었다.

그의 표정을 내려다보며 헤지아나는 천천히 몸을 내렸다. 몸이 맞닿았고, 입구에 제일 민감한 머리 부분이 닿은 순간 그의 얼굴은 사정없이 일그러졌다.

페니스를 쥔 채, 귀두를 몸의 입구에 대고 문지르며 헤지아나는 묘한 흥분에 젖었다. 그건 피부에 닿는 실감 때문이기도 했고, 일그러진 할센라비온의 얼굴 때문이기도 했다. 길을 찾아 머리 부분을 가볍게 몸으로 머금자, 그것만으로도 이미 한껏 벌어지는 느낌이 들었다.

"아— 크흑!"

할센라비온의 허리가 떴다. 그의 페니스가 몸 안으로 밀고 들어오려고 했지만 길을 잘못 찾았다. 입구를 두들기는 묵직한 감각에 헤지아나가 짧게 신음했다. 이제 시작일 뿐인데 할센라비온의 가슴은 가쁘게 오르내렸고, 얼굴은 쾌락으로 흐트러져 엉망이었다.

"시종일관 오만한 사내가 그런 표정을 지으니 보기 좋군요."

"큽, 으흑!!"

그의 얼굴이 수치심과 분노로 얼굴이 일그러진 순간, 헤지아나는 하체를 아래로 무겁게 내렸다. 아주 느린 움직임이었다. 충분히 젖지 않은 내벽을 한 번에 관통할 수는 없었다. 또 그렇게 큰 것을 한 번에 삼킬 수도 없었다.

묵직하게, 힘을 주어 천천히 내려앉으며 헤지아나는 탄성을 내뱉었다.

흥분하지 않은 내벽을 잡아 벌리듯 넓히는 느낌이 있었다. 자신이 누르는 만큼 들어오는 느낌이 생생했다. 단순한 쾌락과는 다른 종류의 흥분이 등줄기를 오싹하게 건드렸다. 들어오는 것에서 느껴지는 열기, 묵직함이 속을 단단하게 채웠다. 중간에 한 번, 그 묵직한 것이 흥분해 내벽을 한 번 치댔다.

"꺄아…!"

아직 반도 삼키지 않은 상태에서, 헤지아나는 무릎을 세운 채 떨었다.

날것으로 다가오는 느낌이 견딜 수 없었다. 핏줄이 불끈거리는 것마저도 느껴지는 것 같았고, 그런 감각이 흥분으로 변해 온몸을 오싹오싹하게 자극했다. 조금 더 몸을 내렸다.

꽉 찬 느낌이었다. 묵직하게, 벌어지는 이 느낌. 어디까지 들어왔는지 그 묵직함이 실감나게 알려 주었다. 동시에 과연 이것을 끝까지 삼킬 수 있는지 슬슬 의문이 들었다. 과연 첫날에 이걸 다 삼킬 수 있었던 걸까. 할센라비온도 반만 넣고 움직였던 거 아닐까.

"윽, 앗…. 으흑…."

천천히, 조금씩 삼킬 때마다 할센라비온이 견딜 수 없다는 듯이 신음하며 허리를 비틀었다. 쾌락에 지지 않으려고 애쓰려는 모습이긴 했지만, 잔뜩 일그러져 입을 벌리고 있는 표정이 이미 음란함에 한껏 물들어 보는 사람마저 음탕하게 만들고 있었다. 헤지아나는 묘한 고양감에 허리를 비틀듯이 흔들며 내려앉았다.

"큭!"

"앗, 하아."

허리를 좌우로 비틀자 안에 있는 물건과 자신의 몸이 마찰하며 생경한 감각을 전달했다. 헤지아나가 입을 벌리며 몸의 움직임을 멈췄고, 아래에서는 길게 억누른 신음이 들려왔다. 헤지아나는 다시 한 번 허리를 움직였다. 안을 채운 것의, 특히 머리 부분이 하필이면 제일 기분 좋은 부분에 닿아 있어서.

"하아, 아, 으응…!"

"크, 흑, 조이지… 마!"

명령조였지만, 눈가가 붉게 달아오르고 물기로 젖어 있었다. 때문에 건방지다는 생각도 들지 않았다.

"일부러 조이진 않았는데요."

"지금…. 으, 흑!"

이번엔 원을 그리듯 움직였다. 그러자 할센라비온의 허리가 순간 치솟았고, 그의 물건이 좀 더 깊은 곳으로 들어왔다. 그 순간 느낀 감각에 헤지아나의 허벅지에 힘이 들어갔다.

"앗…!"

순간 할센라비온의 입술이 꽉 깨물렸다. 깔고 앉은 그의 배에도, 허벅지에도, 힘이 가득 들어갔고, 헤지아나는 자신의 국부에 상대의 몸이 닿았다는 것을 느끼고 작게 신음했다.

"아…."

헤지아나가 가볍게 허리를 움직였다. 아주 얕은 움직임이었다.

"아앗, 아…. 정말, 꽉, 차는, 윽, 앗…."

"큭…."

"빠듯해, 아, 하아, 숨이…. 막히는 것 같아…."

"윽, 앗, 으…. 큭…! 그만, 그렇게 조이, 면!"

"하지, 않았다고 말했지요?"

물론 느끼면서 힘이 들어가는 건 어쩔 수 없지만.

헤지아나는 몸을 숙여 그의 가슴에 입 맞췄다. 정신없이 들썩이는 그의 가슴 아래, 터질 것처럼 날뛰는 심장박동이 입술에 닿았다.

"물론, 이 정도 크기면 무엇이든 좁게 느끼겠지만요."

빈틈이 없었다. 서로의 살이 맞닿지 않는 부분이 없었다. 얕게 움직이는 것만으로도 벅찼다. 안쪽에 있는 모든 성감대를 압도적인 양감으로 짓누르고 있는 물건 위에서 허리를 위로 올렸다가 내리면 달콤함과 쾌락이 연속적으로 터졌다.

"훗, 아…!"

신음은 자신의 입에서 나온 것이 아니었다. 헤지아나가 부드럽고 느리게 허리를 위아래로 움직이며 아래를 쳐다보자, 이를 악물고 표정을 굳히려고 노력하는, 하지만 이미 쾌락으로 무너진 눈동자와 붉어진 뺨으로 이쪽을 애달프게 쳐다보는 할센라비온이 있었다. 그의 악문 이가 헤지아나의 느린 움직임에 결국 벌어졌다.

"하, 으윽…. 아, 좀…."

"으읏, 하아, 좀…? 좀 뭐죠?"

그다음에 올 말이 뭘지 알았다. 헤지아나는 붉게 달아오른 입술 사이로 옅은 숨을 내뱉으며 느리게 내려앉았다. 한계까지 빠듯하게 차오르는 느낌에 내벽이 꿈틀거리며 삼킨 것을 핥아댔고, 달아오른 성기를 온통 애무 받은 남자는 달콤한 신음을 내지르더니 거친 숨을 내쉬었다. 헤지아나를 쳐다보는 눈동자가 이미 녹아 있었다.

"좀, 더…."

"좀 더?"

얕게 움직이며, 기분 좋은 곳만 자극했다. 제일 안쪽의 새롭게 발견한 성감대의 감각이 신기해서, 그곳을 건드리며 어떻게 하는 게 더 좋은지 찾고 있었다.

"좀 더, 빠르게…."

"—안 돼요."

애타는 표정으로 요구하는 것이 좋았다. 약을 올리는 것도 좋았다. 하지만 그것을 위해서 거절한 것은 아니었다. 헤지아나는 움찔거리는 할센라비온의 허리를 붙잡고 몸을 숙인 다음, 아래를 붙인 채 가볍게 흔들었다.

"응, 앗, 아…."

"흐윽, 웃, 하, 으윽…."

부드러운 만족감이 차올랐다. 반대로 상대는, 너무나 부족해서 미쳐 버릴 것 같다는 표정을 짓고 있었다. 그렇지만 지금 거칠게 움직일 수는 없었다. 그렇게 움직일 수 있을 정도로 젖지는 않았기 때문이었다.

그래도 다행인 것은 그의 페니스가 안을 전부 채울 정도로 크다는 것일까. 안쪽의 모든 성감대를 압박하는 크기로 부드럽게 움직이자, 가볍게 움직이는 것만으로도 안쪽이 움찔거리며 젖는 것이 느껴졌다. 조금씩, 조심스럽게 움직일 때마다 안이 조이며 미끄러운 액을 흘리는 것이 느껴졌다. 움직임이 조금씩 미끄럽고 간지러워졌다.

"아, 하아, 기분…. 좋아…."

"윽…."

"조금, 더 조르지, 않나요? 좀 더, 빨리 해 달라고…."

할센라비온의 보라색 눈동자가 탁한 열기에 물들어 있었다. 그의 얼굴은 요구로 가득했지만 강고한 의지로 요구를 참고 있는 것 같았다.

"자존심 때문에 하지 못하겠나요?"

"아— 흐윽!"

꾹, 안을 조인 순간 할센라비온의 허리가 크게 튀었다. 깊은 안쪽을 찌르는 감촉에 헤지아나가 짧게 신음했고, 허리를 들어 올린 할센라비온은 그대로 숨이 멎은 듯 멈춰 있다가 겨우 정신을 차린 듯 헐떡대며 아래로 떨어졌다. 물론 헤지아나는 그를 그대로 놓아주지 않고 계속 그의 몸을 즐겼다.

"흐윽, 읍…. 으윽…."

"힘든 것 같네요. 여태까지는 자기 마음대로 했나요? 이런 물건으로는, 그렇게 하면, 상대가, 으응…. 즐거워하기는 어려웠을, 텐데, 앗…."

말이 조금씩 흔들렸다. 아래에서 꿈틀대며 할센라비온이 허리를 밀어 올리는 탓이었다. 벌어진 입술로 헐떡거리며, 근육질의 허리를 꿈틀거리며 밀어 올리는 것은 보는 것만으로도 안이 조여질 정도로 음란한 모습이긴 했지만.

"정말."

헤지아나가 무릎을 세웠다. 자신의 몸을 끝까지 채우던 페니스가 빠져나와 반 정도 머금어졌다. 그것으로 입구를 자극하며 즐기고 있자, 할센라비온은 갈증에 미쳐 버릴 것 같은 표정으로 신음하며 헤지아나를 쳐다보았다. 헤지아나는 그것을 내려다보며 작게 웃었다.

"안 돼요."

그러나 다음 순간, 허리가 위까지 치솟아 올라왔다. 무릎을 세우고, 아래에서 거칠게 박아 대는 허리놀림에 헤지아나가 잠시 말을 잃고 신음했다.

"읏, 앙, 아, 앗, 아!! 자, 잠깐…!"

아래에서 찔러 대는 거친 움직임을 받아들일 정도로는 젖어 있었고, 때문에 몸은 그것을 쾌락으로 받아들였다. 그렇지만 아직 이 물건의 크기에 익숙해지지 않았다. 헤지아나는 몸을 낮추어 그의 물건을 가득 삼켰다. 움직이지 못하게 된 할센라비온이 신음하며 허리를 들썩거렸다.

"요구하는 대신 스스로 채운다는 건가요, 하지만— 응, 앗!"

그러나 가볍게 들썩거리는 것만으로도 안의 성감대가 반응했다. 헤지아나는 신음을 삼키며 할센라비온의 허리를 눌렀다.

"하아, 좀…. 더…."

"안, 돼요."

헤지아나는 허리를 뒤로 뺐다. 할센라비온이 허리를 위로 추켜올렸지만 움직임은 원하는 쾌락을 가져다주지 않았다.

헤지아나가 그냥 몸 위에 앉았다면 그는 허리를 움직이는 것만으로도 뜻을 달성할 수 있었을 것이다. 하지만 헤지아나는 몸을 뒤로 빼 무게중심을 뒤에 실었고, 할센라비온이 허리를 위로 추켜올려도 엇나갈 뿐 원하는 자극은 주어지지 않았다. 그는 몇 번 허리를 움직이다가 움직임을 멈추고 거친 숨을 내쉬었다.

"원하는 대로 박아 준다는 데 왜 빼는 거지?"

쾌락에 녹아내리던 눈빛이 아닌, 평소의 날카로운 눈빛이었다. 헤지아나는 손을 뻗어 연결된 부분, 융단처럼 매끄러운 그의 음모를 더듬으며 말했다.

"아직 원하지 않는다고 말했을 텐데요."

"풀어."

거친 숨을 내쉬며 할센라비온이 손목을 흔들었다.

"대체 뭐로 만든 건진 몰라도, 어쨌든 풀어."

"풀면?"

"얌전히 이걸 풀고 내 뜻에 따르면 좋아서 운다는 게 뭔지 알려 주지."

"좋아서 운다…."

헤지아나가 앞으로 고개를 숙였다. 손 또한 할센라비온의 얼굴로 향하고 있었다. 그는 헤지아나가 끈을 풀어 줄 거라 생각한 듯 손목을 흔들어 보였고.

"이미 좋아서."

헤지아나의 손이 붉게 달아오른 황제의 뺨에 닿았다. 그리고, 점점 또 고개를 숙여서.

"울고 있는 건 그쪽이잖아요?"

젖어 있는 할센라비온의 눈에 입 맞췄다. 남아 있던 눈물방울이 헤지아나의 혀끝에 닿았다. 잠깐 잊고 있던 자신의 추태를 기억해 낸 할센라비온의 얼굴이 붉어졌고, 헤지아나는 할센라비온에게 입 맞추며 아랫입으로 굵은 물건을 뱉어 냈다가 삼키며 쾌락을 채웠다. 황제가 쾌락을 얻는 것은 순전히 덤이었다.

"흐응, 응…. 으응, 앗…. 당신은 여자들과 해 보기만 했지 그들에게 즐거움을 준 적이 없나보군요…. 여자의 몸이 어떤 상태인 줄도 모르고…."

"시끄, 러, 워, 나는…. 음, 으읍…."

그다음에 올 말이야 뻔한 것이었다. 헤지아나는 할센라비온의 자존심을 긁은 다음 저항하지 못하도록 입을 막아 버렸다. 분노와 쾌감이 두 개의 첨단에서 번갈아 가며 헤지아나를 향해 쏟아졌고, 헤지아나는 그 사이에서 빠르게 달아올랐다.

"으응, 음…. 정말, 좋은, 몸이군요, 훌륭한, 앗, 으음…!"

저절로 허리를 흔드는 속도가 빨라졌다. 그의 몸 위에 엎드려, 마치 먹이를 덮치는 짐승처럼 그 입을 맛보고 허리를 흔들어댔다. 핀을 가득 꽂아 고정해 둔 머리마저도 흐트러져 흔들렸다.

"하, 웃, 과연, 황제라, 고귀한 신분에 계신 분은, 몸부터 다른 것인지, 으흥…!"

"신분과는, 관계…!"

헤지아나가 허리를 흔드는 속도를 높이자, 할센라비온은 목소리를 높이며 이를 악물었다. 신음이 짧게 잇새에서 흘러나왔다가 곧 높게 허덕이는 소리로 바뀌었고, 욕구를 채운 헤지아나가 다시 움직임을 느릿하게 바꾸었다.

"당연, 한 것일 수도 있죠. 좋은 가문에서 태어나, 좋은 것을 먹고, 좋은 것을 배우고, 좋은 것을 입고 자란…"

꾸욱, 부드러운 엉덩이가 허벅지를 누르는 것이 느껴졌다. 가느다란 손 또한 가슴을 누르곤, 혀로 채찍질하듯 말했다.

"정말, 훌륭한, 종마로군요."

"!"

할센라비온이 얼굴을 일그러뜨렸다.

"당신에 비견할 정도로 좋은 혈통을 타고난 자도 그 몸 하나는 보장할 만하던데, 역시 혈통의 힘인가요?"

"그게, 무슨 말—"

그 얼굴의 일그러짐은 순식간에 쾌락의 일그러짐으로 변했다. 헤지아나는 능숙하게 그의 몸에 올라타 부드러운 채찍질로 그를 절정으로 몰았다. 둘 다 비슷한 정도의 쾌락으로 질주하고 있었다.

"아아, 아, 아아!"

지적거리는 소리가 들렸다. 허리가 크게 위아래로 들썩였고, 굵은 물건이 중간까지 빠져나갔다가 다시 밀고 들어오며 민감한 감각들을 압박했다. 더 길게 자극을 얻고 싶었지만, 그 이상 허리를 들어 올릴 수가 없었다. 헤지아나는 그의 혀와 페니스를 일방적으로 맛보며 그의 신음을 혀끝으로 훔쳐 냈다.

"큽, 윽, 그, 만, 앗…"

"빠르게, 하라고, 하더니."

짧게 말하고 다시 그의 혀를 빼앗았다. 그의 말이 멈췄다.

"계속, 빠르게…. 멈추지 않고…. 웃, 앙…"

"그만, 윽, 하아, 자극이, 너무…!"

"안 돼, 안 돼요. 계속, 앗, 흐윽, 조금만… 조금만."

짧은 시간 하지는 않았을 것이다. 격렬하지 않았을 뿐, 몸에 흥건하게 땀이 배어 나온 것을 보면 분명 긴 시간 교합이 이루어졌을 것이다.

그림자의 위치 또한 선명해져, 기울기가 서서히 줄어 가는 시간.

"시간은, 아직 충분, 하니까…"

"윽, 안, 돼…!"

꿈틀. 안에서 크게 요동치는 느낌이 있었다. 동시에 조금 더 자신의 안에서 부풀어 오르는 그 감각. 더 자신을 채울 줄 몰랐는데 그것은 자신을 채웠고, 가미된 달콤한 쾌락에 헤지아나가 입을 벌렸다.

"앗, 흐웃… 좋, 아, 조금, 만…"

"그만, 윽…. 앗…"

금세 할센라비온의 얼굴이 붉게 변하고, 굵은 땀방울이 배어 나왔다.

"그래요, 참아야죠…. 지금 정말, 좋은… 으윗!"

그때였다. 할센라비온이 몸을 일으켰다. 손은 묶여 땅을 짚어 몸을 일으킬 수도 없는데, 오직 허리 힘만으로 일어선 것이었다. 할센라비온이 일어서 앉아 자신의 위에 올라타고 있는 헤지아나와 가슴을 붙였다.

보랏빛 눈동자가 일렁일 정도로 흔들리고 있었다. 도저히 참을 수 없다는 듯 일그러진 표정은 견딜 수 없을 정도로 색정적이었고 거친 숨결조차 관능적이었다. 곧 그가 헤지아나를 향해 앞으로 몸을 숙였다.

"으읍⋯?!"

콱, 가슴이 눌리며 숨이 막혔다. 할센라비온의 묶인 손이 헤지아나의 머리 위를 지나 등 뒤에 있었다. 팔 힘만으로 헤지아나를 숨 막히도록 끌어안은 그가 헤지아나에게 입 맞추며 몸을 앞으로 기울였고, 헤지아나는 순식간에 뒤로 쓰러졌다.

"흡!"

쓰러졌지만, 머리가 땅에 거세게 박히지는 않았다. 할센라비온의 손이 그녀의 목을 받쳐 준 덕이었다.

"생각해 보니 묶였다고 아무것도 못하는 게 아닌데."

할센라비온이 헤지아나의 목을 받친 손을 빼며 말했다.

"이래서 사람이 당황하면 안 되는 거지."

"으, 응⋯!"

할센라비온의 허리에 힘이 들어가는 게 보였다. 수축한 근육들이 몸을 앞으로 밀어 보냈고, 끝까지 들어온 것이 그 머리 부분으로 안을 뭉근하게 짓눌렀다.

"꺄앗!!"

교성이라기보다는 비명에 가까웠다. 그 정도로 강렬한 느낌이었다. 색다른 쾌감에 헤지아나의 몸이 꿈틀거리며 상대를 자극했고, 할센라비온은 자신을 부드럽게 빨아들이는 압력에 숨을 멈추고 입술을 씹었다.

참을 수가 없었다.

"으응⋯. 아, 아아아아아!"

시작부터 거칠었다. 상대의 상태는 생각하지 않은 채 허리가 앞뒤로 크게 움직였고, 헤지아나의 목에서 높은 신음이 흘러나왔다,

헤지아나의 손은 할센라비온의 가슴에 얹어지더니 허리를 붙잡았고, 이어 등에 얹혀 그를 강하게 끌어안았다.

"흐윽, 읍…. 허억, 허억, 허억."

리드하는 쪽이 되니 높은 신음이 나오지 않았다. 거친 숨만 내쉬며 할센라비온은 헤지아나를 끌어안은 채 허리만 움직였다. 말 그대로, 열심히 박아 대는 몸짓이었다. 품 안의 것은 부드러웠고 좋은 냄새가 났다. 그것을 입으로 가볍게 물어 맛보기도 했지만, 그것으로는 갈증이 채워지지 않았다. 지금 급한 것은 빨리, 이 열기를 빼내는 것.

상대가 리드하는 것도 나쁘지 않았지만, 그건 그가 원하는 대로 되지는 않았다. 그런 방식으로 도달하기에는 애가 타고, 그런 것은 그의 취향이 아니었다. 신음하는 몸을 안고 정신없이 박아댔다. 헤지아나의 내벽은 자신의 부드러운 겉을 꽉 붙잡은 것 같았고, 그 안에서 단단한 심지를 마구 움직이며 거친 숨을 뱉었다.

이제 슬슬 끝이었다.

"흐윽, 윽…!"

신음조차 사라졌다. 팔에 힘이 들어가고 몸에서 훅, 열기가 피어올랐다. 이제 슬슬 빼내야 할 때였다. 허리가 뒤로 빠질 준비를 한 그때.

"아, 아아앗!"

헤지아나의 다리가 할센라비온의 허리에 얽혔다. 할센라비온이 당황한 사이, 발목은 얽혀 매듭처럼 그의 움직임을 봉쇄했다. 즐거움을 위해 움직일 수 있을 정도는 되지만, 완전히 빼기에는 충분치 않은 간격.

"다리, 풀어."

"앗, 아, 멈추지, 말고⋯ 계속⋯!"

"배라도 불리고 싶은 거야? 무슨 짓— 윽!"

할센라비온의 손에 힘이 들어갔다. 헤지아나가 밑에서 느긋하게 움직였고, 절정 직전인 몸이 느끼기에 그것은 위험했다.

"빼⋯!"

"끝까지, 계속⋯. 앗, 아, 기분, 좋아, 계속해요. 계속⋯."

"미쳤, 아, 흑⋯."

이 여자에게 자신의 흔적을 남길 생각은 없었다. 하지만 이대로라면 꼼짝없이 당할 것 같았다.

"아, 크, 흑, 그만, 윽⋯!"

"괜찮아요, 끝까지⋯. 앗, 으응, 정말, 기분, 좋아⋯."

"아, 하아, 하아, 흐윽⋯! 윽⋯!"

"아, 앗⋯!"

헤지아나가 안은 할센라비온의 몸이 크게 경직했다. 그의 몸이 잠시 숨 쉬는 것을 잊었고, 안에서 훅 하는 열기가 퍼져 나왔다. 페니스가 크게 부풀며 그 열기가 깨지고, 수축하며, 안을 가볍게 두들기는 듯한 느낌. 그리고 다시 확장했다가 수축하는 동안.

"흐윽, 아, 허억, 윽⋯! 아아아아⋯!!"

할센라비온이 헤지아나의 품 안에서, 가볍게 들썩이는 그녀의 몸놀림에 맞추어 쾌감에 젖은 비명을 질렀다.

"과연, 이 정도 크기가 되면 사정하는 것까지 전부⋯. 느낄 수 있군요. 앗, 아⋯ 안에서, 두들기듯이⋯."

"으, 하, 악, 그, 만⋯!"

"조금 더, 아직, 끝나지 않았잖아요?"

사정을 지연하고 있는 것인지, 아직 꿈틀거리면서 조금씩 맥동하는 것이 느껴졌다. 가볍게 움직일 때마다 지걱거리며 점도 높은 액이 안에서 흘러나왔고, 그것이 엉덩이를 타고 흘러내리는 것도 느껴졌다.

"흡… 커헉, 으…."

할센라비온이 입을 벌린 채 비명도 지르지 못하고 떨었다. 헤지아나를 안은 팔의 근육이 잔뜩 부풀어 올라 부들부들 떨리고 있었고, 굵은 음경은 아직도 꿈틀거리며 점액을 조금씩 뱉어 내고 있었다.

"앗, 대단해요. 이렇게 가득…. 흠뻑 적실 정도로…."

헤지아나가 꿈틀거리는 할센라비온의 아랫배를 내려다보며 감탄했다. 삽입하며 사정한 것이 흘러나와 허벅지며 아랫배에 잔뜩 묻었고, 안에서도 계속 흘러나오는 게 느껴졌다. 끈적끈적하고 느린 움직임이 감각을 돋웠다.

"혈통 좋은 종마는 과연 다르군요."

"으…."

신음을 삼키며 할센라비온이 헤지아나를 쏘아보았다. 헤지아나는 할센라비온의 이마에 입 맞추며 그의 몸에서 흘러나오는 쾌락과 자극을 마지막 한 방울까지 탐욕스럽게 빨아먹었고, 모든 것을 내놓은 할센라비온이 이를 악물며 잠시 버티려고 했다.

"하아, 하아, 하아, 하아…."

그렇지만 오래 버티진 못했다. 쏘아보던 시선도 힘을 잃고, 부풀어 올라 있던 팔에도 힘이 빠졌다. 사정의 쾌감이 끝나고 모든 긴장이 풀어져 몸을 지탱할 수가 없었다. 할센라비온이 그대로 쓰러져 헤지아나의 품에 안겼다. 더 이상 저항할 힘 없는 남자가 자신에게 순순히 안기자, 헤지아나는 땀에 젖은 머리카락을 쓰다듬으며 작게 속삭였다.

"즐거웠어요."

웃긴 일이었다. 마치 연인들이 그러는 것처럼 후희와 뒤처리를 하고 그 여자는 휙 몸을 돌려 사라졌다. 그것으로 볼일은 다 끝났다는 듯이.

'연인만 그러지는 않지.'

아무리 섹스 파트너라고 해도 상대에 대한 예의는 있으니까. 연인 같다고 보기는 어려웠다. 그러면 그렇게 정리만 해 주고 휙 떠나지는 않았을 테니까. 그러니까 결론은, 이쪽이 따먹혔다는 건데.

쾅!

할센라비온의 주먹이 벽을 쳤다. 뒤따라오던 수행원이 흠칫거렸지만, 황제가 수행원을 신경 써야 할 이유는 없었다. 굴욕감과 수치심이 온몸에서 날뛰었다. 대체 왜 그런 기분을 느껴야 하는지는 모르겠지만.

할센라비온은 빠른 발걸음으로 방에 들어섰다. 방에 마련된 욕실에 들어가 바로 옷을 벗고 자동식 샤워기 밑에 섰다. 적당한 온도의 물이 몸 위로 떨어져 방울방울 미끄러졌다. 몸에 붙은 정사의 흔적도 빠르게 지우고, 그는 무언가에 쫓기듯이 몸을 씻은 다음 방으로 돌아왔다. 옷도 걸치지 않고 방에 들어온 그가 찾은 것은 수정구였다.

"페신하나!"

통신이 연결될 때까지는 시간이 필요했다. 그녀라고 해서 언제나 수정구 앞에 붙어 있는 것은 아니고, 통신을 할 만한 상황이 아닐 수도 있었다.

통신이 연결되는 짧은 시간 동안, 할센라비온은 들끓는 마음을 억누르며 이를 갈았다. 대체 뭐가 이렇게 불쾌한 건지.

몸을 씻으면서도 그 감각이 사라지지 않았다. 부드러운 손이 가슴을 만지던 감촉이, 압력이 여전히 남아 있었다. 젖꼭지를 비틀던 그 느낌이 순간, 가슴을 저릿하게 물들였다.

"으…!"

이를 악물었다. 하지만 가슴을 더듬고 배를 문지르고, 허벅지를 간질인 끝에 흥분한 것을 붙잡던 손길은—.

"젠… 장…"

견딜 수가 없었다. 양손으로 팔을 움켜쥐며 오싹오싹하게 돋아나는 쾌감과 수치심 사이에서 싸웠다. 수치심. 그래, 그건 분명 수치심이었다. 그러나 대체 왜 자신이 수치심을 가진단 말인가.

[저항하는 것을 힘으로 눌러 정복해 주는 쪽이 취향이십니까?]

헤지아나가 내려다보며 말한 것이 생각났다. 그럴 리가 없잖아. 그러나 그 뒤의 하늘보다도 새파란 눈동자가 떠오르는 건 왜일까. 흐드러진 잎사귀보다도 붉은 입술이 겹쳐지고, 혀가…. 부드러웠다. 지독할 정도로 부드러웠다.

꿀꺽.

마른침이 넘어가는 소리가 들렸고, 할센라비온은 그대로 움직임을 멈췄다. 어느새 자신의 손이 입술을 향하고 있었다. 대체 왜?

그렇지만 몸이 저렸다. 머리부터 발끝까지, 엉망진창으로 농락당한 입안도, 특히 마구 이용당한 페니스의 뿌리부터, 무엇보다 머리 부분이 오래되지 않은 쾌감을 농밀하게 재연해 내며 꿈틀거렸다.

처음 교합해 본 소년 시절이 생각났다. 처음 겪어 본 감각에 정신을 차리지 못하고 며칠이나 그 감각을 몸에 새기고 있던 그때가 말이다. 마치 지금처럼!

"읏⋯."

굴욕으로 일그러진 표정 위에 쾌감이 덧씌워졌다. 엉망으로 일그러진 표정을 깨닫지도 못한 채 허덕거리면서 몸을 감싸 쥐었다. 대체 왜 이런단 말인가. 여자와 살을 섞는다는 게 어떤 느낌인지, 어떤 쾌감을 주는지는 충분히 알고 있다. 그런데 왜 어째서, 이렇게 첫 경험처럼 몸에 남는지.

할센라비온은 자신의 몸을 감싸 쥔 팔에 힘을 주었다. 그리고 보았다.

'생채기⋯.'

손목의 아주 작은, 스친 흔적. 마찰로 붉게 달아오른 자극이 기억을 되살렸다.

결박되어 신체의 자유를 잃고, 그저 모든 것을 맡긴⋯.

'아, 아니야. 정말 움직일 수 없었잖아.'

정말 그런가? 마지막에, 도저히 성에 안 차는 움직임을 견딜 수가 없어서 허리를 흔든 건 뭔데?

[보상을 드리도록 하지요.]

공물 취급을 하며 페니스를 꾹 쥐고 조종하던 손길. 쾌락을 느끼는지 관찰하는 듯한 그 시선. 그 손길도, 말도 자극적이었다. 믿을 수 없었다. 그렇지만 그 말을 떠올리는 지금, 다시 몸이 반응했다. 자극이 성감대를, 특히 그 몸에 잡아먹히듯이 붙잡혔던 부분을 계속 건드렸다.

[시종일관 오만한 사내가 그런 표정을 지으니 보기 좋군요.]

수치심과 분노가 한없이 터졌던가. 그러나 그 말에 오싹할 정도의 쾌감도 같이 터졌다. 저항할 수 없다는 무력함. 어쩔 수 없다는…

[조금, 더 조르지, 않나요? 좀 더, 빨리 해 달라고…]

말하게 하지 마.

그런 말, 내가 하게 만들지 말아. 내가 원하는 걸 말하게 하지 마. 네 마음대로 해. 마음대로 조종하고, 마음대로 사용해 버려. 거칠게, 난폭하게 하고 싶은 대로 해 버려. 그래서 억지로, 어쩔 수 없이 소리를 지르고 느끼게 해서…

잠깐. 지금 내가 뭐라고 하는 거야.

[철저하게 수동적인 즐거움을 맛보여 드리지요.]

'아니야.'

아니야. 아니야. 아니야.

부정을 부정한 끝에 원점으로 돌아왔다.

철저히 수동적인 즐거움을 즐겼다. 빼앗기는 기쁨을 느꼈다.

인정할 수 없었다. 하지만 동시에 부정할 수도 없었다. 강제로, 모든 것을 빼앗길 정도로 요구당하는 느낌. 무서울 정도로 몰아붙여 강탈해 가는 결합. 적극적인 유혹과는 다른, 폭력적이고 압도적인 요구. 어쩌면, 집착과 비슷한 느낌의 그것을,

좀 더, 원한다— 아니, 말도 안 돼.

[황제 폐하.]

수정구 너머에서 목소리가 들려왔다. 할센라비온은 상념에서 깨어나며 퍼뜩 몸을 떨었다.

[무슨 일이십니까.]

잠시 상황을 알아차리는 데에 시간이 필요했다. 생각해 보면, 자신이 통신을 시도했다. 견딜 수가 없어서. 그래. 지금도 견딜 수가 없다. 빨리, 해 버려야 했다.

"어제 시킨 일은 어떻게 되었지?"

[어제…. 아, 그것은….]

페신하나의 목소리가 늘어졌다. 아마도 회피하고 있는 거겠지. 그러나 할센라비온은 인내심을 가지고 있을 만한 상황이 아니었다.

"하지 않았다면 당장 실행해! 시간이 얼마 없어."

[이미 요원들이 움직이고 있습니다.]

그 말에 조바심이 가라앉았다. 할센라비온의 목소리에서 열기가 한 뜸 가라앉았고, 그는 수정구를 잡아먹을 듯 쳐다보던 자세를 바로잡아 섰다. 갑작스레 찾아온 안정감은 탈진감과 비슷하게 몸의 기력을 빼앗아 갔지만, 무너질 정도는 아니었다. 깊게 심호흡하는 그에게 페신하나의 목소리가 들려왔다.

[하지만…. 외람됩니다만 폐하, 제 생각을 말씀드려도 되겠습니까?]

"뭐냐."

[폐하의 목적을 위해서라면⋯. 합의가 체결된 이후가 좋을 듯합니다만.]

"무슨 소리지?"

[그러면 확실히 적이 되실 수 있으니까요.]

그건— 그럴지도 모른다. 아니, 확실히 그쪽이 낫다. 왜 미처 생각을 하지 못했던 걸까.

"자네 말이 맞아."

할센라비온은 젖은 머리카락을 쓸어 올리며 말했다.

"하지만 그냥 진행해."

어쨌든 상관없었다. 그리고, 감이 말하건대 지금 진행해야 했다. 빨리, 어떻게든. 그리고 그 소식이 이 교황청에 들어와야 했다. 오늘 오후가 되기 전에!

"성하!"

교황의 방에 리시와 로미나가 동시에 들어왔다. 방금 욕조에서 나왔을 뿐 물이 떨어지는 몸을 닦지도 못한 헤지아나가 바디 타월로 몸을 가리며 소리쳤다.

"자네들은 좀 밖에서 기다리면 안 되겠는가?"

"아니, 뭐 벗은 몸 한두 번 보는 것도 아닌데 무슨 상관입니까."

"그리고 비밀스러운 이야기를 하기엔 욕실만한 곳이 없지요. 물은 새로 받을까요?"

로미나는 한술 더 떠 욕조에 물을 받기 시작했다. 욕실 구석에 설치된, 주로 약욕을 하기 위해 마련된 고정 욕조는 세 명이 들어가도 될 정도의 크기기는 했다. 주로 마카라빈이 말년에 관절통을 이기지 못해 신세 지던 욕조였다.

"자, 성하. 이리로 좀 오시죠."

뜨거운 물이 콸콸 쏟아져, 발목을 담글 수 있는 제일 아랫단이 금세 차올랐다. 리시와 로미나는 재빨리 온수에 발을 담그고 헤지아나에게 손짓했다.

"아니 자네들은 정말…."

"성하, 이 이야기는 저희도 들을 자격이 있습니다!"

리시가 강하게 말했다.

"성무는 성공하였습니까?!"

"아니— 그게—."

물론 아랫배가 맞닿은 것이야 사적 영역이나, 이 사적이고도 공적인 일의 성공에는 그들의 노력이 극진하였으니 그들에게도 들을 자격은 있을 것이다. 헤지아나는 천천히 욕조로 다가가 발목을 온수에 담그고 팔을 욕조 가장자리에 걸쳤다.

그리고 말했다.

"완벽히 성공했네."

환호가 터졌다. 정말 세계평화가 찾아왔다고 해도 이만큼 환호할 것 같지는 않았다.

"이로써 여섯 대표가 모두 성하의 손안에 떨어졌군요."

"창조신께서도 만족하실 것입니다!"

"창조신께서 만족하실지는 모르겠지만, 어쨌든 그대들의 노력 덕분에 마지막이 수월했던 것은 사실이네."

"성무를 무사히 달성한 것을 축하드립니다."

리시가 기뻐하며 헤지아나에게 다가와 그녀의 앞에 무릎 꿇으려 했다. 하지만 헤지아나는 그녀의 옷이 젖는 것을 만류하며 자신의 옆에 앉혔다.

"달성은 하였지만, 완전한 상태라고 볼 순 없네. 여태껏 그랬지만 그냥 한 번 하는 것으로는 넘어오지 않았네. 남은 기간 동안 살을 더 붙이고 반응을 봐야 하네. 그러면 결과를 알 수 있지."

"성하…. 숙련된 사냥꾼 같아 멋집니다. 반할 것 같습니다."

"로미나 자네는 여자에게 관심 없다며!"

"이성애자라고 여자 취향이 없을 거라고 생각하지 마십시오."

"하여간 그대들의 노고에 반드시 보답하고 싶네."

로미나를 가볍게 무시하며 헤지아나가 말했다.

"무슨 말씀이십니까. 그저 이 세상 주인이신 분의 대리인께 봉사하는 것은 당연한 이치. 그러나 굳이 주신다면, 작은 선물을 받고 싶습니다."

"뭔가?"

리시가 헤지아나의 곁에 바짝 달라붙었다. 로미나도 옷자락을 걷고 조르르 다가와 헤지아나의 옆에 쪼그려 앉았다. 그리고 지그시, 헤지아나를 쳐다보았다.

"누가 제일 잘 합니까."

"어… 어?"

"여섯 대표를 다 따먹어 봤으면 이제 비교 평가를 해 봐야죠! 누가 잘 합니까!"

"음…. 그 '잘 한다'의 기준이…."

속궁합이 맞느냐인지, 테크닉이 좋으냐인지…. 헤지아나는 쉽게 답을 내리지 못해 고민했다.

"그럼 누가 제일 기술이 좋습니까!?"

"그건 카람찬트지."

"조루인데도요?!"

"지금도 오래 가진 못하지만 여러 가지 방법을 아니까 만족스럽긴 하네. 기술이 확실히 좋다는 걸 알 수 있어. 회복력도 좋아서 여러 번 할 수 있고…."

"힘이 제일 좋은 건요?"

"그… 건…. 아무래도 아셔지…. 정말…."

다들 아는 사람의 이야기를 하자니 조금 멋쩍었다. 헤지아나가 헛기침을 해 이야기를 끊으려고 했지만, 의문으로 가득 찬 폭주기관차들은 붉은 신호에도 멈추지 않는다.

"그, 힘이 좋다는 건 오래 하는 건가요? 그리고 잘…. 그러니까, 잘 그, 찌르나요?!"

"두, 둘 다 해당하는데…. 아니, 그것만이 중요한 게 아니잖나. 속궁합도 중요하고…."

"속궁합…! 그게 제일 좋은 상대는 누구인가요?"

"어, 그건 리암이…."

별다른 기교 없이도 그냥 좋았으니까. 뭐랄까, 안정적이고 편안하게 좋은 느낌을 준다고 해야 할까. 헤지아나가 더듬더듬 생각하고 있자 리시가 눈을 반짝이며 고개를 디밀었다.

"속궁합이 좋다는 건 대체 어떤 느낌이죠?!"

"그, 그러니까 뭐라고 해야 하지…. 엄청나게 짜릿하고 미칠 것 같다는 느낌보다는, 서로 좋은 정도로 계속 할 수 있는…? 별다른 거 안 해도 좋은…? 잘 맞는다고 해야 하나? 서로의 몸에 어울린다는 느낌이고 합일감이 진하게 느껴지는…. 아…. 이, 이런 건 표현하기가 너무 어려운데…."

"그럼 미치도록 좋은 건 뭐죠?!"

"어, 그건 자극이 강한…. 건가? 그럼 가일란…?"

"네? 의외네요. 그 사람과는 주인과 노예 관계 아니었습니까?"

"물론 그렇긴 하네만…. 그, 뭐라 그래야 할까, 생전 내겐 없을 줄 알았던 투쟁심이랄지가 끓어오르는 게 느껴지네만, 아, 아니. 이게 아니라 어쨌든 그자의 물건은 휘어 있어서…."

"휘어…!"

"세상에!"

두 여자가 감탄했다. 그 두 여자는 조심스럽게, 헤지아나의 손을 붙잡고 물었다.

"어떤 느낌이죠, 그거."

"그게…. 엄청나게 자극이 강해서…."

"쓸 만한 노예로군요, 정말!"

"이렇게 되니 루시올 님은 어떤 특기가 있으신지 궁금해지는군요."

"그 애도 워낙 요정으로서 많은 유희를 즐긴 탓에 어떻게 하면 사람이 즐거워하는지 안다네. 카람찬트와 비슷하지만 요정의 기술이라 색다르고…. 도구를 써서 즐겁게 하는 방법도 아는 것 같지만 여기에는 도구가 없으니까."

"앗, 그런 건 원하시면 구해드리겠습니다."

리시가 열의가 가득한 얼굴로 대답했다.

"그런 데에는 열의를 가지지 않아도 좋은데."

"성하의 즐거운 생활을 위해 그 정도는 할 수 있지요!"

"그러니까 내가 쓸 걸 남에게 보이고 싶지 않다고 해야 할까…."

"참, 그러고 보니 성하."

로미나가 헤지아나의 무릎에 손을 얹으며 말했다. 돌아보자, 김 서린 안경 너머 날카로운 안광이 빛을 내고 있었다.

"제가 중요한 걸 묻지 않은 듯합니다."

"뭘 말인가?"

"그중 누가."

로미나가 지그시, 헤지아나의 눈을 똑바로 들여다보며 말했다.

"제일 큽니까?"

"어—."

헤지아나는 잠시 생각했다. 사실 생각할 것도 없이 정해져 있긴 했다.

"그건."

헤지아나는 로미나의 손을 붙잡곤, 그녀의 눈을 들여다보았다. 그리고 고개를 돌려 리시도 쳐다보았다. 그녀 역시 진중하게 헤지아 나의 말을 기다리고 있었다.

"할센라비온이네."

"역시!"

"카람찬트 황태자보다 큰가요!?"

"황태자도 분명히 훌륭하네만, 황제와는 비교할 수 없네."

혜지아나는 손을 들더니 소매를 걷고 손목을 손으로 쥐어 보였다. 하나, 둘, 셋.

"이걸로도 부족하네. 알겠나?"

"세상에!!"

인체의 신비에 대한 환희와 호기심, 학구열이 다양한 탄성으로 터졌다.

"그거 인간의 것이 아니잖아요, 완전 말자—!!"

"리시, 체면을 지키게. 자네까지 그러면 이 그룹은 무너져 버려."

혜지아나가 재빨리 리시의 입을 막았지만, 터져 버린 열정을 막을 순 없었다. 그것을 직접 관찰해 볼 수 없는 이들의 학구열은, 당연히 그것을 체험해 본 유일한 사람이 대답할 수 없을 정도의 질문의 홍수로 이어졌다.

"발기 전인가요, 발기 후인가요?"

"너무 크면 경직도가 떨어진다는 말을 들었는데!"

"그거 들어가긴 합니까? 아니, 잠시. 성하. 몸은 괜찮으신 겁니까?"

"신께서 준비하신 몸이 그리 허술할 리 없네. 성하, 그런 거 넣으면 느낌이 어떻지요?!"

"그러게요. 확실히 크기와 쾌락의 차이가 있나요!?"

"일단 말하는데."

혜지아나가 손을 양옆으로 저어 좌중에 정숙을 요구하며 말했다.

"큰 건 좋네."

"역시 그렇군요."

"무작정 큰 게 좋은진 모르겠지만 어쨌든 크면 확실히 닿는 느낌이 달라지네. 길고 얇은 것이나 짧고 두꺼운 것은 안 먹어 봐서 모르겠지만."

"아니, 성하를 위해 마련된 꽃밭에 창조신께서 그런 불량품을 놓아 두셨을 리가 없지 않습니까?"

"하여간 굵기와 길이는 중요하네."

헤지아나가 정리했다.

"그리고 크다고 해서 경직도가 떨어지지는 않더군."

"정말로 중요한 사실이군요."

앎에 대한 욕구가 따뜻한 물을 양분 삼아 잘 꾸며진 욕실에서 흘러넘치니 이것이야 말로 지(智)에 대한 사랑, 진정 플라토닉한 사랑에 대한 토의라고 할 수 있을 것이다.

그때였다.

"성하."

똑똑, 문을 두들기는 소리가 들리고 궁내원이 들어왔다. 헤지아나가 욕실에 있으리라고 생각해 들어온 것이다. 욕실 문밖에서 궁내원이 말했다.

"가일란 대표께서 알현을 청하십니다."

"무슨 일이죠?"

"무슨 일인진 모르겠지만."

헤지아나가 자리에서 일어나며 말했다.

"올 게 왔겠지."

헤지아나는 가일란에게 집무실에서 이야기를 나누자고 하고 몸을 단장했다.

그러나 20분 후, 도착한 집무실에는 아무도 없었다.

"…가일란 대표는 어디있나?"

"잠시 준비를 하고 오신다 하셨습니다. 곧 오실 것입니다."

"그렇군…."

헤지아나는 편하게 앉아 기다렸다. 무슨 일인지는 모르겠지만, 아마 중한 사건일 것이고, 그에 대한 위기감은 들지 않았다. 여태껏 그랬듯 당연하게 있을 법한 난관이 기다리고 있을 것이다. 그것은 듣고 난 뒤 걱정해도 되었다.

조금 기다리자 곧 문 두들기는 소리가 들렸다.

"들어가도 되겠습니까."

가일란의 목소리였다.

"들어오세요."

문이 열리고, 바퀴 끄는 소리가 들렸다. 돌아보자 가일란이 작은 카트를 끌고 들어오고 있었다. 카트 위에는 티포트와 찻잔, 크림과 시럽 저그가 놓여 있었다. 티푸드만 없을 뿐이지 완벽한 티테이블이었다.

"무슨 바람이지?"

문이 닫히자마자 헤지아나가 차가운 눈초리로 말했고, 가일란은 웃음 지으며 잔을 열수로 데우고 퇴수그릇에 버린 다음 차를 따랐다. 수레국화와 장미꽃잎의 향 뒤에서 느껴지는 옅은 오렌지 향 홍차가 햇빛을 받아 맑은 호박색으로 빛났다.

"주인을 모시려는 마음이지."

"그건 기특하네."

"그렇다면 좀 더 칭찬해 줘."

찻잔을 헤지아나의 앞에 내려놓으며 가일란이 말했다.

"난 칭찬이 필요해."

솔직해서 좋다. 헤지아나는 손을 뻗어 가일란의 머리를 쓰다듬어 주었다.

"잘 했어."

가일란은 눈을 감더니 작게 신음했다. 낮고 굵은 신음이 감미롭게 흐르고, 그는 부드러워진 표정으로 눈을 떴다.

"이것도 나쁘진 않군."

"그래서, 무슨 일로 부른 거지?"

"나쁜 소식 때문이야."

"그럴 것 같았어."

"내용이 뭔지 알고 있나?"

가일란이 놀랍다는 표정으로 보며 자신 몫의 찻잔에 찻물을 따랐다. 그리고 반대편 소파에 앉으려고 할 때.

"몰라. 그리고 앉지 마."

가일란이 헤지아나를 돌아보았다.

"서 있어. 주인과 마주 앉는 종도 있나?"

"호."

가일란이 입술을 핥았다. 빛을 받은 밤갈색 눈이 갑작스런 이채로 번뜩였고, 그의 얼굴에는 만족스러운 웃음이 흘렀다. 그가 소파 옆에 서서 찻잔을 들고 말했다.

"차를 마시는 건 허락해 줄 거지?"

"물론. 직접 섞은 건가? 이런 차는 없었는데."

"기뻐해 주니 기분이 좋군…. 어쨌든 정말 성하께서 원하시지 않을 이야기가 동시에 들어왔어."

"운만 떼지 말고 간단하게 말해."

"명령인가?"

"명령이야."

가일란의 가슴이 크게 부풀었다. 숨결에서부터 안도와 만족감이 묻어났고, 헤지아나는 그가 자신의 복종에 만족한다는 점에 또 묘하게 만족했다.

저자를 통제 밖에 놓는다는 것은 불안한 일이었다. 그러므로 비틀어 준다. 그것은 평소의 자신과는 다르게 과한 틀어줌이지만, 부서질 정도로 비틀어 쥐면 쥘수록 저자는 만족했다. 그 만족한 모습에 또 이쪽이 묘하게 만족을 얻는다.

비틀린 관계라는 것은 자각하고 있었지만 이런 관계라고 해서 나쁠 것은 없지 않은가?

"'열세 번째 빛'이 사용된 것 같아."

헤지아나의 눈이 크게 뜨였다.

"어떻게 그걸 알았지?"

"알다시피, 무기는 비싸고 대금 지급은 일시불로 이루어지는 경우가 드물어. 우리도 선금 반을 받고 넘기기로 했었지. 자세한 건 모르지만 저쪽에서 위력을 검증해야 한다며 지급을 미뤘던 거 같

아. 그렇지만 어제 저녁, 내게 돈이 들어왔어."

그것은 샘플도 '팔았기' 때문이지만, 지금 중요한 부분이 아니었다.

사실 현재 상황에서는 그것을 제공한 것이 아니라 판매해서 다행이었다. 흐름을 정확히 포착해 낼 수 있었으니까.

"그 말인즉슨 '열세 번째 빛'이 황제에게 완전히 넘어갔다는 거지."

"그것만으로 사용되었다고 짐작하는 것은 이르지 않아?"

"곧 조약이 성립돼. 급하게 가져간 것은 당연히 쓰기 위해서라고 생각할 수 있지 않아?"

"—의심하기엔 충분해. 하지만…."

"그럼 조금 더 들어 봐. 여전히 내 거래처는 내가 자기들 편이라고 생각하거든. 황제와 본격적인 거래를 하라고 부추기고 있어. 북쪽과도 접근하길 원하지. 뭐, 일단 지금 그들은 자신이 들통나지 않기를 바라서 신중하게 움직이고 있어서 중개상도 지금으로선 나밖에 없어. 걱정할 필요는 없을 거야. 다만, 어제 거래를 성사시킨 후 그걸 산 놈들이 북쪽으로 파발을 보내는 것을 봤다는 거야."

"북쪽?"

"거래는 서부 지역에서 이루어졌거든."

헤지아나는 눈살을 찌푸렸다.

"그렇게 급하게 쓸 필요가 있는 거라면, 분명 더 필요할 거라고…. 부추겨 보라고 내게 말했어."

거기에서 북쪽이라면— 지금으로선 에네스와 리니아, 유랑 민족이 습격한 곳밖에 생각나지 않는다. 황제가 보복하려 들기에도 적절하고.

"아무래도 에네스와 리니아가 제일 강력한 후보지? 그래서 아침에 슬쩍 끄나풀들에게 연락을 취해봤는데."

"에네스와 리니아에 문제가 있나?"

에네스는 함락, 리니아는 함락되지 않았다. 그러므로 아마 황제가 '열세 번째 빛'의 시험처로 선택할 곳은 에네스일 가능성이 높은데….

"에네스의 근처 마을, 우물에서 말 사체가 나왔다는군."

역시.

물의 오염은 제일 기초적인 몰살법이기도 하다. 인간은 물 없이 살 수 없고, 물은 잘못 마시면 바로 죽을 수 있으니까. 동시에— 할센라비온이 시독을 언급하던 것이 생각났다. 하필이면 동물의 사체라니. 불안한 기분에 헤지아나가 미간을 찌푸렸고, 그걸 알아차린 듯 가일란이 웃음 지었다.

"비록 에네스는 거기에서 떨어져 있고, 수원이 연결되어 있다는 확증도 없지만, 유랑 민족 병사들이 성벽 위에서 토하거나 피부를 긁거나 하는 모습을 본 사람들이 있는 것 같아."

"그건—!"

헤지아나가 자리에서 벌떡 일어났다.

"쓴 건가?!"

"가능성은 높지. 빠른 파발마라면 하룻밤 동안 도착하는 건 어렵지 않아."

찻잔을 기울여, 따뜻한 차를 입안에 한 모금 털어 넣은 후 가일란이 말했다.

"불쌍한 자들이야. 그저 대국의 말로 이용당하다가 그렇게 사멸할 운명이라니."

"그렇게."

자리에서 일어난 헤지아나가 가일란의 앞에 섰다. 가일란의 미간이 움찔거렸고, 그는 작은 신음을 내뱉으며 헤지아나를 내려다보았다.

"그렇게 내버려 두지 않을 거야."

헤지아나의 발이 가일란의 발을 밟고 있었다. 은은한 고통이 몸을 타고 올라와 혀끝을 저리게 했고, 마비된 혀끝은 찻물의 맛도 감별하지 못했다. 그러나 그 목 넘김만은 감미로웠다.

❖❖❖

오찬 이전, 소식은 은밀하고 조용하게 교황청에 스며들었다.

리암이 아침에 받은 연락이라며 에네스의 역병을 언급했을 때, 헤지아나는 이미 소식이 멜라스 전역에 퍼졌을 가능성을 받아들이기로 했다. 실제로 루시올도 페른시스의 친하던 요정에게서, 아셔는 북쪽의 고위 귀족에게서 은밀히 역병의 소문을 묻는 이야기를 들었다고 한다.

모르는 사람들에게는 그것이 역병으로 보일 것이다.

그러나 현재 대표 중 '열세 번째 빛'의 존재를 모르는 사람은 없다. 카람찬트만은 그 정확한 성질을 모르지만, 그것이 존재하며 더없이 위험하다는 것은 알고 있다. 때문에 이들은 이 건이 역병이라는 자연발생적인 무엇보다는 인위적인, 전략의 결과임을 염두에 두고 있었다. 아니, 사실 확신했다.

"해독약 이야기를 했었던 거 같은데…."

"나도 듣기만 했어."

가일란의 대답에, 헤지아나는 가볍게 그의 발을 밟았다.

"세상 어떤 옷걸이가 대답을 하지?"

가일란의 입안에서 짧은 신음이 맴돌았다. 그는 헤지아나가 화장하고 머리를 올리는 약 한 시간 동안, 그녀가 제일 나중에 걸칠 겉옷을 들고 그 자리에 서 있었다. 궁내원들이 왜 그가 거기 있는지 의아하게 여기긴 했지만 어차피 옷을 벗고 갈아입는 것도 아니니 다들 크게 신경 쓰지 않았다.

궁내원들을 물린 헤지아나는 가일란이 들고 있던 겉옷과 영대를 둘렀다. 그다음엔 귀걸이들을 골라 가일란의 옷에 찌르고 팔에 목걸이를 걸었다. 거울 앞에 선 헤지아나가 귀걸이들부터 시착해 보며 말했다.

"그 지역만의 문제라면 해결 방안은 있을 거야."

아니, 사실 그렇지 않다. 수많은 이들의 죽음은 예약되었다. 그것을 퍼져나가지 않도록 막거나, 고통 없는 죽음을 맞이하게 하는 것이 고작일지도 모른다. 그러나 그런 절망에 빠져 있으면 할 수 있는 것조차 할 수 없게 될 것 같았다. 어느 정도 자신을 속이는 것은 필요하다.

"그러니까 원인을 찾아야 해. 왜 할센라비온이 그 약을 썼는지…."

가일란은 할 말이 있는 듯한 표정이었다. 그러나 그는 지시받은 가구의 역할에 충실했다. 헤지아나가 쳐다보았지만, 그는 씩 웃을 뿐 시건방지게 말 따위를 하지 않았다.

"동향은 리암과 리시가 조사하는 게 좋겠지. 너는 '빛'을 중화시킬 방법이 있는지 찾아봐."

리암의 이름이 나오자 가일란의 눈이 잠시 가늘어졌다. 그것을 눈치챈 헤지아나가 날카롭게 쏘아보자, 가일란은 어깨를 으쓱하더니 웃으며 까닥 고개를 숙였다. 헤지아나는 가일란의 팔에서 목걸이를 꺼내 걸쳐 보았고, 장신구를 선택해 치장을 완료하고 관을 쓰는 데까지 꽤 오랜 시간이 걸렸다.

오후 한 시.

폐회식은 그때 시작하고, 시간은 얼마 남지 않았다. 북쪽의 대성당에서 이미 준비가 완료된 듯 관악기와 피아노 소리가 조금씩 들렸다. 천장은 높고, 기둥에 부조된 교황들의 조각은 아름다웠다. 아마 지금의 교황— 헤지아나도 언젠간 여기에 새겨지겠지.

북쪽 대성당에 가는 길의 창이 없어졌다. 환하게 빛나던 빛의 길들이 끝나고 이어지는 무미건조한 백색의 길. 그리고 그 끝에서 기다리는 스테인드글라스. 수많은 신화를 투과해 쏟아지는 형형색색의 빛이 순례자를 신의 땅으로 인도한다. 그리고 그 끝에서 할센라 비온이 본 것은.

"긴장할 필요 없어요."

"기─긴장 안 하고 있어요."

역력히 긴장한, 하지만 의젓한 척하려고 애쓰는 애송이 요정과 자애로운 교황의 모습이었다.

"이런 자리는 처음이라 긴장하는 것도 이해하지만."

"아, 아닌데."

"어쨌든 부르는 대로 나와서 서명하고 시키는 대로 하면 된답니다."

낳아 준 어머니도 그렇게 부드러운 목소리로 부르진 않을 것 같았다. 헤지아나가 온화하게 웃음 지으며 루시올의 이마에 입 맞췄다.

"들어가도록 해요."

─짜증나.

저 평안함, 부드러움이 하여간 짜증난다. 여기가 놀이터인 줄 아는 건가. 무슨 짓이야.

그녀는 왜 저 요정에게는 그리도 다정한 건지.

아니, 당연한 건가. 그래도 별의 아이들이라는 이름으로 묶여 있는 것이니 사촌과 같다고 했었지. 그러나 사촌이 의미가 있나? 혈연이 의미가 있나? 그것은 가까운 적의 이름 아닌가?

'이해가 가지 않아.'

할센라비온이 얼굴을 찌푸렸다. 멈춰 선 그의 뒤에서 수행원들이 참을성 있게 대기하는 사이, 아셔가 헤지아나에게 다가가 고개를 숙였다. 헤지아나는 한 종교의 수장다운 근엄한 얼굴로 그에게 말하며 고개를 끄덕였다. 그러나 마지막에 그에게 손등에 입맞춤 받을 땐 다정하게 웃었고, 이어서 다가온 카람찬트 때문에 아셔를 먼저 보낼 땐 숨기지 않고 아쉬운 표정마저 지어 보였다.

카람찬트는 수행원과 궁내원을 물리더니 헤지아나에게 굳은 표정으로 무어라고 속삭였다. 헤지아나는 미간을 찌푸렸는데— 그 표정에서 할센라비온은 정말로 놀랐다.

헤지아나가 손을 저어 보였고, 황태자는 보채듯이 몸을 들이밀며 무어라고 했다. 헤지아나는 손사래를 쳤다. 격의가 없는 행동들이었다. 교황과 황태자로서 그들은 그런, 친구들 같은 행동을 교환할 만한 위치가 아니었다. 그들이 이전부터 교분이 있었던 것도 아니다. 그런데 대체 언제 어떻게 저런 사이가 되었단 말인가?

곧 황태자는 포기한 듯 한숨을 푹 내쉬더니 머리카락을 쓸어 올렸다. 그리고 혀를 한 번 찬 다음, 헤지아나의 이마에 키스했다. 헤지아나는 놀란 듯 눈을 반짝 떴다가 그를 발로 걷어찼다. 그러나 카람찬트는 당연히 그 발놀림을 피했다.

'대체 무슨 사이지?'

속이 이상하게 끓는다. 불쾌했다.

카람찬트가 입장하고 이를 가는 헤지아나 앞에 리암이 다가왔다. 리암을 본 순간 헤지아나의 표정에 얹어져 있던 찡그림이 사라지고, 웃음이 가볍게 얹어졌다. 그 웃음은 또 행복과 만족에 젖어 있어서.

'박탈감'

그런 이름의 칼이 심장을 저미며 뱃속까지 후벼댔다.

갑작스레 느껴지는 짙은 피로는 무엇 때문일까. 어깨가 무거웠다. 할센라비온은 분노가 섞인 발걸음으로 성큼성큼, 리암의 뒤를 따라 들어가려는 헤지아나를 향해 다가갔다.

"행복하신 듯하군요."

"—황제."

헤지아나의 표정이 갑자기 굳었다.

—짜증나.

할센라비온이 독기 서린 웃음을 입가에 머금었다. 조롱과 망발들이 혀끝에 주렁주렁 달려 터지기 직전이었다.

"저쪽에서 지켜보고 있자니 세상 모든 사람에게 자애로우시더군요. 저에게는 그런 자애로움을 나눠 주실 생각이 없으신 모양입니다? 표정이 그 모양이니."

할센라비온이 비웃으며 말한 순간, 헤지아나의 미간에 좀 더 주름이 잡혔다. 할센라비온은 그것을 당혹이나 불쾌함의 표현이라고 생각했다.

그러나 다음 순간, 헤지아나는 푸훗 하고 소리 내어 웃으며 고개를 돌렸다.

"아, 실례했군요. 그도 그럴 게 정확히, 황제와 똑같은 말을 한 사람이 있었습니다."

헤지아나가 웃음기를 거두지 못한 채 할센라비온을 쳐다보았다. 덕분에 푸른 눈동자와 올라간 입꼬리에는 요염한, 희롱하는 듯한 유혹의 느낌이 붙어 있었다.

"저의 사랑을 원하시는 모양입니다?"

할센라비온의 표정이 굳었다. 헤지아나가 간격을 좁히며 작게 속삭였다.

"아침의 일로는 부족하셨나요? 하긴 천하의 명마가 작은 마을 한 바퀴 돈 것으로 만족할 리가 없지요. 몸만 어설프게 풀어 피만

끓게 하니 그것 또한 괴롭힘이라고 할 수 있겠습니다."

조심스럽게. 헤지아나의 손이 할센라비온의 팔을 스쳤다. 정복을 걸친 팔을 손가락으로 스윽 맛보듯 훑은 다음 손등을 지나 손가락의 측면까지.

잠시 혼란스러웠다. 심장이 마구 뛰었고, 그 두근거림은 수치심과 비슷했다. 이 자리를 피하고 싶었다. 할센라비온이 고개를 돌린 순간, 헤지아나는 부드럽게 웃더니 속삭였다.

"그렇다면 나쁜 짓은 하지 말아야죠."

"나쁜, 짓이라니…."

"우물에 독을 푼다든가."

갑자기 제정신이 들었다. 몸을 따끔하게 찌르고 간지럽히는 감정이 사라진 것은 아니었지만, 그래도 그 말이 자신을 어느 정도 현실로 돌아오게 했다.

현실이란 대체로 황궁의 한가운데. 몸이 어디에 있든 영혼은 황궁에 있고 그곳에서 벗어나는 일은 없다. 영원히.

영혼은 순식간에 제자리를 찾았다. 할센라비온은 차가워진 표정으로 헤지아나를 보았다.

"나쁜 아이는 원래 나쁜 짓을 해서 관심을 받는 법이지요."

"원하는 사랑을 받지 못해도?"

"평생 배운 것이 그것인데 뭐 다른 방법이 있겠습니까?"

"저는 길 잃은 양을 이끄는 자이지요."

"서른이나 되어서 새로운 것을 배우기엔 늦었습니다."

"선대 교황께서는 죽기 전까지 새로운 것을 배우셨습니다. 배움에 늦음은 없고 저는 인내심이 깊습니다."

"그게 무슨 소용이겠습니까."

할센라비온이 씩 웃었다.

"배울 생각이 없는 양에게."

어차피 평생 이렇게 살았다. 이렇게 남은 삶을 산다고 해서 특별히 문제가 있지는 않을 것이다. 이런 삶의 방식이 자신을 정점에 올리지 않았는가?

철저한 거절에 혜지아나의 표정이 눈앞에서 매서워졌다. 그 모습에 할센라비온은 깊은 만족감을 느꼈다. 매서운 입술이 말했다.

"당신이 행한 일이 밝혀질 것입니다."

"호오."

"그러면 천칭이 기울겠죠. 천칭의 무게에 짓눌리고 싶은 겁니까?"

"할 수 있으십니까?"

할센라비온이 자신만만하게 웃으며 말했다. 혜지아나는 그 당당한 모습에 약간의 당혹감을 느꼈다. 설마 자신이 한 일이라는 것을 숨길 수 있는 패라도 쥐고 있는 것인가? 아니, 하지만 이쪽은 가일란이 있다. 그는 가일란이라는 패를 절대 피할 수 없다.

혜지아나가 매섭게 할센라비온을 노려보았다.

"해 보자는 건가요?"

"싸우자는 것이 아닙니다. 제가 원하는 것은 천칭에 실린 검 끝으로 제 목을 찔러 주십사 하는 것이지요."

웃음을 거두지 않은 채, 할센라비온이 혜지아나의 손을 들었다. 장갑 낀 손이 맞닿는 느낌은 더없이 매끄럽게— 서로를 거부했다.

"의지가 그러하다면 부디, 저를 죽여 보십시오."

입술은 손등에 닿지 않은 채, 가볍게 거짓 입맞춤의 소리만 낸 채 떨어졌다.

폐회식이 시작되었다.

성가대의 합창이 시작되었다.

수정구 여러 개가 빛을 내며 이 상황을 각국에 전달하기 시작했다. 이 광경을 보는 이들은 영예로운 행사의 증인들로 선정된 이들로 보통 왕이거나 그 정도의 명망이 있는 현자들이었다. 정상적으로 송출이 되는 것이 확인되자, 대표들의 호명이 시작되었다. 귀빈 대기실에 앉아 있던 대표들은 호명과 함께 지정석에 앉았으며, 헤지아나는 폐회식의 시작을 알렸다.

"전통에 합당하게 이번에도 각 대표의 의견을 존중하고 평화적인 방법으로 의결하였으며…"

장중한 파이프 오르간과 합창단의 낮은 소리가 점점 고조되었다.

"이에 여섯 대표가 합의된 내용을 약조하기 위해 신의 위광 아래에서 맹세하며, 맹세를 보존키 위해 서명하노라."

이어서 조약의 내용이 발표되었다. 웨스월드의 설립을 포함하는 내용이었다.

그 내용이 세상에 퍼지는 것이 어떤 변화를 가져올까. 음성이 파동으로 퍼져 세상 온갖 사물을 하나씩, 하나씩 건드린다. 충분히 세상의 가장 낮은 곳까지 이 입으로 전달된 신의 은파(恩波)가 스며들기를 기원하며 선포를 끝낸 후, 헤지아나가 호명했다.

"할센라비온."

오직 그들을 인간의 이름으로 부를 수 있는 신의 대리인.

그 권위를 인정하여 지상 제일의 권위를 가진 자가 자리에서 일어났다.

무게 없는 움직임이었다. 부피 없는 그림자가 의자에서 일어나며 좌중을 훑었다.

그리고 생각했다.

'쓸모가 없어.'

보라색 눈동자가 여섯 대표를 둘러보았다.

제일 멀리 보이는 루시올, 아셔―. 저들은 애초에 쓸모를 생각한 적도 없는 쓸모없는 자들이었으며, 관심도 없었고, 실제로 별다른 영향을 끼치지 못했다. 가일란, 글쎄. 그는 '열세 번째 빛'을 가져왔으니 쓸 만하다고 할까. 리암은― 그래, '웨스월드'를 만든 것은 칭찬할 만하다.

마지막으로 할센라비온의 눈이 건너편의 카람찬트에게 닿았다.

카람찬트 가이시 마라카스 파헨타움. 실질적인 파헨타움의 지배자.

'제일 쓸모없는 자식.'

할센라비온의 고개가 정면을 향했다.

대체, 정말이지 너무나 쓸모없는 놈이었다. 저 자식이 계책에 능하다고? 패기 넘치는 위의당당한 젊은이라고? 웃기지 마. 정말 패기가 넘쳤으면 이미 내 모가지를 따려고 했겠지. 이런 회의는 열리지도 않았을 거라고.

오랜 기간 준비해 왔던 협잡이었다. 할센라비온은 조심스럽게 파헨타움의 전 황제가 힘을 잃은 틈을 타 그들의 욕심을 부추기고 이간질했다. 저 젊은 황태자는 분명 그것을 알고 있다. 증거도 있을 것이다. 그런데 하는 짓이 고작 유랑 민족을 부추기고 후원해 소요를 일으킨다고?

나라면 증거를 디밀어 명분을 얻고 선전포고했을 것이다. 침략했을 것이다. 전쟁을 일으키고, 약탈하고, 내분을 계책하고, 적의 목을 잘랐을 것이다. 그래야 마땅한 것 아닌가?

어떻게 저렇게 도움이 하나도 되지 않을 수가 있을까! 어중간하게 뒤집어 놓은 분위기 덕분에 헤이엘피나를 지지하는 분위기가 강해졌다.

물론, 헤이엘피나를 이용해 부추긴 내분도 있었고, 그를 이용할 일은 더 있었기 때문에 그의 세력은 언제나 신경 써 왔다. 힘이 없으면 이용도 할 수 없기 때문이다. 그러나 그가 확고한, 유일한 황제 후보의 자리를 차지하는 것은 할센라비온의 계획에 없었다. 하지만 그는 현재 차기 황제 후보로서 지위를 굳건히 다지고 있었다. 이대로라면 그가 황제가 될 가능성이 높다. 그렇게 되어서는 안 되었다.

왜냐하면, 그렇게 하면.

"나 황제 할센라비온과 이비아네라의 이름으로."

연단에 오른 할센라비온이 차분한 목소리로 선언했다.

"이 조약에 합의한다."

그리고 펜을 들어 서명했다. 총 일곱 개의 합의서에 차례대로 서명하며, 서명이 완료되면 각 대표가 이것을 한 장씩 가지게 된다.

그리고 이것이 나를 죽일 것이다.

[의미가 없어.]

그것은 황제가 되고 나서 채 3년도 지나지 않았을 때였을 것이다.

[뭐라고 하셨습니까, 황제 폐하.]

페신하나가 대답했다.

유일하게 안심하고 대하는 사람은 페신하나뿐이었다. 그러나 페신하나를 그의 애첩으로 생각하는 사람은 없었다. 사람들은 황후를 들이지 않는 그를 보며 죽은 부인에 대한 의리로 그녀를 가까이 한다고 생각했다.

[살기 위해서…. 해하려 드는 자들에게서 도망치기 위해 그저 위로 올라왔을 뿐이야.]

[그렇죠.]

[그 끝에 황제가 되어 버렸어.]

[예.]

[더 올라갈 자리는 없어.]

[이 이상 원하실 것이 있습니까?]

[아니, 없어.]

온실이었다. 새가 작게 울고, 검을 든 페신하나가 자신을 호위하고 있는 안온한 공간. 원하는 것은 어쩌면 이런 것일지도 모르겠는데— 동시에, 원하지 않았다.

[없어서 문제야.]

공허함.

시가나 문헌에서는 그런 것을 '어떤 것으로도 채워지지 않는 공허함'이라고 표현하던가. 그러나 그것은 그에게 맞지 않는 표현이었다. 채워지려면 빈껍데기라도 있어야 할 것 아닌가.

그러나 그에게는 빈껍데기조차 없었다. 자아라는 것조차 희박했다. 자신이라고 사람들이 생각하는 것은 본디 생존본능에 그럴싸한 금관을 얹은, 암청색 페르소나를 얹은 모습이겠지. 그것만으로도 사람들은 자신을 '살아 있는 한 명의 사람'이라고 여긴다.

그러나 그건 내가 아니야. 가면 아래에는 아무것도 없어.

[그냥 죽었으면 좋았을 것을.]

[폐하.]

[네게 할 말은 아니겠지.]

할센라비온이 몸을 일으키며 말했다. 페신하나는 불쾌하다는 듯이 찌푸린 표정이었고, 그는 그 정도라도 표정을 보여 주는 페신하나를 신뢰했다. 물론 이 아수라장을 함께 한 상대를, 억지로 끌어들인 상대를 신뢰하지 않는다는 것도 기만이다만.

[이 나라를 없애버리겠다고 했지.]

[그렇… 지요.]

하루가 만년 같았던 혈전 속에서 풍화되었던 기억을, 페신하나가 어렵게 끄집어냈다.

[사실 거짓말이었어. 나는 그때 네 도움이 필요했고…. 그렇지만 정말 내가 그걸 원하지 않았는가 하면, 그것은 또 아니지.]

할센라비온이 말했다.

[이 나라를 없애 버리자.]

페신하나가 의심스러운 눈초리로 쳐다보았다.

[우리 같은 사람들이 생기지 않도록…. 아니, 그런 건 구차한 변

명이지. 나는 그냥 이 모든 것이 싫어. 없애 버리고 싶어.]

[폐하.]

[지긋지긋해. 이 황궁이라는 것도, 이 나라라는 것도, 계승권도, 세상도, 모든 게…]

잠시, 그는 말이 없었다. 그리고 마치 바람이 스치듯 말했다.

[후도, 비도 그 어떤 것도 들이지 않는다. 후계자 역시 세우지 않아. 세금을 올리고 세력가와 귀족들의 욕심을 부추겨 혼란을 불러. 군사를 축적하고 모략을 뿌리고 주변 국가들이 적대하게 만들며 침략의 불안을 느끼게 하고 갈등을 일으킬 거야. 그리고 나는.]

할센라비온이 재미있다는 듯이 웃었다. 반대로 페신하나의 표정은 일그러져 있었다.

[황제로서 죽어야지. 그 누구에게도 정당성을 주지 않은 채로.]

역사가 말하건대, 그리하여 내분하고 밖에서의 침략을 이기지 못한 채 무너진 나라는 부지기수다. 당장 파헨타움만 해도 그러지 않았던가? 그 후계자가 걸출하여 겨우 정리를 이루었지만, 이 나라에 그런 걸물은 없다.

[수많은 이들이 쌓아 올린 모래성의 끝이 내 손에 달려 있다니. 참 좋은 일이군.]

그렇게 이 나라는 사라진다.

완벽한 죽음.

완벽한 종말이었다.

이 조약은 나를 죽일 것이다.

그리고 이비아네라를 죽일 것이다. 감사한다, 리암 아우렐리트.

저 배알 없는 카람찬트보다 훨씬 쓸모 있었어. 이 조약이 잘 발휘된다면 모두 악의 제국인 이비아네라를 파멸시키고 웨스월드의 효용과 단결성을 과시하는 기회가 될지도 모르지. 어쩌면 미쳐 날뛰는 각축장이 될지도 모르고, 나라가 무너진 이후 더한 세상이 세계를 덮칠지도 모른다.

그러나 그 이후는 알 바가 아니다. 누가 죽든, 살든, 이권을 취하든. 그건 전부 제국이 무너진 다음의 일이고, 그는 제국이 무너지는 것만 보면 되었다. 제국이, 이비아네라가 사라진다.

생각만으로 기분이 좋아져서, 할센라비온은 웃는 얼굴로 마지막 서류에 서명하고 단상에서 내려왔다.

헤지아나는 할센라비온의 표정을 살피며 카람찬트의 이름을 불렀다. 사실 할센라비온이 서명을 거부하지는 않을지 조마조마한 상태였는데, 별 문제가 없었다. 그러나 그다음 올라온 카람찬트가 선언을 하고 서명을 하기 위해 펜을 들고 옷깃을 걷어 올린 순간—.

"…"

카람찬트의 미간에 주름이 잡혔다.

그는 좀 의아해하는 것 같았다. 그러나 카람찬트는 곧 서명을 시작했고, 이어 리암이 서명할 차례가 되었다. 그도 잠시 서류 앞에서 멈칫하더니 깊게 고민했다.

대체 무슨 일인지 궁금했으나, 헤지아나가 그들에게 가서 물어볼 수 있는 상황이 아니었다. 어쨌든 리암도 차례대로 서명을 끝냈고, 나머지 대표들은 별다른 이상 없이 서명을 끝냈다.

"이로서 멜라스 대륙 정상 회의가 파함을 알립니다."

종이 울렸다. 성가대가 합창했고, 축복을 내리듯 헤지아나의 뒤에 있는 스테인드글라스에서 오색의 빛이 쏟아졌다. 리시가 이후 있을 식순, 특히 만찬의 일정을 알리는 사이 헤지아나는 리암을 시선으로 찾았다. 마침 리암도 이쪽을 보고 있었고, 서로 눈짓을 교환하는 사이 할센라비온이 자리에서 떠났다. 헤지아나가 급하게 리암을 향해 발걸음을 옮기는데.

"야. 궁금한 게 있는데."

"아, 뭐야. 놀랐잖아!"

흩어지는 사람들 사이에서 불쑥 카람찬트가 튀어나와 헤지아나의 손을 붙잡았다. 그는 사람들의 눈치를 살피며 헤지아나를 인적 없는 벽 쪽으로 데리고 갔고, 헤지아나는 곁눈으로 리암의 위치를 살피면서 카람찬트를 따라 발걸음을 옮겼다.

"뭐, 왜 그래? 에네스의 정보는 아직 확실한 게 없어."

"아니, 그게 아니라. 우리 조약 서류 말인데."

카람찬트가 두루마리로 만 서류를 펴 보이며 말했다. 서명 후 각 대표에게 주어진 것이었다.

"왕이 왕호를 반드시 써야 하는 건 아니지?"

"어…? 보통 공식 명칭을 쓰긴 하는데 왜…."

헤지아나가 의아해하자, 카람찬트는 서류 아래, 제일 윗줄의 서명을 가리켰다. 그 위치는 할센라비온의 서명이 들어갈 자리였고, 서명 옆에 그의 왕호인 '할센라비온 이비아네라'가 잘 적혀 있었다. 다만 필적으로 되어 있는 서명은— '라드리건 펜갈리온'.

"본명이네."

물론, 실제로는 수많은 왕가나 귀족의 이름이 그러하듯 더 길다.

'할센라비온'은 왕호이다. 왕이 되며 스스로 짓거나 제후국에서 내려 주는 이름으로, 나라에 따라 적용 방법은 다르지만 이비아네라의 경우는 이전 이름을 쓰지 않으니 개명을 했다고 보는 것이 옳을 것이다. 동시에 '이비아네라'는 지배자에게만 허락되는 호칭이다. 그 혈족도 불가한, 오직 관을 쓴 황제에게만 허락되는 나라 그 자체의 이름.

어쨌든 헤지아나도 할센라비온의 인적사항에 대해 지겹도록 읽은 터라 그의 즉위 전 이름이 라드리건이고, 펜갈리온은 황가의 성임을 잘 알고 있었다.

"이거 이렇게 써도 되는 거야?"

"상관없지 않아? 어차피 본인인데."

"아니, 그래도 이거 공식 서류잖아. 우리는 공적인 신분으로 여기 참가한 거고. 그러면 왕호를 써야 효력이 생기지 않아?"

"안 그래도 그 부분이 신경 쓰이긴 했습니다."

불쑥 끼어든 목소리에 흠칫, 카람찬트가 몸을 움츠렸다. 돌아보니 리암이 안경을 고쳐 쓰며 다가오고 있었고, 카람찬트는 그를 피하듯 슬쩍 발걸음을 옮겨 헤지아나의 왼쪽에 섰다. 어쩐지 카람찬트는 리암을 거북해하는 것 같았다.

"이스파시아는 왕호를 따로 사용하지 않습니다. 파헨타움도 비슷하지요. 왕이 된다고 해서 이름이 바뀌지 않습니다. 별명이 생기긴 하나 그는 공식직함과 차이가 있고…"

"리암, 저는 이에 큰 문제가 있다고 생각되지 않습니다만…. 알기 쉽게 설명해 줄 수 있나요?"

"음…. 말하자면 이런 것이죠. 저는 이스파시아의 왕이며 아시노의 공작이자 시미르의 백작, 벨레스 비오나— 왕권상징의 적법한 상속자 등등의 지위를 갖고 있습니다. 그런데 여기에서 제가 시미르의 백작이라는 '직함'으로 서명했다고 하면, 왕이기 때문에 대표로 선발되어 온 제가 백작으로서 서명한 것이 왕으로서의 책임도 갖느냐 하는 문제가 생기죠."

"아."

헤지아나가 미간을 찌푸렸다. 그야 이 세상은 신분이 태생적으로 귀속되고 영구히 이어지는 일이 많긴 하다만 행정적으로 보자면 리암의 말이 맞았다.

"내 생각엔 그런 부분은 중요하지 않아."

카람찬트가 말했다.

"무슨 이름으로 썼든 그 시점에서 그게 그 인간이기만 하면 효력은 발생해. 이게 그의 본명이라는 것은 세상 사람들이 다 알고, 그걸 서명한 시점에서 그가 황제라는 것도 역시 세상 사람들이 다 알아. 내가 신경 쓰는 것은 황제가 탈주각을 잡고 있느냐는 거야."

"탈주각?"

헤지아나가 뭔 소리냐는 듯이 물었다.

"여기엔 황제 이름만 적혀 있어. 지금 황제의 이름."

"그렇지."

"그럼 황제가 바뀌면?"

헤지아나보다 리암이 더 얼굴을 찌푸렸다. 경악이 가득한 표정이었다.

"황제의 이름으로 되지 않은 서명이야. 바뀐 황제가, 나라가 아니라 '개인'이 한 서명이라고 하면?"

"그러게요. 역사에 몇 번 그런 적이 있었죠…."

리암이 짧게 중얼거린 순간, 헤지아나의 머리에도 몇 개의 예시가 생각났다. 대부분 이런 국가 간의 일이 아닌 국가 안의 횡령, 배임에 관련된 일이었지만— 그런 것으로 책임을 회피하는 사례가, 있긴 있었던 것이다. 머리에서 혈관이 팽창하다 못해 터질 것 같은 기분이었다.

"이런 시…."

헤지아나가 자신도 모르게 일그러진 얼굴로 내뱉었다가, 입을 꾹 다물었다.

"아, 죄송합니다, 리암. 그만."

"나한텐 안 미안해?"

"아니요. 욕이 나올 만도 하지요. 당연한 겁니다."

리암이 입술을 깨물더니 안경을 고쳐 썼다. 가볍게 무시당한 카람찬트는 자신의 위치를 자각하며 슬프게 입을 다물었다. 이 상황을 지적한 공로는 그에게 있지만, 어쩔 수 없었다.

"물론 이 부분은 교황청이 대응할 방법이 있습니다. 새 황제의 대관식을 거절한다든가…. 하지만 그렇게 되면 이 조약이 가져온 평화 분위기 자체가 사라져 버립니다."

사람들은 감정, 분위기에 따라 움직이고, 때문에 그런 분위기를 만드는 것 자체가 중요하다. 이런 이유로 카람찬트나 리암은 바로 이의를 제기하지 못했던 것일 터이다. 식은 각국으로 송출되고 있는 상황이었으니까.

거기까지 말하고, 리암은 카람찬트를 쳐다보더니 의외라는 듯이 말했다.

"그런데, 정복 전쟁을 하고 싶은 당신에게는 이것이 기회였을 텐데요."

"이미 저울이 기울어진 걸 모를 정도로 바보는 아니야. 그리고 황제가 날뛰는 것은 나에게도 곤란하고."

팔짱을 끼며 대답한 카람찬트는 곧 자신의 실수를 깨닫곤 정정했다.

"아니, 저에게도 곤란합니다."

"그렇군요."

리암은 아무렇지도 않게 그 부분을 넘겼다.

"아무래도 여럿에게 송신되고 있는 것이라 즉각 반응하기가 곤란했습니다. 모든 것이 해결되었다고 믿는 사람들에게 혼란을 줄 수 있으니까요."

아직 좀 머뭇거리는 카람찬트를 내버려 둔 채, 리암은 말을 이었다.

"이 일은 조용히 처리하는 것이 좋겠습니다. 황제의 의향을 모르니 넌지시 묻는 것이 좋겠지요."

"그건 저에게 맡기시죠."

헤지아나가 훅, 하고 숨을 내뱉으며 말했다.

"어차피 끝장을 봐야 할 일이었으니까요."

이 회의에서 하나하나 그냥 넘어갈 일이 없었다. 당연한 일이었다. 익숙한 일이었고, 마지막 일이었다.

헤지아나는 할센라비온의 대기실로 향했다.

식이 끝나지 않았으므로 방에 가지는 않았을 것이다. 만전을 기하기 위해, 헤지아나는 리시의 도움을 얻어 할센라비온의 수행원들에게 거짓 명령을 내려 자리에서 물린 후 궁내원들에게 자리를 지키게 했다.

다음, 헤지아나는 방음 결계를 치고 할센라비온의 대기실 문을 허락도 없이 열었다.

마주 보는 소파와 테이블 하나가 전부인 작은 방의 의자에 할센라비온이 앉아 있었다. 그는 쳐들어오는 헤지아나를 보고 놀란 눈으로 자리에서 일어나고 있었다.

"갑작스러우시군요. 알림도 없이 벌컥 문을 열고 들어오시다니 무례…."

쾅!

할센라비온의 몸이 벽에 거세게 밀쳐졌다. 머리부터 부딪힌 할센라비온이 이맛살을 찌푸렸고, 그는 빠르게 눈을 뜨더니 살기등등한 표정으로 자신의 어깨를 민 헤지아나를 노려보았다.

"교황이라고 해서 이딴 짓을 하고 그냥 넘어갈 줄 아는 건가?"

"차라리 그 태도가 훨씬 낫군요."

"행사를 위한 정장이라 검이 없는 것을 다행으로 여겨."

"내가, 교황이."

헤지아나가 할센라비온의 어깨 장식에 붙어 있는 술을 확 잡아당기며 날카롭게 말했다.

"고작 날붙이 끝을 두려워할 거라고 생각해? 저번에 말하지 않았나?"

"하, 재앙 하나 막지 못하는 신 따위."

할센라비온이 헤지아나의 손을 떼어 내려고 했지만, 헤지아나는 더욱 세게 손을 움켜쥐고 잡아당겼다. 강제로 고개를 숙이게 된 할센라비온이 이맛살을 찌푸렸다. 이마가 헤지아나와 거의 맞닿을 것 같았다. 헤지아나가 흐림 한 점 없는 대양의 바다 빛깔 눈동자로 할센라비온의 투명한 보랏빛 눈동자를 응시했다.

"서명에 왕호가 아니라 이름을 적은 이유가 뭐지?"

이름. 그 울림에 갑자기 눈이 가늘어졌다. 그 입술. 혀끝에서 나오는 '이름'이라.

할센라비온이 가늘어진 눈으로 헤지아나의 입술 끝을 쳐다보았다.

"내 이름이 뭔데."

그렇게 물어본 이유는 뭔지.

"자기 이름을 잊어버릴 정도로 멍청해졌나?"

"내 이름이 뭐냐고."

할센라비온이 끓어오르는 듯한 목소리로 말했다. 묘한 감정의 격앙을 느낀 헤지아나가 잠시 그의 표정을 쳐다보다가 말했다.

"라드리건 펜갈리온. 그렇게 적었지."

잠시, 그의 표정이 흔들렸다.

"다시 말해 봐."

"라드리건 펜갈리온. 귀가 안 좋나?"

할센라비온이 잠시 눈을 감았다. 감정을 억누르는 듯한 표정이어서, 헤지아나는 그 모습에 기세가 조금 꺾였다.

"왜 그런 표정을…."

"너무 오랜만이라서."

그가 입술을 가볍게 깨물었다.

솟아오르는 감정을 억눌러야 했다. 그 이름은 좋은 시절과 함께한 이름이었다. 아니, 좋은 시절이 있었는지 모르겠다. 그런 건 없었다. 그렇지만 과거는 미화되기 마련이다. 좋은 것 하나 없는 과거도 지나고 나면 전부 쉽고 편안한 시절이 된다.

냉정히 생각해 보면 적막하고 차가운 시절이었다. 사악하고 무거운 나날이었다. 그래도 곁에 말을 튼 사람 하나 정도는 있었다.

문득 그런 생각이 들었다. 어쩌면 그들과 살아갈 수 있지 않았을까?

태생에 얽힌 사연과 관계없이 평범하게 살 수 있지 않았을까?

과거의 이름으로 불려 과거의 길 한복판에 섰다. 누군가 자신의 이름을 불렀고 그 목소리에 담긴 따뜻함과 다정함에 웃으며 돌아본다.

그러나 돌아본 곳엔 아무도 없다.

그래, 그런 사람들이 있었지. 이름을 불러 준 사람들이 있었다. 그들은 하나둘씩 사라졌다. 어쩌면 그것은 그들의 운명일지도 모른다.

그러나, 내 운명에 관여되어 죽었을 수도 있겠지.

따스함이 그대로 쏟아져 내려 얼어붙는다. 이름이 가져온 짧은 꿈에서 그는 갑자기 쏟아지는 냉기에 눈을 떴다. 그리고 눈앞에 보이는 것은 새파란 눈동자로.

"할센라비온…?"

지금 나의 이름은.

할센라비온은 고개를 들었다. 머릿속은 차가워졌고 눈빛은 명징했다. 고개를 들고 이마를 맞댄 보라색 눈동자는 그 빛깔에 걸맞게 신의 대리자를 오시(傲視)하고 있었다.

"―내가 곧 나라인데, 뭐가 문제지?"

"즉위 전의 너와 즉위 후의 너는 다른 인간이지."

"같아."

선언하듯이 그가 말했다.

"그 어떤 것도 변하지 않았어."

아니, 같지 않아.

너는 이제 가능성 있던 시절의 이름으로 불리지 않아. 옥좌에 앉은 이상 그 길은 모두 닫혀 버렸어. 아니, 사실 상승을 추구하던 그 시절부터 닫혀 버렸지. 그래도 그 이름으로 계속 불렸다면, 이 길로 오지 않았다면 어쩌면 너는, 가슴을 괴롭게 만드는 무언가를 얻었을지도 모른다.

그 이름으로 계속 불렸다면, 어쩌면 너를 부르는 사람들을 향해 갈 수 있었을지도 모른다.

'그렇지만 그 사람들은 다 사라졌어. 그래서 내가.'

머릿속에서 떠오르는 생각은 바로바로 반박되었다. 그러나 그것이 망념이고 미련과 회한임을 알면서도 생각에서 벗어날 수 없었다.

그 이름은 아무것도 아니다. 지난 이름이다. 어떤 의미도 없어.

'하지만 지금의 이름을 쓰면서 돌이킬 수 없어졌지.'

이 이름을 따뜻하게 불러 줄 사람은 없어.

"공과 사는 구분하는 게 좋겠어. 협정이 자아 선언을 위한 자리인 줄 알아?"

"상관없지. 어차피 협정을 위반해도 내가 할 거고, 그에 대한 대가도 내가 치를 거고. 그러니 상관없잖아. 나는 죽을 때까지 황제일 테니까."

"자신만만하군. 지금 자리가 위태롭지 않아?"

"걱정 마. 죽을 때까지 황제가 아니면 곤란하니까."

할센라비온이 피식 웃음 지었다.

정말로, 죽을 때 황제가 아니면 곤란한 건 이쪽이다. 최선을 다하며 살아오면서, 최선을 다하여 흔들어 놓은 판이 쓸모없어진다. 지존의 자로서 적절한 상황에 죽어야만 원하는 바가 이루어진다. 그런 이유 때문에 적절한 때를, 상황을 찾아 길게 인내할 수밖에 없었다.

정말로, 길게 인내했다.

정말로.

─너무, 멀어졌어.

가능성은 없어.

할센라비온의 얼굴에 피로감이 무겁게 얹어졌다. 그리고 갑작스러운 충동이 그를 유혹했다.

"아니면 지금 죽여 보는 건 어때."

할센라비온이 헤지아나의 왼손을 쥐었다.

헤지아나가 눈살을 찌푸린 순간 손이 할센라비온의 목 위에 얹어졌다. 굵은 목이 손을 꽉 채우는 것을 느끼며 헤지아나는 더욱 표정을 일그러뜨렸다. 손 아래에서 목젖이 움직이고 맥이 뛰었다.

"날 설득하는 게 귀찮으면 죽이고 헤이엘피나를 황위에 올려. 그리고 얼렁뚱땅 서명하게 해. 그러면 되잖아."

"…마치 누가 죽여 주길 바라는 것처럼 말하는군."

"이제 알았나?"

헤지아나는 눈살을 찌푸렸다. 우습다는 듯이 말하는 할센라비온의 얼굴에서는 진의를 읽을 수 없었다. 비웃음인지, 도발인지— 아니면 허무함인지. 그러나 이 작자가 허무할 일이 대체 어디에 있단 말인가.

그런데 갑자기, 할센라비온은 씁쓸한 표정을 지으며 다가왔다.

"왜 그렇게 찌푸린 얼굴이지?"

그럼 웃으란 말인가. 이 상황에서? 헤지아나가 더 불쾌한 표정을 짓자, 갑자기 할센라비온이 힘없이 웃었다.

"이봐, 나에게도 좀 웃어 주지 그래."

"뭐…?"

왜 자신에게 그런 것을 바란단 말인가. 헤지아나가 무슨 개소리를 하느냐는 표정으로 할센라비온을 쳐다보았다.

"지금 애교라도 부려 달라는 거야 뭐야?"

"뭐든지 간에."

지친 것 같은 말투였다. 갑자기 바뀐 태도가 무엇 때문인지 알 수가 없었다. 헤지아나는 그를 피하듯 한 걸음 물러섰고, 할센라비온은 한 걸음 다가왔다.

"다른 놈들에게 그러는 것처럼 다정한 목소리로 말도 걸어 줘 보고."

다가오는 그의 얼굴에서 허탈한 웃음이 흘러내렸다.

피로감에 사무치는 웃음이었다. 보는 순간 마음이 아파 오는, 감정을 흔드는 고통에 가득 찬 표정. 허무함이 그의 얼굴에서 방울방울 흘러내렸고, 목소리는 젖어 낮고 탁하게 변했다.

"왜 내겐 그러지 않아?"

고통의 목소리였다.

듣는 사람의 가슴을 저밀 정도로 고통이 배어 나오는 목소리였다. 많이 들은 목소리였다. 타인을, 구원을 원하지만 지쳐 움직일 수 없는 자들이 원망과 체념을 담아 모든 것을 내려놓으며 내뱉는 마지막 한탄.

대체 왜 그가, 그런 식으로 말한단 말인가?

의문을 가지면서도 마음이 자연스럽게 움직였다. 아픈 것을 보면 마음이 움직인다. 이 손으로 감싸고 싶어진다. 위로하고, 보살피고 싶어지는 자연스러운 마음이 일었다.

'아니, 하지만.'

이 작자가 갑자기 약한 모습을 보일 리가 없다.

갑작스러운 깨달음에 헤지아나는 마음을 다잡았다. 이것은 필시 무언가의 계략일 것이다. 그는 계략에 능한 자이지 않은가? 자신이 타인의 괴로움에 약한 것을 알아 무슨 계략을 위해 흔들려고 하는 짓일 것이다. 헤지아나는 표정을 굳혔다.

"—그런 걸 바랐으면 처음부터 잘했어야지."

헤지아나가 눈을 날카롭게 뜨고 자신이 붙잡은 술과 붙잡힌 손을 동시에 떼어 냈다.

닿았던 타인의 체온이 떨어진 순간, 마치 온기를 잃은 것처럼 할센라비온의 표정도 식었다. 그는 믿을 수 없다는 표정으로 물었다.

"…그런 건가?"

"여섯 살 아이도 알 만한 말을 반복하게 하지 마."

"시작부터 잘못된 건가?"

할센라비온은 잠시 이맛살을 구긴 채로 서 있더니 품에서 무언가를 꺼냈다. 그리고 그것을 헤지아나의 손에 쥐어 주었다.

"그럼 죽여."

비수였다. 척 보기에도 금속은 아닌, 알 수 없는 재질로 폭은 좁았지만 길이는 대략 6cm 정도. 강도만 보장된다면 목에 찔러 넣어 사람을 죽일 수는 있을 거 같았다. 자신에게 그럴 힘이 있는지는 모르겠지만, 어쨌든 몸체에 아른거리는 물결무늬를 보건대 이 물건도 범상한 물건은 아니었다.

"시작부터 잘못되었으면 빨리 끝내는 게 낫지."

할센라비온이 비수를 쥐어 준 헤지아나의 손을 자신의 목으로 끌고 갔다. 헤지아나가 깜짝 놀라 손을 자기 쪽으로 당겼지만 할센라비온의 힘이 더 강했다.

"이, 이것 봐…."

"죽여. 죽여서 전부 가져가."

아니, 그러니까 그건 곤란해. 그래선 안 된다고.

"가져가. 너라면 괜찮겠지."

대체 이 새끼는.

"죽이고 전부 빼앗아 가 버려. 이 이름도."

어디서부터 미쳐 있는 거지?!

대표 중 멀쩡한 인간이 없는 것이야 진즉 알아차렸다. 하지만 이

건, 좀, 뭐랄까.

아무리 생각해도 중증 우울증 환자, 자살 고위험군 아닌가? 이런 애가 왜 대국의 황제를 하고 있단 말인가? 이런 인간은 당장 폐쇄병동에 넣어서 항우울제도 먹이면서 최소 3개월은 보호해야 하는 부류 아닌가?!

물론 그쪽 의사가 아니니 자세한 건 모르겠다. 굳이 따지자면 이쪽은 정맥과 동맥, 뼈와 살을 다루는 경우가 많단 말이다.

어쨌든 지금 눈앞의 황제는 무엇 때문인진 몰라도 스위치가 눌려 우울모드로 돌입했고, 거기에 더해 자살사고까지 뱅뱅 돌아가고 계시는 중인 것 같았다. 그거까지야 그럴 수 있다 치는데 왜 자신에게 죽여 달라, 너라면 괜찮은 것 같다는 말을 한단 말인가.

하여간 대체 어째서 이런 인간이 양극 국가의 황제 자리에 앉아 있단 말인가. 황제가 되어서 이렇게 된 건가? 이런 인간이 지도자로 앉아 있으니 세상에 전쟁이 날 만도 하지. 창조신의 지엄하신 뜻을 제가 이제야 알겠나이다!

"어차피 내가 '열세 번째 빛'을 뿌린 건 알고 있잖아. 이비아네라에게 책임을 물어. 웨스월드의 천칭에 올려. 책임을 물어서 나를 죽이고, 이비아네라를 공격해. 이비아네라를 박살 내 버려. 황제인 나를 죽이면 그건 간단하잖아."

"뭐…?"

안 그래도 혼란스럽던 머릿속에 혼란이 1톤 정도 더, 쾅 하고 내려앉았다.

아니, 그거 나라의 주인으로서 제일 원하지 않는 일 아니었어? 웨스월드를 무시하고 침략전쟁하고 싶은 거 아니었나?! 그런데 웨스월드의 천칭에 올려 달라고? 심지어 그거로 자길 죽여서 나라를 박살 내 달라고?!

"뭐, 뭐야 대체…."

"빨리 다 끝내 버려. 이제 모든 건 준비가 다 됐잖아. 조약 체결 전이건, 후건, 적당히 조작해서 넘겨 버리면 되잖아. 적당히 명분을 만들면 되잖아. 빨리 끝내 버려."

웅얼거리듯이, 할센라비온이 말했다.

"지겨워…."

"아…."

웅얼거림 같은 목소리에, 헤지아나의 손에서 순간 힘이 빠졌다.

뭐란 말인가. 이건. 삶의 모든 걸 다 살아 버렸다는 듯이 구는 이 모습은. 마치, 삶의 무게에 짓눌려서 부서져 버린 것 같은 태도는.

확실히 알 수 있는 것은 그가 무너졌다는 거다. 그가 어떤 생각으로, 어떻게 살아왔는지는 모르지만, 그는 어쨌든 확실하게 삶의 무게에 지쳐 있고, 때문에 그냥— 죽고 싶어 한다.

"당장 죽이는 건 곤란한가? 이비아네라가 충분히 박살 나기 전까지 내가 살아 있어야 하나?"

헤지아나의 손을 붙잡은 할센라비온의 손에서 힘이 빠졌다. 그가 헤지아나의 눈을 쳐다보며 말했다.

"그럼 그때까지 나를 억류하겠군."

할센라비온이 기운 없이 웃었다.

"환영이야."

"너는…."

헤지아나가 자신과 눈높이를 맞춘 할센라비온의 눈을 똑바로 쳐다보며 말했다. 저 짙은 피로라니. 곤죽이 되어 썩어, 보라색으로 부패해 버린 핏방울 같은 눈이라니. 어떻게 그런 색을 숨기고 있었지?

"뭘… 원해?"

그 순간, 할센라비온의 얼굴이 잠시 굳었다. 곧 깊게 숨 들이쉬는 소리가 들렸다. 마치 호흡하는 것을 허락받은 것처럼 크게 가슴을 부풀리고 그가 말했다. 그리고 숨을 내쉬며 일그러지는, 그 애타는, 갈급한 듯한 표정은.

"죽여 줘."

대체, 이해할 수 없는 말이었다.

"모든 걸 끝내 줘."

"내가 듣기에 그것은."

헤지아나는 할센라비온의 이마에 손을 얹었다. 머리카락을 뒤로 쓸어 넘기며, 헤지아나는 작은 목소리로 말했다. 헤지아나의 손에서 은은한 빛이 퍼지고 있었다.

"살려 줘… 라고 들리는데."

곧, 할센라비온이 작은 신음과 함께 눈을 감았다.

삶은 어느 순간 갑자기 무너지기도 한다.

그런 것이 있다는 걸 헤지아나는 알고 있긴 했다. 특히 사람이 스스로 무너지는 경우, 그것은 타인이 보기에 더욱 의외이고 갑작스러운 경우가 많았다.

그러나 당사자는, 정말로 오랜 기간 시간을 들여 무너지고 있는 경우가 많았다. 그리고 그것이 드러난 그 순간. 남에게도 보인 그 순간, 이제는 걷잡을 수가 없어진다.

알고는 있다. 알고는 있지만, 왜 그가 자신에게 그런 모습을 보인 단 말인가?

[저에게는 그런 자애로움을 나눠 주실 생각이 없으신 모양입니 다?]

리암이 말했었다. '자신에게도 그 사랑을 나누어 주면 안 되는 것이냐'고.

그것은 도발하기 위해 한 말이었지만 동시에 그의 솔직한 속내였 다. 질투와 시기. 그것은 바꾸어 말하면 부럽다는 것이고, 부럽다는 것은 그걸 원한다는 말이었다.

할센라비온의 말에는 도발하려는 생각이 전혀 없었다. 그러므로 그것은 순수하게 원하는 것이었고.

[이봐, 나에게도 좀 웃어 주지 그래.]

그는 자신에게 말했다.

[왜 내겐 그러지 않아?]

무너진 자의 질문이었다. 그것을 알면서도 냉정하게 대답했다.

아마도 그때 그의 눈동자에서 빛이 사라졌을 것이다. 헤지아나 는 이마를 짚으며 낮게 한숨을 내쉬었다.

물론 그게 자신의 탓은 아니다. 최소한 그 중압감, 압력, 괴로움, 죽고 싶다는 생각 따위를 그의 머릿속에 집어넣은 건 자신이 아니 니까. 그러나 낙타의 등을 부러뜨리는 마지막 지푸라기 정도는 얹었다는 자각이 마음을 괴롭혔다. 또 동시에 의문인 것이, 대체 왜 자신의 다정함을 바란단 말인가.

'한 번 떡친 거로 떡정이 든 것도 아닐 테고.'

아무리 창조신의 가호가 강력하다지만 여태까지의 경험상 그건 아니었다.

헤지아나는 자신의 무릎을 베고 잠든 할센라비온의 머리카락을 쓰다듬으며 짧게 신음했다. 아무리 생각해도 떡정은 아니고, 그냥 불안정한 상태에서 자신의 말에 동요해 버렸던 것 아닐까.

'가엾기도 하지.'

검은 머리카락은 생각보다 부드러웠다. 그것을 손끝으로 문지르며 헤지아나는 낮은 한숨을 내쉬었다. 그의 무례함은 용서할 수 없었다. 하지만 그는 결국 죽고 싶어 안달이 난 사람이었던 것 아닌가.

그의 모든 행동의 목적은 결국 자살이었다. 심지어 자결하면 안 되고 남의 손에 죽어야 하는데, 그냥 살해당해서도 안 된다. 그는 황제로 죽어야 했고, 그 죽음이 나라를 붕괴시키도록 이어져야 했다.

그리되어야만 한다고 믿어 온, 흔들리지 않는 의지와 확신이 비틀린 정신 사이에서도 느껴졌다. 그는 정말 오래 그것을 믿고 그에 의지해 살아온 것이리라. 문득 할센라비온이 행했던 알 수 없는 행동들이 생각났다.

[알아서 엉망진창이 되어 가는 판이란 건 매우 재미있지요.]

엉망진창이 되어 가는 판을 통해 자신과 자신의 나라가 무너지기를 바란 것인가. 그러니 내정을 통제할 방법을 주겠다는 꾐에도 넘어가지 않은 것이다. 그가 원하는 것은 혼란이니까. 혼란을 통한 붕괴였으니까.

"당신의 소원은 이루어 줄 수 없겠군요."

헤지아나가 할센라비온의 잠든 얼굴을 내려다보며 말했다.

정신이 지나치게 불안정한 것 같아 일단 안정을 시켰다. 그러나 상태가 생각보다 위중했던 것인지 그는 이렇게 쓰러져 잠들어 버렸다. 그를 짓누르는 무게는 자신을 향해 쓰러지던 그의 육신보다 무거울 것이 분명했다. 필경 그렇겠지. 그러니 쓰러지겠지. 안타까울 뿐이다. 자신에게 짐 지운 채 살아 혼자 짓눌려 쓰러졌구나.

"이비아네라가 지금 무너지면 혼란이 가중될 뿐이니까요."

"그러니 혼란스럽지 않은 방향으로."

할센라비온의 쉰 목소리가 마른 입술 사이에서 새어 나왔다.

"규칙대로, 이비아네라를 저울에 올리고 쳐."

"…정신이 들었군요."

헤지아나가 할센라비온의 머리를 쓰다듬던 손을 거뒀다. 그러나 할센라비온이 그 손을 붙잡았다.

"시간이…. 얼마나 지났지?"

"한 시간쯤."

밖에는 황제가 피로로 쓰러졌다고 해 두었다. 만찬까지 교황은 기도를 드리는 것으로 되어 있으니 두 사람의 거취는 현재 아무도 신경 쓰지 않는다.

"그렇게 오래 지나진 않았군…."

한숨과 함께 할센라비온이 헤지아나의 손을 힘주어 붙잡았다. 길고, 거칠고, 마디진 손가락이 헤지아나의 부드러운 피부를 파고들었다.

헤지아나가 물었다.

"이비아네라의 붕괴를 원하는 이유가 뭐지?"

반말이었다. 정신을 차리면 황제가 존대를 할 줄 알았는데 꼴을 보아하니 요원할 것 같았다. 할센라비온의 움직임이 멈춘 건 반말 때문일까, 아니면 질문의 무게 때문일까.

"…글쎄. 그냥."

"어린 시절의 복수라면 충분하지 않아?"

많은 인척을 죽이지 않았나. 그 정도면 충분하지 않은가.

"몇 백 년 된 나라라면…"

할센라비온은 그때쯤 자신이 헤지아나의 허벅지를 베고 있다는 것을 깨달은 것 같았다. 헤지아나의 손을 붙잡은 것도 그제야 알아차린 것처럼, 그는 민망해하며 몸을 일으켰다.

"죽어도 아쉽지 않은 나이겠지."

"하지만 당신은…. 죽기엔 이르지 않아?"

헤지아나가 급하게 일어나는 할센라비온의 어깨를 붙잡아 받쳐주며 말했다. 아직 정신이 맑지는 못한 듯 할센라비온은 이마를 짚더니 갑자기 피식 웃음을 지었다. 그가 자수정 구슬 같은 눈을 굴려 헤지아나를 보았다.

"그럼 살려 줄 건가?"

불가능한 일이었다.

헤지아나는 그를 안타까운 표정으로 쳐다보았다. 불가능한 일이라는 것은 그를 죽여야만 하는 필연이 있다는 뜻이 아니다. 그런 외부적인 것이 아니라….

'뭐라고 해야 할까.'

헤지아나는 짧게 침음했다. 마음 안에 깊게 뿌리박힌, 근원처럼 사람을 움직이는 원념은 남이 제거해 줄 수 있는 것이 아니었다. 그 것은 스스로에게 건 저주 같은 것이라 자신 외에는 파할 자가 없다.

그러나, 그것을 깨 줄 순 없어도 고개를 돌리게 해 주는 건 가능 하다는 사실을 안다. 그리고 그 끝에 아서처럼 될 수도 있겠지.

"나에게 무엇을 원하지?"

그것은 한 시간 전의 질문이었다. 그는 죽여달라고 했다. 살려달 라는 듯이.

그래서 다시 물어보았다.

"…알아서 뭐 할 거지?"

"들어 보려고."

"듣고, 어쩔 거지?"

헤지아나는 말없이 할센라비온을 쳐다보았다. 할센라비온도 말없 이 헤지아나를 쳐다보았다.

"멸망."

"뭐의?"

"나라의."

보라색 눈동자가 잠시, 바닥을 내려다보았다. 곧, 그는 무엇을 떠 올린 것인지 피식 웃음을 터뜨렸다.

"추태를 다 보이고 할 말은 아니군. 어차피 알 거 아니야."

할센라비온이 손을 뻗었다. 그는 헤지아나의 손을 붙잡았다.

"원하는 건."

손이 할센라비온을 향해 다가갔다. 하얗고 날렵한 손끝을 보며 보라색 눈동자가 잠시 흔들렸다.

"부드럽고 상냥하게."

마른 손은 천천히 그녀의 손을 그의 뺨으로 이끌었다. 그는 그 손가락이 뺨에 닿은 순간 안도의 한숨을 내쉬었다. 온기라니. 편안함이라니. 다정함이라니. 안도가 내려앉았고 무겁게 눈꺼풀을 내리눌렀다. 그러나 그곳은 길의 끝이 아니었다. 이어 마른 손이 인도한 길의 끝은.

"죽여 줘."

맥이 뛰는 목 위. 헤지아나의 눈이 가늘어졌다.

"왜? 지금 그게, 정적에게…. 교황에게 요구할 수 있는 거라고 생각해?"

"정적이었나?"

"따지자면 그렇게 되지."

할센라비온이 그렇군, 하고 작게 중얼거렸다. 가늘게 뜬 눈 사이로 보랏빛 눈동자가 조용히 헤지아나를 향했다.

"정적이면 당연히 죽이거나 제거해야 할 상대 아닌가?"

듣고 보니 그랬다. 헤지아나는 입술을 붙였다.

"교황청이 사람을 죽이지 않은 것도 아니거니와."

더 오래 입술을 붙이고 있어야 할 거 같았다. 그것 역시 사실이었기 때문이다.

어쩐지 이대로는 대화에서 밀릴 것 같았기 때문에, 헤지아나는 일단 말을 돌리기로 했다.

"왜―, 죽고 싶은데?"

"살기 싫어."

"그러니까 왜?"

헤지아나의 집요한 질문에 할센라비온은 귀찮다는 듯이 이맛살을 찌푸렸다.

"나를 살려 두면 이비아네라를 부수기 위해 계속 이 대륙을 싸움판으로 만들 거야. 그렇게 만들고 싶어?"

"왜 그러고 싶은 거냐고."

"죽일 건지 않을 건지만 대답해."

헤지아나의 눈이 가늘어졌다. 그녀가 대답했다.

"할 수 있어."

할센라비온의 눈이 뜨였다. 자수정 빛깔 눈동자가 헤지아나를 향했고, 헤지아나는 손가락 끝에 힘을 주었다. 가느다란 손가락이 굵은 목의 맥을 짚고, 펄떡거리며 뛰는 생명의 박동을 느끼며 헤지아나가 그와 간격을 좁혔다.

"부드럽고 상냥하게, 몇 번이든 죽일 수 있어. 수십 번의 작은 죽음을 선물하고, 수억 번의 몰아(沒我)의 순간을 줄 수 있어."

"그건."

어떤 방법이냐고 그가 물으려고 했다. 헤지아나는 바람에 흔들리는 너울처럼 할센라비온을 향해 몸을 기울였다. 소파의 푹신한 방석을 짚고 있던 할센라비온의 팔에 힘이 들어갔고, 헤지아나는 그에게 입 맞췄다.

"음…!"

신음과 함께 그의 몸이 경직했다.

적극적인 반응은 아니었다. 오히려 거부하는 듯, 허락하지 않는 듯 굳은 몸짓과 혀끝. 헤지아나는 어중간하게 벌어진 그의 입술을 억지로 벌리고, 입술의 안으로 침투해 거칠게 속살을 탐했다.

침입을 환영하지 않는 입 안이 상대의 능란한 혀놀림에 농락당했다. 거부의 몸짓과 달리 짧은 신음과 허덕임이 그의 입술 사이에서 새어 나왔고, 강렬하게 혀를 휘어잡는 쾌감에 잠시 몸이 굳었다.

"앗…."

할센라비온의 손끝이 까닥거렸다가, 그대로 멈췄다.

움직이려고 했다. 밀어내야 한다는 생각도 들었다. 하지만 여기에 무엇이 이어질지 알았다. 심장이 뛰었고, 묘한 기대감이 들었다. 거부해야 한다는 반사적인 생각의 아래에서 치고 올라온 기대였다.

이대로 몸을 맡기면, 마음대로 휘저어 주지 않을까.

"잠… 깐…."

목소리가 작았다. 자신에게도 들리지 않는 목소리였다.

기대감과 자의식이 서로 머릿속에서 세를 불리며 싸웠다. 그러나 점점 늘어 가는 것은 기대감 쪽이었다. 할센라비온의 시선이 자신의 입술을 빼앗아가는 헤지아나의 코끝을 향했다. 숨결이 불규칙하게 떨렸고, 손은 어설프게 헤지아나의 팔 위에 얹어졌다.

헤지아나가 할센라비온에게 기댔다. 할센라비온이 그녀의 몸을 지탱해, 그는 이제 갈 곳이 없어졌다. 거부하지도, 그렇다고 적극적이지도 않은 할센라비온의 혀끝은 헤지아나의 혀끝에 휘말려 이리저리 떠밀리고 농락당했다.

손은 몇 번 꿈틀거렸지만 끝내 밀어내지도, 저항하지도 않았고 그렇다고 끌어들이지도 않았다. 혀도 잠시 놓아줄 때마다 헤지아나의 혀를 쫓아 입 밖까지 나왔다가 재빨리 숨어 버렸고, 벌써 취한 듯 반쯤 감긴 보랏빛 눈동자는 겹쳐지는 입술의 방향을 따라 혼란스럽게 움직였다.

헤지아나는 그의 머리를 쓰다듬었다. 짧고 거친 머리카락 사이를 긁어내리는 듯한 손길에 할센라비온의 몸이 흠칫 떨렸다. 헤지아나는 천천히 그의 머리카락, 귓바퀴, 목을 애무하며 아래로 손을 내렸다. 흔들리는 숨을 내뱉고 마른침을 삼키며 위아래로 움직이는 목젖이 만져졌다.

헤지아나는 그의 외투 속으로 손을 밀어 넣었다. 그의 몸에서 피어오르는 열기가 두꺼운 정장 외투 안에 담겨 있었다. 정장 외투 안에 숨어든 손끝에선 조끼에 세심하게 장식된 자수의 결이 제일 먼저 느껴졌다. 그러나 원한 것은 섬세한 자수의 매끄러운 감촉이 아니었다. 헤지아나가 조끼 단추를 풀고 속에 손을 넣었을 때.

"아, 안 돼."

작은 목소리가 말했다. 숨이 차서, 헐떡거리면서. 가냘프고 작게 거절했다.

"안 돼. 그만둬. 밖에 사람들이…"

"소리 내는 걸 참지 못할 거 같아?"

헤지아나가 흰색 비단 셔츠 위로 손을 미끄러뜨렸다. 그 아래 느껴지는 가슴의 굴곡과 크게 뛰는 심장의 박동이 느껴졌다. 곤란한 듯한 얼굴과는 달리 몸은 솔직하게 반응했다.

"참지 않아도 돼."

"윽…"

헤지아나의 오른손이 셔츠 아래에서 솟아오른 그의 유두를 눌렀다. 할센라비온은 입술을 꾹 깨물었고, 헤지아나는 왼손으로 그의 입을 벌렸다.

"참지 마."

입술을 가볍게 겹쳤다. 벌어진 입술 사이에서, 조금도 응하지 않는 주제에 혀가 침략을 기대하듯이 입 앞으로 다가왔다.

반기듯 다가오는 혀를 가볍게 무시하고, 손끝을 붙잡고 목에 입 맞췄다. 손은 가슴을 지나 옷으로 숨겨진 깊은 안쪽까지 들어가고, 등을 감싸 안았다. 가슴이 맞닿았고, 입술이 귓가에서 속삭였다.

"생각하지 마. 느끼는 대로 소리 내. 모든 걸, 밖의 일도 잊어버려."

"마치, 모든 걸 잊게, 해 줄 것처럼 말을…."

일그러진 표정으로 말하던 할센라비온의 입술이 순간, 조개처럼 딱 붙어 버렸다. 등 한가운데를 어루만지는 손길에 그의 얼굴이 미세하게 일그러졌고, 헤지아나는 왼손으로 그의 입을 다시 벌렸다.

"몰아하게 해 준다고 했잖아. 아무것도 생각하지 않게 해 줄 테니까."

"으, 읍…."

왼손은 입을 벌리고, 오른손으로는 외투와 조끼의 단추를 풀며 셔츠 위에서 그의 피부를 애무했다. 할센라비온의 숨이 점점 거칠어졌고, 그는 순간 참을 수 없는 감각에 눈을 꾹 감고 말았다.

단지 손이 움직이는 것뿐인데 피부의 감각이 예민하게 되살아났다. 실크의 부드러운 감촉 위에서 가해지는 압력과 매끄럽게 흘러가는 손길은 모든 피부를 성감대로 만들 것 같았다. 손목, 팔, 어깨까지도.

"웃, 하아… 앗…."

"여기에서 느껴?"

헤지아나의 손이 오른쪽 날개뼈와 옆구리 사이, 그 아래 근육의 틈새를 따라 움직였다. 할센라비온의 입에서 탄성 비슷한 신음이 터지고 몸이 움찔거렸다. 헤지아나의 허벅지 위에 얹어진 그의 손에 가볍게 힘이 들어갔고, 숨은 가빠졌지만 표정은 여전히 곤란함과 혼란 사이에서 머물고 있었다.

'당하고 있잖아.'

그는 이를 악물고 흥분한 숨을 억누르려고 했다. 주도권을 빼앗겼다. '안 돼' 같은 말이나 하고 있어. 울컥하고 치밀어 오르는 자존심에 거부할 수 없는 마음이 짓눌렸다.

"이―런 짓 하는 이유가 뭐야."

표정을 굳히려고 애쓰며 할센라비온이 말했다. 그러나 다음 순간, 부드러운 손길에 입에서 한숨이 툭 터졌다.

"이렇게, 한다고 내가…. 웃!"

슥, 등골을 따라 미끄러지는 손길. 동시에 헤지아나의 몸을 움켜쥐는 손. 참지 못하고 치켜 올린 턱.

모든 것을 들켰는데도, 그는 표정을 차갑게 하려고 애쓰며 헤지아나에게 말했다.

"이런 식으로 유혹하면 내가 네 뜻에 따라줄 거라고 생각하는, 거야? 웃기는…."

말이 끝까지 이어지지 못했다. 헤지아나의 손이 허리를 건드린 순간, 자신의 물건이 하의를 팽팽하게 밀어내는 것을 느꼈기 때문이었다. 움찔거리며 선액이 요도를 타고 솟아오르는 그 오싹한 감각.

이를 악물고 있지만, 마음대로 헤집는 손길에 흥분한다. 쏘아붙이고 있지만,

'느끼고 있어…'

그리고 그 마음을 읽은 듯, 귓가에서 속삭이는 목소리가 있었다.

"솔직하지 못하긴."

"흐…!"

헤지아나가 할센라비온의 턱 끝에 입 맞추더니 목선을 따라 혀 끝으로 간질였다. 굵게 팬 목빗근을 따라 달팽이처럼 미끄러진 혀의 움직임에 할센라비온의 몸이 움찔거렸다. 여전히 이는 악물려 있어, 쾌감의 소리는 억눌린 고통의 소리 같았지만— 보랏빛 눈동자는 갈구에 젖어 있었다. 혀끝도 입안에서 더 무언가를 원해서 꿈틀거렸다.

"말은 그렇게 해도 몸은 솔직한데."

"읏…."

이를 악물며 할센라비온이 수치심에 표정을 일그러뜨렸다. 그 표정을 내려다보며 헤지아나는 자신의 몸을 아래로 눌러 맞닿아 있는 열기의 근원을 한 번 가볍게 문질렀다. 물건은 그 압력에 쾌감을 느낀 듯 몸 아래에서 다른 생물처럼 꿈틀, 맥동했다. 그는 더욱 수치심에 젖어 이런 자신의 몸을 수용할 수 없는 듯한 표정을 지었다.

그 굴욕감 젖은 표정에 왜인지 조금, 짓궂은 장난을 치고 싶어졌다.

"밖의 사람들이 들을 게 부끄러워?"

할센라비온의 얼굴이 더욱 복잡하게 일그러졌다. 헤지아나가 그 귀에 속삭였다.

"중요한 사람들은 다 모여 있으니 보통 부끄러운 일이 아니겠네. 기쁨으로 소리 지르게 해 줄게. 다 듣게 될걸?"

"크…."

아래에서 그의 몸이 꿈틀거렸다. 그러나 그것은 저항이라기보다는, 기대를 어찌지 못해 요동치는 것에 가까웠다. 그의 표정은 여전히 저항으로 가득 차 있었지만 쉽게 자신을 뿌리칠 수 있을 그 몸은 자신을 밀어내지 않는다.

"부끄러워하지 마. 아무 생각하지 못하게 될 테니까…."

"누가, 그런 걸 원한다고…."

말끝을 흐리며 할센라비온이 얼굴을 일그러뜨렸다. 원하는 듯, 그러나 그것을 거부하려는 듯한 표정.

정말이지 솔직하지 못한 이 남자를 어떻게 하면 좋을까.

"그럼, 어떻게 해 주길 바라?"

"윽…."

할센라비온이 작게 신음했다. 셔츠 안으로 들어온 손의 움직임을 즐기던 그의 몸이 긴장했다. 요동치는 복근의 움직임, 흔들리는 품 안의 몸.

"알 게, 뭐야."

헐떡이는 남자의 눈은, 헤지아나를 곁눈질하다가 헤지아나를 발견하고 바로 도망쳐 버렸다.

"마음대로 해. 저번에 그랬던 것처럼."

저번에 그랬던 것처럼.

생각한 순간 할센라비온은 마른침을 삼켰다. 저번처럼. 어쩌면 원하는 것을 정확히 말한 것일 수도 있겠다. 동시에 또 수치심이 울컥 치고 올라왔다. 그런 굴욕적이고 강압적인 상태를 원한다니. 자신의 통제권을 **빼앗긴** 상태를 원한다니. 아무리 그래도 너는 한 나라의 지배자이고, 한 명의 남자 아닌가? 능욕당하는 것을 원해?

아니, 그런 것을 원한다고 말하지는 않았어. 그냥 저번처럼 하라고 말한 것뿐이야.

"어차피 네 마음대로, 할 거잖아."

속마음을 숨기면서 할센라비온이 반항적인 표정을 지었다. 그것은 그가 할 수 있는 최대한의 저항이었고 헤지아나는 얇은 정장 바지 아래에서 느껴지는 그의 단단한 허벅지를 여유롭게 어루만졌다.

"마음대로?"

손이 조심스럽게, 허벅지의 굴곡을 따라 움직인다. 안쪽으로, 열기의 근원으로, 쾌락의 중심으로. 부드럽고, 세심하게, 은밀하게, 조용히, 유혹하며, 간질이고, 괴롭히듯이.

"정말?"

"흐읏…."

꾸욱, 손가락이 중심을 눌렀다. 세심한 애무로 흥분한 것은 옷 아래에서 확연하게 융기하며 자신을 드러내고 있었다. 이 옷은 그의 신체적 조건을 크게 염두에 두지 않고 만들어진 것 같았다. 물론, 예식용 복장을 입고 발기할 일이 있을 거라 생각하는 재봉사는 없겠지만 말이다.

지나치게 타이트했고, 그래서 지나치게 티가 났다. 마치 바지를 뚫을 듯한 기세에 헤지아나는 천천히 버클을 풀고 흥분한 페니스를 자유롭게 풀어 주었다.

"그럼, 하기 싫은 거야?"

헤지아나가 자신을 짓누르는 천 조각에서 벗어나 튕겨내듯 일어선 것의 기둥 부분을 어루만지며 물었다. 할센라비온의 얼굴이 일그러지고 잇새로 작은 신음이 흘러나왔다. 그 거부하는 듯한, 억지로 참는 듯한 신음도 좋지만.

"강제로 하고 싶진 않아."

물론, 여태까지 강제로도 잘 해 왔지만.

"상냥하게 해 달라고 했잖아?"

"아— 윽."

할센라비온은 입을 벌렸다가 다시 악물었다. 헤지아나의 손이 기둥을 부드럽게 애무하고, 입술에 가볍게 입 맞추면서 그의 입에서 터진 신음을 억눌렀다.

헤지아나는 할센라비온을 애무하며 뒤로 조심스럽게 넘어뜨렸다. 작은 소파의 팔걸이에 목을 기대게 한 다음 다리를 벌려 무릎을 넣었다. 몸에서 입술을 떼고 고개를 들자, 작은 소파에 눕혀진 그의 몸이 한눈에 내려다보였다.

양쪽으로 벌어진 의장용 코트, 그 사이에서 흐트러진 조끼와 셔츠는 포장지처럼 옆으로 벗겨져 있고, 포장지 안에 숨겨졌던 근육질의 가슴과 배가 보였다. 쭉 뻗은 허리 사이에 꼿꼿하게 서 있는, 핏줄까지 두드러져 붉은 끝을 내놓고 있는 페니스와 가쁘게 숨을 내뱉는 입술까지 한 번에.

"아…."

얼굴부터 발기한 페니스까지 훑는 시선에, 흐트러진 검은 머리카락 아래의 눈동자가 견딜 수 없는 수치심에 젖었다.

내려다보는 헤지아나의 시선을 피하듯 그의 몸이 움찔거렸다. 옅은 구릿빛의 피부는 흥분으로 솟아오른 땀방울을 머금고 관능적으로 꿈틀거렸고, 그는 그것을 핥듯이 쳐다보는 헤지아나의 시선에 몸을 움츠리더니 팔로 가볍게 몸을 가렸다.

헤지아나는 할센라비온의 손을 치웠다. 그녀는 고개를 숙여 그의 배에 입 맞추고 살결을 애무했다. 페니스에 닿는 숨결에 할센라비온의 입술이 신음을 뱉어 냈고, 헤지아나는 혼자 꿈틀거리다가 끄덕거리는 페니스를 보곤 혀를 내밀어 그 끝, 제일 예민하고 축축하게 젖은 부분을 혀로 핥았다. 마치 사탕을 핥듯이 돌려 가며, 머리를 발갛게 드러낸 굴곡 아래까지 꼼꼼히.

"흐—읏!!"

"싫으면."

쪽, 선액을 흘리는 붉은 부분에 가볍게 입 맞추고 헤지아나가 고개를 들었다.

"그만할까?"

"아…."

안 돼, 라고 차마 말하지 못한 채 할센라비온이 신음했다. 목에 걸린 숨이 헐떡거렸다.

"계속…."

"계속?"

묻지 마. 네가 원하는 대로 해.

할센라비온이 일그러진 얼굴로 내뱉을 수 없는 말을 입안에서 굴렸다.

말할 수 없었다. 더 말하면 그것은 '마음대로 대해 줘'라는 마음을 인정하는 것처럼 느껴졌다. 그걸 인정할 수도 없었고, 무엇보다.

'그렇게 말하면, 그녀가 내가 원하는 대로 따라 주는 것에 불과하잖아.'

그건 원하는 것이 아니었다. 젠장, 하고 속에서 일그러진 욕설만 계속 내뱉었다.

이 이중적인 감정은 대체 무엇일까. 인정할 수 없다. 그러나 원해. 그 집요한, 일방적이고 강렬한 요구. 마음대로, 내 의견은 하나도 없이, 내 책임 없이 뒤흔들리는 것. 완전히 수동적인 위치에서만 느낄 수 있는 그 쾌락.

이런 나를 알아줘. 나를 원해 줘.

"전부, 가져가."

침략하고, 강탈하고, 빼앗아 가 줘. 정신없이, 격하게. 그 정도로.

"나를, 요구해."

젠장, 무슨 소리를 하는 거야.

말하고 나서야 할센라비온이 미간을 찌푸리며 자신의 말을 후회했다. 요구해 달라니, 뭘. 왜.

"너를 요구해 달라고?"

헤지아나가 옅게 웃으며 할센라비온의 몸 위에 올라탔다.

"너는 나를 정말로 원하는 거 같네."

"무슨, 소리야."

발기한 것을 묵직하게 누르는 체중과, 부드럽게 문지르는 움직임에 할센라비온이 신음하며 대답했다. 헤지아나는 그런 할센라비온을 내려다보며 부드럽게 허리를 움직였다.

"너를 요구해 달라는 건 말이지."

그리고 위에서부터 꾹 누르는 느낌. 예민한 부분을 건드리는 축축하고 매끄러운 압력에 할센라비온이 입을 벌렸다.

"아— 읏."

"내가 너를 요구하기를 원할 정도로, 네가 나를 원한다는 거잖아."

"읏…!"

페니스를 붙잡는 손길에 할센라비온이 가볍게 떨었다. 하지만 몸이 떨린 것은 쾌감 때문만은 아니었다. 그것보다는, 그녀가 정확하게 속마음을 꿰뚫었기 때문이다. 그건 부끄럽고 심지어 치욕적이기까지 한 것이었다.

"내가 마음에 들었어? 우리가 한 건 한 번의 섹스밖에 없는데, 그게 그렇게 좋았나?"

수치와 쾌락이 한 번에 찾아들었다. 헤지아나의 목소리는 재미있다는 듯이 밝았고, 붙잡힌 페니스 위로 그녀의 비부가 닿았다. 예민해진 몸이 기대감에 달아오르면서, 수치심을 양분 삼아 더욱 불타올랐다.

"내게 목숨을 맡겨도 좋을 정도로?"

"아니야, 그런 건…!"

할센라비온이 부정했다. 부정하려고 했지만, 말이 이어지지 않았다. 그가 말을 더 잇지 못한 채 멈칫거렸고, 잠시일 뿐인 몇 초의 침묵이 그에게는 정신이 나갈 정도로 당황스러웠다.

"내가 다정하게 웃어 주길 바라잖아."

대체 왜 그런 소리를 했던 걸까. 후회하며, 할센라비온은 짧게 신음을 내뱉었다. 쾌감 때문에 아무 말도 하지 못하는 척하고 싶었다.

"원하는 대로, 전부 가져가 주지. 부드럽고 상냥하게 몇 번이고 끝내 줄 테니 걱정 마. 제국의 황제도 무엇도 아닌 일개 남자로 만들어 주지."

헤지아나의 손이 할셴라비온이 걸친 옷을 양옆으로 천천히 벌렸다. 옷에 수놓아진 문양도, 상징도, 신분의 증표도 천천히 벗겨지며 그 안에서 온전히 하나의 몸만이 나타났다. 아무것도 아닌 한 남자의 몸 위로 헤지아나가 천천히 내려앉았다.

"아앗…."

끝을 머금은 순간, 헤지아나의 입에선 신음이 저절로 나왔다.

꽉 짓누르는 이 실감. 기대감에 저절로 몸이 달아올랐다. 몸은 충분히 준비되지 않았지만 페니스 끝에서 흘러넘치는 선액 덕분에 결합은 어렵지 않을 것 같았다.

흠뻑 젖지 않은 몸으로 이 크기를 받아들이는 것은 조금 힘들고 뻑뻑하긴 했지만, 맛본 바 이 물건의 실감을 즐기는 데에는 흠뻑 젖은 것보다는 조금 덜 준비된 쪽이 좋았다. 다시 자신을 묵직하게 채울 느낌을 기대하며 헤지아나가 허리에 힘을 주어 내려앉았다.

"아, 아아!"

"읏—!!"

할셴라비온의 허리가 떴다. 한 번에, 깊게 안쪽까지 들어오고 서로 끝까지 닿았다는 결합의 확신에 서로 탄성을 뱉은 그 순간.

금관악기의 힘찬 팡파르가 들렸다.

환청이 아니었다. 폐회식의 차례 중 하나가 시작되며 시작된 연주였다. 평화를 기도하며 성악과 성가를 연주하는 식순. 주교급 추기경들이 참가하여 예식을 진행하는 시간. 오라토리오 2악장이 시작되었다.

헤지아나는 배 속까지 꽉 채우는 듯한, 위로 서서 안을 쳐 대며 꿈틀대는 페니스를 맛보았다. 쾌감에 아래가 조심스럽게 조여들자 겉의 부드러움과 불끈거리는 혈관까지 느껴졌다. 그것들이 주는 쾌감을 한껏 즐긴 다음, 헤지아나는 천천히 허리를 움직였다.

"앗⋯. 정말, 꽉 차⋯."

"잠깐, 좀, 아, 뻑뻑해⋯. 흐윽⋯!"

멀리서 들려오는 성가대의 높아지는 목소리에 맞추어 허리가 올라가고,

"아— 윽—."

낮아지는 목소리에 따라 허리가 내려앉았다.

"하, 아⋯!"

일정한 음률을 가지고 반복되는 움직임에 할센라비온의 표정이 일그러졌다.

"윽, 앗⋯. 안, 돼. 안 돼⋯."

"뭐가 안 되지?"

헐떡거리며 애타는 소리를 내뱉는 할센라비온에게, 헤지아나가 물었다. 그는 쾌락에 젖은 눈으로 헤지아나의 손목을 붙잡았다.

"여기서, 이러는 건, 역시, 안, 앗, 윽⋯."

"괜찮아⋯. 아무도 오지 않아."

곡조에 맞춰서, 허리가 위아래로 세 번 움직이고.

"듣지도 못해."

이어서 네 번. 세 번. 네 번. 반복되어 물결처럼 이어지는 쾌감에 할센라비온이 숨을 몰아쉬었다. 예측되는 쾌감에 기대감이 증폭되고, 기대하고 있던 몸이 더욱 쾌감을 깊게 받아들였다.

"으, 하윽! 아⋯!!"

마치 연주되는 것처럼, 줄이 마찰로 달아오르며 다른 소리를 내는 것처럼 물결이 계속 들이쳤다. 할센라비온의 입이 열렸다.

"좀— 더…!"

앞뒤가 맞지 않는 말들을 하고 있다는 생각이, 문득 머릿속을 스쳤다.

안 된다고 했다가, 요구해 달라고 했다가, 여기선 이러면 안 된다고 했고, 이젠 좀 더 해 달라고 한다. 그렇지만 모든 것이 진심이었다. 모든 걸 원했다.

"마음대로, 해. 거칠게…"

할센라비온이 숨을 몰아쉬며 헤지아나의 손목을 붙잡았다. 아래에서 헐떡거리는 그의 피부에는 벌써 땀이 송골송골 이슬처럼 맺혀 있었다.

"내가 원하지 않더라도, 아니라고 말하더라도, 계속, 전부…"

보라색 눈동자가 열기로 일그러지며 헤지아나의 손을 붙잡았다. 헤지아나는 달뜬 숨을 내뱉는 그에게 입 맞추며 장중하게 울려 퍼지는 음악과 다른 박자로 움직이기 시작했다.

"흐음…!"

맞잡은 할센라비온의 손에 힘이 들어갔다. 아플 정도로 쥐어 오는 억센 손아귀 힘을 느끼며 헤지아나가 속삭였다.

"당신은…"

"앗, 윽, 하아, 앗…!"

격렬한 움직임에 할센라비온이 정신없이 신음했다. 눈앞에서 일그러지는 눈썹이 가늘었다. 안을 자극하는 움직임에 헤지아나의 입에서도 신음이 터졌다. 맞잡은 손은 헤지아나가 아플 것을 아는지 힘을 풀었다가도 신음하며 다시 손을 움켜쥐었다.

"욕심이 많구나."

"하아, 앗, 으윽, 아, 아… 앗!"

그의 반응을 느끼며 헤지아나는 허리를 더욱 크게 움직였다. 몸을 들어 올리듯 거의 끝까지 빼내서, 다시 내려앉아 끝까지 삼켰다. 페니스가 몸 안에 밀고 들어올 때마다 그 굵기가 느껴지는 환희가 몸을 적셨다.

"받고만 싶어 하네."

이번엔 움직임이 짧아졌다. 빠르게, 몸 안을 전부 채운 상태로 계속 마찰하는 움직임. 앞과 뒤, 제일 깊은 곳의 성감대를 동시에 자극해서 정신이 없었다. 안쪽이 쾌감에 한껏 수축하며 들어온 것의 감촉을 아랫배에 가득 퍼트렸다.

"귀엽게도."

"윽…."

태어나 처음 들어 보는 소리에 할센라비온의 표정이 일그러졌다. 헤지아나는 격렬한 움직임을 멈추고 잠시, 부드럽고 느릿하게 움직이며 숨을 돌렸다. 여전히 왼손은 맞잡은 채, 반대편 손으로 그의 허리 밑에 손을 넣었다. 할센라비온이 그녀의 손짓을 따라 몸을 일으켰고, 가슴이 맞닿았다.

날카로움이 사라진 보라색 눈동자가 헤지아나를 애달프게 내려다보고 있었다. 입술은 애타는지 무언가를 말하려고 했지만 아무 말도 하지 못했다. 말 대신, 그가 입 맞추려고 했다.

"내게 사랑받고 싶어?"

"윽…."

헤지아나가 할센라비온의 허리를 끌어안고, 가슴을 맞댄 채 가볍게 허리를 움직였다. 내벽이 가볍게 밀려 올라가는 느낌에 헤지아나가 감탄하며, 일그러지는 할센라비온의 얼굴을 감상했다.

"모르… 모르겠어. 그건, 나는…. 윽, 하아."

그런 말 하지 말고.

애타는 표정이 말하는 것을 보며, 헤지아나는 느리게 움직였다. 밖에서 들리는 성가대의 길게 이어지는 노랫소리처럼, 아주 천천히 허리가 위로 올라갔다. 입술 대신 몸으로 말했다.

도망치려고 하지 마. 말을 돌리지 마. 원하는 것을 말해.

그러면 원하는 것을 줄게.

"하앗, 으응…."

헤지아나가 신음하며 천천히 움직였다. 배경음에 맞춘 느린 움직임으로 천천히, 그가 밀고 들어오는 것을 즐겼다. 안은 그사이 무르익어 쉽게 벌어지는데도 머리로 한 번 짓누르고, 몸통으로 문지른 다음, 불만족한 몸이 꿈틀거리며 안을 치대는 것이 여전히 선명하게 느껴졌다.

느린 움직임에 그가 애타는 것과 달리 헤지아나는 충분히 만족하며 할센라비온을 끌어안았다.

"아— 크흑."

반면, 할센라비온이 애타는 소리로 속삭였다.

"조금, 만."

할센라비온의 허리가 들썩거렸지만, 헤지아나가 끌어안고 무게를 실어 앉은 상태에서 그가 마음대로 움직일 수는 없었다. 할센라비온이 마른 입술을 적시려고 했지만, 헤지아나는 고개를 숙여 입맞춤을 피했다.

"이봐, 조금만⋯. 제발."

"말해."

"몰라, 모르겠어."

할센라비온이 고통과 열기가 섞인 목소리를 헤지아나의 귓가에 뱉었다.

"일단⋯."

망설임이 있었다. 그러나 그는 곧 쾌락에 어쩔 줄 몰라 하며 자신의 욕망을 토해 놓았다.

"엉망으로 만들어 줘. 아무 생각 안 나게, 부탁이야. 제발⋯."

"⋯솔직하네."

만족스러운 대답은 아니었지만, 그 정도면 되었다. 헤지아나는 할센라비온의 허벅지 위에 자신의 몸을 내려놓고, 허리에 힘을 주어 그의 몸을 꾹 눌렀다. 끝까지 들어온 것이 더 깊은 끝을 자극적으로 찔렀다.

"흐—윽."

"원하는 대로, 전부⋯."

헤지아나가 할센라비온의 손을 들어 올리더니 손바닥 안에 입 맞췄다. 그녀가 다정하게 말했다.

"가져가 줄게."

그리고, 할센라비온을 끌어안았다.

"아!!"

가슴에 느껴지는 부드러운 압박감. 그다음은 격렬한 자극만이 예민해진 부분을 끊임없이 괴롭혔다.

"아, 하아, 하아, 아—!"

높은 소리로 신음하며 헤지아나가 할센라비온을 끌어안은 손에 힘을 주었다. 크게 움직이진 않았다. 짧고, 빠르게, 그의 물건으로 안쪽의 민감한 부분을 계속 문지르며 쾌락을 즐겼다. 그의 페니스가 꿈틀거리며 끈적한 액을 조금씩 흘리는 것도 느껴졌다. 그것이 안을 적시며 두 사람의 교감을 증폭시키고, 헤지아나의 안에서도 쾌락으로 물든 달콤한 액이 흘러나왔다.

"윽, 하아, 읍…."

"참지 마."

헤지아나가 할센라비온의 귓불을 깨물며 속삭였다. 가벼운 통감에, 그의 몸과 페니스도 꿈틀거리며 반응했다.

"참지 마…. 소리 내, 들리지 않으니까…."

"아, 하윽…. 아, 허억, 읍…."

바깥에서 들리는 연주가 절정을 향해 가고 있었다. 합창이 고조되고, 빠른 속도의 연주는 수난자들의 고난을 묘사했다.

"크, 윽!"

"아, 흑, 좀 더…."

긴박한 노랫소리와 함께 헤지아나의 움직임이 더욱 빨라졌다. 반주와 화성을 이루듯 격렬한 결합으로 마찰하는 점액이 지꺽거리는 소리가 작은 방 안에서 연주되었고, 악기가 진동하듯 두 사람의 몸이 떨렸다.

"아, 하아, 앗—!"

"허억…. 흐윽…!"

숨을 흑 들이쉰 할센라비온의 몸이 뜨거웠다. 헤지아나를 끌어안은 그의 손에 힘이 들어가고, 턱이 천장을 향해 치켜 올라갔다가 헤지아나의 머리에 자신의 머리를 기댔다. 그리고.

"아, 흐윽, 아…!"

젖은 목소리와 함께 안에서 팽창하는 것이 느껴졌다. 동시에 불끈거리며 열기가 확 치솟아 올라왔고, 할센라비온이 아래에서 허리를 밀어 올렸다. 하지만 역시, 원하는 대로 움직일 순 없었고.

"아— 아아아아아!"

방 안을 꽉 채우는 교성. 할센라비온이 헤지아나를 으스러질 듯이 끌어안았고, 안에서 꿀렁거리며 차오르는 따뜻한 것이 느껴졌다. 헤지아나는 움직임을 멈추고 그가 사정하는 것을 느꼈다.

"앗…."

"허억, 크윽, 하아, 하아, 하아…. 아아…!!"

깔고 앉은 허벅지가 부들부들 떨리며, 짧게 헤지아나를 밀쳐 올렸다. 헤지아나가 무릎을 세워 들자, 할센라비온은 기다렸다는 듯이 허리를 튕겨 위를 향해 거칠게 찔러 올렸다.

"앗, 아, 앗, 하아, 응…!"

"윽, 하아, 헤지, 아나…. 아…. 흐윽!!"

신음과 함께 계속 급박하게 이어지던 움직임이, 갑자기 깊게 한 번 찔러 올리는 것으로 움직임을 멈췄다. 그리고 계속 이어지는, 꿈틀거리며 무언가를 뱉어 내는 느낌.

"하아, 윽. 아. 흐으, 윽. 앗."

그가 계속, 긴 시간 동안 사정하고 있었다. 가벼운 움직임으로 그가 사정한 것이 내벽을 따라 주르륵 흘러내리는 것이 느껴졌다. 소파의 천이 방울방울 젖어들고 그의 숨이 조금씩 안정을 찾았다.

"하아, 하아…."

곧, 할센라비온의 손에서 힘이 조금 빠졌다. 그는 헤지아나를 안은 채 그녀의 어깨에 기댔고, 성가대는 신의 구원을 칭송하며 노래를 끝냈다.

"아, 하아."

아직 쾌락이 가시지 않은 몸으로 할센라비온의 몸을 어루만지고, 이마와 머리카락에 키스하며 헤지아나가 신음했다. 후희가 길게 이어졌다. 잠시 정신을 잃은 것 같았던 할센라비온도 헤지아나의 몸에 입을 맞추고 어루만지며 감정을 표현했다.

쾌락의 잔물결을 더듬으며 두 사람이 서로 천천히 잦아들었다. 만족스러운 섹스였다. 그렇지만….

'좀 아쉬운데.'

헤지아나가 잔잔한 분위기와 다르게 속으로 생각했다. 불만족스러운 건 아니었지만, 모자랐다. 한 번 정도 더 할 수 있을까?

그러나 일단, 상대의 상태가…. 그렇지 않겠지. 정신적으로 불안정한 상태에서 한 것이니, 가라앉았다면 안정을 더 시킬 필요가 있었다. 헤지아나는 일단 상대를 보살피기로 했다.

"기분은 좀 나아졌어?"

"아…."

아직 헤지아나의 어깨에 이마를 기댄 채, 할센라비온이 짧게 신음했다.

"자신을 좀 잊을 수 있었어?"

선지자들이 말하기를.

살아 있다는 것은 자신을 자각하는 것이고, 그렇다면 자신을 잊는 것은 죽음이라고 할 수 있으며, 사람들은 이 죽음을 무엇보다 적극적으로 원한다. 사람들은 어떤 것을 통해 환희, 열락, 황홀함을 얻어 그 안에서 자신을 잊는 것을 추구하기 때문이다. 누군가는 종교로 그것을 달성하며, 어떤 이는 앎으로, 어떤 이는 선을 추구함으로써 달성한다.

그리고 그런 것보다 일상적으로 자아를 상실하는 방법이 있었다. 육체를 결합하여 극치에 오르는 것. 절정에 이르러 자신을 잃고 자아를 잃고 순수하게 육체로 탄성하고 숨 쉬는 것.

'작은 죽음'. 어떤 사람들은 절정의 그 순간을 그렇게 불렀다.

창조신도 말했듯이, 고대 종교들은 성교로 느끼는 오르가슴을 영적 체험으로 여겼다. 자아가 백지로 변하는 그 순간. 그것은 자신이라는 장벽이 무너지고 연결되고 확장되는 체험의 순간이며, 모든 감각이 제한 없이 활성화되는 순간으로 인간이 갈 수 없는 신의 세계를 엿보고 계시를 얻는 방법으로 사용된 '죽음'이었다.

에로티시즘이 해방이라든가 그로 인한 저항적 죽음…. 아, 아니. 잠깐. 지금 너무 깊이 갔다.

헤지아나는 이마를 짚으며 이맛살을 찌푸렸다. 교황이 되는 과정에서 너무 많은 것을 배우는 게 문제다. 연쇄 연상 작용을 일으키며 난립하는 지식을 짓밟아 무너뜨리며 헤지아나는 깊게 신음했다. 고대에서 근대로 이동하면 안 된다. 지금 그런 생각을 하면 안 된다.

"아…."

할센라비온이 헤지아나의 어깨에 이마를 비볐다. 아직 뺨에서 열기가 가시지 않았다.

"엉망진창이야…"

짧은, 열기 섞인 중얼거림이었다.

"타인에게서 다정함 같은 거 원한 적 없어. 관심도…. 원한 적 없어. 그런 건 있어 봤자 해악이었고."

숨이 완전히 정상으로 돌아왔다. 할센라비온이 고개를 들더니 헤지아나의 뺨에 입 맞췄다. 그대로 할센라비온이 헤지아나의 머리에 기대고, 손을 맞잡았다. 손에 힘이 들어갔다. 그가 마치, 곧 쓰러질 사람처럼 말했다.

"그런데 왜 너에겐…. 그래서, 좀…."

이상해졌다. 그렇게 말할 수밖에 없었다. 할센라비온은 흐트러진 정신 속에서 헤지아나에게 기댄 채 흘러나오는 말을 입술에 올렸다.

"네 관심은… 원해. 네 다정함을… 원해. 왜인진, 모르겠지만."

나는 알 거 같지만.

헤지아나는 말하지 않았다. 대신 자신의 입술에 입 맞추는 할센라비온의 혀끝을 순순히 받아줄 뿐이었다. 느긋하고 짧은 입맞춤이었다.

동시에, 그의 무게가 그녀를 눌렀다.

"아."

"조금만 더 해 줘."

할센라비온이 헤지아나를 눕히고, 그 위에 올라탔다. 아직 둘은 연결되어 있었고, 움직이면서 탁한 액체에 젖은 두 사람의 연결 부위가 보였다. 아직 그의 물건은 기운이 빠진 것 같지 않았다.

"조금만 내게 더, 집중해 줘. 나한테…. 네 생각만 하게 해 줘."

"아, 앗."

허락을 말하기도 전에, 할센라비온이 허리를 움직였다. 질퍽한, 점액도 아닌 물 같은 소리가 들리고 내벽을 따라 정액이 긁혀 나오는 것이 느껴졌다. 허벅지가 축축해지고 벗지 않은 치맛자락이 젖었다.

"좀 더…. 아무 생각 안 하게…. 계속…. 돌아가고 싶지 않아. 조금 더 이 상태로…."

"흐읏…!"

할센라비온이 그대로 위에서 움직였다. 능숙하다기보다는, 어딘가 다급한 움직임에 헤지아나의 숨이 차올랐다. 위에서 움직일 때와는 다르게 완전히 배 속까지 찌르는 느낌에 움직일 때마다 숨이 막혔다.

"아, 하아, 잠깐. 너무 깊게 찌르지 마…."

"좀 더, 안으로 들어가게 해 줘. 좀 더."

움직임이 빨랐다. 지꺽지꺽 탁탁탁, 빠른 속도로 살이 맞부딪히는 소리에 헤지아나가 숨을 몰아쉬었다. 위에서 자신을 내려다보는 눈동자는 이미, 자신 외의 다른 것을 보고 있지 않은 것 같았다.

"전부 가져가 줘. 나를, 전부, 차라리."

빼앗아 가 줘.

거친 숨 사이에서 그가 미간을 일그러뜨렸다. 그는 허리를 계속 움직이면서 의장용 코트를 벗고, 장신구도, 셔츠도 벗어 떨어뜨리고 헤지아나가 입고 있던 정장의 앞단추도 풀어헤쳤다. 드러난 가슴을 손으로 쥐고, 입술과 혀로 애무하자 헤지아나의 몸이 신음을 냄과 동시에 힘이 들어갔다. 허벅지에 힘이 들어간 순간, 강한 압박감에

할센라비온이 턱을 치켜들었다.

"으흑…! 하, 으…!"

그의 턱 끝이 가볍게 떨리는 게 보였다. 쾌락에 떨면서도 그는 계속 허리를 움직였다. 입에서는 거친 숨소리와 함께 높은 소리가 터져 나왔고, 견딜 수가 없는 감각에 일그러진 얼굴로 소파를 힘주어 움켜쥐는 팔에선 핏줄이 툭 불거져 나와 있었다.

"아아, 아아아…. 아아아아!!"

거의 비명 같은 소리였다. 굵은 교성과 거친 숨소리가 섞여 마치 짐승처럼 울부짖으면서도, 그는 움직임을 멈추지 않았고, 그 아래에서 헤지아나도 그의 손을 붙잡으며 거칠게 신음했다.

"조금, 천천히, 해도, 괜찮, 웃, 아!"

"계속, 계속해."

할센라비온이 입 맞추며 말했다. 견딜 수 없는 자극으로 얼굴이 종잇장처럼 일그러져 구석구석 균열이 난 그의 몸에서 쏟아지는 열기가 헤지아나의 몸 안을 데웠다.

그가 헤지아나의 귀에 신음과 함께 말을 쏟아 부었다.

"전부, 가져가."

나를.

두 번 정도 절정에 이른 것 같았다.

헤지아나는 숨을 몰아쉬며 처음 들어올 때부터 방음결계를 친

것이 다행이라고 생각했다.

할센라비온의 교성은 물론이고, 헤지아나의 교성도 만만치 않게 컸다. 일단 절정에 이를 때마다 그는 수축하는 헤지아나의 안을 집요하게 자극했다. 헤지아나의 반응은 물론이고, 이미 사정해서 민감해진 그의 반응도 컸다. 그는 세 번 정도 사정한 것 같았고, 그대로 계속 기운을 잃고 쓰러질 때까지 허리를 움직였다.

정말로 이렇게 끈질기게, 계속 이어서 섹스를 한 적이… 없진 않았다. 있었지. 헤지아나는 잠깐 아셔를 떠올렸다. 하지만 아셔는 자기 흥분을 못 이겨서 그랬다는 느낌이라면, 할센라비온은 마치 무언가에 쫓기듯이 자신을 몰아붙이는 느낌이었다.

'그 정도로 아무 생각 안 하고 싶었던 걸까.'

헤지아나는 천장을 쳐다보다가, 눈을 돌려 자신을 끌어안은 채 낮게 숨 쉬는 할센라비온을 살폈다. 눈은 감겨 있었지만, 숨은 아직 불규칙한 것이 잠든 것 같지는 않았다. 하지만 또 이토록 꿈쩍도 안 하고 있으니 잠들었나 싶기도 했다.

어쨌든 그가 자신의 몸 위에 쓰러지고 삼십 분 정도 지났다. 몇 시간 동안 둘이 살을 붙이고 있었으니, 이제 슬슬 나가 봐야 다음 일정에 무리 없이 참석할 수 있을 텐데.

"이상해."

할센라비온이 툭 내뱉었다. 역시 잠들지는 않았던 모양이다.

"왜 이런… 식으로… 전혀 나답지 않아…."

자괴감 섞인 듯한 중얼거림이었다. 헤지아나는 짧게 진실을 말해 주었다.

"신의 인도인가 보지."

아무도 믿지 않겠지만 말이다. 그것을 그가 어떻게 받아들였는지는 모르겠다. 그러나 그의 어깨에서 힘이 조금 빠졌다.

"죽으려고 했는데."

헤지아나와 맞닿은 가슴이 크게 부풀어 올랐다. 숨을 깊이 들이쉬는 소리와 함께, 그가 헤지아나의 손을 가볍게 붙잡았다.

"그랬는데…."

"왜 그러려고 했지?"

헤지아나가 물었지만, 할센라비온은 바로 답하지는 않았다.

이미 몇 번이나 물었지만 그는 대답하지 않았다. 그러므로 대답할 것이라고, 사실 헤지아나도 생각하지 않았다. 그러나 이번엔 그는 오래 침묵하지 않았다.

"삶에 별 의미가 없어서."

쉽게 이해가 되는 말은 아니었다. 어차피 의미는 자신이 만드는 것 아닌가.

그리고 사실, 의미가 없어도 살 수 있다. 이 종교는 신이 인간을 세상에 보낼 때 세상을 더 나은 것으로 만들 것을 약속한 자들을 탄생시킨다고 말하지만, 무엇이 세상을 더 나은 것으로 만들지는 아무도 모르지 않는가.

어떤 이들은 '신과 약속하여 태어난 이상 살아가는 것만으로도 세상을 더 나아지게 하는 것'이라고 말했다. 그러나 그건 너무 낙관적이어서, 교황들은 보통 평범한 사람은 평범한 대로 세상에 기여할 수 있다고 말해 왔다. 원래 세상은 여러 사람들이 모여 만드는 것이라고.

삶을 그저 살아가되, 선을 행하라.

"그냥 살아가도 상관없잖아."

말하고 헤지아나는 할센라비온을 돌아보았다.

사실, 이유가 없으면 버틸 수 없는 사람도 있다는 것을 알긴 한다.

생각보다 많은 이들이 종교를 그 이유로 선택하지 않는가. 냉소적인 이들은 종교가 그들에게 탄생의 이유를 주는 것을, 삶을 자기가 꾸려 나갈 수 없는 사람들에게 자신이 특별하다는 버팀목을 마련해 주기 위해서라고 말했다.

할센라비온은 헤지아나의 말에 대답하지 않았다. 공기가 한 번 더 침묵으로 가라앉았다.

"나는."

할센라비온이 말했다.

"너에게 무슨 감정을 느끼고 있는 거지?"

"…나에게 어떻게 하고 싶은데?"

"너에게 어쩌고 싶은 게 아니라."

보랏빛 눈동자가 가볍게 뜨였다. 그는 눈앞에 보이는 헤지아나의 파란 눈동자를 보더니 몇 번 눈을 깜빡인 다음 다시 눈을 감았다. 작은 신음과 함께 헤지아나의 이마에 입술이 닿았다.

"너에게 받고 싶어. 관심과 다정함… 같은…."

자기 자신도 뭔가 이상한 말이라고 생각했는지, 말을 끝내는 할센라비온의 목소리가 점점 줄어들었다. 그는 짧게 신음했다.

"무슨, 어린애 같은 소리를…."

"그것뿐이야?"

어린애 같은 면이 있는 것은 나쁘지 않다. 사랑은 조금 유치해도 되니까.

…아니, 이렇게 생각하니 그가 자신에게 빠졌다는 걸 너무 확신하는 것 같다. 지나치게 자신만만한 느낌에 조금 멋쩍어진 헤지아나는 작게 목소리를 가다듬었다. 할센라비온이 말했다.

"…전부 가져가 주길 원해."

"뭘?"

"그건… 모르겠어."

깊게 숨을 들이쉰 할센라비온이 말했다.

"네가 날 휘젓고, 엉망으로 만들어서 그냥…. 너에게…."

잠시, 그가 손에 힘을 주었다. 그의 손이 헤지아나에게 얽혀 들고, 헤지아나는 그가 맞잡는 손을 쳐다보았다.

"기대고 싶은… 건가?"

할센라비온이 자기가 말했지만 받아들일 수 없다는 듯한 불신의 목소리로 되뇌었다.

"혼자 살아왔는데."

"기대고 싶을 수도 있지."

"난 여태껏…."

그가 혼자 살아왔음은 잘 알 수 있었다. 지금 이비아네라 국내에서 그를 몰아내고 헤이엘피나를 옹위하려는 움직임은, 그가 주변에 사람을 잘 두지 않으며, 두더라도 계속 파멸시키고 견제하기 때문이니까.

본디 위에 서는 자는 그 성질상 외로울 수밖에 없지만, 섞이려고 했으나 신분이나 성향으로 실패한 자신이나 리암과는 다르게 그는 그런 상황으로 자신을 고립시켜왔다. 그 상황에서 버티려면, 자신에게는 타인이 필요 없다고 세뇌해 오지 않았을까. 그렇지만 인간은 사회적인 동물이다.

"타인이 필요할 수도 있지."

헤지아나가 할센라비온의 팔을 걷어내고 몸을 일으켰다.

"외로움이 없는 사람이라는 건 없으니까."

"그런 건…. 느낀 적 없어."

"지금은?"

헤지아나가 옷매무시를 가다듬고, 흐트러진 머리카락을 뒤로 넘겨 다시 정리하며 말했다.

"원하는 게 없다면 외롭지 않을 수도 있지. 알지 못하면 원하지 않을 수도 있지. 그렇지만 나를 필요로 하는, 내가 필요하다는 걸 알게 돼."

머리카락을 위로 틀어 다시 고정하고, 헤지아나가 자리에서 일어나 앉은 할센라비온을 쳐다보았다.

"너는, 지금은?"

"—남에게 의존하는 것 따위 원하지 않아."

일어나 앉은 그의 표정은 다시 차가운 황제의 모습을 하고 있었다. 헤지아나는 그 가면을 잠시 내려다보았다.

"의존이 꼭 나쁜 건 아니지. 건강하지 못한 의존이 있고."

거기에서, 잠깐 아셔를 떠올렸다.

"타인과 연관하고 기대고 도움 받으며 사는 것 자체가 나쁜 건 아니거든."

"너는 그런 종교의 장이니까."

"그건 그렇지."

옷에 너무 많이 구김이 가서 아예 원래 그런 것으로 보일 정도였다. 헤지아나는 신경 쓰지 않기로 하고 할센라비온을 내려다보았다. 그는 옷에 손댈 생각이 없어 보였다. 흐트러진 모습 그대로였다. 그런 모습으로 표정만 단단히 해 보았자 무슨 소용이 있다는 건지.

"넌 정말 혼자서 열심히 살아왔구나."

흠칫, 할센라비온의 몸이 떨리고 날카로운 시선이 헤지아나를 향했다.

"살 의미가 없어서 죽고 싶다고 했지만, 내가 보기엔 반대야. 네 삶엔 의미가 너무 많아. 그것도 네가 부여한 의미가."

"—겨우 살 두 번 맞댄 사이에 다 안다는 듯이 말하지 마."

할센라비온의 얼굴이 일그러졌다.

그의 내면에서 울컥하고 반발감이 치밀어 올랐다. 아니다. 그렇지 않았다. 있긴 뭐가 있어. 없어서 고통 받았다. 태어난 것부터 현재까지, 그 비어 있는 부분을 채우려고 얄팍한 것들로 장식해 놓았지만 아무런 의미가 없었다.

"내 말이 진실이라고 하지는 않았어. 내 눈에 그래 보이는 걸 어쩌겠어?"

헤지아나는 가볍게 그의 반발을 넘겨 버렸다.

"세상에 황제에 올라서 나라를 망치려고 작정한 인간만큼 열심히 사는 인간이 어딨겠어? 나라를 박살 내겠다는 것처럼 확고한 목표가 어디 있어? 자기 죽음을 나라의 붕괴와 연결하겠다며 여기저기 도발이나 하고 다니는 인간의 삶에 의미가 없다…"

말하고 보니 우스웠다. 헤지아나는 그만 피식 웃어버렸다.

"이보다 열심히 사는 사람을 본 적이 없네. 네가 교황청에 와서 잠만 잔 이유를 알겠어."

죽기 직전의 전대 교황, 마카라빈처럼 잔다고 생각했다.

그런데 그는 정말 죽기 전의 사람이었다. 지쳐 버린 세상과는 동떨어진 이 성소에서 그는 안식을 얻었다. 죽음과 비슷할 편안한 안식의 와중에도 자기 죽음을 위해서 일했다. 세상에 그렇게 부지런한 이가 있는지.

그때, 갑자기 헤지아나의 머릿속에 의문이 스쳤다.

"나라는 왜 없애고 싶은 거야?"

"그냥…."

할센라비온은 잠깐 생각해 보았다. 왜였더라.

"태어난 게 싫었어."

근본적인 이유는 그것이었다.

"황가도 없애고 싶고 그걸 지속시킨 나라도 없애고 싶었어."

그것은 납득은 어려워도 이해는 되었다. 그의 탄생은 물론이거니와 어린 시절이 평탄하지 않았음은 유명한 일이었으니까.

"그렇다면."

헤지아나가 잠시 생각하더니 말했다.

"네가 황위를 내려놓으면 되겠네."

"…그것으로 나라가 박살 나진 않아."

할센라비온이 피식 웃었다.

"한번 자리 잡은 조직이라는 건 생각보다 잘 깨지지 않아."

"이것저것 해 본 모양이네."

"네 생각보다 훨씬 여러 가지를…."

"정말로 열심히 살아왔네."

헤지아나가 한숨을 내쉬며 말했다. 그 말에 순간 할센라비온이 반항적인 표정으로 입을 다물었다. 헤지아나가 발걸음을 옮겨 할센라비온 앞에 섰다.

"휘젓고, 엉망으로 만들고, 아무 생각 하지 않게 해서, 빼앗아 주길 바란다고?"

자신의 욕망이 타인의 입으로 읊어진 순간, 할센라비온의 눈이 가볍게 떨렸다. 얼굴에 쓰고 있던 황제의 가면도 흘러내렸다. 헤지아나는 그의 헝클어진 머리카락을 쓰다듬었다.

"그렇겠지. 그렇게 열심히 살아왔으면 자신을 놓고 싶기도 하겠지."

"나는…."

"지쳤겠지."

할센라비온의 눈이 크게 흔들렸다. 그의 숨이 잠시, 멈춘 것 같았다.

"그 일들로 너무 네가 꽉 차 있어서, 그것이 너를 전부 채워 버려서, 너는 너를 찾지 못하고 잃어버려서, 아무것도 없다고 믿어 버린 거지."

말하고 보니, 이건 마치 일중독에 빠져 자신의 삶이 사라져 버린 사람 같지 않은가. 일만 하며 살다 보니 가족과는 소원해져 자신이 있을 장소가 없어진 사람. 일 중독자들 또한 자신의 가치를 찾을 수 없어서, 자신을 찾고 여유를 찾는 법을 몰라서 그렇게 된다고 하지 않나. 그의 상황과 그리 다르지 않았다.

헤지아나는 작게 소리 내 웃으며 그의 뺨으로 손을 옮겼다.

"맹목한 거지."

아, 하는 탁하고 작은 소리.

"그래서 그것을 빼앗아 가 줄 사람을 원한 거지."

헤지아나가 가볍게 그의 입술에 입 맞췄다.

"네 안에 가득 차 너조차도 잊게 만드는 것을 빼앗아 가 줄 사람. 네 안에 가득 차 너를 짓누르는 모든 걸 잊게 해 줄 사람. 아니면…"

잠시 생각하듯, 헤지아나가 말을 멈췄다. 그러나 명료한 푸른 눈동자는 깔끔하게 그 말을 찾아내 그에게 건넸다.

"너에게 갇혀 버린 너를 찾아내 줄 사람."

할센라비온의 눈동자가 깊은 곳에서부터 흔들리고 있었다. 헤지아나는 그에게서 물러나 작게 웃음을 터트렸다.

"대체 내 뭐가 그렇게 널 빼앗을 것 같았던 거야? 처음 한 섹스로? 내가 너무 적극적이었어? 그게 그렇게 충격이었나?"

"아마…"

할센라비온이 흔들리는 눈동자로 헤지아나를 쳐다보며 말했다.

"아마, 맞을 거야. 그게."

"아, 세상에."

헤지아나가 맑게 웃었다. 그리고 바닥에서 굴러다니는 관을 집어 머리에 얹고, 의복을 마지막으로 한번 점검한 다음 할센라비온을 돌아보았다.

"약속한 대로 부드럽고 상냥하게, 몇 번이든 죽여 줄 수 있어. 그 대신 내 뜻에 따라 줘야겠지만."

"그건…"

"생각해 볼 시간이 필요하겠지? 될 수 있으면 만찬시각 전까지였으면 좋겠어."

헤지아나가 문을 열었다.

"나중에 봐."

문이 닫혔다.

할센라비온은 닫힌 문을 계속 쳐다보고 있었다.

"…생각할 필요도 없어."

모든 걸 내려놓고 싶을 정도의 강렬한 유혹. 모든 것을 너에게 맡기고 싶다. 네가 받아 준다면, 부드럽고 상냥하게 몇 번이든 그렇게 대해 준다고 약속해 준다면, 그 대가로 고작 당신을 따르기만 해도 된다면, 파멸이고 뭐고 상관없지 않을까.

그건 행복일 것 같았다. 이비아네라의 파멸보다 더 큰 행복.

'아니, 잠깐.'

그걸 행복한 일이라고 생각은 하고 있었던 거야? 그럼 그녀의 말이 맞잖아. 원하는 게 있고 추구한 거잖아. 그 삶이 공허했다고 할 수 있어? 아니, 하지만 그건 정말로 원하는 게 아니었고, 아니, 그러면 정말 행복한 건 뭐야?

생각이 끊겼다.

할센라비온은 목 위에 손을 올렸다. 마른침이 넘어갔고— 목젖이 울렸다.

목이 말랐다. 마른침만 넘겨서 갈증이 해소될 리가 없다. 손의 열기로 데워진 얼굴에 천천히 금이 가고 안에 차 있던 생각들이 흘러내렸다. 천천히, 천천히.

버티기 위해 억지로 채웠던 이유들. 검은색의 어둡고 차가운 이유들.

왜 그 이유로 이 안을 채웠나?

빠지기 시작한 검은 물속에서 머리만 드러낸 자신이 물었다.

모르겠다. 알 리가 없지. 비우고 비워 또 비워 간다. 부서진 가면은 다시 붙지 않는다. 물은 터져 나가려고 하고, 때문에 계속 새어 나간다. 검은 물이 빠진 곳은 그저 암청색의 공허이며 감당할 수 없을 정도로 넓은 곳. 그 안에서, 작은 점같이 웅크린 자신이 말하기를.

죽고 싶지 않고,

행복해지고 싶다.

어떻게 해도 그 길로 갈 수 없어서 살고 싶었다.

어떻게 해도 그 길로 갈 수 없어서 죽고 싶었던 거야.

해 지는 시간이었다.

혹시 몰라 방으로 돌아가 다시 궁내원들의 도움을 받아 의관을 살핀 헤지아나는 살짝 리암을 불러냈다.

"무슨 일인가요, 헤지아나."

단둘이 있는 것을 확인하자마자, 리암이 가볍게 헤지아나의 뺨에 코끝을 대며 물었다. 다정한 느낌에 헤지아나는 그의 입술에 가볍게 입 맞췄다.

"정세에 관한 이야기예요."

"그렇다면 제가 적임자일 수밖에 없겠군요."

리암은 가볍게 웃더니 물빛 눈동자를 옆으로 굴려 회장을 내려다보았다.

현재 식이 진행되는 대예배당이 전부 내려다보이는 이곳은, 본디 관리나 수리를 위해 사용하는 통로였다.

"궁금한 게 뭐죠?"

"이비아네라가 붕괴하면 어떤 일이 벌어질까요?"

"혼란이 일어나겠죠."

역시. 헤지아나는 즉답하는 리암의 말에 고개를 끄덕였다.

"여러 가지로 좋지 않을 겁니다. 현재 분쟁에서 떨어지는 이익을 얻으려고 서쪽이 연합하지 않았습니까. 대국이 쪼개지며 떨어지는 금가루를 얻으려고 다들 미쳐 날뛰겠지요."

그리고 리암은, 정말로 생각하고 싶지 않은 일이라는 듯 가볍게 미간을 찌푸렸다.

"제일 좋지 않은 점은 파헨타움의 힘이 강해진다는 데에 있고요."

"그렇지요…."

헤지아나는 짧게 신음했다. 이극의 세계에서 한쪽 극이 사라지면 남는 게 무엇이겠는가.

"그 혼란을 정리할 방법이 있을까요? 아니면, 혼란 없이 어떻게 제국을… 황가라든가…. 하여간 와해시키는 방법이."

"무슨 일이 있는 겁니까?"

리암이 물었다. 헤지아나의 질문에 그가 의문을 가질 만도 한 상황이었다. 헤지아나는 작게 고개를 끄덕였다.

"황제가 그걸 원합니다."

당연하게도, 리암은 믿을 수 없다는 표정을 지었다.

"그러기 위해 자신을 공격하게 만든 것이고요. 그는 자신이라는 구심점이 붕괴함으로써 나라가 붕괴하길 바라지요. 어찌 되었든, 저는 그런 자가 황제로 존재하는 이상 문제가 계속 생길 것이라고 봅니다. 그렇다면 그가 원하는 대로 무언가를 무너뜨려야 할 필요가 있겠죠."

"그런 걸 원한다면 황제가 아니라 반역자가 되는 것이 쉬웠을 텐데."

리암이 인상을 찌푸리며 말했다.

"중앙에 섬으로서 체제를 변혁할 수 있다면 그것은 중앙에 부여된 힘 때문일 텐데, 그것을 해체하면 할수록 중앙의 힘은 사라지죠. 그걸 반복한다면 다른 이들에게 흡수당해 새 체제의 동력이 되어줄 뿐이고요. 그러니 변혁은 중앙에서 이루어지기 어렵습니다."

같은 장이라고 해도 종교의 장과 권력의 장은 다르다. 리암의 말로 헤지아나는 자신에게 그 부분의 생각이 전혀 닿지 않았음을 깨달았다.

"그가 양위하는 게 제일 좋겠지만…. 그가 자신을 붕괴의 초석으로 생각한다면 양위는 하지 않겠군요."

한숨을 내쉬며 리암이 낮게 중얼거렸다.

"왕호가 아니라 이름을 쓴 이유도 그것이겠고."

"그렇습니다."

"웨스월드에서 탈퇴할 생각은 없는 모양이군요."

"그걸 이용해서 이비아네라를 공격받게 하고 싶었던 모양이에요."

그 말에, 리암은 눈을 크게 뜨더니 몇 번 깜빡거렸다. 그는 이해할 수 없다는 표정으로 안경을 고쳐 썼다.

"이용할 사람이 있을 거라고 생각했지만, 자멸을 위해 이용할 거라는 것은 예상치도…."

"누가 예상하겠어요?"

"생각을 좀 해 봐야겠습니다."

리암은 한숨을 내쉬며 회장을 내려다보았다. 식순이 끝나 사람들이 퇴장하고 테이블 배치가 분주하게 바뀌었다.

"지금 웨스월드는 최소한 5년은 양극체제가 유지된다는 전제하에 안정될 수 있어서. 하여간 이 이야기는 황태자에게 들어가지 않는 쪽이 좋겠군요."

"제가 황제를 설득하는 쪽이 더 빠르겠군요."

"가능하다면, 그쪽도 부탁드립니다. 필요한 수단은 전부 사용해 보는 쪽이 좋죠."

깊은 한숨을 내쉬며, 리암이 씁쓸하게 웃었다.

"역시 세상은 생각 이상의 것으로 가득하군요. 당신이 이곳에 있었던 것처럼."

"아."

듣기만 해도 얼굴이 간지러워지는 말을 하더니, 리암은 헤지아나의 입술에 가볍게 입 맞추고 뒤로 한 발짝 물러섰다.

"가죠. 아직 회의는 끝나지 않았습니다. 우리의 이야기는 회의가 끝난 다음 하도록 해요."

"—그래요."

리암이 에스코트 하듯 손을 내밀었고, 헤지아나는 웃으며 그 위에 손을 얹었다.

<figure>⁕⁕⁕</figure>

할센라비온은 잠시 대기실에 앉아 있었다. 그러다, 갑자기 무엇에 생각이 미쳐 수행원을 부르는 종을 울렸다.

아니, 잠깐. 그렇게 소리를 질렀는데 수행원이 근처에 있다면 오지 않았을 리가….

"부르셨습니까?"

노크와 함께 문이 열리고, 그들이 정사하던 사이에 복귀한 수행원이 들어왔다. 할센라비온은 의문을 느끼면서도 동시에 얼굴이 뜨거워지는 것을 느꼈다. 이렇게 가까이 있었다면 역시 다 들은 건가?

"옥체는 어떠하신지요? 교황 성하께서 보살펴 주셨으니 큰 이상은 없으시겠지만, 그래도 조금이라도 이상이 있으시다면 말씀해 주십시오. 전달하겠습니다."

보살핀 것으로 되어 있나? 그렇다면 소리 지른 것도 다른 의미로 받아들인 건가?

부끄러움과 혼란 사이에서 할센라비온은 평소처럼 말했다.

"가능하다. 다음 일정이 뭐지?"

"만찬입니다. 한 시간 후 시작합니다."

"그렇다면…."

할센라비온은 자리에서 일어나며 말했다. 그의 옷은 대충 여며져 흐트러져 있었지만, 수행원은 이것 역시 별달리 신경 쓰지 않는 것 같았다. 교황이 보살펴 주며 생긴 것이라고 생각하나.

"페신하나에게 연락을 넣어라. 확인할 게 있어."

"예."

명령을 받은 수행원은 문 밖으로 나갔다. 할센라비온도 옷매무시를 조금 더 정리하고 문밖으로 나섰다. 페신하나와의 통신은 아무데서나 할 수 없으니 잠시 방으로 돌아가야 할 필요가 있었다. 만찬 일정까지는 시간이 충분하니 늦지는 않을 것이다.

다소 급한 걸음으로, 할센라비온은 자신의 방으로 향했다.

기다리던 수행원이 그의 방문을 열어 주었다. 테이블에는 빛나는 수정구가 있었다.

"페신하나."

부르자, 잠시 후 답이 돌아왔다.

[예, 폐하.]

할센라비온은 잠시 망설였다. 그러나 물었다.

"열세 번째 빛을 썼나?"

[왜 그것을 물어보십니까?]

의아해하기보다는, 그딴 것을 왜 묻느냐는 듯한 차가운 느낌의 목소리였다.

사실 할센라비온도 자신이 왜 이런 걸 묻는지 알 수 없었다. 페신하나가 어련히 잘 알아서 했을 것을 뭐가 궁금해서. 뭐 살펴볼 일이 있어서. 뭐가 걱정되어서.

자신의 복잡한 생각과 함께 상대의 차가운 목소리가 감정을 건드렸다. 할센라비온은 얼굴을 찌푸리며 수정구를 내려다보았다.

"물었잖아. 대답해."

[그것이 열세 번째 빛의 알려진 효능과 달라서 그러십니까? 그럴 수도 있지요. 그것도 사람이 죽는 데에 며칠은 걸린다고 하지 않습니까. 빨리 효과가 나지 않아 초조하십니까?]

할센라비온의 표정이 굳었다.

"—말투가 왜 그따위냐."

[제 말투가 어떻다는 것입니까.]

"평소였으면 내 말에 말투가 바르지 않아 죄송하다고 했겠지."

침묵이 이어졌다. 그 침묵에서 할센라비온은 위화감을 느꼈다. 감은 이성보다 빠르고 효과적이며, 그는 그 감에 자신의 인생을 맡기고 살아왔다. 위화감은 곧바로 확신으로 변했다.

"너, 무슨 짓을 한 거지?"

대답이 없었다.

"묻고 있잖아. 대답해!!"

[안 썼습니다.]

페신하나가 냉정하게 대답했다.

[알려진 효능과 달라서 추궁하고 싶었습니까? 대답하는 거 보면 이미 알 수 있으셨을 거 아닙니까. 원하는 건 공격받는 거였고, 그건 꼭 '열세 번째 빛'이 아니어도 상관없지 않습니까?]

"너⋯."

할센라비온의 표정이 일그러졌다. 페신하나가 자신을 배신했다니?

일그러진 얼굴 아래로 미칠 듯한 감정이 소용돌이쳤다. 뭐지. 왜 이렇게 화가 나지?

그리고 왜 또 안심하나. 뭐야. 이 양가감정은.

[그럼 '열세 번째 빛'은 어딨냐고요? 어디 있겠습니까. 제 손에 있지.]

"그걸로 뭘 어쩔 셈이냐."

[그러게요. 어째야 하죠?]

허탈한 웃음이 수정구 너머에서 흘러나왔다.

[거기엔 그냥, 배탈이 좀 나고 피부병을 일으키는 풀독만 풀었습니다. 일주일 정도면 다 낫겠죠. 물론 이 또한 전술적으로 사용할 수는 있을 것입니다…. 그러나, 똑같이 전술적인 용도라 할지라도….]

"왜 쓰지 않았지?"

[어떻게 이런 무서운 걸 쓸 수 있겠습니까!!]

페신하나가 소리쳤다. 탕, 하고 테이블 내리치는 소리도 들렸다.

[황제 폐하, 무슨 명령을 내리신 건지 이해하고 계신 겁니까? 지금 우리 목적 하나를 달성하자고 세상 사람들을 다 죽여야 할까요? 대체 그들에게 무슨 죄가 있습니까? 정복한다면 이익이라도 있겠지요, 이유라도 있지요! 그것은 사냥이니 살이라도 먹고 배라도 불리겠지요! 그러나 이것은 그저 파멸입니다! 이것의 전염성이 어떤지 알면서도 이것을 써야 할까요? 자, 어쩌시겠습니까. 명령 불복종으로 저도 죽이시겠습니까?!]

"—왜 쓰지 않았냐고 물었어."

[죽이시겠지요, 그러시겠지요. 여태까지 잘도 그래 오시지 않았습니까? 그냥 죽이십시오.]

"페신하나! 닥치고—!"

[그럼 이제 당신의 편은 없습니다. 당신과 시간을 같이 보내고,

당신의 곁에 있었고, 당신의 수족이 되어 준 사람은 이제 없어지는 겁니다!]

순간, 할센라비온의 움직임이 굳었다.

없어져? 아직 잃을 사람이 있었어? 그런 사람은 모두 과거와 함께 사라진 거 아니야? 어떤, 갈 수 없었던 행복함의 길과 함께 모두 사라진 게 아니었어?

그런데 그녀의 말이 사실이었다. 갑자기 깨달았다. 눈앞이 깜깜해지고 뒤통수를 얻어맞은 듯 얼얼했다. 정말로 그렇지 않은가? 그녀의 말대로 그녀는 오랜 시간 자신의 곁에 있던 사람이 아닌가? 그리고 동시에 생각나는 것이,

[이 황궁에서 그녀만이 내 동지이고 친구였어.]

심지어 그녀의 자매는 자신이 확실히 동지이고 친구라고 생각한 상대였지.

그렇게 중요한 상대인데, 왜 그녀를 그렇게 여기지 않았지? 왜? 심지어, 그녀는 자신을 '이름'으로 부른 사람 아닌가? 왜? 왜 생각하지 못했지? 이미 비틀린 길의 초입에 만났기 때문에? 최초의 모략이 시작된 지점이니까 더 이상 가능성이 없어서?

[왜 그렇게 죽으려고 하십니까!]

하지만 뭐라고 말해도 그녀는 오래된 동지고 친구였다.

오래된 동지이자 친구가 소리쳤다.

[이제, 그냥 살아도 되지 않습니까! 저와의 약속은 잊어버리십시오. 저를 죽이고 제가 망발로 당신을 영원한 지옥으로 끌어들인 죄를 벌하십시오.]

"무슨… 소리야…"

혼란이 섞인 작은 중얼거림은 페신하나의 목소리에 삼켜졌다. 그녀가 한 번도 드러낸 적 없었던 격정으로 소리쳤다.

[그리하여 제 젊은 날의, 폐하조차 눈멀게 한 증오를 용서하십시오. 이제 늙은 몸으로는 그 증오를 감당하기 어려워 도망쳐, 삶이 준 것들을 사랑해 버린 저를 용서하십시오.]

금색 그림자가 머리를 스치고 지나갔다.

할센라비온은 가만히 서서 페신하나의 말을 되새김질했다. 삶이 준 것들을 사랑해 버렸다. 사랑해 버렸다니, 삶이 그런 것도 준단 말인가.

[저는, 당신이 홀로 고독하게 싸우는 동안 사랑하는 사람들을 만들고, 기쁨을 깨달아, 삶의 즐거움을 알아 버리고, 친우를 만들고, 그들의 아이가 이 땅을 딛고 뛰어노는 것을 보며 이 땅의 영속함을 바라게 되었습니다! 그래서 당신의 명을 따를 수 없었습니다! 영원한 증오는 불가능했습니다. 불가능을 감히 확신한 저를 벌하십시오!]

그녀는.

그녀는, 페신하나는 결혼하지 않았다. 다만 정치적인 이유로 거둔 양자가 몇 명 있고, 친구가 있었을 것이다. 사교거나 정치적인 관계라고 생각했으나…. 아니었을 수도 있다.

꼭 핏줄이 이어져야만 사랑하는 것은 아니지. 육체관계를 가져야만 애착하는 것은 아니지. 그녀는 그녀 나름대로 사랑할 것을 찾아냈으며, 살아가고 있었다.

[살아가는 이상 사랑하지 않는 것은 불가능에 가깝습니다.]

그러므로 페신하나는 할 수 없었다. 그걸 몰랐다. 이토록 가까운 자인데.

[그러나, 폐하. 그냥 살아도 되지 않겠습니까. 저처럼 살아도 되지 않을까요. 이 노구처럼, 삶에 무언가 생기지 않을까요. 작은 기쁨이라도, 작은 즐거움이라도, 작은, 작은 아이들이라도.]

아니. 그게 오지 않았다. 그래서 죽고 싶었고.

[폐하, 당신은 외로울 뿐이지 않습니까.]

할센라비온의 손끝이 가볍게 떨렸다.

[외로우면서도 아무것도 믿을 수 없어서 자신을 가둔 채 죽어 가고 있는 것뿐 아닙니까?]

그런 삶이긴 했다. 어렸을 때부터 그랬고…. 그러므로 그나마 자신의 편이었던 칸젤리타의 죽음에 충격을 받았던 거겠지. 무서웠던 거겠지. 그렇게 죽을 수 있다는 것이. 죽음의 두려움에 불신이 계속될 수밖에 없는 흐름에 올라타, 계속 불신을 확신하며 살아오고, 그러면서도 원하는 것은 채워지지 않아서, 두려움으로 가슴을 가득 채우고 그것을 망각하려고 애썼다.

[사랑할 수 있는 것들을, 삶이 준 선물들을 두려움과 불신으로 거부하고 있잖습니까? 이젠 그만해도 되지 않을까요? 저는 할 수 없습니다. 저는 그 아이들이 행복한 걸 보고 싶습니다. 저는, 그들이 살아갈 세상에 이런 걸 줄 수 없습니다!]

살아가는 이상 사랑할 수밖에 없고, 사랑할 것을 사랑하게 되나, 삶이 준 것들을 두려움과 불신으로 거부하며 고독하며 행복할 수 없으며 채워지지 않고 공허하여….

"네 말이 맞아."

할센라비온은 긴 침묵 후에 대답했다. 그녀의 말은 전부 맞았다.

"난 외로워."

검은 물이 차 있던 공동이 비어 버리고, 그 안에 선 자신이 그것을 솔직히 인정했다. 그것을 깨닫지 않았다면 분명 페신하나를 죽였겠지. 아무도 믿지 않고 이 손으로 직접 재앙을 뿌렸을 것이다.

[제가 당신을 외롭게 만들었습니다. 당신을 홀로 고독하도록 조장하였습니다. 죽임당할까 두려워하는 당신의 두려움을 부채질해 더욱 위를 추구하게 만들었고, 어떻게 살아야 할지 몰라서 삶을 허락받길 원하는 당신의 태도가 나약하다고 하며 마음을 닫게 만들었습니다. 당신이 제게 기대는 것도 허락하지 않았습니다. 그리하여 당신을 제 영원하지도 못할 증오의 도구로 썼습니다. 제 잘못입니다. 그러니 저를 죽이십시오. 고리를 끊고 자유로워지십시오.]

페신하나의 고해를 들으며, 할센라비온은 그냥 멍하니 서 있었다.

[제가 당신을 그리 만들었습니다.]

그녀의 말대로 누군가 삶을 허락해 줬으면 하는 시기도 있었다. 그때가 마지막 여린 구석이 남아 있던 시절 아닐까. 그리고 페신하나의 말대로 그녀에게 기대려고 했던 적도 있었다. 그녀만이 유일하게 믿을 수 있는 사람이었으니까.

아, 그래서 그녀를 동지라고 생각하지 않았구나.

"그건…. 자네 탓이 아니야."

남 탓하기에는 늦은 나이다. 그녀의 말과 달리 그것은 그녀의 문제는 아니었다. 그녀가 아니라면 다른 사람을 찾을 수도 있었다. 열여덟 살, 그녀의 손을 잡은 것부터가 자신의 선택이었으며, 이 결과는 자신이 선택해 온 길의 끝이었다.

"내 문제였어."

할센라비온이 이마를 짚었다. 천천히 주저앉았다.

"내가 어떤 마음을 갖고 있는지도 돌아보지 않았어."

외로웠다. 사람을 믿을 수 없고, 그래서 이 허무함은 채울 수가 없다고 생각했다. 행복해질 수 없다고 생각했다. 그렇지만 옆에 자신을 이렇게 지켜보는 사람이 있었다.

우스운 건, 그것을 멀리 있던 사람이 자신을 뒤흔들고 난 다음에야 알았다는 것이다. 페신하나의 말대로였다. 삶이 자신에게 주었다. 그것을 받아들이고 난 다음에야 주변이 보였다.

"왜냐면 사는 게 급해서 내 눈부터 가려야 했으니까. 내가 나조차도 보지 못하게 되었어."

원래 있었다. 불신에 맹목하여, 허무함을 채우기 위해 맹목하여 보이지 않은 것들이 있었다.

삶은 이어지고 삶은 선물인지도 모를 돌덩이들을 그들의 삶 주변에 마구잡이로 던져 놓는다. 어느 것은 비껴가고, 어느 것은 옆으로 굴러가며, 어느 것은 스친다. 어느 것은 품에 안겨도 모르며, 어느 것은 옆에서 빛나도 모른다.

그는 자신의 품 안에 들어온 하얀 돌멩이를 하나 생각했다. 그것을 보고 나서야 주변을 보게 되었다. 그 주변은 자신 역시 포함한다.

"쓰지 않아서 다행이네."

할센라비온이 입술을 깨물며 말했다.

그래, 그런 것들이 있는 세상을 굳이 나를 위해 부술 필요는 없겠지. 오래된 인연이 있는 세상을 병들게 할 필요는 없겠지.

"잘했네."

어떤 것은 갑자기 구원처럼 몸을 짓누른다. 홀로 살아오진 않았다. 그런 건 때론 구원과 같은 것이었기 때문에, 살아온 삶이 무의미할 정도는 아니었단 말이기 때문에.

그는 그대로 주저앉았다. 아무 소리도 나지 않았다.

"만찬 준비는 잘 되고 있나?"

"걱정하실 필요 없습니다. 잠깐, 그 그릇은 애피타이저에 나가면 안 됩니다!"

헤지아나가 묻자마자 리시가 다급하게 옆에 가는 궁내원을 붙들고 지시했다.

"바빠 보이는군. 더 묻지 않겠네."

"네, 성하께선 손님들의 맞이만 잘하시면 됩니다…. 그런데."

리시가 헤지아나와의 간격을 휙 줄이더니 그녀의 귀에 대고 속삭였다.

"그, 할센라비온 황제와는 어떻게 되어 가십니까."

"응?"

"확실합니까?"

"그건 모르겠는데."

어쨌든 그의 목적은 나라라는 이름의 황가를 유지하는 시스템의 붕괴이고, 그것이 달성되지 않는다면 돌발행동을 할 것 같았다. 현재로서는 무혈혁명 사례를 찾아보며 그쪽으로 가자고 꼬드기는 것이 좋지 않을까?

어쨌든 이것도 이야기를 해 봐야 할 일이므로 헤지아나는 확신할 수 없었다. 하여간 갑자기 힘의 균형이 무너져서 좋을 일은 없으므로 돌발행동을 취하지 않게 잘 데리고 가 봐야 할 텐데.

"어쨌든 내일 아침 당장 출발하지는 못하지 않나. 여유를 가져도 되겠지."

"뭐, 필요하시다면 그분의 음식에 수면제를 좀 더 넣을까 해서요."

"그건."

헤자아나는 잠시 찌푸린 얼굴로 리시를 보았다가, 슬쩍 엄지손가락을 들어 올렸다.

"약간 부탁하네."

"여부가 있겠습니까."

"자네 요즘 유난히 유능하군."

"혼동하지 마십시오, 성하. 저는 원래 유능했습니다."

리시가 윙크하고 요리 상태를 점검하러 사라졌다. 테이블 세팅은 이미 완료되었고, 센터피스로 놓일 꽃들이 들어왔다. 백합과 장미. 영혼과 육의 상징들이 얽힌 꽃들이 장식되고 노란색 환희의 꽃들이 주변에 장식되었다. 헤지아나는 실내를 더 밝게 하라고 명했다. 해가 빠르게 지고 있었기 때문에, 식사시간에는 더 어두워질 것이 뻔했다.

그때였다.

턱턱턱턱, 아주 단호하고 힘찬 발소리가 들렸던 거 같다. 하지만 헤지아나는 조명을 어떻게 조정할 것인지 이야기하느라 그 소리에 크게 신경 쓰지 않았다. 그러나 다가온 목소리는 그녀를 불렀다.

"성하."

익숙한데 익숙하지 않은 목소리였다. 단단하지만 부드러운, 무른 돌 같은 목소리.

헤지아나는 의아함을 느끼며 뒤를 돌아보았다. 그리고 거기 서 있는 단정한 할센라비온의 모습을 보고 놀랐다. 지금 내가 뭔가 잘못 들은 건가?

"잠깐 이야기를 나누고 싶습니다만, 괜찮으신지요?"

가볍게 고개를 숙이는 그의 태도는 나무랄 데 없이 공손했다. 목소리마저도 말이다.

그의 목소리에는 평소 느꼈던 날카로움, 조롱기가 전혀 없었다. 그렇지만 그것이 빠졌다고 해서 이렇게 목소리가…. 뭐라고 해야 할까, 부드러움과는 다르다. 점잖다고 해야 할까. 이렇게 될 필요가 있나?

사람이 바뀐 듯한 분위기에 헤지아나는 좀 머뭇거리면서도, 가볍게 고개를 끄덕였다.

"예. 원하신다면 그렇게 하지요."

"사람이 없는 곳이었으면 좋겠습니다."

"…오시죠."

헤지아나가 앞장서자, 할센라비온이 뒤따랐다.

"실내는 싫어."

복도로 나와 주변에 사람이 사라지자마자, 할센라비온이 낮은 목소리로 뒤에서 말했다. 그건 평소의 목소리와 비슷해서, 헤지아나는 묘하게 안심했다.

"정원으로 나가자고?"

"그게 좋을 거 같아."

뒤따라오던 할센라비온이 헤지아나의 옆에 서며 말했다.

"실내에 있으면 좀 원하게 될 거 같기도 하고."

"―어― 그러면 밖으로 나가야겠네."

여기서 '원한다'는 아무래도 그거겠죠.

아니, 근데 지금 몇 번을 한 지 얼마나 지났다고 또 요구할 거 같다는 거야? 혹시 아셔보다 더 정력이 좋은 걸까? 체력과 정력은 다른 거고…. 아니, 그래도 아셔보다 더한 사람이 있을 거라곤 생각하고 싶지 않았다. 몸이 남아나지 않을 게 뻔하지 않은가. 하렘의 완성 이후도 생각해야 하는 헤지아나로서는 좀 무서운 경우였다.

헤지아나는 가까운 정원 방향으로 할센라비온을 데리고 나왔다. 뒤로는 일자형 복도가, 양 옆으로는 건물의 벽과 길이 쭉 뻗은 곳이었다.

"누가 접근하면 바로 알아볼 수 있겠군."

"작은 목소리로 말해. 혹시 모르니까."

주변을 경계하는 할센라비온을 향해 헤지아나가 말했다.

"무슨 이야기를 하고 싶어? 벌써 결론이 난 건 아닐 거고."

"결론은 났어."

그의 대답에 헤지아나가 눈을 둥그렇게 떴다.

"네 뜻에 따르지."

"…그렇게 간단하게 와도 되는 건가?"

"너는 내가 원하는 걸 줄 수 있는 유일한 사람이니까."

꽤 무표정하게 할셴라비온이 말했다. 혜지아나는 자신을 바라보고 있는 보라색 눈동자가 대체 뭔 생각을 하는지 알 수 없었다.

"나는 불안정해."

"알아."

"네가 나를 뒤흔들었지."

"넌 나와 만나기 전부터 그랬어."

혜지아나가 부정했다. 하지만 할셴라비온도 부정했다.

"아니, 하지만 네가 뒤흔들지 않았다면 나는 그 상태를 안정적이라고 알고 살았겠지. 결국 목적을 달성했을 것이고."

목적을 달성한다 함은 죽는 것. 죽어서 이비아네라를 붕괴시키는 것.

'그렇지만 솔직히.'

혜지아나는 시선을 돌려 조금씩 파란 어둠이 내려앉기 시작하는 하늘을 쳐다보았다.

솔직히, 할셴라비온이 죽는다는 건 인류에게 있어서 좀 귀한 기회를 놓치는 일 아닐까. 일단 그 사이즈는 쉽게 나올 수 있는 것이 아니지 않은가?

그에겐 크기에 관련된 인자를 번성시켜야 할 그런 의무가 있지 않을까? 그것이 그가 태어나며 신에게 부여받은 '세상을 보다 낫게 하는 일'이 아닐까.

종교의 장으로서 할 생각은 아니었다.

—아니, 이 상황까지 와서 그런 거 따져야 하나? 혜지아나는 자신의 정신적 필터링을 꺼 버렸다. 그에게는 그 인자를 널리 퍼트려야 할 의무가 있다, 분명히.

'아, 하지만 어차피 내 하렘으로 들어올…. 들어왔고.'

이러나저러나 인류에게는 아쉽게 되었다. 헤지아나는 생각을 그만두었다.

"왜 나에게 그랬지?"

"뭐?"

딴생각을 하고 있던 헤지아나는 질문이 돌아오자 흠칫거리며 할센라비온을 곁눈질했다. 그는 깊은 고뇌가 차 있는 표정으로 헤지아나를 쳐다보고 있었다.

"왜 나와 그런 걸… 한 거지?"

따먹고 싶어서요.

정말로 네가 재수 없을 만큼의 가치를 하는 몸인지 알고 싶어서요.

아, 아니. 잠깐. 이건 말하면 안 된다.

헤지아나는 가볍게 팔랑거리던 자신의 정신줄을 잡고 말을 골라보았다. 신이 명령해서… 는 이미 좀, 쓸 수 없는 변명이 아닌가. 무엇보다 할센라비온에게 덤벼들 때 '저 새끼를 따먹고야 말겠다'는 상태였기 때문에 신을 변명으로 내세울 수는 없었고, 덤으로 세 개 다 상대에게 할 말은 아니었다.

헤지아나는 잠시 고민했다.

"하고 싶어서 그렇게 했어."

"왜 하고 싶었는데?"

헤지아나는 좀 고민했다. 하지만 이럴 때 그럴싸하게 말할 수 있는 재주 같은 건 헤지아나에게 없었다. 섹스와 유혹에는 어느 정도 숙달되었더라도, 이런 관계에서 욕망을 숨기고 그럴싸하게 말할 수 있는 재주 같은 건 없었다.

그건 섹스가 아닌 연애의 기술이고, 그 두 개는 아주 다르다. 연애의 기술이 초보인 주제에 괜한 잔재주를 부리는 건 좋지 않을 것 같았다.

"네가 너무 재수 없게 굴어서."

그래서, 그냥 솔직히 말했다. 솔직한 대답을 들은 할센라비온의 눈이 휘둥그레졌다.

"정말 어디 그렇게 잘났는지 확인해 보고 싶었어."

생각해 보면 할센라비온의 감정 변화가 꽤 급작스럽게 느껴졌는데, 창조신 왈 자신이 주는 감정에 따라 상대가 반응할 것이라고 했으니 '따먹고 말 거야' 모드로 들어간 자신에게 할센라비온이 반응했던 것일까.

'음, 논리적이긴 한데.'

거부하고 싶은 논리였다.

"하여간, 어쨌든 나도 살을 섞어 본 건 나쁘지 않았고."

헤지아나는 괜히 흐트러지지도 않은 머리카락을 뒤로 넘기며 목소리를 가다듬었다.

"그래서 네 마음을 알게 된 건… 좋네."

흘끔, 헤지아나가 곁눈질했다.

"네가 너무 힘들게 혼자 살다가 미쳤다는 걸 알게 되어서, 미친 계획을 막게 된 것도."

"큭."

푸홋, 하고 터지듯이 할센라비온이 웃음을 터트렸다.

"혼자고, 미쳤다고."

웃음을 거두지 않은 채 그가 말했다. 웃고 있는 그는 그냥 평범한 청년 같았다. 물론 평범한 청년이라기에는 꽤 용모가 준수하다만.

"아직 이비아네라를 부수는 걸 그만두진 않았어."

"아, 그래…. 역시 그건 포기 안 하는구나."

그건 좀 어떤 의미에선 안도가 되었다. 너무 뜻대로 사정 좋게 되는 것도 무섭다고 해야 할까.

"그건 내가 도와줄 의향이 있어. 혼자 부숴 버리겠다고 날뛰는 것보다는 다양한 방법을 동원할 수 있겠지. 중앙집권체제에서 절대 권력자가 힘을 분산시키면 변혁도, 파괴도 불가능할 것이고."

"…딜레마긴 했지."

할센라비온이 짧게 말하더니, 헤지아나를 향해 손을 뻗었다.

"책임져."

"…뭐?"

"네가 원하는 대로, 네가 원하는 평화에 따르지. 그 수밖에 없어. 너만이 나를…."

나를, 뭐라고 해야 할까. 할센라비온은 다음에 오는 단어를 찾지 못해서 말을 멈췄다.

풀벌레 소리만 들렸다.

"나는, 분명히, 너를."

그러나 지금 말할 수 있는 것은.

"절대적으로, 필요로 해."

잠시, 고통스러운 듯 그가 눈을 감았다.

"그것을 네가 채워 준다면, 네 곁에 있게 해 준다면 뭐든…. 상관없을 정도로. 대체 왜 내가 그러는 건지 모르겠지만, 아마, 지금 네가 나를… 행복…."

말을 멈춘 채 할센라비온이 얼굴을 가리고 고개를 돌렸다. 그 뒤의 말을 잇는 것을 고통스러워하는 표정이어서 헤지아나는 그 말을 대신 이어 주고 싶은 기분이었다. 그것은 바로.

'사랑이라고 한다네.'

말하고 싶은 기분은 가득이지만, 헤지아나는 근질거리는 입을 잘 다물고 자기보다 훨씬 나이 많은 남자가 자기 감정을 인정하지 못해 어쩔 줄 몰라 하는 광경을 인내심을 가지고 지켜보았다.

'아니, 어쩌면 인정하지 못하는 게 아닐지도 모르지.'

그는 정말로 자기감정을 모를 수도 있었다. 그는 맹목하며 치이고 밀려 살아오지 않았나. 그렇다면 자기감정이 어떠한지 생각할 시간이 없었을 것이다.

생존이 우선될 때 사람에게 존재하는 감정이라고는 분노와 두려움 같은, 생존을 위한 원초적인 감정뿐. 행복과 기쁨 같은 다양한 감정의 결 역시 원초적이긴 하나 그것은 좀 더 많은 습득의 시간을 가져야 했다. 이름 붙이고, 체험하며, 안정하며 돌이켜 볼 시간이 필요한 감정들 속에서, 행복이 자라나는 것이었다. 그러므로 그는 지금 자신이 느끼는 것이 무엇이라고 이름 붙여야 하는지 전혀, 모를 수도 있다.

그렇게 생각하니 갑작스럽게 동정심이 일었다. 인간적인 기쁨 하나 없는 지존의 자리라니. 대체.

"그러니까 네가 한 약속을 지켜. 나를…. 책임지고, 채워 줘. 네 맘대로."

할센라비온의 손이 헤지아나의 손을 힘주어 쥐고 있었다. 초조한 듯 헤지아나의 손을 문지르고 움켜쥐는 그 손길에서는 갈구가 묻어 나왔다.

"수억 번의 죽음을 줘."

"그러려면 귀국은 못 하겠는걸."

헤지아나가 피식 웃으며 대답했다. 그러자 할센라비온도 작게 웃음 지었다.

"한 달 정도 더 머무를까?"

"내국 상황은 어쩌고."

"사실."

할센라비온이 말했다.

"솔직한 마음으로는, 그냥 사라지고 싶어."

갑자기 원념이 사라져 버린 지금, 꼭 행해야 할 이유는 없었다. 그러나 그것은 이미 삶이 되어서 굴러가는 것을 멈출 방법 또한 없고, 여기서 갑자기 내려온다고 해서 권력자라는 굴레가 한 번에 사라지는 것도 아니다.

어쨌든 자신이 속했던, 강제되었던 굴레— 황가라는 건 없애야만 했다. 자신이 그 밖에서 살기 위해서라도.

'세상에.'

생각한 순간, 할센라비온은 놀라움에 입을 다물었다. 지금 사는 것을 생각했나? 그 밖에서?

그 밖에서 살길 원해? 생존을 꿈꿔? 이어지는 삶을 생각한다고? 아니, 그렇지만…. 살면 뭐하지?

"결혼할까."

"뭐?"

헤지아나가 놀라 할센라비온을 돌아보았다. 그러나 그 순간, 할센라비온은 무언가 깨달은 듯한 표정으로 헤지아나를 돌아보았다.

"결혼할래?"

"난 교황이야."

"결혼하고 너를 동시통치자로 삼아 적법한 군주로 만들고 내가 물러서면."

"어."

헤지아나는 순간 미간을 찌푸렸다. 그러니까 지금 하는 말은 혼인동맹, 혼인합병과 비슷한 이야기인 건데…. 꽤 괜찮은 방법일 거 같았다. 문제없이 이비아네라가 교황청에 편입되고, 전무후무한 종교 국가의 탄생이 되겠다만….

"좋은 생각이야."

"혼란이 없을 방법이고."

"교황은 결혼을 할 수 없고, 신이 넓은 땅을 원하지 않는다는 것만 빼면."

애초에 왜 라스할드가 이 작은 땅 위에 있겠는가. 헤지아나는 우스워서 웃음을 터트렸다. 맑은 웃음소리가 잠깐 붉은 빛이 사라진 하늘을 채웠다.

"양극의 지배자가 내게 같은 말을 하네."

"양극의…?"

할센라비온도 그것이 무엇을 말하는지 알아차렸을 것이다. 헤지아나는 그를 쳐다보며 빙긋 웃었다.

"카람찬트도 내게 황후가 되어 달라고 했지."

"거절한 거겠지?"

"거절이야 했지만."

헤지아나는 괜한 심술에 거기서 말을 끊고 싱긋 웃음 지었다. 할센라비온은 궁금한 건지, 초조한 건지 모를 표정을 지었고 헤지아나는 그 표정을 보며 더욱 입을 다물어 버렸다. 왜 이렇게 심술궂은 기분이 드는 것인지.

그녀는 고개를 들어 그의 입술에 가볍게 입 맞추었다. 대답은 그걸로 끝이었다.

"이젠 돌아가야 할 시간이네."

헤지아나는 몸을 돌렸다. 그렇지만 그때, 할센라비온이 몸을 돌리는 헤지아나의 손을 붙잡았다.

"잠깐."

갑자기, 애타는 표정으로 그가 말했다. 어스름은 깊게 깔리고 그는 헤지아나를 문과 어스름 사이의 흐릿한 경계에 세웠다. 흐릿해 그 누구도 알아보기 어려운 청색이 흩어지는 지점에서, 할센라비온은 헤지아나를 향해 고개를 숙였다.

"음…."

입술이 닿자마자, 혀가 밀고 들어왔다. 혀는 조심스럽게 헤지아나의 입술을 핥고 안으로 들어왔다. 혀끝을 조심스럽게 살피고, 몇 번 뒤섞어 서로의 맛을 교환했다. 짧은 입맞춤이었다.

입술을 떼고 그가 말했다.

"난 네가 없으면 살기 힘들어."

갑작스러운, 지나치게 절절한 고백이었다.

그 말에 헤지아나의 눈동자가 떨렸다. 로맨틱한 두근거림으로 인한 떨림은 아니었다. 그야말로 동공지진이라는 말이 어울리는 심각한 동요였는데, 이유인즉슨.

'아니 왜 그런 말을 해!'

일단 그런 말이 해묵은 트라우마와 깊은 공포를 되살리기 때문이었다. 예를 들면 2주 전까지의 아셔라든가, 아셔라든가, 아셔라든가….

'아, 아니. 그건 아니겠지.'

헤지아나는 눈을 감고 자신의 요동치는 마음을 진정시켰다. 사실 조금 더 생각해 보면 그건 당연한 말이기도 했다. 어쨌든 죽으려는 사람보고, 내가 다 잊게 해 줄 테니 운운하며 건져 놓은 것이긴 하니까. 어쨌든 할센라비온은 과거의 아셔처럼 자신의 말 한마디에 죽네 사네 할 부류의 인간은 아니었다.

"하지만 너에게 내가 그렇진 않겠지."

그러니까, 이런 말을 자연스럽게 하는 것만 봐도, 이어서 자해하거나 하지 않는 것만 봐도 그 과는 아니다. 헤지아나는 조금 안도하며 할센라비온과 시선을 맞췄다. 그러나 평이하게 들렸던 목소리에 비해, 그 시선은…. 뭘까. 그토록 애타는 시선은.

"그래도 알고 싶어. 나는 지금 너에게 뭐지?"

"아…."

헤지아나는 조금 곤란해졌다. 그러게. 너는 나에게 뭐지?

싫은 놈이긴 했지만, 이제 싫지는 않아졌다, 그런 정도의 느낌이지만, 너는 나에게 뭘까? 공략 상대? 그렇게 말할 수도 있지만, 솔직히 이렇게까지 이야기를 나눈 다음엔 그렇게만 보는 것도 어려워.

"잘… 모르겠어."

"그렇군."

할센라비온이 헤지아나를 향해 숙인 고개를 들고, 자세를 바로 잡았다.

"잘 됐어."

"…뭐가?"

"서로 모르니까."

할센라비온이 말했다. 시선은 문 안쪽, 복도 끝을 향하고 있었다.

"서로 알아 가 보면 되겠네."

와.

헤지아나는 순간 입을 벌렸다. 이 녀석, 나이를 헛먹은 게 아니구나. 어른이긴 했구나.

"부탁이 하나 있어."

"뭐… 뭔데?"

감탄하느라 말이 꼬였다.

"내가 터지기 전에 비워 줘."

아마도, 견딜 수 없는 생각으로 이 삶이 무의미하다고 다시 확신하기 전에. 다른 생각으로 차올라 자신이 보이지 않게 되기 전에.

닿고, 어루만지고, 말하고, 원하며, 필요로 해 줘.

아마도 그런 말이겠지.

"알았어."

사람은 결국 타인을 필요로 하며, 그 때문에 고독하다.

그러나 외롭다고 아무나 필요로 하는 것은 아니어서, 결국 원하는 사람을 찾아야만 그 고독이 채워지고, 그래야만 행복하며….

"내가 네가 원하는 사람이어서 다행이네."

헤지아나가 말했다.

"신의 인도겠지."

할센라비온이 말했다.

그는 흘끔, 복도 안쪽을 보더니 작게 신음했다.

"…먼저 가는 게 좋겠어."

그가 슬쩍 문가에 기대 자신의 모습을 숨겼다. 그 모습을 보고 헤지아나는 고개를 돌려 복도 안쪽을 쳐다보았고, 이쪽을 보고 있는 아셔를 발견했다.

"아…. 그러면, 조금 후에 보도록 해."

헤지아나는 허둥지둥, 이쪽을 의아하다는 듯이 보고 있는 아셔를 향해 다가갔다. 아마 자신을 찾아 왔다가 할센라비온과 있는 것을 보고 의아해하는 것일 터. 헤지아나는 아셔에게 다가가 말했다.

"저를 찾았나요?"

"아, 예…. 예."

아셔가 머뭇대며 고개를 끄덕였다. 그의 시선이 복도 끝을 향하고 있었다. 어스름으로 사람의 그림자만 보일 뿐이지만, 아마 아셔의 눈에는 그것이 확연히 구분되어 보일 것이다. 헤지아나는 아셔의 손을 붙잡아 그의 시선이 자신을 향하게 했다.

"찾은 이유가 있나요?"

"아, 아닙니다. 그저 식전에 계시질 않아…."

"그렇군요. 돌아가도록 해요."

헤지아나는 에스코트하듯 아셔의 손을 들고 발걸음을 옮겼다. 그는 여전히 할센라비온을 신경 쓰는 것 같았다.

"신경 쓰지 마세요."

"예?"

"그도 우리와 함께하게 될 것입니다."

아셔는 믿을 수 없다는 표정을 지었다. 그럴 만도 하겠지, 하며 헤지아나는 웃음으로 대답했다.

세계 평화를 위한 유일한 방법

"그러니까 네가 한 약속을 지켜. 나를…. 책임지고…."

거기까지 들었을 땐 별다른 생각을 하지 않았다.

그분은 교황이다. 많은 높으신 분들과 약조를 나누며 책임을 지는 분이다. 그런 대화의 일부일 거라 생각하고, 함부로 들어 함부로 언급하지 않도록 주의해야겠다고 생각하며 걸음을 옮겼다.

이런 대화는 혹여 잘못 듣는 것만으로 누를 끼칠 수 있다. 그러므로 이제 슬슬 자신이 근처에 있음을 알릴 필요가 있다고 생각했다. 부르려고 했다.

"결혼할까."

아셔의 발걸음이 멈췄다.

잠시 머릿속이 하얗게 변했다. 지금 저자가 무어라고 하는 것인가?

그분은 신과 함께 하시는 분이고 신의 대리인이다. 그것을 자신만의 것으로 하는 약조를 하겠다고? 말만으로도 무엄했다. 행차의 앞을 가로막아도 범필하다고 할 자가 지금 신의 걸음을 범필하려하는가?

"결혼하고 너를 동시통치자로 삼아 적법한 군주로…."

세속의 권한이 그분께 무슨 소용이란 말인가? 들으면 들을수록 괘씸했다. 그러나 동시에, 교황께서 무슨 일이 있어도 함부로 굴지 말라 한 것이 생각나서 어찌해야 할지 알 수 없었다.

그저, 저런 무례함은 그분께서 알아서 물리치시리라 생각했다. 그때 나서도 늦지 않으리라.

그러나 그분께서는 잠시 어이없는 표정을 짓더니,

"좋은 생각이야."

청천벽력이 내리쳤다.

대체 무슨 말씀을 하시는 것인가. 교황은 결혼할 수 없다. 교황 뿐만이 아니라, 성별(聖別)을 받은 이상 결혼할 수 없다. 아셔는 당황 했다. 농담이시겠지.

그러나 곧 깨달았다. 그분이 결혼할 방법이 있긴 하다는 것을.

'환속.'

올바른 표현은 아니지만 일반적으로 그리 부른다. 말 그대로 다시 속세로 돌아가는 것.

사제직은 종신직으로 면직되더라도 그 직위가 유지된다. 때문에 면직되거나 퇴임한다고 하여 사제가 아니게 되는 것은 아니다. 오직 특수한 절차를 통해서만 성별되었던 사제의 자격이 박탈, 또는 사라지며 보통 사람이 되는 것이다.

환속 또한 그 자격이 사라지는 방법 중 하나였다. 창조신은 자신의 피조물들을 사랑하시어 그 자유로운 삶의 선택과 방황을 허락하고자 환속을 불허하는 가르침은 내리지 않으셨다. 그저 사람들이 그를 의롭게 여기지 않을 뿐이나, 오히려 환속하여 세상과 부대끼어 깨달음을 실천한 성인들의 이야기도 있다.

그러니 헤지아나가 환속하겠다고 하여도 문제는 없다.

심장이 거칠게 뛰었다.

심장이 이토록 뛴 적이 있을까. 눈앞이 돈다는 말이 무엇인지 알았다. 제어하려고 했으나 어깨가 거칠게 위아래로 오르내리고, 숨소리가 귀를 뚫을 정도로 커졌다. 뛰쳐나가고 싶은 기분이었다.

"카람찬트도 내게 황후가 되어 달라고 했지."

당신께서는 그 제안을 받아들일 생각이십니까? 그리하여 범속한 삶을 누리시길 원하십니까?

그것이 당신의 행복이라면 저는 그것을 받아들여야 합니까?

그러면 저는 어떻게 하지요?

"내가 너에게 맞는 사람이어서 다행이네."

"신의 인도인가 보지."

아니, 그럴 리가 없다. 네가 무엇을 안다고 신의 인도를 그 입으로 지껄인단 말인가.

뭔가 잘못되었다. 이럴 리가 없는데. 그분은 저의 행복을 원한다고 말씀하셨단 말입니다. 그리고 저의 행복은.

"저를 찾았나요?"

"아."

아셔는 다가오는 헤지아나를 보지 못했다. 그는 앞에 와서 자신을 부르는 헤지아나를 발견하고 머뭇대며 고개를 끄덕였다. 헤지아나를 보면서 도저히 말로 할 수 없는 감정이 일었다.

"예… 예."

네, 찾았습니다. 계속 찾았습니다. 옆에 있어도 찾았지요.

그런데 당신은 저를 떠납니까? 당신도 저를 떠나요? 나는 또 혼자가 됩니까?

말로 할 수 없는 감정이 계속 일어난다. 이번에는 다소, 어두운 것으로 분노와, 그리고 겪어보지 못해 무엇인지 알 수 없는 감정이 어스름 속에 스며든 남자를 향해 스멀스멀 기어갔다. 그러나 그때, 그것을 막으려는 듯이 부드럽고 다정한 온기가 그의 손을 붙잡았다.

헤지아나였다.

"찾은 이유가 있나요?"

"아, 아닙니다. 그저 식전에 계시질 않아….."

"그렇군요. 돌아가도록 해요."

헤지아나가 아셔의 손을 자신의 손 위에 올렸다. 에스코트하는 손짓이어서, 아셔는 잠시 그 손을 내려다보았다. 온기가 잠시 부정적인 생각을 녹였다. 그저 이것만 있어도 되는데, 왜, 저자는.

'그것을 빼앗으려고 하지?'

그리고 내 감정을 눈치챈 듯 내 손을 감싸 쥐는 당신은, 그에게 향하는 나의 감정을 막고 싶은 건가?

나는— 분노해. 처음으로 당신에게 분노한다.

"신경 쓰지 마세요."

"예?"

지금 무슨 생각을 한 거야. 아셔가 자신의 감정을 깨닫고 소스라치게 놀랐을 때, 그는 헤지아나의 목소리에 반사적으로 대답했다. 헤지아나가 웃으며 말했다.

"그도 우리와 함께하게 될 것입니다."

그 함께하는 방식이라는 것은 제가 예상하는 방식입니까?

뭐가 잘못된 겁니까. 아니, 당신께서 잘못되었을 리는 없습니다.

그럴 리는 없습니다.

대체 무슨 일이 일어난 걸까요. 그리고 당신의 손으로서,
저는 무엇을 해야 할까요.

◄━◈◈◈◈◈━►

만찬 시간이 다 되었다. 헤지아나는 잠시 가져올 것이 있다는 아
셔를 보내고, 준비가 잘 되었는지 확인한 다음 차례대로 오는 대표
들을 맞이했다.

"황제는 어떻게 한 거지?"

가일란이 속삭였다. 헤지아나는 곱게 사교용 웃음을 지은 다음
그에게 속삭였다.

"너와 함께 나의 총애를 다투게 될 거 같은데?"

가일란이 인상을 찌푸렸다. 싫다기보다는, 곁눈질하는 모양새가
정말로 그를 경계하는 낌새였다.

"비슷할 거라고는 생각했지만 그 과라고는 생각하지 않았는데."

"무슨 생각을 했는지 궁금하네. 다음에 이야기해 봐."

"다음?"

가일란이 피식 웃었다. 그리고 헤지아나의 손가락, 교황의 반지
위에 입 맞췄다.

"다음 언제?"

이런. 헤지아나는 잠시 미간을 찌푸렸다. 그는 귀국해야 한다.

"연락하지."

가일란은 뒷사람 눈치를 보며 슬쩍 물러섰다. 그가 눈치를 본 상대는 그가 가자마자 빠른 걸음으로 다가와 속삭였다. 카람찬트였다.

"황제 서명 건은 어떻게 됐어?"

"잘 해결됐어."

가까이 다가와 속삭이는 카람찬트를 손부채질로 쫓아내며, 헤지아나는 귀찮다는 듯이 말했다.

"어째 다들 오자마자 황제 이야기야? 그렇게 황제가 좋아?"

"농담하지 마라. 내가 좋아하는 건."

카람찬트가 헤지아나의 손을 턱 붙잡더니, 손등을 향해 가볍게 고개를 숙였다. 그러나 시선은 여전히 위를 향해 헤지아나를 쳐다본 채였다.

"너지."

참, 이럴 땐 예뻐 보이는데 말이야.

하여간 선수는 어쩔 수가 없다. 슬쩍 붉어지는 뺨의 간지러움을 기분 좋게 받아들이며 헤지아나는 반지에 입 맞추는 예쁘고 귀엽고 말 안 듣는 토끼에게 물었다.

"너도 바로 귀국할 거지?"

"아무래도 그렇게 되겠지…. 체시민드가 모라킨을 잘 정리한 것 같기도 하고…."

중얼거리듯 말하던 카람찬트는 슬쩍, 밝은 호박색 눈동자로 헤지아나를 쳐다보았다. 호박색 눈동자 안쪽이 반짝 빛났다.

"즉위식도 해야겠지."

"호오. 계획이 그게 아니었던 거 같은데?"

"교황 성하께서 즉위식에 참여해서 대관해 주신다면야 못 할 게 있겠어?"

"꿈 깨."

하지만, 자신이 참여하는 대관식으로 그가 야욕을 꺾는다면 할 만한 거래였다. '교황이 참여하는 대관식의 특별함'은 다른 곳과도 거래함으로서 흐지부지 만들 수 있는 일이니까.

루시올이 입장하고, 할센라비온도 뒤늦게 입장했다.

"아셔 경은 조금 더 시간이 걸리실 것 같다고 하셨습니다. 먼저 식전주 정도는 들어도 상관없다고…."

리시의 전달에 헤지아나는 고개를 끄덕였다. 마침 달콤한 식전주가 각 대표의 잔에 따라지고 있었다. 맑고 상쾌한 단맛이 나는 술로 장미 향이 나 고급으로 치는, 동부 수도원 산의 술이었다.

개봉된 술의 향기가 식장을 가볍게 채웠고, 헤지아나는 자신도 모르게 숨을 깊게 들이쉬었다.

"모든 일이 끝났습니다."

헤지아나가 술잔을 들며 말하자, 모두가 그녀를 쳐다보았다.

"물론 우리 앞에는 해결되어야 할 일이 아직 많습니다. 사실, 문제는 끝없이 나타날 것입니다. 그러나 중요한 것은 우리가 하나가 되었고, 하나가 되는 일이 끝났다는 것입니다. 그것이 모든 일을 끝낼 것입니다."

가벼운 축사가 끝나고, 헤지아나는 잔을 기울여 목으로 넘겼다. 그녀에게는 모든 것이 끝난 순간이었다. 혀끝에 닿는 시원한 단맛이 몸을 녹였고 입안을 온화하게 채우는 봄날의 장미 향은 맛뿐만이 아니라 후각도, 몸에 퍼지는 모든 감각도 만족시켰다.

성무는 끝났다.

불행은 없으며 비극도 없다!

"아셔 경께서 입장하십니다."

"늦었습니다."

간단한 알림과 함께 아셔가 들어왔고, 헤지아나는 그를 웃음으로 맞았다.

"어서 오십시오, 늦지 않…."

그런데, 그의 손에 들린 것은.

파가가가가각!

마치 벼락에 맞은 나무가 터져나가는 것 같은 소리였다. 찢어지는 것과는 다른, 연속으로 폭발하는 듯한 파쇄음. 그러나 그 소리는 착각도 환상도 아니었다.

폭발한 조각들이 사방에 날렸다. 심지어, 어느 것은 헤지아나의 뺨을 스치고 지나갔다.

"이게…."

뭐지. 헤지아나는 멍하니 중얼거렸다. 그사이에 실내는 빠르게 아수라장으로 변했다.

"시딘! 검 가져와!"

잠시, 상황을 정리할 시간이 필요했다. 아셔가 입장했다. 그의 손에는 검이 들려 있었고, 다음 순간 의자가 허공에서 분쇄됐다. 젠장, 중간이 비어 있잖아!

"헤지아나, 뒤로 빠져!"

몸이 뒤로 휙 들렸다. 느껴진 것은 옅은 향유 냄새와 허리에 감긴 굵은 팔. 헤지아나는 조금 후에야 그것이 자신을 들어 올린 카람찬트라는 것을 깨달았다.

"지, 지금 뭐…."

몸이 뒤로 훅 빠져나가는 게 느껴졌다. 감당할 수 없는 속도가 지나간 다음, 자신이 서 있던 자리 뒤의 단상이 뒤로 세게 밀쳐나갔다. 그것이 말보다 빠른 속도로 벽으로 달려갔고, 꽝 하는 소리와 함께 박살이 났다. 파편은 또 사방에 튀었다.

그리고 그때 보았다.

아셔가 기이한 안광을 빛내며 달렸다.

할센라비온이 테이블 위의 물건을 던져 그의 돌진을 방해했다.

아셔가 검 손잡이를 비틀어 쥐었다. 엄폐물이 없어진 할센라비온이 의장용 코트를 벗어 던졌다. 아셔의 시야를 노린 높이였다. 아셔는 마치 바닥에 떨어진 공처럼 툭, 몸을 떨구더니 그대로 돌진했다. 코트가 그의 머리 위를 지나쳤다. 그리고,

탁. 아주 가벼운 소리와 함께 아셔가 도약했다.

앞으로 돌진하듯 도약한 몸은, 낮은 포물선을 그리며 앞으로 떨어졌다. 뒤로 한껏 젖혀진 아셔의 팔이 앞을 향해 내리쳐졌다. 바로, 할센라비온을 향해.

콰직!

한 끗 차이로 할센라비온이 뼈까지 일격에 자를 듯한 검격을 피했다.

"무…."

이게 인간의 움직임이긴 한 것인지.

할센라비온이 검성이 되지 못한 인간이라고 해서 우습게 보았는데 괄목한 것이었다. 헤지아나는 조금 반성했다. 아셔의 공격을 어

렵긴 해도 막아 내고 있는 것을 보면 그 역시 경지에 오르긴 한 자였고, 어쨌든 움직임이 보통이 아니었다. 그러니 들어오자마자 공격한 아셔의 검 끝을 막아 낼 수 있었던 거겠지.

나뎅구는 의자 파편을 보며 헤지아나는 상황을 이해했다. 그리고 자신을 뒤로 빼내려고 하는 카람찬트의 손을 뿌리쳤다.

"헤지아나, 뭐해! 네가 끼어들면 방해돼!"

"그건 아는데, 너는 네 부하가 저러면 가만히 있을 수 있겠어?!"

그건 그렇지만, 이라고 카람찬트가 작게 중얼거렸다.

헤지아나는 긴 옷자락을 걷어 다시 묶고, 품에서 비수를 꺼내는 할센라비온을 쳐다보았다. 그가 계속 피하는 것은 무기가 없기 때문이다. 심지어 지금은 적당한 엄폐물조차 없다.

할센라비온이 자세를 낮춰 아셔의 공격을 피하고, 붙잡히는 것과 발에 닿는 것을 날려 아셔의 진로를 방해했다.

"대체 왜 이러는 거냐?"

할센라비온이 물었지만 아셔는 대답이 없었다. 본디부터 떨어진 적이 없었다는 듯 입은 붙어 있었고, 기합조차 내지르지 않았다. 그저 움직임의 궤적에 따라 빛의 춤 같은 안광을 흩뿌릴 뿐.

위로, 아래로, 옆으로, 앞으로.

검극이 대상물을 따라 종횡무진 움직였다. 아셔의 팔이 부풀어 오르며 원심력을 제어해 역으로 움직이는 것을 보며, 할센라비온은 혀를 찼다. 괴물이라고 불리는 이유가 있었다. 인간의 몸이라면 근육이 붙는 방향이 있고, 그 방향에 따라 힘이 실린다. 그 방향을 온전히 힘으로 제어하며 움직이는 건 대격벽의 괴물들밖에 보지 못했다.

아셔가 횡으로 베었다. 할센라비온은 뒤로 크게 뛰어서 피했다. 그러나 그 자리에 부서진 의자 파편이 있었고, 할센라비온은 균형을 잃었다. 다행히 쓰러지진 않았으나, 앉았다 일어나는 찰나의 순간이 생과 사를 가른다.

그리고 그 순간, 아셔가 횡으로 벤 검격을 힘으로 수거하고 돌진했다.

'손 하나는 내줘야 하나?'

그렇다면 왼손이 낫다. 할센라비온이 어정쩡한 자세로 오른쪽으로 굴렀고, 그때.

챙!

맑은 금속성 소리가 들렸다. 검이 부딪히는 소리가 아닌, 좀 더 맑은 악기의 소리.

동시에 아셔가 밀려났다. 반구 형태의 빛이 확장하며 그를 밀어냈고, 아셔는 밀려나 균형을 잃기 전에 뒤로 크게 물러섰다. 헤지아나가 소리쳤다.

"아셔 경, 이게 무슨 짓입니까!"

방어용 반구형 실드가 헤지아나를 중심으로 일렁였다. 신성한 빛의 움직임에 아셔가 눈살을 찌푸리더니 드디어 입을 열었다.

"성하…."

"지금 무슨 짓을 하고 있는지 알고 있습니까? 당장 검을 내려놓으세요!"

"저는 제가 무슨 짓을 하고 있는지 잘 알고 있습니다."

헤지아나가 아셔의 눈치를 살피며 뒤를 살폈다. 자세가 무너졌던 할센라비온이 일어나 헤지아나와 아셔를 번갈아 살피고 있었다. 그

사이 리시가 사람들을 피신시킨 것이 보였다.

"그리고 성하께서 방해하실 것 또한, 슬프지만 예상했습니다."

촤악. 무언가 펼쳐지는 듯한 소리가 들리며 빛의 날개가 펼쳐졌다.

"뭐…."

헤지아나는 잠시 얼어붙었다. 그러니까 지금, 아셔가 자신에게 대적한다는 것인가? 그가 자신에게 저항한다고?

내가, 저 빛의 날개와 싸워야 한다고?

"걱정하지 마십시오. 제가 파훼(破毀)할 것은 성하 옆의 그자이지 성하가 아닙니다."

"파훼라니! 사람에게 무슨 말을 하는 겁니까!!"

등골이 오싹했다. 눈앞에서 일렁이는 빛의 날개도, 할센라비온을 파훼한다고 말하는 아셔도.

"괜찮습니다. 지금은 그리 말씀하시지만, 미혹에서 벗어나면 알아차리실 거라 믿습니다."

그리고, 빛의 날개와 함께 아셔가 달려들었다.

쾅!

"윽!!"

공기가 진동했다. 아셔가 내려치는 검격이 방어막을 반으로 쪼갰다. 헤지아나는 물러서며 다시 방어막을 펼쳤고, 아셔의 빠른 검격이 방어막을 사정없이 두들겨댔다. 그 검격 하나하나가 방어막을 훼손시켰고, 방어막을 재생하며 느끼는 검격의 무게감이 헤지아나의 어깨를 눌렀다.

신성력의 양이라는 면에 있어서 분명 이 땅 위에 헤지아나보다

우위일 자는 없다. 그러나, 그 힘을 어떻게 쓰는가는 각기 다른 법. 그리고 다른 고위 사제보다도 확연히 우위를 가졌을 아셔의 힘은 명백히, 파괴의 방향으로 기울어져 있었다.

더해, 그는 실전을 다수 돌파해 온 자였다.

"헤지아나!"

탕!

기묘한 소리였다. 동시에 헤지아나는 자신과 아셔 사이에 끼어든 푸른빛을 보았다. 조금 후에 깨달은 것은, 반구형의 측면을 노리고 찔러 들어온 빛의 날개를 은색 포크가 막아 냈다는 것이었다.

"기르는 개가 주인을 물 수도 있지."

채챙! 빠른 소리였다.

"개들은 원래 물면서 놀기도 하거든. 하지만 정말로 물어뜯는 건 다르지!"

카람찬트였다. 그가 급한 대로 식기를 들고 파란 검기를 세운 채 아셔를 몰아붙이고 있었다.

"좀 미친개라고 듣긴 했지만, 주인에게 미친 줄 알았는데? 주인을 물어뜯을 정도로 미쳤나?"

"충견이라면 주인이 잘못된 길을 들 때 물 수도 있는 법."

아셔가 카람찬트의 예리한 검 끝을 주시하며 말했다.

순수하게 힘만으로 싸우는 자신과 달리 카람찬트는 기교와 잔재주가 능숙한 것 같았다. 그러나 그것은 그저 잔재주가 아니다. 이 또한 실전에서 얻은 것임을 본능적으로 알 수 있었다.

잡기라고 얕잡아 볼 것이 아니고, 들고 있는 것이 식기라고 우습게 보아서는 안 되었다. 이자는 허를 찌르는 데에 능숙할 것이다.

지능 높은 괴물들과 대치하며 느꼈던 경계심을 일깨우며, 아셔는 사방에서 휘몰아치는 빠른 검격을 막아 냈다.

이자를 어찌 해야 할까―. 그러나, 답은 곧 나왔다.

"어차피 잘 되었습니다."

피비비비빅! 공기 가르는 소리를 내며 빛의 날개가 카람찬트를 향해 내리쏘아졌다. 그러나 카람찬트는 그중 대부분을 나이프로 쳐 냈다. 중간에 나이프가 힘을 견디지 못하고 조각조각 부서졌고, 카람찬트는 흩날리는 은조각 속에서 몸놀림만으로 비처럼 쏟아지는 공격을 피해냈다.

"젠장, 검은 언제 오는 거야!"

"어차피 당신도 성하를 미혹하는 자."

빛의 날개를 피해 몸을 뒤로 물린 카람찬트를 향해, 아셔가 눈에 보이지 않는 속도로 카람찬트와의 간격을 좁혔다.

"사한 것을 멸하고 바로잡아야겠지요."

섬뜩한 안광이었다. 카람찬트는 잠시 오싹함을 느꼈다. 동시에 자신을 향해 찔러 들어오는 검을 피해 왼쪽으로 춤추듯이 몸을 돌렸다. 그러나 그 순간 보이는, 위에서 쏘아지는 빛의 날개들이란.

이거 좀 다치긴 하겠군― 이라고 카람찬트가 생각한 순간이었다.

눈 위로 검날이 날아들었다. 분명히 자신을 노린 것은 아니었고, 그 확신에 걸맞게 검날은 빛의 날개를 막아 냈다. 그리고 자신과 같은 방향으로 발걸음을 옮기는 할센라비온을 보았다. 손에 든 것은 제단을 장식하던 의장용 검.

저것으론 오래 버틸 수 없다.

"젠장, 시딘 놈은…!"

동선이 엉키는 것을 피하기 위해, 할센라비온과 카람찬트는 서로의 반대 방향으로 움직였다. 마침 둘이 있던 곳으로 빛의 날개가 내리쏘아졌고, 이어 채찍처럼 휘몰아쳤다. 식탁 위의 그릇들이 그 여파에 휘말려 날아다녔고, 할센라비온은 자신을 향해 후려쳐지는 빛의 날개를 걷어 냈다. 그리고 정확히 아셔의 목을 노려 찔러 넣었다.

　날이 서 있지 않은 검이지만 그의 힘과 실력이라면 사람의 목 정도는 꿰뚫을 수 있었다.

　자신을 죽이려고 했다면, 그 대답은 대등한 죽음뿐.

　자신에게 죽음을 주려 하면 상대에게도 죽음을 주며, 살아 있는 한은 그를 위해 최선을 다한다. 여태껏 살아온 방식이 그러했듯이 황제는 최선을 다해 그의 목숨을 노렸다. 그러나.

　촤자자자작. 빛의 날개가 집중적으로 할센라비온의 검을 노렸고, 검은 그 힘을 이기지 못하고 부서졌다. 할센라비온은 낭패한 표정을 지으며 아셔를 피했다. 그때였다.

　"폐하!"

　할센라비온이 부름에 뒤를 돌아보았다. 거기엔 시딘이 있었고, 그는 할센라비온과 시선이 마주치더니 표정을 일그러뜨렸다.

　"아니, 그쪽 말고요."

　"내놓기나 해!"

　물론 시딘은 충실한 시종답게 카람찬트가 말하기 전부터 검을 던지고 있었다. 카람찬트가 의자와 식탁을 사뿐하게 밟고 달려가 던져진 검을 붙잡았다. 그는 날아오는 검을 붙잡음과 동시에 한 바퀴 몸을 돌려 발도했다. 한 바퀴 돌아 아셔를 쳐다보는 카람찬트의 자세는 이미 준비 만반이었다.

"이제 좀 진지한 이야기를 해 볼까?!"

그리고, 달렸다.

금속이 부딪히는 소리가 끝없이 이어지고, 빛의 날개가 바닥을 수십 번 부숴댔다. 카람찬트가 우세를 점하고 있었지만, 승기를 잡지는 못했다. 그리고 이번에는.

"폐하!"

"또 왜!"

"아니…."

할센라비온의 수행원이 신경질적인 카람찬트의 목소리에 움츠러들었다. 할센라비온은 자신의 몫이 온 것을 알아차리고 그 검을 잡고, 달렸다.

쨍.

두 사람의 검이 한 번에 내리쳐지며, 아셔가 완전한 방어 자세를 취했다.

"방해되니까 꺼져."

카람찬트가 할센라비온에게 말했다.

"너 혼자만으로 안 되는 걸 알았을 텐데."

할센라비온이 대답했다. 물론 두 사람 모두 시선은 아셔를 향하고 있었다.

사실 카람찬트의 말이 맞았다. 다대일이 유리하다는 것은 전략적 선택지가 늘기 때문에 유용한 것이지, 합 한 번 맞춰 보지 않은 상대라면 없느니만 못했다. 특히 이런 한 수가 승패를 가르는 고수들의 싸움에서는 더욱 그러하다. 그러나 고수는 괜히 고수가 아니다.

카람찬트 역시 자신이 완전한 승기를 잡을 수 없다는 걸 알고 있었다. 상대는 보통 상대가 아니며, 그런 상대가 자신을 죽이려고 하는 이상 침묵시키는 것 외에는 답이 없다.

둘이 서로를 눈짓으로 살폈다. 그것으로 뜻이 같음을 확인한 양극의 지배자들은, 움직였다.

채챙!

빛의 날개가 완벽하게 두 사람의 움직임을 방어해 냈다. 카람찬트가 노린 왼쪽 어깨와, 할센라비온이 노린 오른쪽 허벅지. 그러나 아셔의 본능적인 감각은 그 이상의 수를 읽어 내진 못했다. 할센라비온이 왼손으로 들고 있던 비수가 그의 목을 향했다.

"큭…."

뒤늦게 알아차리고 피했지만, 목이 비수를 파고드는 것은 피할 수 없었다.

그러나 그 상처는 아셔에게 의미가 없었다. 부글거리며 상처가 재생했다. 모두 그것을 알고 있었다.

다음은 카람찬트의 순번이었다. 아셔가 목에 정신이 팔린 사이 카람찬트가 팔, 배, 허벅지, 목을 차례대로 노리며 검을 휘둘렀다. 말은 길지만 움직임은 순식간이었고, 인간의 눈으로 따라가기 어려운 빠르기였다.

채채채챙! 금속성 소리가 번갈아 날뛰고, 텅텅거리는 기묘한 소리가 사이에 섞였다. 카람찬트가 들고 있던 검에서 은은하게 청색의 빛이 일렁였고, 그는 자신의 힘으로도 뚫지 못한 방어를 보며 이맛살을 찌푸렸다.

"빛의 날개가 문제인데."

"큽!"

아셔는 카람찬트의 검기를 경계하면서 할센라비온을 향해 공격을 쏟아부었다. 집요한 공격에 균형을 잃은 할센라비온은 몸을 굴려 아셔의 공격을 피했다. 그러나 할센라비온의 진로를 아셔의 발이 막았다. 그리고 올려다본 아셔의 눈은 안광과 함께 살기로 가득 차 있어서—

'반대로.'

다시 몸을 움직이려고 한 순간, 텅 하는 소리가 들렸다. 카람찬트가 달려들어 할센라비온을 내리찍으려는 아셔의 검을 막아 냈고, 할센라비온은 재빨리 일어났다. 그러나 그는 일어날 때도 그냥 일어나지 않았다. 허벅지를 베어 아셔의 움직임을 무너뜨렸고, 카람찬트는 그 기회를 놓치지 않고 베었다.

그러나, 빛의 날개는 여전히 아셔의 의지에 따라 움직였다.

"젠장!"

윤무하듯 검격을 연속으로 내리치며 카람찬트가 내뱉었다.

"혜지아나! 저 빛의 날개, 방법이 없어?!"

"감히 그 이름을 함부로 부르지 마라!"

갑자기, 할센라비온을 향하던 공격이 일괄적으로 카람찬트를 향했다. 패턴이 변화하며 갑작스레 쏟아지는 공세에 카람찬트는 바로 수세로 태도를 전환했다.

"네가 그렇게 함부로, 편하게 부를 수 있는 분이 아니다!"

"네가 뭘 안다고 남의 사이에 그렇다 아니다를 지껄여?"

그러나 방어가 끝난 후, 카람찬트는 바로 공세로 전환했다. 일격이 발목을 노리고, 이격이 목을 노렸다. 폭이 큰 변화에 아셔의 머리카락이 잘려 흩날렸고, 카람찬트가 혀를 찼다.

"헤지아나! 방법!"

"나도 지금 찾고 있긴 한데…!"

때에 걸맞지 않게 할센라비온의 눈썹이 꿈틀거렸다. 카람찬트는 헤지아나에게 반말하고, 헤지아나도 카람찬트에게 반말한다. 대체 무슨 사이인가 하는 궁금증이 일었다. 그러나 그건 지금 신경 쓸 일이 아니었다. 할센라비온은 카람찬트와 움직임을 맞추어 아셔를 몰아붙였다.

"젠장, 왜 대답이…!"

헤지아나가 이맛살을 찌푸리며 눈을 감았다. 아셔가 자신에게 저항한다면 아셔를 통제할 수 있는 것은 신밖에 없었다. 그래서 헤지아나는 신을 부르고 있었다.

"헤지아나!"

"리암…!"

사람들을 대피시킨 리암이 헤지아나에게 달려왔다. 그는 헤지아나의 손을 잡아끌었다.

"괜찮나요?"

"네, 저를 해하려고 하진 않으니…."

하지만 공격은 했다. 자신의 목적대로 할센라비온을 죽이기 위해서.

헤지아나는 다른 것보다 그것에 충격을 받은 자신을 발견하고 또 충격을 받았다. 충격을 받아서 머리가 잘 돌아가지 않는 상태였나 보다.

"아셔 경이 왜 저러는 건지 압니까?"

"저도 모르겠어요. 어떻게 된 건지…."

그때, 섬뜩한 기척이 있었다. 헤지아나는 그 감각에 이끌려 오른쪽을 돌아봄과 동시에 방어막을 펼쳤다. 날아오던 접시가 방어막에 맞아 떨어지고, 산산이 깨졌다. 동시에.

"그분에게서 손을 떼십시오!"

째앵. 다시, 비슷한 종류의 힘이 세게 부딪히며 공명현상을 일으켰다. 공기 사이에서 퍼져 나가는 파동을 느끼며 헤지아나는 숨을 깊게 들이쉬었다.

아셔의 눈이 보였다. 명백한 살의가 눈에 깃들어 있었고, 그 시선이— 리암을 향하고 있었다. 이래선 안 되었다.

"아셔, 대답하십시오. 왜 이러는 겁니까!"

"리암 전하 또한 의심스럽습니다. 그러하지 않을 거라 믿고 싶습니다만, 성하께서 보여 주신 행동이 그분을 의심하게 합니다. 리암 전하가 제 눈앞에서 성하께 하던 주제넘던 행동들…. 그것들이 모두 성하를 미혹하기 위함임을, 아둔한 제가 이제야 알겠습니다."

끼기긱. 검극이 방어막을 열려고 안간힘을 썼다. 그러나 아셔는 자신에게 달려드는 두 남자의 검극을 이겨내지 못하고 칼춤을 추었다. 그사이사이, 검과 빛의 날개가 방어막을 두들겼다.

"그들은 저를 미혹하지 않습니다. 아셔. 오해를 그만두고 검을 내려놓으십시오!"

"아니요. 저는 보았습니다. 성하께서 잘못된 판단을 하시는 순간을."

헤지아나는 다시 충격을 받았다. 지금 아셔는 '교황이 잘못된 판단을 했다'고 말했다. 그렇게 말한 것이 충격이었다. 사실 이것은 무척이나 원하던 순간이기도 했다. 그가 자신에 대한 맹신을 버렸다는 소리니까. 그러나, 그렇지만 이것은.

"성하께서도 인간이시고, 때문에 미혹될 수도 있습니다. 그때를 위해서 제가 있는 것이지요."

아셔가 깊이 숨을 들이쉬었다. 그리고 다음 순간, 폭발하는 기운과 빛이 그를 중심으로 퍼졌고.

"뭐야, 이거!"

카람찬트와 할센라비온이 뒤로 밀려났다. 헤지아나도 그 압력에 순간 정신이 흐트러졌고―.

"모두 더 뒤로!"

날카로운 소년의 목소리가 외쳤다. 목소리와 함께 아셔의 눈이 커졌고, 그의 움직임이 둔해진 것이 보였다. 동시에 그의 발밑에서 보라색 바람이 일었다.

"크으…!"

바람 소리와 함께 금속성 소리가 섞여 일어났다. 위로 원을 그리며 일어나는 바람과 함께 아셔의 몸에서 배어난 핏방울이 사방으로 튀었고, 아셔가 크게 소리를 질렀다.

"멀리 떨어져요! 전 광역밖에 못 쓰니까!!"

"루시올!"

식탁 끝에 루시올이 서 있었다. 그의 손에 들린 마법사용 지팡이는 아주 화려한 물건이었고, 동시에 헤지아나의 기억에 있는 것이었다. 분명 교황청 소유의 물건이었다.

"그거 진열장에 있던 거 아닌가요?!"

"상황이 급하잖아요! 마법을 쓰려면 도구가 있는 쪽이 편하고!"

그야 그렇지만, 보물을 저렇게 써도 되는 걸까. 아니, 쓰는 게 물론 낫다만.

"루시올 님…."

자신을 묶고 있는 바람 한가운데에서 아셔가 고통 섞인 낮은 목소리로 말했다.

"저는 당신을 동생같이 생각했습니다. 그러나 생각해 보니 당신 또한 이상했지요."

"그거 참 아쉽군요. 저는 당신을 동생같이 생각했는데."

루시올이 인상을 찌푸리며 지팡이를 휘둘렀다. 여유로워 보이는 모습이었지만, 사실 여유롭지 않았다. 루시올은 이를 악물며 자신의 마력을 파쇄하려고 하는 아셔의 힘을 더 강한 힘으로 억눌렀다. 식은땀이 관자놀이 위를 굴러갔다.

"당신 또한, 성하를 미혹하여 신께서 하시는 일을 막으려는 이들 중 하나…."

"대체 왜 그런 생각을 합니까, 아셔! 모든 일은 끝났어요…! 협정에 서명했단 말입니다!!"

헤지아나가 외쳤다. 아셔가 헤지아나를 돌아보더니, 힘겨운 표정으로 말했다.

"그것으로 끝이 아닙니다. 성하, 이상한 걸 모르시겠습니까? 루시올 님이 성하께 무엇이라고 하였습니까. '당신의 남자들 중 첫 번째'가 되고 싶다고 하였지요."

아.

헤지아나는 잠깐 굳었다. 마침 지금 저 멀리, 흐트러진 모습으로 다시 들어오는 가일란의 모습도 보이고….

"그때 이상하다고 생각했으나 의심하지 않았습니다. 루시올 님은 성하의 먼 혈육이고 동생과 같은 분이니까요. 하지만 이상하다고 생각하지 않으셨습니까? 성하의 남자 중 첫 번째라뇨. 그리고 알게 되었습니다."

대체 뭘 알게 된 거란 말인가. 헤지아나는 긴장으로 마른침을 삼키며 자리에서 일어나려고 하는 아셔를 지켜보았다. 빛의 날개가 그 해를 펼치려고 했지만, 루시올의 마법이 사정없이 날개깃을 찢어발겼다. 갈라진 피부는 핏방울을 흘리고, 흘린 다음 바로 닫혔다.

"모든 대표가 성하를 미혹하려 듭니다. 당신의 사명에서 당신을 떨어뜨려 놓으려고 합니다. 모두가 패를 짜서, 성하를 유혹하고 있지요. 당신의 다정함과 외로움을 이용해서, 혈육의 정을 이용해서, 당신을 그 자리에서 내려오게 하려고 합니다!"

아니, 대체 왜 이야기가 그렇게 된단 말인가.

당황하면서도, 헤지아나는 자신이 예상한 이야기가 아님을 깨닫고 안도했다. 언젠가 대표들에게 이런 관계를 알리기는 해야겠으나 그것은 지금이 아니고⋯

"특히 황태자와 황제는 성하를 육체적으로도 유혹하지 않았습니까?"

⋯는 젠장!!!

헤지아나는 갑작스럽게 떨어진 낙뢰에 굳어 버렸다. 동시에 카람찬트가 할센라비온을, 할센라비온이 카람찬트를 의심스럽게 쳐다보는 것을 발견했으며⋯.

"헤에."

루시올이 그 둘을 곁눈질로 쳐다보더니 지팡이를 휘둘렀다. 바람이 더욱 거세지고, 풍장의 영역이 확장되었다. 주변에 있던 커다란 식사용 테이블이 들썩거리고 테이블보가 휘날리며, 식기와 접시가 날아가 챙강챙강 박자를 맞추어 깨졌다.

"성하께서 황제까지도 자기 손에 넣으셨나요? 그거 좋네요. 황제를 능가해 총애 받는 남자라는 칭호는 매력적이죠."

"뭐?"

할센라비온이 미간을 찌푸렸고, 헤지아나는 입을 벌렸다.

아니, 저기요, 전 요정 왕자님. 대체 왜 너는 거기에 기름을 끼얹는 겁니까?

"아서 경, 대체 그렇게 순진해서 어떻게 해요. 인간 권력자들이란 처첩을 여럿 만들고 놀이 상대들 또한 수도 없이 끼고 있는 자들이잖아요. 여기에도 그런 분들이 계시잖아요?"

루시올의 맑은 녹색 눈동자가 조용하게 대표들을 훑었다.

물론 그 말은 일반적으로, 통계적으로 옳은 말이라고 할 수 있었다. 그러나 교황은 그런 류의 권력자가 아니다. 그렇게 반박하려고 입을 연 순간, 헤지아나는 갑자기 말문이 막혔다.

'아니라고 할 수 없잖아.'

일단 교단 내 성범죄에 대한 방대한 자료가 머릿속을 스쳐 지나갔다. 거기에 도장을 몇 번 찍고 서명을 몇 번 했더라. 그다음으로는 이 공간의 남자들이 보였다. 모두 자신과 한 번씩 잔 남자들이었고….

"그런데 성하께서 그러하지 않는다고 생각하시면 어떻게 해요."

그래서 교황이 '그런 자'라는 걸 부정할 수가 없다.

"성하를 능멸하지 마십시오, 루시올 님. 당신이라고 해도…!"

256 · 세계 평화를 위한 유일한 방법 6

"아, 아니…"

감싸지 말라고 하고 싶었다. 그러나 아직 이 여섯 대표 앞에서 진실을 다 까발릴 용기는 없었다. 무엇보다 타이밍이 좋지 않았다. 이제야 겨우 여섯 명을 따먹…, 아니, 매듭을 지었을 뿐이다. 아직은 안 돼!

"능멸이라뇨, 아셔 경. 살아 있는 생물이라면 당연히 갖는 욕구입니다. 그것을 어떻게 해소하느냐는 각기 다르겠지만 말이에요. 요정으로서 저는 인간들이 모를 많은 방법을 알고 있고…."

루시올이 요사스럽게 웃더니 혀를 내밀어 입술을 핥았다. 붉은 혀가 선정적으로 분홍색의 입술을 물들였고, 루시올은 손끝으로 자신의 혀를 만져보며 만족스럽게 웃음 지었다.

"특히, 성하께서는 저의 부드러운 혀를 좋아해 주시더군요."

순간 모두 헤지아나를 돌아보았다.

—조금, 인간쓰레기가 된 기분이었다. 설마? 진짜? 같은 의문과 경악이 섞인 표정들 사이에서 헤지아나의 자아가 조금 무너졌다.

네, 그렇습니다. 저는 저렇게 어리게 생긴 애와 그렇고 그런 짓을 했습니다…. 아니, 하지만 생긴 게 인간의 기준으로 어려 보일 뿐이지 성인이야! 그 종족의 기준으로도 성인이라고!

"아, 무너질 뻔했다."

"괜찮나요?"

옆에 서 있던 리암이 재빨리 이마를 짚는 헤지아나를 부축했다. 리암의 시선은 흔들림도 의심도 의구심도 조금도 없었고, 그 명료한 시선이 지금의 헤지아나에게는 좀 고통스러웠다. 그 흔들리지 않는 눈빛은 자신에 대한 불변의 신뢰 때문 아닐까. 그렇게 생각하니 양심이 땅바닥에 던져지는 기분이 들었다. 추가로 사포로 문질러지는 듯한 연속적인 고통마저.

"성하를 모욕하지 마라!"

"그게 어째서 모욕이지요? 왜요, 아셔 경. 총애 받지 못해서 슬픈가요?"

루시올이 비웃듯이 말했다. 그러나 그의 콧잔등을 따라 흐르는 땀방울은 그를 여유 있어 보이게 하지 못했다. 눈썹 위로 떨어지는 땀방울 때문에 루시올의 눈꼬리에 주름이 잡혔다.

"총애 받고 싶었으면 좀 더 적극적으로 굴었어야죠. 아양도 부리고, 교태도 부렸어야죠. 저 목석같은 리암 전하께서도 달콤한 말 정도는 속삭이시던데 말입니다."

이번엔 사람들의 시선이 리암에게로 옮겨갔다. 설마 하는 의심의 시선 속에서, 리암은 헤지아나를 부축한 자세 그대로 말했다. 표정은 목석같았다.

"저는 달콤한 말을 속삭이지는 않았습니다. 그런 능력이 없거든요."

이 자리에서 부정해 주어서 고마웠다. 어쨌든 그도 상황을 파악할 정도의 능력은 있는 듯하니—.

"저는 제 진심을 말할 뿐입니다."

"리… 아므…."

꽉 다문 잇새로 리암의 이름이 새어 나왔다. 그러나 리암은 요지부동이었다.

"밀어를 속삭여 연인을 만족시킬 능력이 있다면 지금과 같이 헤지아나를 다른 사람에게 맡기지도 않겠죠."

그러며, 리암이 카람찬트를 흘깃 쳐다보았다. 카람찬트의 표정이 순간 꿈틀거렸다. 그러나 그는 숙련된 검사답게 눈앞의 아셔에게서 시선을 떼지 않았다.

기류가 흐르기 시작했다. 미묘한 기류였다. 여섯 명, 아니, 확신하고 있는 아셔는 빼자. 다섯 명의 남자들 사이에서 흐르는 아주 이상하고 수상쩍은 낌새.

혹시, 설마, 그럴 리가.

[잔은 전부 채워졌다.]

"아…?"

헤지아나가 움직임을 멈췄다. 머릿속에 쏟아지는 신의 목소리.

신성하고 신비하며 엄중한 그 음성.

[모든 것은 준비되었다.]

"아, 아니. 그렇겠지만…. 잠깐만요, 지금 아셔가 폭주하고 있거든요? 쟤 좀 어떻게…."

[잔을 기울여야 할 시간이다.]

그리고, 음성은 끊겼다.

"자, 잠깐…. 신이시여. 잠깐. 지금 비상상황이라고요. 이렇게 뜬금없는 말만 던지고 사라지면…."

"헤지아나?"

헤지아나가 혼자 중얼거리는 것을 처음 본 리암이 놀란 눈으로 헤지아나를 부축했다. 그러나 헤지아나는 리암의 손을 뿌리치고 이마를 짚었다. 창조신과의 연결이 느껴지지 않았다. 이 상황을 확인하고도, 아셔의 난장판을 보고도 창조신은 자신에게 도움을 주지 않고 튄 것이다.

그렇다. 뛰었다.

"아니 씨—."

뚜껑이 열렸다. 헤지아나는 하늘을 향해 소리쳤다.

"이 창조신 새끼가, 이 판에서 그냥 뛰면 어쩌라는 거야!! 지금 이게 누구 때문에—!!!"

모두 휘둥그레진 눈으로 헤지아나를 돌아보았다. 교황이 욕해서 놀라운 것이 그 첫째요, 교황이 그가 섬기는 신을 새끼라고 욕해서 놀라운 것이 두 번째였다. 그러나 두 번째를 제일 놀라워한 사람이 있으니.

"성… 하…."

아셔의 미간이 일그러졌다. 그리고 헤지아나는, 자신을 향하는 그 어떤 시선보다도 아셔의 시선이 제일 위험하다는 것을 깨달았다.

"이미…. 그 정도로…."

"아, 아니. 아셔. 저는 원래."

원래 창조신과 교황의 관계라는 것은 이런 것이지만, 그것은 주교급 추기경 중에서도 교황과 가까운 자들이 아닌 이상 알 수 없는 것이었다. 헤지아나는 다시 이마를 짚었다.

"방법이, 없군요."

아셔가 짧게 중얼거리더니 눈을 감았다. 그리고 다음 순간. 파직거리는 소리가 났다. 빛이 혼자 춤추며 바닥을 부수고 있었고, 루시올의 표정에서는 완전히 여유가 없어졌다.

"젠—장…!"

어떤 바람도 그의 목을 베지 못했다. 그리고 이제는 파쇄되려고 한다.

"모든 작자가 한통속이군요. 상황은 명쾌합니다. 저는 모든."

쾅. 아셔가 손을 들어 검으로 바닥을 찍었다. 검 끝이 조금 일그러졌으나, 그것으로 사람을 찔러 죽이는 데엔 아무런 무리가 없을 것이다. 그가 검을 지지대 삼아 천천히 일어났고, 루시올이 지팡이를 짚으며 천천히 주저앉았다.

"루시올!"

"대표들을 파훼하면 되는 것이군요."

마치, 데워진 금속판 위로 물이 쏟아지는 것 같은 소리가 났다.

치지지직, 수증기처럼 빛줄기들이 윤무하고,

루시올이 신음하며 주저앉았고,

아셔가 자리에서 일어나 날개를 펼쳤다.

그리고 동시에.

"아셔 아라스트란!"

달려 나간 헤지아나의 손이 아셔의 뒷목에 닿았다. 이어져 펼쳐지는 백색의 공간. 갑작스러운 빛과, 소리와, 형태의 소실에 모두 당황했다.

"감각이…."

할센라비온이 인상을 찌푸리며 중얼거렸다. 손끝의 감각이 혀끝에서 느껴지고, 소리가 시각으로 느껴졌다. 이건 대체.

"잠들도록 하세요!"

헤지아나의 목소리가 그 공간을 갈랐다.

순간, 그 백색의 공간이 압축되었다. 다섯 대표가 백색의 공간에서 밀려나 주춤거리며 뒤로 물러섰고, 한 점으로 수축되어 사라진 공간의 앞에선 헤지아나가 쓰러져 숨을 몰아쉬었다.

"이, 이건 뭐죠?"

"백옥장."

루시올이 아직 회복되지 않은 감각에 혼란스러워하며 묻자, 유일하게 그 공간에 들어가 본 적 있는 가일란이 대신 대답했다. 돌아보자 가일란이 손에 든 비수를 다시 품에 넣고 있는 것이 보였다.

"창조신과 이어지는 공간이라고 들었습니다. 이 세상과 저 세상의 교두보이고 물질계의 감각으로는 이해할 수 없는, 일반인에게는 위험한 공간이라고⋯."

리암이 부연설명하자, 할센라비온이 검을 집어넣으며 물었다.

"그를 백옥장으로 보낸 건가?"

"일단, 은⋯."

헤지아나가 숨을 정리하며 대답했다. 백옥장을 소환한 것은 그냥 힘이 드는 정도지만, 아셔를 강제로 안정시킨 다음 백옥장을 소환하고, 아예 지하의 백옥장과 연결통로를 만들어 떨어뜨리고, 그것을 다시 닫는 일련의 과정 자체가 힘들었다. 그 과정에서 힘 조절을 할 수 없어서 다른 대표들도 잠시 백옥장 안에 넣어 버리고 말았고 말이다. 대표들을 백옥장에서 다시 빼내는 것도 어려웠다.

"그러나 그는 저 말고도 백옥장 안에서 혼란 없이 걸을 수 있는⋯."

우르릉.

말이 끝나기도 전에 건물이 가볍게 울렸다.

그는 잠들지 않았다. 또는, 바로 정신을 차렸다. 위기는 끝나지 않았다는 것을 모두 직감적으로 알아차렸다.

"아셔 경이 백옥장에서 나오는 데 얼마나 걸립니까?"

나오지 못한다는 걸 전제하지 않고 있는 리암의 질문에, 헤지아나는 약간 안도감을 얻었다. 이런 상황에서는 평소와 같은 것이 안도감을 주기 마련이다.

"길면 삼십 분, 짧으면… 15분 정도일 겁니다."

"그사이에 아셔 경에게 살해당하지 않는 방법을 생각해 봐야겠군요."

리암이 안경을 고쳐 쓰며 말했다.

"적절한 방법이 있습니까?"

"재생능력이 귀찮아."

카람찬트가 검을 휘둘러 쓰러진 가구를 가르며 다가왔다.

"저 자식 힘이 빠지기는 하는 거야?"

"힘이 빠지기는 해. 다만 일주일에 한 번, 몇 시간만 자도 되는 수준이니…."

헤지아나가 대답했다. 그리고 그 대화에, 사람들이 한 번 헤지아나와 카람찬트를 번갈아 쳐다보았다. 편하게 오가는 말은 그들의 의심을 사기 충분했다.

"힘에 비해 기술이나 방어능력은 허술해. 그게 없어도 될 만큼 몸이 받쳐 주니 가능한 거겠지. 그러면 괴물을 잡듯이 체력을 깎아 내 집중력을 흐트러뜨린 다음 목을 쳐야 하는데, 대체 깎이는 기미가 없고…."

"목…."

헤지아나의 눈이 흔들렸다. 놀라서 왜 죽이느냐고 말할 뻔했다.

그러나 먼저 죽이려고 한 건 아셔였다. 아셔가 대표들을 죽이겠다고 선언한 지금 그들이 아셔를 죽이려고 하는 건 당연했다.

"아…."

어떻게 해야 하지? 헤지아나는 갑자기 혼란에 빠졌다. 어떻게 방법이 없을까? 아셔를 죽일 수는….

"아셔를, 죽일 수는 없어."

"헤지아나. 속 편한 소리 하지 마."

카람찬트가 인상을 찌푸리며 말했다.

"지금 못 봤어? 최선을 다해야만 이길 수 있는 상대야."

"제압하면…."

"제압은 힘의 격차가 확연한 상황에서만 가능한 거지."

할센라비온이 거들었다. 그가 입을 연 순간 카람찬트가 그를 곁눈질로 쳐다보았고— 할센라비온도 카람찬트를 곁눈질했다. 그러나 할센라비온은 오래 카람찬트를 살피지 않았다. 그는 거추장스러운 크라바트와 소매를 떼어 던져 놓으며 말을 이었다.

"그는 말하자면 살아 있는 성채지. 격파하는 것 외에는 방법이 없어. 인간이 성채를 생포할 수는 없으니까."

할센라비온의 말을 듣는 카람찬트의 미간에 깊게 주름이 잡혔다. 당연하지만, 그는 할센라비온을 마음에 들어 하지 않는 것 같았다.

"계획이 필요해."

카람찬트가 한 발 나서서 말했다.

"그리고 그 전에 헤지아나. 확실히 하고 싶은 게 있는데."

"뭔데?"

헤지아나가 자리에서 일어나며 대답했다. 카람찬트가 미간에 주름을 잡으며 물었다.

"지금 여기서 너와 관계있는 사람은 누구누구야?"

직구였다.

회피할 수 없는, 스트레이트하고 빠른 강속구. 심지어 묵직하기까지 해서, 헤지아나는 잠시 정신을 차릴 수 없었다.

"그… 건."

"말하는 게 좋지 않을까?"

뒤쪽에 선 가일란이 재미있다는 듯이 웃으며 말했다.

"설마 나도 이 정도일 줄은 몰랐지만 말이야."

그 말로, 사람들은 이 판에 가일란도 끼어 있다는 것을 어렴풋이 눈치챘다. 헤지아나도 자신의 존재감을 부풀리려는 가일란의 시도를 깨닫고는 살짝 인상을 찌푸렸다. 물론 자신에게서 제일 특별한 노예가 되고 싶어 하는 그가 그러는 것도 당연하다 싶었지만.

"뭐, 그래. 솔직히 이걸 이렇게 공표할 일은 아니라고 생각하지만. 내 사생활이고."

헤지아나가 한숨을 내쉬며 머리카락을 쓸어 올렸다. 똑바로 고개를 든 그녀는 푸른 눈동자로 앞의 다섯 대표를 쳐다보았다. 단상의 계단 아래, 그들이 있었다.

"지금 다들 의혹에 휩싸여 있는 것 같군요. 한 번 정리가 필요한 일이기는 하겠지요. 그러니 확실하게 말해 두겠습니다."

의심스러운 시선의 카람찬트.

불쾌함이 섞인 듯한 할센라비온.

평소와 다름이 없는 표정의 리암.

짜증스럽다는 듯이 주변을 보는 루시올.

재미있다는 듯이 쳐다보는 가일란.

그들에게 헤지아나가 말했다.

"다 관계가 있습니다."

소리도 없이, 박살 난 조각들이 흩뿌려진 장내처럼 그들을 감싼 공기가 흔들렸다.

그러나 그것은 순간이었다. 그들은 바로 냉정을 되찾았고, 사실 냉정을 굳이 되찾을 필요가 없던 이들도 있었다. 그러나 헤지아나는 누가 냉정한지 한눈에 구분할 수 없었다. 그래서 거수로 확인하기로 했다. 헤지아나가 손을 들었다.

"이런 관계가 불만이신 분은 그만두셔도 무방합니다."

할센라비온의 눈매가 꿈틀거렸다. 그의 눈이 옆으로 굴렀다.

"절 원하면 남는 것이고, 아니면 그만두십시오. 저 또한 이런 관계에 상처받을 이를 붙들어 두고 싶지 않습니다. 그러나 분명히 해 둘 것은, 이 관계가 멀어진다고 하여 우리의 정치적인 관계가 파탄에 이르지는 않을 것입니다. 그것은 공적인 일이고 이는 사적인 일입니다."

헤지아나가 눈썹 하나 까딱하지 않고 선언했다.

성무로 인하여 이렇게 되었다며 설명할 수도 있었다. 그러나 과연 지금 상황에서 그들이 그런 설명을 납득할까? 개소리한다고 화내지 않으면 다행이다. 그러니 자신의 뜻으로 이러한 복잡한 관계가 만들어졌다는 것으로, 자신의 책임이라 선언하는 것이 훨씬 나았다.

그리고 사실 자신의 욕망이 없었느냐 하면 그것도 아니므로 신에게 책임을 돌리는 것은 옳지 않은 것 같았다. 하여간 깔끔한 헤지아나의 선언에 침묵이 다섯 대표를 감쌌다.

"뭐."

제일 먼저 움직인 건 리암이었다.

"저는 어차피 알고 있었으니까요."

계단 위로 올라온 리암이 헤지아나의 손을 들어, 손가락 사이에 가볍게 입 맞췄다.

"저는 당신을 전부 채워 줄 수 없습니다. 그로 인해 생기는 공허함을 다른 이가 메워 준다면 저에겐 기쁜 일이지요. 그것이 당신이 원하는 사랑의 방식이라면 더더욱 그러하고요."

"고마워요, 리암."

헤지아나가 자신을 붙잡은 리암의 손을 들어 그의 손가락에 입 맞췄다. 리암이 헤지아나의 옆에 섰고.

"어차피 제겐 갈 곳이 없어요."

루시올이 다가왔다.

"그러니 저는 당신에게 사랑받아 살 수밖에 없어요. 이제 나를 배신하지 않을 사람이 필요해요. 안정할 수 있는 곳을 원해요. 성하께선 그것을 약속했고, 전 성하께 이미 마음을 허락해 버렸어요. 원하는 것은 단 하나이니 갈 곳이 없게 되었죠."

아무렇지도 않게, 루시올은 발돋움을 해 헤지아나의 뺨에 입 맞췄다.

"그러니 나는 당신에게 사랑받아야 해요."

"당신을 보호할 거예요."

헤지아나의 오른손이 루시올의 등을 가렸고, 왼손이 루시올의 이마에 맺혀 있는 땀방울을 닦아 주었다. 루시올은 가볍게 웃고 리암의 반대편에 섰다.

"뭐— 저는 어쩔 수가 없죠."

가일란이 계단을 올라오며 말했다. 그는 더 이상 말하지 않고 헤지아나에게 다가와 속삭였다.

"성하만이 제가 원하는 것을 채워 주시니 말입니다."

"아까 전의 태도는 건방졌어."

"그러나 내가 성하께 특별한 쾌락을 드리긴 하잖아?"

더욱 낮게, 가일란이 속삭였다.

"그런 의미에서 내가 성하께 특별하긴 하겠지. 저들보다."

"뭐…. 그건 인정하겠어."

가일란이 가볍게 헤지아나의 손끝에 입 맞췄다. 그는 고개를 들고 헤지아나의 등 뒤에 선 둘과 앞에 아직 서 있는 양극의 지배자들을 보곤 가볍게 웃었다. 그리곤 헤지아나의 뒤에 섰다.

"저울이 기울었군."

할센라비온이 한숨을 내쉬며— 한 발을 내딛었다. 그 모습을 본 카람찬트의 눈이 휘둥그레졌다.

"어. 이봐. 황제 씨, 잠깐…."

"그러나 저울의 무게추와 상관없이, 삶이 내게 준 선물을 버릴 순 없어."

그리고 계단을 올랐다.

"난 행복해지고 싶어. 그리고 그건 꼭 특정한 형태일 필요가 없어."

할센라비온이 손을 내밀었다.

"네가 곁에 있기만 하면 돼."

"어서 와."

헤지아나가 웃으며 할센라비온의 손을 붙잡았다. 그는 헤지아나의 손에 가볍게 입맞춤하고 그녀의 옆에 섰고, 혼자 남은 카람찬트가 불안과 경악이 반반쯤 섞인 표정으로 계단 위를 올려다보았다.

"현실이냐, 이거."

"현실이야."

헤지아나가 고개를 끄덕이며 준엄하게 현실을 알렸다.

"이게 진짜라고?"

"진짜야."

"정말, 이게?"

카람찬트가 믿을 수 없다는 듯이 물었다. 그러나 계단 위에는 네 명의 대표와 헤지아나가 서 있었다. 그리고 그들은 자신들도 인정한 헤지아나의 남자이고….

"하— 한 가지만 더 묻자."

말을 더듬으며 카람찬트가 말했다.

"뭔데?"

"그, 네 성기사도…. 건드렸어?"

헤지아나는 잠깐 입을 다물었다. 그러나 곧 고개를 끄덕였다.

"그래."

"아…."

카람찬트가 깨달음 섞인 탄식을 흘렸고, 순간 갑자기 이해와 납득의 분위기가 헤지아나 주변을 감돌았다.

"과연. 그분은 좀, 뭐랄까."

"앞뒤가 꽉 막혔죠."

"종교적 엄숙주의의 결정체라고 해야 하나."

"뭐야, 결국 자기 환상이 깨졌다고 날뛴다는 거잖아. 이래서 동정이란."

헤지아나는 그 납득의 분위기가 조금 맘에 들지 않았다.

"뭐 어쨌든, 너도 내가 다른 남자 있는 거 알았잖아. 너랑 나랑 결혼한 것도 아니니 상관없다며?"

"그렇게 말했지만, 이게, 이런 거에… 이런 정도인 줄은…"

대체 누가 그 '상대'가 이런 구성일 거라고 상상할 수 있단 말인가. 기껏해야 교황청의 젊고 어린 사제들에, 여기 대표 한두 명 정도가 가미되어 있을 거라고 생각했지.

"뭐, 어쨌든 싫으면 그만둬도 돼."

"아, 아니!"

헤지아나가 손을 젓자, 카람찬트가 화들짝 놀라며 부정했다.

"아―. 젠장."

어떻게 해야 할까. 조금 고민했지만, 카람찬트는 결심을 굳혔다. 저 안에서 자신이 밀릴 일은 없다. 언젠가는 헤지아나도 한 명을 선택할 것이고….

"알았어, 언젠간 네가 나를 선택하게 될 거니까."

말하며 카람찬트가 계단을 밟은 순간, 루시올과 가일란의 시선이 살기를 띠고 카람찬트를 향했다. 그 살기에 순간 카람찬트의 움직임이 멈칫거렸다.

"좋아요."

리암이 손뼉을 쳐 모두의 이목을 집중시켰다.

"당면의 문제는 아셔 경을 진정시키는 데에 있습니다."

"잠깐, 나 아직 키스 안 했는데?!"

"죽여야 하지 않겠나."

"그것은 헤지아나가 원하지 않으니까요."

"야, 잠깐…."

할센라비온의 지적에 리암이 대답했다. 그가 안경을 밀어 올리며 말했다.

"전략을 수립해보도록 하죠."

◈⬥❈⬥◈

아무도 없었다.

빛조차 밝혀 놓지 않은 길에 조용하고 낮은 걸음 소리가 이어졌다.

발소리의 주인은 이것이 일반적인 상태가 아니라는 것을 알고 있었다. 이렇게 인기척이 없는 것은 이상한 일이다. 그러므로 무언가가 있으리라는 것은 예상할 수 있었다.

그러나 상관없었다. 그는 오직 단 한 가지만을 생각했다.

"그분을…."

제자리로. 모든 것을 옳은 자리로. 자신이 해야 할 일을 한다.

후우, 길게 숨을 내쉬고 어둠 속에서 안광을 흩뿌리며 그가 검을 움켜쥐었다.

저 앞에, 옅은 불빛이 보였다. 꺼졌다 다시 타오르는 작은 불씨. 그것이 후우, 길게 연기를 내뿜었다.

"정말 쥐새끼 같군."

연기가— 아니, 연기를 내뿜는 사람이 말했다.

"가일란 엘리아스."

"개인 줄 알았는데 쥐새끼라니."

가일란이 담배를 바닥에 떨궈 짓밟았다. 그 모습에 아셔의 미간이 일그러졌다.

"참 다행이야."

"성소에서 불경하게 무슨 짓이십니까."

"성소를 박살 내고 사람을 죽이려고 한 놈에게 듣고 싶지 않은 말인데?"

"사특한 것을 멸할 뿐입니다."

아셔가 검을 들었다.

"당신을 포함해서."

"반박을 못 하겠군. 확실히 나는 너 같은 놈들이 보기에 그렇거든. 아니, 객관적으로도 그렇지."

아셔는 서두르지 않았다. 가일란의 육체능력은 절대 자신에게 미치지 못한다. 그런데 그가 자신을 맞이하고 있다니. 이것은 눈에 띄는 함정이었다. 달려들면 당할 것이다. 그야말로 아귀의 미끼 같은 것. 미끼를 따라 입으로 달려 들어가면 안 된다.

천천히, 아셔는 감각을 돋워 주변을 살피며 걸음을 옮겼다. 다른 놈들은 어디 있나.

"죽음을 판 자가 성하의 계획에 동참하는 것부터 의심스러웠습니다. 좀 더 생각했더라면 좋았을 것을."

"사람은 배신이라는 걸 할 수 있어. 그래서 나는 네가 죽었으면 좋겠는데."

가일란이 두 번째 궐련을 꺼냈다.

"성하가 개는 이미 키우고 있어서 더 키우고 싶지 않다고 했거든."

성냥에 불이 붙었다. 그는 궐련에 불을 붙이고— 던졌다.

폭죽 소리 같은 것이 들렸다. 사방을 채우는 빛이 눈을 가렸고, 잠시 아셔는 시력을 잃었다. 그리고 다음, 배에서 훅 열감이 퍼졌다. 찔렸다는 느낌은 조금 후에 들었다.

'당했다.'

시력이 회복되는 데에는 시간이 걸릴 것이다. 아셔는 눈을 감고 공기의 흐름을 읽었다. 사람의 움직임이 작은 기류를 만들어 내는 것을 느끼기 위해 온몸의 감각을 예민하게 돋웠다. 오른쪽에서 치고 들어오는 강렬한 흐름이 있었다.

"큭!"

막는 것이 늦었다. 빛의 날개조차 쳐내며 쳐들어온 흐름은 아셔가 취한 방어 자세를 박살 내고 팔을 베었다. 이번의 통증은 바로 느껴졌고, 반사적으로 몸이 움츠러들었다.

그러나 통증은 익숙한 것. 그는 고통을 두려워하지 않는 자였고, 그 말은 그가 육체의 통증을 막기 위해 방어적으로 행동하지 않는다는 걸 말했다. 발을 뒤로 빼며 아셔는 자신의 반대 팔을 노리는 검격을 막아 냈다.

'뒤섞였어.'

상대의 움직임과 상처로 인해 거칠어진 자신의 움직임이 뒤섞여 상대의 움직임을 정확히 읽기 어려워졌다. 시력은 아직 돌아오지 않았다. 검격이 짧고 빠르게 쳐들어왔고, 힘겨루기로 시간을 끌려고 하는 순간 떨어지고 멀어져 다시 쳐들어왔다. 시간을 끄는 것을 그는 조금도 용납하지 않았다.

보이지 않았지만, 상대가 누군지는 알 수 있었다.

"황제…."

짧은 중얼거림에 상대는 대답하지 않았다. 그는 짧은 기합소리조차 내지 않고 숨소리와 발소리만으로 아셔를 밀어붙였다. 시력이 회복될 때까지 어떻게든 막아 낼 수는 있을 것이다. 그러나 복부, 아마 가일란에게 찔린 곳에서부터 옅은 통증이 올라왔다. 상처는 아물어 가고 있지만, 창상의 통증과 다른 류의 통증은 사라지기는커녕 은은하게 배 속을 헤집었다.

'독이 발려 있었나?'

물론 이 몸은 그 독도 곧 해독해 낼 것이다. 시력은 회복하고 있고, 몸의 상처는 아물 것이며, 독은 중화될 것이다. 그때까지 버티면 된다. 상처로 몸이 둔해져 몇 번 찔렸지만, 그 정도의 자상은 치명적인 결과를 낳지 못한다.

"확실히 개가 두 마리면 곤란하지."

가일란의 목소리였다. 미끼였을 터인데, 진즉 자리를 빠져나가지 않은 건가?

아셔가 의아해한 순간, 무언가가 바닥을 구르는 소리가 들렸다. 그리고.

"나는 그녀가 다른 이에게 목줄을 채우는 것을 보고 싶진 않거든."

"큭!"

균형을 잃었다. 머리부터 떨어져 쿵 하는 큰 소리를 내며 쓰러졌고, 머릿속이 얼얼하게 울렸다. 수백 개의 작은 구슬들이 발밑을 파고들어 굴렀다.

보통 사람이라면 뇌진탕으로 기절했을 것이다. 그러나 그의 몸은 지나치게 튼튼했고, 상대도 그것을 알았다. 눈을 뜨자마자 조금 회복된 시야에 흐릿한 상이 맺혔다. 그것은 위에서 자신을 향해 검을 치켜들고 있는 할센라비온으로—.

쾅!

검이 바닥에 거칠게 박혔다. 아셔는 옆으로 굴러 그것을 피했다. 우습게도 자신을 미끄러뜨린 구슬이 몸의 이동을 도왔다.

"사실 너도 그런 걸 원하지 않아?"

그러나 일어나는 것은 돕지 않았다. 일어나려고 손과 발을 디딘 순간 구슬이 미끄러지며 다시 균형을 잃게 했고, 아셔는 빛의 날개를 펼쳤다. 날개가 바닥을 훑으며 모든 장애물을 밀어냈다.

"나만을 쳐다보길 바라지. 내 목에 목줄을 걸고, 언제나 그 목줄의 손잡이를 잡고 있길 바라지. 한순간도 놓지 않고, 나의 주인인 것을 잊지 않기를 바라."

겨우 자세를 바로잡아 바닥을 짚은 아셔의 몸이 움찔거렸다. 그때를 놓치지 않고 빛의 날개를 피해 슬라이딩하듯이 파고든 할센라비온이 아셔의 몸통을 향해 검을 찔러 넣었다.

"윽…!"

조금 늦었다. 가슴을 일자로 베였다. 꽤 깊은 자상이었지만 걱정하지 않았다. 몸은 곧 낫는다.

"지시해 주길 바라. 그 명령에 따르고, 이용당하고 싶지. 그런 식으로 자신을 온전하게 내려놓기를 원하지."

순간, 할센라비온의 얼굴에도 일그러짐이 생겼다. 시력이 회복된 아셔에게도 그 일그러짐이 보였다. 그 일그러짐의 의미를 모른 채 아셔는 검을 옆으로 후려쳤고, 할센라비온은 뒤로 도약하더니 어중간한 자세를 한 바퀴 구르는 것으로 바로잡으며 착지했다.

착지하자마자 할센라비온은 땅을 딛고 아셔에게 다시 돌진했다. 검성에 이르지 못했다고 하지만 과연 숙달된 자였다. 군더더기 없고 연속적으로 이어지는 움직임에 아셔가 빠르게 몸을 일으켜 방어했다.

"그렇지만 그녀가 네게 그렇게 해 주지는 않았겠지."

"읍…!"

검날이 맞부딪혔다. 그러나 완전히 막아 내지는 못했다. 경사각을 따라 긁고 올라오는 할센라비온의 검이 귀에 거슬리는 소리를 내며 불꽃을 튀겼고, 아셔는 가드에 막힌 검날을 비틀어 쳐냈다.

"하지만 내게는 해 줬거든."

할센라비온의 팔이 위로 치켜 올라갔다. 그가 이를 악물며 반동으로 치솟아 올라간 검을 놓치지 않으려고 했고, 아셔가 그 틈을 노렸다.

"이 목에 목줄을 채우고 끊임없이 내가 이곳에 있다는 것을 자각하게 하지."

"크…!"

검이 다시 부딪혔다. 아셔가 이를 악물었고,

"그걸 얻고 싶어서 더욱 그녀를 부추겨 보면, 그녀는 착실하게 대답해 줘. 스물네 시간 동안 빠짐없이 내 일거수일투족을 보며 응답하고 반응하지."

눈동자가 잠시 그 목소리를 향했다. 그러나 아셔는 눈앞의 일을 잊지 않았다. 다시 눈동자를 앞쪽으로 돌려보다 위험한 적에게 집중했다.

"잘한 일에는 상을 주고, 못한 일에는 벌을 주지. 그 착실함은 언제나 정확할 거야. 이 불확실한 세상에서 나를 구원하는 일이지."

"네놈, 성하께 대체 무슨 짓을—!!"

아셔가 이를 갈며 뒤로 고개를 돌렸다. 그 순간 할센라비온의 검이 목 주변을 스쳤고.

"나는 무슨 짓을 했다고 말하지 않았는데?"

피가 한 줄기 흘렀다.

"대체 무슨 생각을 하시는 걸까, 제일의 성기사님은."

"간교한 혀로—!!"

쾅! 두 개의 검이 부딪히는 소리가 마치 벽이 부서지는 소리 같았다. 할센라비온은 뒤로 밀려나며 인상을 찌푸렸다. 손바닥이 찢어지는 것 같은 압력이었다. 실제로 찢어지진 않았다만.

"함부로 말을 지껄이지 마라!"

아셔는 날개로 할센라비온을 막고 뒤를 돌아보았다. 시선의 정면, 저 멀리에 아직도 가일란이 서 있었다.

"무슨 생각을 하는지 알지. 넌 불안한 녀석이잖아. 그래서 확신을 원하지."

달빛이 비추는 복도에 선 채로 가일란이 웃음 지었다.

"나도 비슷하거든. 그래서 그녀는 나에게 확신을 줘. 그리고 나는 그녀에게 기쁨을 주지."

음험한 웃음이었다.

"이 몸으로 만들 수 있는 기쁨을 말이야."

"─추잡한 입을 더 이상 놀리지 못하게 해 주마!"

아셔의 표정이 일그러졌다. 그는 가일란을 향해 도약하려고 했지만, 할센라비온이 막았다.

"자기가 소망하던 것을 남이 달성하면 질투에 미쳐 버리는 것도 위선자들의 특징이지."

눈이 다시 그쪽으로 돌아갔지만, 당장 격렬하게 부딪혀 오는 할센라비온을 막아야 했다. 저 혀를 잘라 버려야 할 텐데. 그리하여 죗값을 치르게 해야 할 텐데.

"기어오르면 목줄을 잡아채고 머리를 숙이게 해. 고개를 들어 건방지게 쳐다보면 그 머리를 발로 밟아. 어떻게 불러야 하는지, 어떻게 보아야 하는지 하나하나 알려 주지. 마치 어린아이를 돌보듯이."

아셔의 눈이 커지고, 이가 악물렸다. 어떤 마음이 들끓었다. 그것은.

"그리고 내가 무엇인지 알려 주지. 내가 어떤 존재인지, 얼마나 유용한 도구인지. 그리고 도구로서 어떻게 봉사해야 하는지를 몸으로 직접 알려 주지. 내 무릎을 꿇리고 내 손을 들게 해. 그 위에 발을 얹고, 그녀는 편안히 잠이 들어. 나는 가구처럼 늘 여기 있고 준비되었고, 하찮은 것이며, 그녀 마음대로 쓸 수 있는 것이란 걸 충분히 배우면."

"닥쳐!"

맞부딪친 할센라비온의 얼굴이 일그러졌다. 소리 지른 아셔의 얼굴 또한 일그러져 있었고, 그의 손목에 핏줄이 돋아 있는 것이 보였다. 목과 이마에도 은근히 핏줄이 불거져 나온 것이 보였다.

"그것을 견뎌 낸 상을 받지. 아주 다정한 상을…. 그녀는 나를 그 렇게 길들이고 있거든."

작게, 가일란이 소리 내어 웃었다.

"공을 들이고 있다는 거지."

"하아아아아아아!!!"

아셔가 목소리를 높인 순간, 빛이 범람하는 물결처럼 퍼졌다. 빛 의 날개가 선을 그리며 공간을 채웠고, 그 순간적인 폭증에 할셴라 비온의 팔이 찔렸다.

"읍!"

처음으로 그의 입에서 튀어나온 소리였다.

"성하께서 네놈같이 이 세상에 재앙을 불러올 것을 자기 이득으 로 바꾸려고 하는 놈에게 공을 들이실 것 같으냐! 네놈은…!"

빛의 날개가 사방으로 날뛰었고, 그 흐름은 일관성이 없어 할셴 라비온이 읽으며 피할 수가 없었다. 그저 미쳐 날뛸 뿐인 힘이 자신 에게 닿는 것을 거침없이 파괴했다.

"화가 나셨군. 그건 그녀가 나를 길들인다는 게 뭔 의미인지 알 아서겠지?"

즐거워서 미치겠다는 표정으로 가일란이 웃으며 말했다. 그는 이 파괴의 현장에서도, 자신을 향해 살기를 뿜어내는 아셔에게서도 조 금의 두려움도 느끼지 않는 것 같았다.

"그녀가 나를 길들일수록."

쾅. 광기의 여파가 진한 진동을 남기며 아셔와 가일란 사이에 퍼 졌다. 할셴라비온은 팔을 보호하며 벽과 천장에서 떨어지는 잔해를 피했지만, 아셔는 어깨를 짓치는 잔해를 맞으면서도 가일란을 향해 돌진했다.

"그녀가 나를 길들일수록 나는 그녀에게 소중한 것이 되지."

"너는 절대 그러지 못해!"

가일란의 바로 앞에서, 시퍼런 안광을 흩뿌리며 아셔가 소리쳤다.

콰직거리며 아셔가 밟은 바닥이 부서졌다. 그가 붙잡은 검의 손잡이가 조금 우그러들었고, 이 갈리는 소리가 선명하게 들렸다. 그대로, 검은 허공을 번개같이 갈랐다.

"—?!"

느낌이 이상했다. 말 그대로 허공이었다.

무언가가 있었다면 그래도 상쇄되었을 힘이 전혀 상쇄되지 못했다. 힘을 이기지 못한 채 검이 반대편 벽에 박혔고, 몸도 그 힘에 딸려가 버렸다. 그리고 동시에.

타닥. 작게 무언가 박히는 소리가 들리고,

쏴쏴쏵. 비 내리는 것 같은 소리가 들렸다. 기이한 느낌에 위를 올려다본 순간.

"윽—?!"

무언가가 이마를 관통했다.

그리고 이 어두운 밤하늘에서 푸른빛의 비가 내려, 그의 몸을 적시니.

"크아아아아!!"

빛의 비가 그의 몸을 꿰뚫었다. 단순히 물리적인 힘이 아닌, 자신의 몸을 헤집는 기운에 아셔가 비명을 지르며 무너졌다.

"이러니까 동정은 안 된다고."

위에서 들리는 목소리였다. 한쪽 무릎을 꿇고 몸을 움츠린 아셔가 위를 올려다보자, 대들보 모양의 천장 부조 장식 위에서 석궁을 들고 있는 가일란의 모습이 보였다.

가일란이 아셔를 내려다보며 웃었다. 비웃음이었다.

"자기 망상에 너무 심취하거든."

"크으으으윽—!"

쪼개진 수정구가 가일란의 아래, 석궁이 가시처럼 박힌 복도의 한가운데에서 굴렀다. 아셔는 한 걸음 걸어 그것을 내리쳐 밟았다. 자각자각 부서지는 수정구와 화살의 감촉이 발밑에서 이지러졌다.

"그곳에 있다고, 잡지 못할 것…."

아셔가 이를 간 그 순간.

"아니, 정말 정신이 나갔네."

뒤에서 목소리가 들렸다.

"화살이 한 방향으로만 쏘아진 게 아니잖아."

팅. 가볍게 허공을 가르는 소리와 함께, 등에서 충격이 느껴졌다. 작은 한 점에서 느껴지는 진동. 그리고 살과 뼈를 가르고 파고드는 압력.

"—!!!"

아셔는 입을 벌리고 그대로 주저앉았다. 숨이 막혔다.

"아, 내가 쏜 건 화살이 아니긴 했지만."

화살과 함께 쏟아진 푸른 비. 그것은 서로 다른 것이었다. 화살은 그의 살을 꿰뚫었고, 비는 영혼을 꿰뚫었다. 그리고 등 뒤에서 직선으로 날아와 가슴 앞까지 관통한 세 날 브로드헤드 화살은, 푸른색 기운을 감고 그의 몸과 영혼을 전부 꿰뚫었다.

"바늘이지."

카람찬트가 들고 있던 활을 내려놓으며 말했다. 아셔는 미간을 찌푸리며 그를 돌아보았다.

몸이 제대로 말을 듣지 않았다. 그의 검기와 자신의 기운이 충돌하며 몸의 움직임을 방해했다. 전신의 기운을 거꾸로 돌리는, 몸을 갉아먹는 듯한 이 감각은 대체.

"영 익숙하지 않은 표정이네."

카람찬트가 씩 웃으며 들고 있던 활을 내려놓았다. 그리고 옆구리에 차고 있던 검을 뽑았다.

"왜, 내가 활을 쏠 줄은 몰랐어? 설마하니 검만 쓸 거라고 생각했나?"

"저 역시 훈련을 받은 몸."

이맛살을 찌푸리며 아셔가 어렵게 말했다.

"검도, 활도, 창도…. 신기한 일은 아니지요."

"하지만 인간끼리의 싸움은 처음인 거 같군."

아셔가 입을 다물었다. 자주 있는 일은 확실히 아니었다. 있다고 해도 다수의 병사들을 상대하는 일에 가까웠지 자신과 대등한 정예자들을 상대하는 일은 없다고 봐도 무방했다.

'—그러고 보니 할센라비온은?'

이제야 생각이 미친 자신을 책망하며, 아셔는 눈을 굴렸다. 그러나 할센라비온의 모습은 보이지 않았다. 천천히, 부서진 잔해 사이에서 카람찬트가 다가왔다.

"그럼."

휙, 곡도가 한 번 허공을 벤 것만으로도 알 수 있었다. 그저 다가

오는 것만으로도 압도하는 기척. 기세등등한 걸음걸이와 흔들림 없는 시선.

"내가 한 수 가르쳐 주지."

파란 기운이, 하얀 빛에게 살처럼 쏘아졌다.

[이 정도면 됐겠지.]

"충분합니다."

[댁 말고. 성하.]

리암의 대답에 가일란이 차갑게 대답했다. 가일란은 헤지아나를 중심으로 한 관계가 확실히 되자마자 계속 저 태도였고, 리암은 다소 무례한 그의 태도에도 눈썹 하나 깜빡하지 않았다.

그리고 그 대화를 기술부의 신제품, 통신기로 듣고 있는 헤지아나는.

[어떻게 생각해, 성하.]

"충… 분…."

자살.

자살각. 선명한 자살각이다. 머리 위에서 쏟아지는 인공조명의 찬란한 빛을 올려다보며 헤지아나는 그것이 자신을 부르는 신의 신호 아닐까 생각해 보았다.

어쨌든 그런 걸 한 건 사실이고, 가일란이 어떤 정신상태, 아니, 어떻게 받아들이고 있는지도 대충 짐작하고는 있었다.

그렇지만 그걸 공개하는 건 다른 일이야!

잤다는 걸 말하는 것과 그 내용을 상세히 말하는 건 다른 거라고!

"자살…."

"헤지아나."

리암이 아셔를 도발할 수 있느냐고 했을 때, 가일란이 지원한 순간 어렴풋이 이런 미래를 느끼기는 했다. 그때 왜 확신하지 못한 걸까. 30분 전으로 돌아가고 싶다. 돌아가서 그냥 나를 죽이든지 가일란을 죽이든지 하고 싶다. 아니, 일단 신을 죽이자. 그래, 그게 좋겠다.

"헤지아나."

"예, 예?"

헤지아나는 고개를 들어 자신을 부르는 리암을 올려다보았다. 리암은 여전히, 흔들림 한 점 없는 물색 눈동자로 헤지아나를 보고 있었다.

"현재 십자로에서 대치 중입니다. 교황청 궁내의 대피 상태는 어떤가요?"

"아까 확인해 보았습니다. 리시가 일단 전부 동쪽으로 대피시킨 듯하더군요."

"다행이군요."

아무렇지도 않게 고개를 끄덕이던 리암은 귀에 단 이어커프 같은 것을 쥐고 말했다.

"들으셨지요, 카람찬트 전하. 계획대로 진행하시면 됩니다."

그렇다. 이 통신기는 다자간 통신이 가능한 도구였다. 즉 가일란이 한 말은 다른 네 대표에게 전부 전달되었다는 것이며, 역시 답은 자살이다.

상세한 플레이 내용이 공개되었다는 것도 부끄러운데 심지어 또 그렇고 그런 관계의 사람들에게 공개되었다고! 이 복잡미묘한 공기를 어떻게 견디라고!

그리하여 결론은 자살밖에 나오지 않았다.

"그건 그렇고."

리암이 이어커프를 조작해 송신관을 끄며 말했다. 이 통신기는 수신관과 송신관을 각각 별도로 차단할 수 있었다. 현재 카람찬트는 송신관을 차단해 둔 상태다.

"다행이군요."

"네?"

아직 자살 희망자에서 벗어나지 못한 채 헤지아나가 다급하게 대답했다.

"저는 저런 것을 할 수 없거든요."

"네? 그야 모든 이가 검성이 되거나 할 수야 없는 게 당연…."

"아뇨, 당신에게 24시간 구속되어 상과 벌을 요구하며 안정을 찾는 것이요."

뇌가 터졌다. 안경을 추어올리며 말하는 리암의 모습을 본 순간 헤지아나는 자신의 영혼이 이 땅을 떠났음을 느꼈다. 그러나 염병할 신 놈은 아마도 억겁의 시간 동안 놀고 있다가 평화로운 자신의 영혼을 주워다 바로 이 시간, 이 공간에 끼워 넣었겠지.

"저도 당신에게 만족을 주고 싶지만, 그런 건 어려울 거 같습니다."

"안 해도 됩니다!"

헤지아나가 강하게 부정했다. 송신관을 끄지 않은 상태라는 건 3초 후에 깨달았다.

　[시끄러워. 머리가 울려.]

　"할센라비온."

　헤지아나가 그의 이름을 불렀다.

　"다치지 않았나요? 꽹음이 들리던데."

　[크게 다치진 않았어. 이제 내가 어디로 가면 되지? 황태자와 합류하나, 아니면….]

　"아니요. 이동 상태를 볼 때 카람찬트 전하께서는 도움이 필요 없으신 걸로…"

　챙! 제일 먼저 금속성의 소리가 그들의 말을 끊었다.

　이어서 석재가 둔중하게 부서졌다. 바닥에 무겁게 떨어지는 것과 동시에 바람이 날카롭게 귓가를 가르고— 그 무엇보다 금속성의 소리가, 정말로 정신없이 귓가를 후볐다.

　[대인전투에 좀 익숙해졌나 보군. 다른 사람들이 어디 있나 신경 쓰여?]

　카람찬트의 목소리였다. 리암이 입을 다물었다. 카람찬트가 상황을 알려 주기 위해 잠시 송신관을 켜 둔 것 같았다.

　[이렇게 건물을 부숴 놓고 그런 게 궁금해? 대피했겠지.]

　[무슨 계략인진 몰라도—]

　끊겼다. 리암은 아셔의 목소리가 끊기자마자 빠르게 지시를 내렸다.

　"합류요청입니다. 좀 더 빨리 몰아붙여 주십시오."

　[알겠어.]

통신기기를 통해 헤지아나는 기기를 가진 대표들의 대략적인 위치를 파악할 수 있었다. 제일 남쪽, 정원 구석의 정자에 사령부를 차린 리암과 헤지아나를 중심으로 파악한 카람찬트는 이 사령부를 향해 점점 내려오고 있었다.

대표들의 위치를 나타내는 붉은 점과 교황청 지도를 비추는 두 개의 수정구가 겹쳐져 나타내는 현재 카람찬트의 대략적인 위치는 객실 아래. 그쪽을 향해 한 개의 붉은 점이 빠르게 다가갔다. 할센 라비온일 것이다.

"루시올 님. 상황은요?"

[멀었어.]

가일란이 대답했다. 아셔를 도발한 후 뜨거워진 공을 카람찬트에게 넘긴 그는 휴식이 아니라 루시올의 옆자리를 배정받았다.

[속도 좀 늦추라고 해야겠는데.]

"아뇨, 건물의 피해를 막기 위해서라도 일단 남하시켜야 합니다."

[이미 교황청 절반이 박살 난 거 아닌가 싶은데.]

"반이나 남았군요."

리암이 말하자 가일란은 어이없다는 듯이 한숨을 내쉬었다.

[맘대로 생각해. 어쨌든 이쪽은 이쪽대로 착수하지.]

"난 처음부터 네놈이 맘에 안 들었어."

루시올이 말했다.

"우연이군. 나도 그런데."

가일란이 말했다.

"너는 고양이가 되고 싶어 하는데 사실 개건 고양이건 애완동물이거든."

"개는 무릎 위에 앉지 못하지."

루시올이 말하자 가일란이 짧게 '호오' 하고 감탄했다.

"서로 원하는 게 다르긴 하군."

"그러나 주인에게 제일 관심을 받고 싶어 하는 것은 같고, 그게 맘에 안 든다고."

루시올은 눈살을 찌푸리며 가일란을 쳐다보았다. 사기를 치려고 했다거나 속이려고 했다는 것도 마음에 들지 않지만 그건 지나간 일. 가일란은 정색하는 루시올을 보며 다시 한 번 웃었다.

"안 속아 넘어가네. 저번에도 잘 넘어오지 않더니."

"그럴 줄 알았어."

바람이 불었다. 두 사람이 서 있는 곳은 넓고, 탁 트인 곳이었다. 저 멀리에서 교황청 건물 벽이 우르르 무너지는 소리가 조용히 들려왔다.

살기등등했다.

늘 온화한 빛을 내던 호박색 눈동자가 금색 맹수의 눈으로 변해 흉흉한 살기를 뱉어 냈고 뿜어내는 공기마저도 위압감이 넘쳤다. 잠깐 서 있던 몸은 발걸음 하나를 내딛는 것만으로도 쏘아진 살처럼 공기를 갈랐고 심지어 빛마저 갈랐다.

"크!!!"

아셔가 신음하며 이를 악물었다. 옆구리에 긴 자상이 남았고, 벌어진 옷 사이로 핏줄기가 주르륵 쏟아지는 것이 보였다. 그러나 피를 흘린 자상은 느릿하게 아물어 가고—.

"뭘 보는 거야."

낮은 목소리가 들린 직후 어깨를 찔렸다. 아니, 찔릴 뻔했다. 아셔가 검을 들어 막았지만 벌어진 옆구리의 상처가 다시 벌어지며 통증과 함께 다시 피가 흘렀고, 그 멈칫거림을 놓치지 않고 카람찬트가 아셔의 배를 베었다. 내장이 쏟아질 것 같은 느낌에 아셔는 왼손으로 배를 누르며 뒤로 물러섰지만 검날은 유령처럼 움직여 목 근처에 퍼런 바람을 일으켰다.

빛의 날개가 검을 막고, 벽을 부수고, 잔해를 던져 카람찬트의 패도에 저항했다. 그러나 그 많은 손도 검성의 검 하나에는 저항하지 못했다.

경험의 차이였다. 아셔는 이를 악물었다.

"회복속도는 느려지질 않는군."

그러나, 빛의 날개의 광휘는 눈에 띄게 줄었다.

사실 카람찬트의 상태도 좋진 않았다. 머리카락이 일부 잘렸고 목에 베인 자국이 있었다. 소매는 잘리고 흘러나온 피에 옷이 젖었고, 발목과 종아리 사이에도 길게 베인 흔적이 있었다. 모두 가벼운 상처는 아니었다.

"세계를 정복하겠다는 자가 성하에게 들러붙으려 할 때 의심하지 않은 것은 성하께서 하신 말씀이 있어서였죠."

검을 고쳐 쥐고 자세를 바로잡으며 아셔가 말했다. 어깨가 들썩 거리고 있었다. 그러나 이채 흐르는 눈동자에 가득 차 있는 살기는 그대로였다.

"성하께서도 인간인 이상 실수하실 때가 있는 법…. 대체 무슨 방법으로 성하의 환심을 사신 것인진 알 수 없어도."

"간단하지."

휙, 카람찬트가 곡도를 휘둘렀다. 공기가 압력을 가지고 아셔의 허리 옆을 스쳐 지나갔다. 옷이 베이고, 살 껍데기가 트였다.

"헤지아나의 대등한 상대가 되어 주었거든."

이해하지 못하겠다는 듯이 아셔가 눈살을 찌푸렸다. 대체 누가 교황과 대등할 수 있단 말인가. 모두 그녀의 앞에서 사람의 자식인 것을.

"옥좌에 오른 자란 기본적으로 외롭기 마련이지."

"그리하여 그분의 외로운 감정을 이용했다는—."

"너같이 숭배하는 녀석들 사이에서 말이야."

아셔의 얼굴이 일그러졌다. 그 순간 카람찬트의 몸이 가볍게 바닥을 찼다. 눈썹 위로 떨어진 땀을 떨구기 위해 눈을 깜빡거린 순간 호박색 눈동자는 아셔의 시야를 채웠고.

"흡!"

합이 채워졌다. 맑고 둔중하게 울리는 소리와 함께 푸른 기운과 흰빛이 충돌했다. 힘겨루기에 카람찬트의 팔이 부풀어 올랐고 상처 가 벌어지며 맑은 핏방울이 뚝뚝 떨어졌다. 아셔의 이 역시 악물렸 다. 그가 일그러진 표정으로 신음했다.

"당신이 그분과 대등한 존재라니 무슨 망발을…!"

"그러니까, 그런 생각을 하는 놈들만 주변에 가득 있는데 인생에 무슨 재미가 있겠어…!"

카람찬트는 비웃었다. 그러나 그는 몸의 자세를 바로잡더니 깊게 심호흡했다. 훅, 콧등을 찌르는 기운에 아셔가 움찔거렸다.

"하아아아아!!"

바닥에 고인 핏방울이 바람을 타고 흩어졌다. 풍압에 짓눌린 아셔가 이를 갈았고 곧— 아셔의 복부에 둔중한 충격이 날아들었다.

"크흡!"

두두두둑.

마치 옷의 실밥을 뜯어내는 것 같은 소리였다. 공성추에 맞은 것처럼 쳐 밀려 나간 아셔가 바닥에 검을 박고 버렸지만, 최소한 예배당 한 개 만큼은 밀려났다. 신발과 바닥 사이의 마찰열 때문에 발바닥이 화끈거렸다. 처맞은 탓에 배 속에 가두어 둔 숨이 전부 사라졌다. 호흡이 급했다. 급하게 숨을 들이쉬며, 아셔는 바닥에 박힌 검을 재빨리 뽑아냈다.

"넌 대체 뭐야?"

검이 맞붙고, 아셔는 힘겨루기를 하려고 했다. 하지만 카람찬트는 유연하게 물 흐르듯이 검을 비껴 내고 벌처럼 검격을 내리쳤다.

"헤지아나의 형제 같은 건가 했지. 그것도 아닌 거 같고. 옛 애인인가 했는데 역시 아니고. 그렇다고 친구도 아니고."

"크…!"

아셔의 입가가 실룩거렸다. 이마의 혈관에 피가 도는 것을 느끼며, 아셔는 열기를 토해 내듯이 외쳤다.

"나는 그분의 손일 뿐이다!"

"전혀 그렇게 생각하지 않으면서."

깡! 금속성 소리와 함께 아셔의 자세가 무너졌다. 카람찬트의 검격을 제대로 방어하지 못해 주춤하고 무릎 꿇은 아셔는 재빨리 자세를 회복하려고 했지만, 그 틈을 카람찬트가 놓치지 않았다.

"그래서 경쟁자들을 제거하려고 드는 거잖아?"

"크학!"

피가 쏟아져 나온 살처럼 사방으로 튀었다. 위에서 아래로 일직선으로 꽂힌 검은 아셔의 허벅지를 베었고. 피는 짧은 사이에 개울처럼 흘렀다. 갑작스러운 실혈에 아셔의 눈앞이 잠시 흐릿해졌다.

"똑바로 굴어. 욕망하는 주제에 그걸 감추려고 미혹이네 타락이네…. 거창한 소리를 하지만 질투일 뿐이잖아? 누가 종교인 아니랄까봐 하여간 변명은 거창하게 붙이고 있어."

"크, 흑…!"

아직 흐릿한 상태지만 자리에서 일어났다. 일어나며 동시에 카람찬트를 베었지만, 베는 감각은 없었다. 아셔는 크게 뒤로 빠져 간격을 잡았고, 카람찬트는 잠시 자리에 서서 이마를 짚은 채 이쪽을 노려보는 아셔를 쳐다보았다.

"원하는 걸 말하지 않는 종은 귀찮단 말이야."

"하아, 하아…."

"윗자리에 있으면 할 일이 많다고. 내가 아랫사람 속까지 일일이 알아서 챙겨 줘야 해? 그건 종이 해야 할 일 아니야? 그런데 넌 왜 그래? 그러니까 헤지아나가 귀찮아하지."

번뜩, 아셔의 눈동자가 굴렀다. 회색 눈동자가 살기등등하게 금색 눈동자를 직시했다.

"네놈이─!!"

허벅지에서는 더 피가 흐르지 않았다. 그러나 그가 바닥을 찬 순간, 근육이 다시 파열하며 피를 흘렸다.

"네가 뭘 안다고!!"

검의 형태가 부딪혔다.

그러나 그것은 검이 아니라, 검의 형태를 한 기운이었다. 빛과 그 크기를 잃어가던 빛의 날개가 밝기를 더하며 다시 커지고, 그것은 그의 손으로 모여 한 개의 형태를 갖췄다. 마치 그의 몸 자체가 무기인 것처럼.

"감히 성하에 대해 안다는 듯이 말하지 마라!!! 너 따위 보다는, 내가…!"

"내가, 뭐!"

카람찬트가 소리쳤다.

"오래 알고 있다고? 오래 알고 있으면 뭘 해? 남의 속도 모르면서?! 그리고 너도 몇 년간 떨어져 있었잖아!!"

"크아아아아아아!!!!"

"말 돌리지 마, 임마!!"

카람찬트가 소리치며 아셔의 힘을 맞받아쳤다. 그러나─ 자존심 상하는 일이지만, 자신의 힘으로는 아셔의 힘을 이길 수가 없었다. 밀릴 것은 확실했다.

"염병할, 대체 이 힘은…! 무한이냐고!!"

지익, 길게 카람찬트의 발이 밀렸다.

여태까지 수도 없이 베었다. 보통 사람이라면 이미 열 번도 더 죽었다. 치명상을 입혔다 싶어도 한 번 휘청거릴 뿐 곧 회복하고, 지치는 듯싶어도 힘 자체는 쇠하질 않는다. 대체 인간이긴 한 걸까? 저런 걸 상대로 진지하게 싸워 이 정도로 버텨 낸 것 자체가 인류 대표로서 표창 받아도 부족함이 없을 것 같았다.

차라리 죽이는 방향이면 이것보다 쉬웠을 것이다. 정말로 이건 상을 받아야 할 일이었다. 그러나 상을 줄 사람이 없다고 생각한 바로 그때.

"크헉!"

카람찬트를 압도하고 있던 아셔의 기운이 훅 사그라졌다. 회색 눈동자는 갑자기 빛을 잃고 탁해졌고 입은 고통으로 벌어진 채 멈췄다.

"뭐."

"뭐해."

아셔의 뒤에서 목소리가 들렸고, 이어서 아셔의 왼쪽 가슴을 관통한 검 끝이 보였다. 곧 그것이 아셔의 품 안으로 사라지며 아셔가 무너졌고.

"아직 안 죽었어."

퍽, 걷어차는 소리와 함께 아셔의 몸이 벽에 부딪혔다.

"일어나."

할센라비온이었다. 카람찬트는 미간을 찌푸렸다.

"젠장. 너무 늦잖아."

"이쪽도 다쳐서."

"얼마나?"

카람찬트가 걱정스러운 표정으로 할센라비온을 쳐다보았다. 그러나 그때, 무너진 벽 사이에서 인기척이 났다. 카람찬트의 시선이 그쪽을 향함과 동시에 표정이 일그러졌다. 검의 각도나 위치상 심장을 찔린 것이 확실한데, 그러고도 바로 움직일 수 있다고?

"걱정 마. 보조할 수 있어."

"이런, 내가 보조하려고 부른 건데."

할센라비온의 대답에 카람찬트는 겉옷을 슬쩍 걷어 올렸다. 거기엔 크게 베인 옆구리와 무언가에 짓이겨져 찢어진 상처 자국이 보였다. 뼈가 보일 정도로 깊게 팬 상처에는 은은한 푸른빛이 흐르는 것으로 보아, 할센라비온은 아마 카람찬트가 자신의 힘으로 상처가 더 벌어지고 피가 흐르는 것을 막고 있으리라고 예측했다.

"―힘을 합쳐야겠군."

"세상에 살다보니 서쪽 황제와 힘을 합치다니."

"아까도 했잖아."

옷을 내리고, 한 번 팔을 휘둘러 자세를 정비하며 카람찬트가 눈살을 찌푸렸다.

"당신은 날 죽게 내버려 둘 줄 알았는데."

돌 더미 사이에서 일어난 그림자가 비척대며 이쪽으로 다가오고 있었다. 고통에 젖은 숨소리가 들렸고, 그 소리를 들은 순간 검을 쥔 둘의 손에 힘이 들어갔다. 할센라비온은 잠시 눈앞에 선 적의 상태를 살피더니 말했다.

"딱히 네가 죽길 바란 적은 없다."

"뭐?"

할센라비온은 놀라워하는 카람찬트를 잠시 살폈다. 상처를 힘으로 봉하고 있다고 해서 고통이 없는 것은 아니다. 뼈가 드러날 정도의 상처라면 작열감은 물론이고 정신을 차리지 못할 정도의 고통으로 평정을 지키기 어려울 것이다. 그런데 저렇게 아무렇지 않은, 심지어 장난기까지 있는 듯한 표정이라니. 역시 검성은 아무나 되는 게 아닌가.

"그런데 왜 내 땅에 그 염병을 떤 건데?"

"네가 알 바 아니야."

자신의 사정을 카람찬트가 알아야 할 이유는 없었다. 할센라비온은 눈앞의 적을 가리키듯 턱짓했고, 카람찬트는 한숨을 내쉬었다.

"부정은 안 하는군."

"이제 와서 중요한 건 아니니까."

할센라비온이 검을 고쳐 쥐고 자세를 잡았다.

"일단 죽지 않으려면 성기사를 침묵시켜야겠지."

"아―. 그래. 이렇게 손을 잡게 되는군."

한숨을 내쉬며 카람찬트가 자세를 바로잡았다. 아셔가 신음하며 날개를 펼쳤고― 어두운 복도에는 다시 빛이 흘러넘쳤다. 할센라비온이 앞서며 말했다.

"보조해."

"―왠지 기분 나쁜데."

따라 달리며 카람찬트가 중얼거렸다. 신음하던 아셔는 둘이 달려오는 것을 보고 고개를 치켜들었고.

콰쾅!

힘의 파장이 사방으로 퍼져 나가며 벽을 두들겼다.

쾅.

무겁게 천장 석재가 내려앉으며 입구를 막았다.

"빨라."

리암이 미간을 찌푸리며 중얼거렸다. 그들이 자리한 사령부, 정자에서 남쪽 입구까지는 시야를 가리는 것이 없었기 때문에 그 광경을 헤지아나 역시 볼 수 있었다.

"저러면 나올 수가…!"

"이 대륙에서 손꼽히는 강자들이에요. 저건 별 문제가 안 됩니다."

리암의 말대로였다. 곧 꿍음이 들리더니 석재가 부서졌다. 문제는, 쪼개진 석재 사이로 사람 같이 생긴 것이 튀어나왔는데 그게 자의로 튀어나온 것 같지는 않다는 거였다. 헤지아나는 일그러진 얼굴로 무언가에 얻어맞은 듯 튀어나와 그대로 나무에 부딪힌 사람을 파악하려고 애썼다.

[헤지아나.]

통신기를 통해 목소리가 들려왔다. 헤지아나는 이어커프를 쥐고 되물었다.

"카람찬트?"

[어, 아. 나 지금 나왔는데 치료 가능해? 솔직히 나 좀 심각한데.]

튀어나온 것은 카람찬트였던 모양이다. 헤지아나는 리암을 쳐다보았고, 리암은 잠시 고민하는 표정을 지었다.

"황태자께서 이런 상황에서 농담하실 성격은 아니지요."

"시간이…. 아직 필요하죠?"

[황제도 꽤 다쳤어. 버티기엔….]

그때였다. 석재에 서서히 금이 가더니, 빛이 새어 나왔고, 폭발했다.

쾅!

"세상에, 카람찬트…!"

헤지아나가 기겁해 부른 순간 피부를 울리는 진동이 느껴졌다. 동시에 남문에서 쏜살같이 흘러나오는 빛의 궤적과 그 빛 안에서 강하하는 독수리처럼 달려드는 검은색의 인영. 그리고 헤지아나는 깨달았다.

그 쾅, 하는 소리는 무언가가 박살 나는 소리가 아니었다. 검이 부딪히는 소리였다. 검이 쉴 새 없이 부딪히며 공기를 울렸고 나뭇잎들이 술렁거렸다. 몸도 그 진동에 맞추어 울렸다.

"윽."

리암이 입을 가렸다. 피부 속을 파고들어 내장까지 울리는 듯한 힘이었다. 일반인인 리암은 그 영향으로 구토감을 느끼는 것 같았고, 헤지아나는 재빨리 그에게 가호를 부여했다. 이렇다면 가일란도 보통 힘든 상태가 아닐 텐데.

[하아아아아아!]

커다란 기합소리. 이어, 한 박자 늦게 대기가 울렸다. 헤지아나는 고개를 돌려 남문을 쳐다보았고, 카람찬트가 전투에 참여한 것을 깨달았다.

"가야 해."

"하지만 헤지아나가 가면…."

리암이 발길을 옮기려는 헤지아나를 재빨리 붙잡았다.

"지금 시간이 더 필요하지 않아요? 아셔의 능력은 제가 더 잘 알아요. 그리고 카람찬트가 어중간한 일로 도움을 요청할 리가 없거니와…."

"아뇨, 제가 말리는 이유는 그게 아닙니다만…."

잠시 리암이 신음했다. 그러나 그는 헤지아나의 손을 놓더니 작게 고개를 끄덕였다.

"두 사람이 당신에게 맞출 수 있을 거라고 생각합니다."

"걱정하지 않아도 돼요. 아셔는 저를 해치지 못하니까."

자신 있게 말한 순간, 헤지아나는 자신을 향해 빛의 날개를 펼쳤던 아셔를 기억해 내고 자신감을 잃었다. 리암 역시 그 생각을 한 건지, 헤지아나를 보는 표정이 어두웠다.

"그가 당신에게 저항할지라도 해치지는 못할 겁니다."

리암은 고개를 끄덕이며 헤지아나를 놓아주었다. 그 말은 설득력이 있었고, 헤지아나는 고개를 끄덕여 몸을 돌렸다. 그리고 달렸다.

"좀 솔직해지라고, 끽해 봤자 연적 주제에 거창하게…!!"

끼이이잉.

빛과 기가 마주치며 세상을 찢어발기는 듯한 소리가 났다. 정신을 이상하게 만들 것 같은 소리였다. 아니, 보통이라면 이런 것에 정신이 영향을 받지 않는다. 몸이 한계에 달했다. 때문에 영향을 받는 것이다.

"경쟁자를 제거하면 독점할 수 있을 거 같냐?"

카람찬트가 소리쳤다. 부상이 심하다고 해도 아셔를 할센라비온 혼자 상대하게 할 수는 없었다.

"네 마음대로 떠들지 마라, 나는——!!"

"말도 제대로 못 끝내면서 반박하지 말라고!!"

지이잉. 검이 부딪히고, 튕김과 동시에 공기가 길게 진동했다. 튕겨 나가듯 몸을 돌린 아셔의 뒤로 할센라비온이 찌르고 들어왔지만, 빛의 날개가 오히려 할센라비온의 팔을 찌르며 아셔의 자세를 지탱했다.

아셔의 몸이 뒤로 비틀리며 빛의 날개가 허공에 흩날렸다. 그것은 할센라비온의 팔, 어깨, 등을 긁듯이 파고들었고, 피를 머금은 빛의 날개가 다시 종잇장처럼 춤췄다. 그 사이를 카람찬트의 검이 파고들었다.

"물론 연적을 죽여서 없애겠다는 패기는 아주 인정할 만해."

차르르륵. 날개와 검이 부딪히며 타악기 같은 소리를 냈다. 카람찬트의 검이 할센라비온의 몸에서 날개를 떼어 냈고, 할센라비온은 몸을 굴려 날개의 영향권에서 빠져나와 다시 검을 움켜쥐었다. 그의 몸 구석구석 상처가 나 있었고 날개에 찔린 어깨에서 피가 흥건하게 흘러나왔다. 현실적으로는 실혈의 문제가 더 크겠다만 당장은 통증이 너무 컸다.

"그런데 연적을 죽이면 헤지아나의 마음이 뭐, 너에게 자동으로 가는 줄 알아?"

"하아아아아!!!"

날이 부딪혔다. 금속성의 소리가 깊은 종소리처럼 울리며, 다시 한 번 세상을 진동시켰고— 그 진동이 격렬해졌다. 둥둥둥둥둥. 소리조차 없이 공기를 울리고, 나무들이 스산한 비명을 질러댔다. 끼긱, 찌직.

그 비명들 사이에서 할센라비온이 아셔의 목을 노리고 달려들었다.

"자신 없는 자의 선택이지."

할센라비온의 목소리에 아셔의 고개가 돌아갔다. 동시에 시야를 가득 채우는 것은 회색의 검극. 아셔는 본능적으로 몸을 뒤로 젖혀 검날을 피했지만 그대로 뒤로 넘어졌다. 그다음, 아셔는 이마를 예리하게 찌르는 예감을 따라 몸을 왼쪽으로 굴렸다.

파파파팍! 마치, 그의 도주를 예측이라도 한 듯 날쌔게 검극이 바닥을 강타하기를 반복했다.

"원하기는 하지만 원한다고 말할 수는 없지."

"황제…!"

아셔가 검을 내리꽂는 상대를 확인하고 증오를 내뱉었다. 빛의 날개가 검을 가로막았지만, 할센라비온은 날개를 피해 아셔의 배를 짓밟았다. 바짓단에 고인 피가 아셔의 배 위로 뚝 떨어졌다.

"왜냐면 자기가 상대에게 무엇인지 알지 못하니까."

아셔의 눈이 크게 벌어졌다. 그 모습을 보고, 할센라비온은 차갑게 말했다.

"겁쟁이 따위 질색이야."

"네놈이 뭘 알아!!"

날개가 발광했다. 할센라비온은 뒤로 물러서며 사방에서 내리꽂히는 날개를 피했다.

"글쎄, 넌 처음 봤을 때부터 그 꼴이던데."

"간교한 혀기는 하구나, 그러니 성하의 귀를 속일 수 있었겠지만!!"

"그렇게 믿고 싶겠지."

까가강!! 날카로운 금속소리였다. 할센라비온이 검을 한 번 휘두른 순간 풍압이 생겼고, 달려오던 날개가 잠시 주춤했다. 그 틈을 타 할센라비온이 아셔와 다시 간격을 좁혔다.

"맡고 있을 테니까 황태자를 치료해, 헤지아나!"

할센라비온이 말한 순간, 아셔가 숨을 들이켰다.

"성하…?"

아셔의 회색 눈동자가 사방을 둘러보았다. 그리고 할센라비온의 뒤에서 카람찬트를 부축한 채 이쪽을 보고 있는 헤지아나를 발견했다.

왜일까, 황태자를 부축하고 있는 그녀를 본 순간 속이 분노로 끓어오르는 것은.

아니, 이건 저들에 대한 분노겠지.

"감히 성하에게 더러운 피를 묻히지 마라!!"

"질투가 심하군."

헤지아나에게 달려들려고 하는 아셔를 쳐내며, 할센라비온이 덧붙였다.

"그렇지만 나는 그녀에게 치유 받을 거야."

"감히…!"

"하지만."

할센라비온이 한 번 더, 아셔를 밀어붙였다.

"너는 아니지."

분노가 불타올랐다. 그 뒤에서, 카람찬트의 겉옷을 젖히고 순간 휘청이는 그의 몸을 지탱해주며, 그의 몸에서 흐르는 피로 손과 옷을 적시는 헤지아나가— 아니, 그렇게 더러운 피를 묻히는 그들이, 뭐라고 해야 할까.

"절대 살려 두지 않겠다!"

그런 것은 죽이는 수밖에 없잖아.

❖

"세상에, 이렇게 크게 다치고서는 왜!"

"아, 버틸 수 있을 줄 알았고, 실제로 버텼는데."

갑작스러운 실혈에 카람찬트가 휘청거리며 말했다. 아무리 검성이라고 해도 인간의 몸이고, 인간의 한계를 완전히 벗어날 수는 없다.

"젠장, 너무 강력해. 이건 소진이 너무 심해서…"

"알았어. 말 그만하고, 잠깐 옷소매 물고 있어."

헤지아나는 중얼거리는 카람찬트의 상태에서 심각함을 느끼고는 일단 자신의 옷소매를 그의 입에 처박았다. 카람찬트는 잠시 웅얼거리더니 조용해졌고, 헤지아나는 그의 상처를 더듬곤 조심스럽게 신성력을 주입했다.

"흡…!!"

카람찬트가 이를 악물었다. 신성력의 치유, 재생, 회복능력은 절대적이지만 그에 아무런 대가가 없는 것은 아니다. 근육섬유가 연결되고 핏줄이 이어지며 살과, 지방과, 피부가 스멀스멀 기는 벌레처럼 재생되는 광경을 보며 카람찬트는 인상을 찌푸렸다.

"으, 징그러워."

"그렇게 말하는 거 보니 제정신인 거 같네."

보통은 이런 증상은 회복의 과정에서 힘을 소모하고 고통을 느끼며, 심지어는 기절한다. 기절하면 즉시 치료를 중단하고 환자의 상태를 살펴야 한다. 쇼크사할 수도 있으니까.

어쨌든 검성이 괜히 검성은 아닌지, 카람찬트는 자리에서 일어나 팔을 한 번 휘둘러 보았다.

"정상인 거 같으면서도 정상이 아닌 듯하고 뭔가 기운이 없는데."

"당연하지. 몸을 재생시키는데 몸이 소진되지 않을 거 같아? 다네 몸에서 뽑아서 쓰는 거라고."

예를 들면, 실혈로 인한 저체온과 쇼크를 막기 위해서는 몸이 피를 만들어 내도록 해야 한다. 그 피는 몸이 저장하고 있는 영양분을 통해 만들어 내는 것이지, 무슨 기적이 강림하는 것이 아니다. 어떤 사람은 이 과정에서 또 쇼크를 얻기도 한다.

물론 겉의 상처만이라도 순식간에 아물어 무리 없이 몸을 움직일 수 있는 것은 대단한 기적이라고 할 수 있었다. 그러나 어쨌든 이것은 완전한 회복이 아니다. 지금은 눈에 띄는 큰 상처만 막았을 뿐, 제대로 치료를 하려면 눕혀 놓고 어디가 문제인지 세세히 살피고 그에 맞는 치유를 해야 한다. 회복도 시켜야 하고 영양분도 공급해야 한다.

헤지아나가 교황으로 그 누구보다 뛰어난 신성력을 다루며, 그로 인해 치료의 부작용 또한 최소화할 수 있다고 해도 이 규칙에서 벗어나는 것은 불가능했다. 카람찬트 역시 치료의 반작용으로 얻어지는 피로와 고통을 느끼고 있었다. 물론 고통에는 내상을 치료하지 못해 생긴 고통도 있겠지만 말이다.

그것을 깨달은 순간 카람찬트는 이맛살을 찌푸렸다.

"황제는 치료를 견디지 못할 거 같은데."

"아무래도…."

헤지아나가 그 말의 의미를 깨닫고 눈살을 찌푸렸다.

할센라비온은 카람찬트보다 신체능력이 낮고, 부상 상태도 카람찬트 못지않게 심각했다. 전투중의 긴장감으로 정신은 잃지 않고 있는 것이겠지만.

[황제를 치료하면, 그의 기력이 쇠해 전투 불능 상태가 될 수 있다는 말입니까?]

"네."

이어커프 너머로 들려온 리암의 질문에 헤지아나가 바로 대답했다. 리암은 잠시 침묵하더니 말했다.

[황태자. 얼마나 버텨 주실 수 있습니까?]

"말했지만 소진이 너무 심해."

초월한 자들끼리의 싸움이다. 특수한 기술이나 비기로 일격에 쓸어버릴 수 있는 상대가 아닌 것이다. 한 합 한 합의 무게가 다른 동질, 또는 그 이상의 상대. 오직 묵직한 힘과 잘 쌓인 기초만이 상대를 깎아 낸다. 그야말로 육체와 정신을 벼려 내는 듯한 싸움. 그렇지만.

"하지만 버티는 건 할 수 있어. 내일까지 버텨야 하는 건 아니잖아."

[알겠습니다.]

리암이 말했다.

[황제 폐하의 상처가 중해 보입니다. 그와 교대하시고, 버텨 주십시오.]

"알았—."

카람찬트가 자리에서 일어나며 어깨를 돌렸다. 두둑, 하는 소리가 들리고.

"어!"

흰색 화살이 쏘아지고, 그것은 할센라비온을 내리치는 아셔의 검을 막았다.

⚜

"결국, 자신이 밀려날 거 같으니까 경쟁자를 죽인다. 좋은 선택이야."

할센라비온이 말했다. 아셔가 검을 뒤로 뺐고, 흩날리는 빛의 날개가 그를 스치고 지나갔다. 몇 개는 막았다. 그러나 몇 개는 막지 못했고 팔이 깊게 베였다. 고통이 그를 스치고 지나갔다. 흐르는 피가 간지러웠다.

"그렇지만 자기를 속이면 안 되지."

날개 사이를 파고들며, 할센라비온이 말했다.

"큭!"

"가르치는 게 아니야."

낮은 자세로 검을 움켜쥐고, 횡으로 베었다. 그다음엔 직격으로 찔러 넣었다.

"크아아!!"

"나 또한 자기 자신에게 거짓말해 온 사람이라서."

뽑아낸 검날을 타고 아셔의 배에서 묻어난 피가 흘렀다. 보라색 눈을 굴려 올려다본 위에는, 광기 어린 안광으로 빛나는 청년의 얼굴이 있었고.

"거짓말이 아니면 버틸 수가 없었던 사람이라서."

"아—아아아아아아아아악!!"

비명인지, 기합인지 알 수 없는 소리였다. 동시에 풍압이 얼굴을 짓눌렀고, 할센라비온은 뒤로 밀려났다. 발이 지익 하고 길게 흙바닥에 흔적을 남겼다. 머리를 저어 흩날리는 머리카락을 치우고, 할센라비온은 정면을 보았다. 그리고 자신을 중심으로 열 방향에서 춤추는 칼날들, 아니, 빛의 날개를 보았다.

도망칠 구석이 없었다.

"그렇지만 그렇게 해서 나아지는 건 없었어."

할센라비온은 검을 움켜쥐었다. 향하는 것은 정면. 허공을 걷는 듯한 가벼운 발걸음으로, 탁한 백색을 향해 뛰어들었다.

"죽고 싶을 뿐이지."

콰직.

살점과 **뼈**를 꿰뚫는 묵직한 감각. 우직거리는 소리가 손끝으로 들렸다. 할센라비온은 고통으로 확장된 동공과, 악물린 이에 대고 속삭였다.

"행복해지길 바란다면, 그렇다고 말해야지."

회색 눈동자가 벌어졌다. 초점을 잃었던 눈이 정확히 보라색 눈동자를 향해 데굴 굴렀다. 그 눈빛은 증오를 담고 있었고.

괴성이 들렸다.

머리부터 후려갈긴 충격에 할센라비온은 잠시 정신을 차리지 못했다. 느껴지는 감각이라고는 사방에서 가해지는 타격감뿐. 조금 후에야 할센라비온은 자신이 바닥을 구르고 있다는 것을 깨달았고, 재빨리 자세를 바로잡으려고 했다. 그러나 자세를 바로잡은 순간 올려다본 곳에는 하얀 몸과 하얀 날개. 그리고 하얀 검날.

'젠장.'

끝이다.

동시에 할센라비온은 생각했다. 아프기야 하겠지만 교황이 있는 이상 죽지는 않을 것이다. 내가 이 성기사를 더 이상 제지하지 못하더라도 나머지는 황태자가 알아서 하겠지.

그걸 생각한 순간 묘한 기분이 들었다. 타인을 신뢰한단 말인가? 그것도 황태자를?

그리고 그때.

탕!

금속성 소리였지만 탄력 있고, 동시에 묵직한 소리였다.

"야, 그건 안 되지."

유백색 실루엣이 할센라비온의 앞을 가로막았다. 만월의 달빛을 받은 머리카락은 은처럼 반짝이고⋯. 거기까지 생각한 순간 할센라비온은 자신이 생각 이상으로 소진되었을지 모르겠다는 것을 생각했다. 여기서 왜 그런 미감을 따지나.

"야, 황제 넌 뭐해!"

"'야'라니?"

쨍 소리와 함께 카람찬트의 검이 아셔의 검을 쳐냈다. 정신을 놓고 있을 때가 아니었다. 할센라비온은 재빨리 상체를 일으키고 자세를 바로잡아 일어섰다.

"어른과 아이 사이에는 차례와 질서가 있다는 말도 모르나?"

"네가 보기에 내가 아이로 보여?"

"코흘리개."

호박색 눈동자와 보라색 눈동자가 조용히 차가운 백색의 인영을 응시했다. 밀려나가면서 턱을 얻어맞은 아셔가 고개를 흔들었고, 흔들림에 맞추어 날개는 마치 깃털처럼 나풀거렸다.

"하긴 늙은이 눈에는 모든 게 다 어려 보이긴 하겠지. 그럴 때는 죽을 때고."

그리고, 깃털이 살처럼 쏘아졌다.

카람찬트가 자신을 향해 날아오는 빛의 날개를 빠르게 쳐냈다. 그러나 빛의 날개 대부분은, 그리고 아셔 그 자체는 할센라비온을 향해 달려가고 있었다. 회복된 카람찬트보다는 지금 취약한 할센라비온을 쳐내기로 한 것 같았다. 아니, 정말 그런 이성적 판단일까 싶은 흔적이 그 눈에 실려 있었지만.

"흡!!"

할센라비온이 격렬하게 부딪혀 오는 검과 날개들을 막아내며 뒤로 물러섰다. 당연하지만 그가 다 막아 낼 수는 없었다. 옆구리와 팔, 허벅지가 깊게 베이고 화끈거리는 통증이 전신을 덮었다. 통증이 조금씩 집중을 잃게 만들고, 때문에 더 큰 통증을 허락했다. 허벅지에 박힌 날개가 비틀리며 상처를 헤집은 그 순간.

"크흑!!"

고통에 젖은 신음과 함께 할센라비온이 몸을 움츠렸다. 동시에, 아셔가 중심을 잃은 할센라비온을 향해 달려들었고.

지잉.

순간, 온 세상에 정적이 찾아온 듯한 그 느낌.

소음이 사라졌다. 환한 빛의 느낌과 함께 안온함이 느껴졌다.

"할센라비온!"

"헤지아나."

할센라비온은 고개를 들어 앞을 쳐다보았다. 자신의 앞에 반구형의 실드가 쳐져 있고, 그 앞에 검을 겨누고 있는 아셔가 보였다. 그가 일그러진 표정으로 헤지아나를 노려보았다.

"성하, 방해하지 마십시오!!"

헤지아나는 손을 휘둘렀다. 반구의 움직임과 함께 아셔가 튕겨졌고, 헤지아나는 할센라비온을 부축했다.

"치료해야 해요. 잡아요."

"아니요!"

뒤에서 들린 외침이었다. 헤지아나가 돌아보자, 자신을 막는 카람찬트의 검을 쳐내고 이쪽으로 달려드는 아셔의 모습이 보였다. 헤지아나는 그의 존재를 인지한 즉시 다시 방어막을 쳤다. 그녀는 자신이 아셔의 움직임을 따라잡을 만한 동체시력이 없다는 것을 알았다.

파각. 방어막이 부서지는 듯한 소리가 들린 즉시 헤지아나는 다음 방어막을 쳤다. 그리고 방어막을 앞으로 내질렀다. 예상대로, 아셔가 물리적 방어막과 부딪혔다.

"아셔 아라스트란. 미망에서 벗어나십시오!"

"아니요, 성하께서야말로 미망에 사로잡혀 계십니다! 어찌하여 그들의 간교한 말에 놀아나고 계십니까, 그들은 달콤한 말로 성하를 꾀어 성하의 직무에서 벗어나도록 하고 있지 않습니까!"

"나의 직무라뇨?"

"신의 대리인이라는, 그 직무 말입니다!"

아니, 아무도 거기서 벗어나라고 하지 않았는데.

—라고 말한 순간, 헤지아나는 카람찬트를 떠올렸다. 그래. 그가 그렇게 말했지. 하여간 도움이 안 되는 녀석이었다. 그리고 좀 더 생각해 보면, 사실 지금 등 뒤의 황제도 비슷한 말을 했고.

"그런 말 한 적 없지만."

헤지아나의 뒤에서 목소리가 들려왔다. 돌아보자, 이제 자신의 몸이 피투성이라는 것을 깨달은 할센라비온이 비척거리며 일어나고 있었다.

아니, 한 적이 없긴 뭐가 없단 말인가. 당신 그런 말 했어.

"성무에서 벗어나는 것이 그녀에게 행복하다고 해도, 너는 그녀에게 교황의 직무를 강요할 건가?"

"네놈은—."

"그녀를 너만의 것으로 만들기 위해?"

순간, 험악하게 일그러지던 아셔의 움직임이 움찔거리며 굳었다.

"네가 원하는 것으로 만들어 숭배하기 위해?"

그 순간, 살기가 터졌다.

빛의 선들이 춤췄다. 빛의 반구는 그것들을 막고, 달빛을 받아 선뜩하게 빛나는 세 개의 검광이 서로 엉켰다.

"아셔, 뭔가 오해가 있는 것 같아요. 나는 교황에서 물러나겠다고 한 적이 없어요!"

"그러나 결국 저자들은 성하를 자신들이 원하는 곳으로 끌어내릴 것입니다!"

"내가 가지 않겠다고 하는데 왜 그 말을 믿지 못합니까!"

헤지아나의 방어막이 만들어지고, 아셔를 밀어내고, 카람찬트가 아셔의 발을 묶고, 할센라비온이 앞으로 나섰다. 헤지아나는 재빨리 할센라비온을 붙잡았고 그것을 본 아셔의 눈에 이채가 튀었다.

헤지아나는 그 이채를 보았다.

조금 이상한 기분이 들었다. 의심이 들었다. 의혹이 들었다.

"—아셔는, 정말 내가 교황을 그만둔다고 하면 어쩔 건가요."

"어째서 그런 말을…!!"

"정직하게 대답하십시오, 아셔 아라스트란!"

헤지아나가 말했다. 방어막이 다가오는 아셔를 밀어냈다. 완벽한 거절. 그것에 밀려난 아셔의 표정이 무너졌다.

"내가 멀어지는 것이 두려운 것입니까, 아니면 교황인 내가 없어지는 것이 두려운 것입니까?"

"그 두 개를 어떻게 떨어뜨려 놓고 생각할 수 있습니까?!"

순간, 헤지아나의 표정이 무섭게 굳었다.

[모두 아셔 경에게서 떨어지십시오!]

동시에, 리암의 목소리가 들렸다. 그러나 그 목소리가 귀에 들어오지 않았다. 얻어맞은 것처럼 멍했다.

"아니요."

갑자기 숨이 막히는 거 같았다. 변했다고 생각했다. 그런데.

"아니요…. 아니요. 저는 교황이기 이전에, 사람의 자식이고…"

[10.]

이어서 들리는 가일란의 목소리.

"한 명의 인간입니다."

쾅.

[9.]

넋을 잃은 아셔를 향해, 카람찬트와 할센라비온이 공세를 가했다. 정신을 차린 아셔가 카람찬트의 검을 막고 날개로 할센라비온을 쳐냈다.

"그 말은, 그 말은 성하."

[8.]

"신의 종으로서 자신의 임무에 순명하기보다, 사인으로서의 행복을 추구한단 말씀이십니까?"

아무것도 변하지 않았어. 나는 당신이 변했다고 생각했어. 그렇지만.

[7.]

"아셔 아라스트란. 성기사가 아닌 당신에게 묻겠습니다. 교황이 아닌 제가 질문합니다. 당신은 저를 무어라고 생각하십니까?"

"저야말로 묻고 싶습니다!!"

[6.]

"저는 당신에게 무엇입니까! 저는, 당신에게 그냥 버려도 되는 존재인가요? 다른 이들과 대체되는 존재입니까?"

"아뇨, 아녀. 당신은…."

"이들은 무엇입니까!!!"

빛의 날개가 펴지고, 쉴 새 없는 검날의 소리와 함께, 날개 끝이 두 사람을 가리키고.

[5.]

"저에게 당신은 하나입니다. 신 또한 한 명이지요. 유일한 존재입니다. 대체되지 않습니다!"

"저는 신이 아닙니다!"

"압니다, 그렇다면 저는 성하께 무엇입니까!"

[4.]

"당신은 저의 손이 아닌가요?"

"아니요!"

아셔가 부정했다. 고개를 저었다. 그가 카람찬트를 찌르려고 했고, 헤지아나는 방어막으로 카람찬트를 보호했다.

[3.]

"아니요, 아니요, 아니요! 그게 아닙니다! 그것으로 끝입니까, 성하?"

감정의 칼날이 정원을 베어 버렸다. 헤지아나는 뺨을 찢는 압력을 방어막으로 막아 내고, 잘려져 나간 초목들의 한가운데에 선 아셔를 쳐다보았다.

[2.]

"저는 당신에게 역시 아무것도 아닌가요?"

눈에 서글픔이 머물렀다. 그리고 그것은 곧.

[1.]

[어서!!]

"그러합니까?!"

분노로 바뀌어.

[0.]

[나오라니깐!!!]

폭발했다.

"젠장!"

헤지아나가 혀를 찼다. 광풍이 불어 닥치고 보라색 바람이 모든 것을 베었으며, 동시에 헤지아나가 광역 결계를 쳤다. 칼날처럼 모든 것을 베어 버리던 바람이 검을 짚은 채 무릎 꿇은 할센라비온 앞을 가로막은 빛의 장벽에 부딪혔고, 아셔와 칼을 맞대고 있던 카람찬트를 쳐냈다.

"좀 다정하게 할 수 없어?!"

"배부른 소리 하고 있네!"

밀쳐 나 한 바퀴 구른 카람찬트에게 된소리를 던진 헤지아나는 치마를 걷고 할센라비온을 향해 달려갔다. 그는 검을 짚은 채 미간을 찌푸리고 있었다. 살펴보니 그의 눈에 초점이 없었다.

"황제의 상태가…"

"아니, 난 괜찮…"

"괜찮기는요."

헤지아나는 응급처치를 시작했다. 얕은 상처가 아물고 그가 작게 신음했다. 그때였다.

[성하!]

"루시올."

헤지아나가 고개를 들어 교황청, 남문 위를 올려다보았다.

[범위를 좁히고 있지만 잘 안 돼요. 제 전문은 광역이라….]

"지금 결계를 쳐 뒀어요. 좀 더 압축하도록 해요!"

[알겠어요.]

남문 위에서 작은 금색 그림자가 고개를 끄덕였다. 들고 있는 지팡이에서는 옅은 오색의 빛이 흘러 떨어졌다. 그리고 천천히, 모든 것을 베어 버리는 바람의 날이 안으로 압축되며 맹렬한 소리를 내기 시작했다.

"아셔는 이 정도로 쓰러지지 않아요. 재생력을 모두 소진할 때까지 베어야 해요!"

계획은 간단했다.

아셔의 재생력은 무한하다. 그러나 기력을 소진하는 만큼 그 재생의 속도는 느려지고, 이것이 누적되면 그의 회복력은 보통 사람과 달라지지 않으며 곧 행동불능으로 이어진다. 그 상태에서는 사망하기도 쉽다. 리암은 이 상태를 목적으로 움직였다.

안에서 대피하지 못한 사람이 있을 수 있으므로, 현재 제일 사람이 적게 오가는, 그러나 대표들의 숙소인 남문 방향으로 유인하기로 했다. 유인 역할은 가일란이 되었고, 그는 도발의 역할을 잘 수행했다.

가일란이 도발 도중 큰 피해를 입지 않도록 할센라비온이 서포트하며, 그는 동시에 아셔의 의심을 불식시키는 역할도 맡는다. 적절한 방향으로 유인한 뒤에는 그와 접근전이 가능한 카람찬트를 붙여 시간을 끈다. 시간이 되면 카람찬트는 정원으로 아셔를 데리고 나오며, 루시올이 준비했던 마법을 시전한다.

리암이 보았을 때 아셔에게 유효한 피해를 준 것은 루시올의 마법밖에 없었다. 또한 루시올의 마법은 지속성이 있었고, 이는 계속 재생하는 아셔의 힘을 빼기 적절한 방법이었다. 다만 루시올이 강력한 마법을 준비하기까지 시간이 필요했기 때문에 그때까지 다른 이들이 시간을 끌어야 할 필요성이 있었다.

그리고 이 계획은 모두 맞아떨어졌다.

[죽어….]

신음과 함께, 루시올의 작은 중얼거림이 들렸다.

[죽어, 죽어, 죽으라고!!]

"아니, 죽으면 곤란한데…"

헤지아나가 독기 서린 루시올의 목소리에 짧게 중얼거렸다. 뭐, 집중하는 와중에 한 말이겠지. 그 정도의 일념으로 집중하지 않으면 저 힘을 컨트롤하기가 어려울 테니까.

미친 바람의 범위가 줄어들었고, 헤지아나는 그 크기에 맞추어 결계를 줄였다.

"더 줄여요. 아셔가 이 결계 안에 있는지 확인할 수 있도록."

아셔가 이 결계 안에서 빠져나가는 건 곤란했다. 보호막이자, 상대를 가두는 결계 속을 살피며 헤지아나는 발걸음을 옮겼다. 바람 칼날에 다져진 흙이 곱게 발밑에서 뭉그러졌다.

"크으… 으…"

윙윙거리는 바람 속에서 푸른 풀과 흙먼지가 날아다녔다.

붉은 핏줄기가 안에서 춤췄다. 잘려 나간 살덩이가 흩날리고, 흙먼지 안에서 뼈가 드러났다가 사라졌다. 뺨이 잘리고, 너덜너덜해진 안와 사이로 어설프게 붙잡힌 눈동자가 이쪽을 돌아보았다. 입이 움직였다. 그러나 그 입이 말하는 소리는 들리지 않았다.

서 있었다. 모습은 웅크렸고, 움츠러들었다. 그리고 천천히 사그라지는 것처럼.

[우와아아아아아아아!!]

확, 남문 위에서 마력이 터졌다. 루시올 역시 자신의 마법장 안에 선 존재를 인지하고 있을 것이다. 이 정도로는 안 된다는 것 역시 그도 알고 있을 것이다. 하지만 쥐어 짜내는 듯한 목소리를 보건대 루시올 역시 한계인 것 같았다.

"조금만 더요, 루시올."

헤지아나가 말했다. 이 정도로는 안 된다. 바람이 한순간 폭발했고, 그림자는 그제야 무릎을 꿇었다.

[끅, 으윽.]

"조금만 더!"

천천히, 땅을 짚고.

[성하, 안, 될…!]

"조금만!"

완전히 무너진 그 순간.

땅을 긁어 올리던 바람이 사라졌다. 동시에, 남문 위에서 터지던 마력도 사라졌다.

[뭐야, 일곱별의 아이들도 별거 아니네.]

가일란의 목소리였다. 헤지아나는 아직 먼지가 부옇게 일어난 땅을 쳐다보며 인상을 찌푸렸다.

"일곱별의 아이들이니 제일의 성기사를 이렇게 만들 수 있었던 거야."

보통 마법사라면 5초 안에 기절했을 것이다. 헤지아나는 쓰러져 마치 아이처럼 웅크리고 있는 덩어리, 그렇게밖에 보이지 않는 것을 향해 무릎을 꿇었다.

"끝난 건가?"

뒤에서 카람찬트가 물었다. 헤지아나는 가라앉은 흙먼지 사이에서 꿈틀대며 연결되는 핏줄과 근육의 결을 발견했다. 잘려나간 뺨이 스멀거리며 붙고 갈라진 안구의 신경이 붙는 것도 보였다.

"아마…."

그때였다. 갈라진 안구가 하나로 붙고 안와 안에서 데굴 굴렀다. 회색 눈동자가 이채를 띠고 이쪽을 보았고.

"헤지아나!!"

광풍.

소리 없는 폭발.

헤지아나는 뒤로 밀려났고, 카람찬트는 구르며 밀려나는 헤지아나를 붙잡아 지탱했다.

"염병할, 이게 뭐야?!"

그것은 헤지아나가 묻고 싶은 것이기도 했다.

빛의 고치였다. 태양도 달도 아닌, 이 어두운 밤을 채우는 그야말로 순수한 빛. 그것이 빛의 날개가 만들어 낸 것임은 한눈에 알 수 있었다. 날개가 아셔의 몸을 감싸 고치모양으로 빚어 발광하고 있었다.

모두 긴장했다. 카람찬트는 검을 고쳐 쥐었고, 할센라비온도 자리에서 일어났다. 이어커프 너머에서 들리는 리암의 신음과, 가일란의 욕설, 루시올의 탄식까지 전부.

[세상에 어떻게 이런….]

[염병할…. 이게 대체 뭐야….]

[뭘로 봐도 재생의 전조인데.]

"헤지아나, 저게 뭐야?"

"어떻게 알아."

헤지아나도 넋을 잃은 채 그것을 쳐다보았다. 넋을 잃은 것은 그것이 아름답거나 신성해서가 아니라,

"처음 보는 건데."

날개깃 같은 그 빛의 윤곽이 하나하나 벌어지며, 그 안에서 나타나는 아셔의 모습 때문이었다.

끝나지 않았다.

"[─말씀해 주십시오.]"

상처는 회복되어 있었다. 그렇지만 그 모습은 완전히 빛을 잃어서.

"[저는 무엇입니까?]"

울리는 듯한 목소리. 헤지아나는 그것이 어디선가 들은 적 있는 것임을 깨달았다.

늘 들었던 것이다. 신의 목소리. 아니, 이것은 신의 목소리는 아니었다. 그러나 신의 그것과 같은 울림이 있었고, 헤지아나는 이 이변이 어떤 인도로 인해 이루어졌는지를 단번에 알아차렸다.

"신 새끼가…."

헤지아나는 이를 갈았다.

잔은 전부 채워졌다. 분명 신이 그렇게 말했다. 그리고 잔을 기울여야 할 시간이라고도 했다. 아마도 이것은 그를 위한 인도이겠지. 무엇인지는 알 수 없으나, 확실한 것은 신의 안배에 의하여 이것은 통과해야만 하는 것이었다.

"[그는, 당신의 친구라고 했습니다.]"

"어, 나 말야?"

카람찬트가 미간을 찌푸리며 대답했다. 헤지아나는 카람찬트를 돌아보았다.

"너 내 친구라고 하고 다녔어?"

"틀린 말은 아니지 않아?"

일단 지금 그걸 따질 때가 아니다. 헤지아나는 아셔의 손에 휘감긴 신성력을 발견했다. 조각조각 부서진 검 대신 그것이 검처럼 그의 손에 붙잡혀 있었다.

"[그는, 당신의 동반자라고 했습니다.]"

"누가…?"

"[그는, 당신의 가족이라고 했습니다.]"

[그렇게 말한 적 없는데.]

루시올이 색색거리는 숨소리를 섞어 말했다. 그렇다. 그는 가족이 아니고 싶다고 했지. 헤지아나가 미간을 찌푸렸다.

"당신이 그렇게 이해한다는 거군요."

"[그는, 당신의 세공품이라고 했습니다.]"

[좋은 표현이네.]

"[그는, 당신의 행복이라고 했습니다.]"

"반대 아닌가?"

할센라비온이 미간을 찌푸렸다. 하긴 할센라비온은 '앞으로 어떤 관계인지 알아 가 보자'고 했으니…. 아니, 그렇다면 그는 결론을 내렸다는 건가. 헤지아나는 빛 속에 서서 말하는 아셔를 쳐다보았다.

마지막 날개가 펼쳐졌다.

"[저는 당신의 무엇입니까.]"

천사의 모습이었다.

하늘의 사자처럼 빛나는 모습으로 내려다보며 물었다. 그 모습에 헤지아나는 잠시 말을 잃었다.

그러게. 아셔 아라스트란, 당신은 나에게 어떤 존재인가.

"모르겠군요."

헤지아나가 대답했다.

"당신은 제가 당신에게 무엇이냐는 말에 대답하지 못했습니다."

아셔는 아무 말 하지 않았다. 헤지아나는 한 걸음 다가갔고 그의 날개가, 가볍게 움직였다.

"그러게요, 저는 당신에게 친구도, 동반자도, 가족도 되지 못했군요. 세공품으로 만들지도 못했고 행복으로 삼지도 못했습니다. 당신이 원하는 자리는 무엇입니까?"

"…"

날개만, 가볍게 움직였다.

"저는 당신에게 무엇입니까?"

그리고 깨달았다. 이것은.

"말하지 않을 셈입니까?"

헤지아나가 한 걸음 더 다가갔다. 왼손에는 방어막이 조용히 자리 잡고, 오른손에는 신성력이 조금씩 맺혔다.

"말할 수 없는 거겠죠? 그렇게 말하면 당신은 나를 교황으로만 보고 있다는 걸 밝혀야 하니까?!"

퍽!

조금씩 좁혀지던 간격을, 헤지아나가 한달음에 달려가며 좁혔다. 동시에 방어막이 아셔의 얼굴에 박혔다. 빛이 기울고, 지켜보던 사람 모두의 입이 벌어졌다.

"헤지아나?!"

[헤지아나! 위험…!!]

"결자해지!"

헤지아나가 외치며 다음 방어막으로 아셔를 후려 팼다. 딩 하는 소리가 울려 퍼졌다.

"대대로 모든 전투는 일기토로 끝났어!"

[아뇨! 그런 적 없습니다! 그리고 결자해지와 일기토는 조금도 비슷하지 않아요!]

리암이 다급하게 외쳤다. 그러나 헤지아나는 멈추지 않았다.

"이 세계의 역사가 아니라, 우주적 법칙을 말하는 겁니다, 리암!"

세 번째. 턱 밑을 얻어맞은 아셔가 어질한 듯 휘청거렸다. 그러나 이제 그는 자신이 교황에게 얻어맞고 있다는 자각이 생긴 것 같았다. 그가 교황 앞에서 벌을 요구하며 수없이 반복했던 자해쇼 퍼레이드 속에서도 절대 이루어지지 않았던 구타가 현재 이루어지고 있었다. 받아들이기 어려운 것도 당연했다.

"소리가 안 나오면, 소리가 나올 때까지 두들기면 되는 거지요!"

[그 무슨 깡패도 안 할…]

"우와…. 완전 화통하다."

어이없어하는 가일란과 넋을 잃은 듯한 카람찬트의 목소리에, 헤지아나는 신경질적으로 목소리를 높였다.

"헛소리 하지 말고 도와!"

"성하, 이게 무슨 짓…!"

"이제 제 목소리로 돌아왔네!"

방어하는 아셔를 다시 방어막으로 후려 패는 방어의 부조리함 속에서 헤지아나가 소리쳤다. 물론 최선의 방어는 공격이니만큼 이런 식의 방어가 잘못된 것은 아니다. 본디 방패는 가격용으로도 쓰이지 않는가.

"자, 어서 네가 원하는 걸 말해!"

"큭!"

헤지아나의 방어막이 사방에서 날아들었고, 아셔는 뒤로 뛰어 자신의 움직임을 제한하는 결계에서 벗어났다.

"카람찬트, 쟤 못 움직이게 해!"

"어, 어어. 어!"

"할센라비온, 옆으로 못 나가게 막아!"

"알았어."

"공격은 절대 하지 말고, 도망치지 못하게만 해! 나만 할 수 있으니까!"

어리버리한 카람찬트와 달리 할센라비온은 자기의 할 일을 잘 찾아 해냈다. 헤지아나는 정면으로 아셔를 압박해 몰아넣으면서, 카람찬트와 할센라비온을 공격해 돌파구를 찾으려 하는 아셔를 방어막으로 막아 냈다.

"자, 말해! 솔직해지라고!"

"큭…!"

정면에서 달려드는 헤지아나를 피하려면 옆으로 피해야 했다. 그러나 양옆은 황제와 황태자가 마크하고 있고, 그들을 물리치기 위해 검을 휘두르기엔 헤지아나가 너무 가까웠다. 아셔는 이를 악물었다.

"용서해 주시길, 성하!"

빛의 날개가 움직였다. 그것은 헤지아나가 후려치는 방어막 사이로 뻗어나갔지만.

"하!"

헤지아나가 기합을 한 번 넣으며 넓게 퍼지는 장막을 펼쳤다. 빛의 날개가 그것에 닿았고— 그것은, 마치 흡수되는 것처럼 장막에 맞닿아 사라졌다.

"?!"

아셔가 크게 당황하며 뒤로 물러섰다. 그러나 당황한 것은 아셔뿐만이 아니었다.

"어, 어떻게?"

카람찬트가 아셔 대신 의문을 내뱉은 순간, 헤지아나는 아셔를 향해 자신의 신성력으로 만들어 낸 방패를 한 개 집어던지며 말했다.

"아셔 아라스트란, 그대의 힘이 창조신의 안배 아래의 힘이라는 걸 잊은 거 같군요!"

"그게 무슨 뜻…!"

아셔의 힘은 신성력과 유사하지만, 같지는 않다.

그러나 지금 그의 손에 휘감긴 것은 신성력에 훨씬 가까웠다. 신성력이라고 착각할 만한 힘이었다. 그 말인 즉슨 무엇을 할 수 있는 것이냐면.

"즉 신성력의 파장을 맞추면!"

헤지아나가 일으킨 파장의 빛이 변했다. 헤지아나의 빛이 본디 금빛을 조금 더 띠고 있다면, 그것은 창백한 빛에 가까웠다.

"무화시킬 수 있다는 거죠! 교황인 저는 말입니다!"

"그걸 왜 이제야 써먹는 건데!!!"

옆에서 카람찬트가 격렬하게 항의했다.

"미안, 나도 쓸 일이 없다 보니까 방금 생각났어."

헤지아나가 뻔뻔하게 말하며 아셔를 후려쳤다. 억 하는 소리와 함께 아셔의 몸이 뒤로 젖혀졌다. 그러나 항의는 카람찬트에게서만 들어온 것이 아니다.

"헤지아나."

[성하.]

[헤지아나….]

[진즉 말했으면 이 고생을….]

사방에서 들려오는 야유 소리에, 뻔뻔하게 나가려고 했던 헤지아나도 그만 한풀 꺾이고 말았다.

"아, 그게 나라고 해서 이러고 싶었던 건 아니고…. 지금 조건이 그렇게 됐는데 어떻게 하라고! 그래서 결자해지해야 한다는 걸 깨달은 거야! 까짓것 이기면 되는 거잖아!"

[아니, 이게 이기는 일은 아니었던 거 같습니다만….]

이제 리암은 말하는 것조차 지친 것 같았다. 헤지아나는 아셔의 턱을 집중적으로 노렸다. 일단 사람의 몸을 한 이상, 머리를 타격하면 뇌진탕에 걸리기 마련이다. 그러나 아셔 역시 헤지아나의 목적을 깨달은 듯 머리를 방어했다.

"자, 아셔! 말해요! 당신은 왜 나를 교황으로만 보려고 하죠?!"

"당신이 교황이 아니면 그럼 뭐란 말입니까!"

"당신은 날 사랑하잖아!"

퍽. 방어막이 아셔의 턱주가리를 날렸다.

상대에게 넌 날 사랑한다고 외치면서 할 짓은 아니었다.

"결국 지금 하는 말 정리하면 다른 애들은 특별한 거 같은데 나는 왜 아니냐는 거잖아!!!"

[와, 너무 정곡….]

루시올의 중얼거림이 들렸지만, 무시하고 헤지아나가 말했다.

"그런데 자기에게 솔직하지 못하니까 자꾸 쟤들이 나를 교황 자리에서 내려오게 한다느니 어쩌느니 하면서 헛소리하고!"

"큽!!"

방어막이, 이번에는 명치에 가 박혔다.

"까놓고 말해서 네가 나랑 방에 단둘이 있으면 섹스하고 싶지 경전을 외고 싶겠냐!!"

퍼버버벅. 방어막이 아셔의 몸에 수십 개 가서 부딪혔고, 아셔가 자신의 몸을 감싸 안았다.

"내가 교황이어야지 성기사인 너와의 연관점이 생기니까 그게 아닌 나를 상상을 못 하는 거겠지!"

[이 정도면 사실도 폭력인데.]

"지방방송 꺼!!!"

바로 가일란이 입을 다물었다. 그사이에도 헤지아나의 팩트, 아니, 실드는 묵직하게 아셔에게 박히며 그를 밀어냈다.

"그래서 쟤들이 뭐냐고?!"

이쯤 되니 카람찬트와 할센라비온은 검도 겨누지 않고 그냥 서 있었다. 헤지아나가 그들 중 한 명인 할센라비온을—그것은 순전히 그가 오른쪽에 있었기 때문이다— 손가락질하며 말했다.

"내 애인!!"

"큭!!"

"너는 뭐냐고?!"

헤지아나의 손가락이 아셔를 향했다.

"내 애인!"

그리고 덧붙여 선언했다.

"싫으면 관두든가!"

그리고, 헤지아나의 주먹이 아셔의 턱을 날렸다.

호기에 차서 그런 것은 아니었다. 그래야 할 필요성이 있었기 때문이다. 헤지아나를 막지 못한 아셔가 어지러워하는 사이, 헤지아나는 오른손에 든 신성력으로 아셔의 팔을 찢었다.

"성, 하!"

피는 흐르지 않았다. 헤지아나는 오른손을 생채기 위에 대고, 그가 가진 힘을 빨아들였다.

"아…?"

"파장을 맞추면."

허공으로 흩날리는 하얀 빛. 그것이 어둠을 밝혔다.

"할 수 있다니까."

그저 무용하게 흩어지는 힘들. 마치 은하수처럼 밤을 수놓는 빛을 올려다보며 아셔의 눈이 빛을 잃어가기 시작했다.

"저는…."

"네."

"성하의 곁에 있고 싶을… 뿐인데…."

"옆에 있잖아요."

고작 그걸 말하기 위해 이랬단 말인가. 헤지아나가 안타까운 표정으로 멍해진 아셔의 표정을 내려다보았다.

"저만을 위해서는…. 안 되나요…."

막연하게 새어 나오는 목소리에 헤지아나는 고개를 저었다. 그건 불가능했다. 그렇게 할 수는 없었다.

"이것이 당신에게 고통이라고 생각된다면, 굳이 참여하지 않아도 돼요."

"아뇨…."

하늘을 새벽처럼 물들이던 빛이, 서서히 사그라지기 시작했다.

"아뇨…. 그것보다…. 성하가 없는 것이…. 더…."

그와 마찬가지로, 서서히 닫혀 가는 회색 눈동자.

"괜찮습니다…. 저는 어차피 당신의 종이니…. 그 방법밖에…. 모르니…."

그리고 모든 것을 잃은 몸이, 하얗게 빛나는 교황의 몸으로 쓰러졌다.

"그야 보통은 당신 같겠지요."

헤지아나가 자신의 품에서 잠든 아셔의 머리카락을 쓰다듬으며 중얼거렸다.

"그러나 나는 한 가지로는 만족할 수 없는 것 같습니다. 그러니 나를 원한다면, 당신이 나에게 따라야겠지요. 그러나 걱정 마세요. 당신이 고통스럽지 않을 정도로 사랑해 줄 수 있습니다. 당신의 비어 버린 안을 가득 채울 정도로 충만하게 해 줄 수 있답니다."

입술에 닿는 아셔의 머리카락에서는 신선한 흙과 빛의 냄새가 났다. 헤지아나는 그 머리카락에 가볍게 입 맞췄다.

"그러니 다른 이들이 그 사랑을 빼앗아 갈 것이라 미리 예측해 고통스러워하지 마세요."

순간, 아셔의 몸이 힘을 잃고 완전히 늘어졌다.

갑자기 팔을 잡아당기는 무게에 헤지아나는 그대로 주저앉았고, 털썩 주저앉은 순간 지붕에서 내려와 다가오고 있는 루시올과 가일란을 발견했다.

"왔군요."

"끝난 건가요?"

루시올의 질문에 헤지아나는 고개를 끄덕였다. 멀리, 리암도 다가오고 있었다. 그를 뒤로한 채 카람찬트가 얼굴을 찌푸렸다.

"뭐야, 네가 그렇게 할 수 있었으면 진작 그렇게 했으면 되잖아. 대체 우리가 한 고생은 뭐야?"

"그래서."

헤지아나가 아셔를 들쳐 안으며 말했다.

"불만 있는 사람?"

순간, 모두의 시선이 아셔를 향했다. 그리고 그들은 합의라도 한 것처럼 입을 꾹 다물었다.

"서열 정리가 된 거 같군요."

다가온 리암이 안경을 고쳐 쓰며 말했다.

"서열 정리?"

"일단 아셔 경이 제일 위라는 건 누구도 반박 못 하겠죠. 우리들이 전부 덤벼도 당해내지 못했으니."

순간 루시올과 가일란을 비롯해서… 하여간 리암만 빼고 다들 미묘하게 인상을 찌푸렸지만, 리암의 말에 반박할 사람은 보이지 않았다.

"잔은 전부 채워졌고 준비되었으며 기울여야 한다…"

헤지아나는 이 난리가 일어나기 전 들렸던 신의 음성을 생각하고 잠시 이마를 짚었다.

"설마 서열정리 하려고 이 난리를 일으킨 건가…?"

[그럴 리가 있냐, 임마.]

들려온 신의 목소리에, 헤지아나의 얼굴이 험하게 일그러졌다. 이 신 놈이 이제야 돌아온 건가?

"그럼 뭘 위한 건데요!!!!!!!"

[아, 물론 그것도 목적이긴 했는데.]

"그럼 그게 그거잖아!!!"

"헤지아나?"

다섯 대표는 갑자기 소리 지르는 헤지아나를 보곤 깜짝 놀란 듯 헤지아나를 살폈다. '이 난리를 겪더니 살짝 맛이 간 건가' 걱정하는 표정이었다.

"아, 아니. 지금 신의 계시가 들려와서… 아…. 그러니까."

뭐라고 설명해야 할까. 헤지아나는 이맛살을 찌푸리더니 다섯 대표를 외면했다.

"잠시 제가 어떤 행동을 하더라도…."

[뭐 그럴 필요가 있어?]

"어?"

"어…."

대표들의 표정이 일그러졌다. 루시올의 귀가 쫑긋거렸고, 할센라비온은 보라색 눈을 바쁘게 굴렸다. 그러나 어디에도 존재하는 그분은 동시에 어디에도 없기 때문에 그런 평범한 감각으로 발견될 리가 없었다.

[자, 일정은 모두 끝났고.]

"이건…."

"신의… 목소리?"

리암이 의심스러운 듯이 눈을 굴렸다.

[헤지아나를 통해서 인자는 충분히 전달됐을 거야. 뭐 많이 하면 할수록 좋은데.]

"어? 아? 잠깐? 인자?"

[거 니들이 일곱별의 아이들이라고 부르는 그거. 끊어진 인연을 다시 이어야 했어. 어쨌든 걔들이 존재함으로서 있었던 균형이 있었는데 그게 사라진 것도 그렇고 겸사겸사.]

"잠깐. 그 말인즉슨, 우리가 이 시대의 일곱별의 아이들로 선택되었다는…. 겁니까?"

머뭇머뭇, 할센라비온이 어렵게 어미를 골랐다.

[뭐 상징적으로 말하자면 그렇고.]

"아니, 잠깐!!!!!!!!! 그런 말 없었잖아!!!!!!!!!"

헤지아나가 벌떡 일어나려다가, 무릎 위에 기절해 있는 아셔의 존재를 깨닫곤 다시 주저앉았다. 이 고함 속에서도 아셔는 신음소리 한 번 없이 잘 기절해 있었다.

[아니, 신의 위대한 뜻을 내가 일일이 다 알려 줘야 하냐? 니들이 뭐 내 깊은 뜻을 얼마나 안다고.]

"그럼 지금 이게 전쟁을 막기 위해서가 아니라 새 일곱별의 아이들을 만들기 위한 것이었다는 거잖아요!!!"

[에, 겸사겸사라니까. 음. 아니, 이게 전쟁을 막기 위해서 한 일은 맞아요, 헤지아나야.]

"정말? 속이는 거 아니야?!"

[속고만 살았나.]

"속은 게 한두 번이어야지!!!!! 맨날 부려 먹기만 하고!!!!!!!"

[아니, 그래서 보상도 줬잖아. 거기 그 뭐냐, 대륙에서 잘난 남자들 여섯 뽑아서.]

순간, 대표들은 서로를 번갈아 쳐다보았다. 그 시선 속에서 조심스럽게, 가일란이 말했다.

"우리⋯. 뭐, 산제물 같은 건가⋯?"

[비슷해.]

신은 그 비참한 처지를 너무나 명쾌하게 긍정해 주었다.

[그러니 앞으로 헤지아나에게 잘 하도록.]

"아냐! 뭔가 이거 이상해!!!"

헤지아나가 소리쳤지만, 사실 대표들은 자신의 처지를 그리 비관하거나 의심하지 않았다. 어찌되었든 그들에게는 상관없는 일이었기 때문이다.

"신이라는 건 인간들을 불행하도록 내버려 두더니 쓸데없는 일을 하는군."

[인간사 모든 걸 컨트롤 하려고 들면 그게 신이냐, 컨트롤프릭이
지.]

"…뭔가 납득하기 싫은데 납득도 되고 그러네."

가일란이 기묘하게 설득된다는 듯이 말하자, 헤지아나는 반박하
듯 소리쳤다.

"그럼 나에게 한 건 뭔데!!!!"

[너는 나랑 소통하는 유일한 복지사잖아….]

"복지사 늘리라니까!!!"

[아, 더 필요 없어. 하여간 됐고, 모든 것은 끝났다. 싸움까지 신
나게 했으니 인과는 모든 것이 해결되었음!]

"인과라니 그건 또 뭐야!!"

[너희들이 결국 해소해야 했던 원한? 뭐 의식 같은 거지. 대표적
인 상징물들이 부딪혀서 위험한 인과를 해소했으며 다른 방향으로
새로운 인과를 만들어 내었음. 끝. 그러니 마음 놓고 좋하고 잘 가
고 잘 헤어져라. 안녕!]

그리고, 연결이 끊어졌다.

"뭐야!!!!!!!! 야 이 신 새끼야!!!!!!!!!!!!! 니 할 말만 하고 가면 다
냐!!!!!!!!!"

헤지아나가 소리쳤고, 그 모습을 보며 다들 낮게 탄식했다.

"신이라는 게…."

"저토록 경박…."

"역대 교황들이 약간 화병이 있었다는데…."

"세상이 걱정되는군요…."

그리고 해가 진 지 채 다섯 시간도 지나지 않은 현재.

대체 누구의 농간인지 해가 뜨기 시작했다.

말갛게 떠오르는 해를 보며 대표들은 신과 세상에 대해 고민하며, 이 세계가 경박한 신의 손에 의해 어떻게 꾸려져 나갈지 깊은 걱정을 했다.

이번 대 교황은 홀로 외롭지 않을 것이다.

신이 없는 일요일

회의가 끝난 지 이 주일 후.

전운이 걷혔다. 멜라스는 불안에서 빠르게 회복되었다. 평화 분위기에 제일 큰 영향을 미친 것은 동제국으로 그들이 국경에 세워 둔 군사를 거둔 것이 사람들을 안심하게 했고, 이비아네라가 군사훈련 규모를 줄인 것도 영향을 미쳤다. 동부와 서부는 남부에 구호물자를 지원하기로 했다.

그러나 문제가 없어진 것은 아니었다.

"어쨌든 유랑 민족을 어떻게 처리할지는 정해야 해."

할센라비온이 말했다.

"그러지 않으면 나의 능력을 문제 삼아 반역이 일어날 확률이 높아지지. 일단 이 부분에 대해서는 시급한 결정이 필요해. 이 상황에서 내가 옥좌에서 끌려 내려가면 서로 곤란하잖아."

할센라비온은 눈을 치켜떠 앞을 보더니, 입꼬리를 끌어올려 웃었다.

"자신이 뿌려 놓은 씨가 고민의 싹이 된 현재가 어떤가, 황태자."

"시끄러워."

카람찬트는 이맛살을 찌푸리며 찻잔을 내려놓았다. 그는 자신이 유랑 민족을 부추겼다는 사실을 대놓고 인정하진 않았다.

"아셔 경을 보내는 게 좋을 것 같습니다."

책상 옆에서 리암이 안경을 고쳐 쓰며 말했다.

"일당백을 하는 아셔 경만큼 이 문제를 잘 해결할 수 있는 사람이 없을 거 같습니다. 아셔 경이 잠입해서 우두머리의 목만 꺾어도 와해할 겁니다…. 지금 같은 상황에서는."

말하곤, 리암은 흘깃 카람찬트를 돌아보았다. 카람찬트는 의자에 깊숙이 기대앉아 그 시선을 피했다. 헛기침하며 카람찬트는 창가로 고개를 돌렸다.

"뭐 그래서, 아셔 경을 보낼 거야?"

거기엔 이 방의 네 번째 사람이자, 이 방의 주인이 있었다. 카람찬트가 그녀의 이름을 불렀다.

"헤지아나."

가늘게 불어오는 산들바람이 커튼을 가볍게 흔들었다. 커튼 옆에서 햇살을 받으며 서 있던 헤지아나는 고개를 돌려 방 안을 쳐다보았다. 손에 든 찻잔이 가볍게 달칵거렸다.

"그게 제일 좋겠지. 큰 피해도 없고."

헤지아나가 말했다.

"지금 그들이 가진 물자가 떨어져서 소란한 것은 알려진 사실이고."

말하며, 헤지아나는 카람찬트를 한 번 쳐다보았다. 카람찬트는 슬쩍 시선을 피했다.

"몰래 아셔를 보낼 테니 할센라비온은 군대를 보내서 적당히 위협해."

"위협만 한다고 해도 사상자가 없진 않을 텐데? 그게 당신 구미에 맞을진 모르겠군."

"이미 성이 함락될 때 사상자가 있었으니, 그런 병사들의 원한을… 어떻게 할 순 없겠지."

헤지아나가 찻물로 입술을 적시며 고개를 끄덕였다.

"이 일을 유랑 민족의 독자적 행동으로 처리하고, 물자는 서부에서 계속 약탈해 왔던 것으로 하면 적당히 묻을 수 있을 거야."

"북부와 그들이 접촉할 겁니다."

리암이 말했다.

"그들이 유목민이라고 생각했지, 정주하길 원한다고 생각하진 않았거든요. 정주하길 원하는 이들에게는 자리를 주라고 했습니다."

"그게 북부의 무기 판매 행위를 눈감아 주는 대신 받는 대가군요."

헤지아나가 말하자, 리암은 가볍게 고개를 끄덕였다.

"좋아. 일단 그렇게 덮도록 하지. 그럼 교황청 최강의 무기는 언제 보낼 거지?"

할센라비온이 자리에서 일어나며 물었다.

"지금 당장이라도 가능해."

"그럼 이쪽은 언제 준비하면 되지?"

자리에서 일어난 할센라비온이 헤지아나에게 다가가더니 그녀의 입술에 가볍게 입 맞췄다. 리암이 그것을 보았다. 카람찬트도 턱을 괸 자세로 보고 있었다. 햇살 속에서의 부드러운 입맞춤에 헤지아나는 가볍게 웃음 지었다.

"최대한 빨리 준비하는 게 좋을 거야."

"성하."

똑똑, 문 두들기는 소리가 들리고 곧 문이 열렸다. 그리고.

"어서 와요."

"성하의 부르심을 듣고 왔습니다."

여전히 창백하고 하얀 제일의 성기사가 입장했다.

아셔가 들어옴과 동시에 방 안의 분위기가 살짝 경직했다. 2주 전의 싸움 이후 그들은 아셔를 볼 때 늘 그랬다. 당연하다면 당연한 일이었지만, 하여간 뭐라고 해야 할까. 경직한다는 것도 맞긴 하지만 육식동물을 보고 슬금슬금 피하는 초식동물들의 분위기라고 해야 할까.

물론 육식동물은 그들에게 관심이 없다. 그리고 사실 리암도 그 육식동물에게 관심이 없다. 그는 평화롭게 인사를 받았을 뿐이다.

"안녕하십니까, 리암 전하."

"안녕하십니까, 아셔 경. 상태는 좋아 보이시는군요."

"덕분입니다…. 아, 황제 폐하와 황태자 전하께서도 함께 계셨군요."

아셔가 맑은 얼굴로 할센라비온과 카람찬트에게 인사했다. 그들은 서로 눈짓을 하더니 가볍게, 딱 한 번 고개를 끄덕였다.

아무래도 검을 맞대 본 상대라 그런 건지, 그들이 제일 아셔를, 뭐라고 해야 할까. 경계했다. 그들은 아셔가 언제 또 돌아 버릴지 모른다고 염려하고 있었다. 그러나 그들은 아셔가 이 안에서 최강자임을 인정했다. 그리고 할센라비온은 딱히 그의 지위에 도전할 생각이 없는 거 같았다. 물론 카람찬트는 기회가 되면 도전해 보려고 하는 것 같았지만.

"아셔 경. 할센라비온 황제와 같이 움직일 일이 있어요."

"아."

아셔는 헤지아나의 앞에 선 할센라비온을 보더니 해사하게 웃었다.

"그렇군요. 잘 부탁드립니다, 황제 폐하."

"어…. 알겠네. 잘 부탁해."

할센라비온은 아셔를 보고는 뻣뻣하게 고개를 끄덕였다.

"특별한 임무인데, 아셔 경과 같이 능력이 출중한 이가 필요해서 요청하게 되었습니다. 힘들지 모르겠지만 부탁해도 될까요?"

"성하의 하명에 저의 어려움이 무슨 대수겠습니까? 하지만 제 능력이 미천하여 성하와 폐하께 누를 끼치지 않을까 걱정되는군요. 혹시 중요한 일이라면, 황태자 전하와 같은 능력 출중한 이의 도움을 얻는 것은…."

"어—."

아셔가 카람찬트를 쳐다본 순간, 카람찬트는 아예 대놓고 딴청을 피우기 시작했다.

"내가 적국에 가서 도와줘야 할 일이 어딨어."

"아, 그도 그러하군요."

"걱정하지 마십시오. 아셔 경 혼자의 힘으로도 충분할 겁니다."

리암이 끼어들어 아셔의 표정에서 걱정을 덜어 주었다.

"다만 교황청에서 한 달 가까이 떨어져 있어야 할 텐데, 괜찮으신지요?"

"본디 교황청에서 오래 떨어져 임무를 수행하였는데 긴 외출이 무슨 문제겠습니까? 다만…."

아셔는 잠시 생각하는 표정을 지었다. 그러나 그는 곧 씩 웃으며 리암에게 말했다.

"아닙니다. 성하의 곁에는 리암 전하께서 계시니, 제가 걱정할 필요가 없지요. 저보다 믿을 수 있는 분인 것을."

할센라비온의 시선이 리암을 향했다. 카람찬트의 시선도 리암을 향했다. 사실 이것은 또 따로 정리된 계층이라고 해야 할까. 헤지아나는 그걸 뭐라 불러야 할지 알 수 없었다. 확실한 건 뭔가, 아셔의 위에 리암이 있다는 기분인데.

"본처 인정…."

카람찬트가 작게 중얼거렸다. 헤지아나는 가볍게 카람찬트에게 다가가 뺨을 꼬집었고, 카람찬트는 왜 그러냐는 듯이 쳐다보았다.

"물론 다른 분들도 계시니 제가 주제넘게 걱정할 필요는 없겠습니다."

아셔가 황제와 황태자를 보며 웃음 지었다.

그러니까, 언제부터인가 리암이 '자타공인 본처'로 불리기 시작한 것은 알고 있었다. 헤지아나는 그게 아마 자신이 리암을 계속 곁에 두고 많은 것을 의논하기 때문이라고 생각했다.

하지만 자타공인이라니 좀 이상한 호칭이었다. 일단 리암은 자신이 본처라고 주장한 적이 없었기 때문이다. 그리고 리암이 본처면 아셔는 뭐란 말인가. 아셔가 1인자인 건 다들 인정하는 바 아니었나?

"여—하간 그러면, 나는 빨리 준비하도록 하지. 아셔 경은 천천히 준비해도 되네."

할센라비온은 헛기침과 함께 말을 끝내더니 손을 들었다.

다음 순간, 그는 갑자기 방 안에서 지운 것처럼 사라졌다.

"아, 갔으니 하는 말인데 헤지아나. 즉위식 말인데."

"안 가."

헤지아나가 단호하게 말했다. 카람찬트는 즉위식을 준비하고 있었고, 이전부터 말했듯 그 곳에 헤지아나를 부르고 싶어 했다.

"안 된다고. 좀 그 제왕병 좀 버려. 내가 친서 써 주는 것만 해도 대단한 거라고."

"아니 뭐야. 애인에게 조금만 더 신경 써 줘 봐."

"공과 사는 구별하는 게 어때?"

"나는 공과 사가 없었던 사람이라."

카람찬트가 턱을 괸 자세로 어깨를 으쓱해 보였다. 뭐, 하긴. 그는 태어나서부터 황태자였고 계속 일거수일투족을 관찰당하며 살았으며 사소한 말 한마디가 권력을 양분하던 삶을 살아왔다. 이해는 한다.

"너에겐 없겠지만 나에겐 있어."

"뭐, 일단 다른 분들 있는데 길게 설득할 이야기는 아닌 거 같고."

카람찬트가 자리에서 일어났다. 그는 헤지아나가 든 찻잔을 대신 들어 테이블에 내려놓더니, 산들바람이 스치고 지나간 그녀의 목에 입 맞췄다. 헤지아나는 갑자기 몸을 훑는 얕은 짜릿함에 놀라 떨었다. 입맞춤도 아니고 목덜미에 키스라니, 너무 선정적인 것 아닌가?

헤지아나가 쏘아봤지만, 카람찬트는 장난친 것처럼 웃고 있을 뿐이었다. 그게 그렇게 밉지는 않았다.

"저녁에 다시 올게."

"오늘 선약 있거든?"

"먼저 올 거야."

씩 웃는 눈동자가 초승달 같았다. 그 호박색 눈동자는 달이 지는 것보다 빠르게 사라져 버렸다. 그가 사라진 자리에 바람이 불었다. 헤지아나는 목덜미에 손을 올렸다. 아직 그의 입술이 거기 남아 있는 것 같았다.

"할 이야기는 다 끝났으니 상관없겠죠?"

한숨을 내쉬며 헤지아나는 목에서 손을 뗐다. 리암은 작게 고개를 끄덕였다.

"필요하면 다시 부르면 되니까요."

신은 그들에게 선물을 하나 주었다. 그들이 거주하는 곳의 특정한 장소에서 교황청의 특정한 장소로 이동하는 능력이었다. 또는 그 반대도 가능하고, 전혀 상관없는 곳에서 두 좌표 중 하나로 이동할 수도 있었다. 그리고 좌표는 고정된 것이 아니라 수정도 가능했다. 그리 어려운 것은 아닌 듯했다.

어쨌든, 그들의 성에서 어느 곳이 좌표인지는 알 수 없지만 교황청의 좌표는 정해져 있었다. 회담 때 쓰던 방. 이제 몇몇 손님방은 영영 쓸 수 없는 곳이 된 것이다.

할센라비온은 이 '선물'을 습격 받았을 때 도망치기 좋은 것이라고 재미있어 했지만, 헤지아나는 이게 '선물'인지 아닌지 알 수가 없었다. 일단 여섯 명이 직접 얼굴을 보고 이런 저런 의논을 하고 결정을 나누는 건 편하기도 한데 시끄럽기도 하고, 그리고… 아니, 음. 밤이 즐거운 건 나쁘지 않은데…. 서로 들이대다 보니까 일정이 겹치기도 하고. 그래서 동시에 하려고 하질 않나, 뭐, 그래서 몇 명은 같이 해 보기도 했는데 음, 꽤 색다른 경험이었고, 아니, 그게 아니라 뭐라고 해야 할까….

아무리 생각해도 신의 선물이라기보다는, 하렘 유지에 쓰라고 준 거 같은데.

어쨌든 다들 잘 쓰고 있으니까 상관없는 것 같다. 아니, 하지만 이쪽에는 상관이 있다….

"성하."

"우왓!"

갑자기 귀 뒤에서 들려오는 목소리에 헤지아나가 흠칫 어깨를 떨었다. 동시에, 어깨에 닿은 손이 뱀처럼 스윽 팔을 쓸어내렸다.

"뭔 생각을 그렇게 깊게 하고 있지?"

"가일란, 손 치워."

헤지아나가 탁 손을 쳐냈고, 그 모습을 리암과 아셔가 그럴 줄 알았다는 표정으로 보고 있었다. 그들도 가일란의 그런 태도에 익숙해진 것 같다. 하지만 가일란은 아셔와 시선이 마주친 순간 가볍게 인상을 썼다.

가일란은 '개는 이미 키우고 있다'고 했던 헤지아나의 말을 계속 신경 쓰고 있는 것 같았다. 그래서인지 아셔를 보면 대놓고 인상을 찌푸렸지만, 그건 그가 아셔의 위치를 인정하지 않는다는 것은 아니었다. 그리고 아셔는 당연하지만 가일란에게 그런 경쟁심을 갖고 있지 않았다.

헤지아나가 가일란에게 물었다.

"사슈르는 어떤 상태야?"

"나를 들볶던데?"

가일란이 피식 웃으며 헤지아나에게 말했다. 헤지아나는 그의 대답에 가늘게 인상을 찌푸렸다.

"그들이 아직 너를 신뢰해?"

"의심해. 하지만 지금 여기 내부 상황을 예측할 수 있는 자가 어디 있겠어? 다들 붙어먹었다고 말이야."

가일란이 헤지아나의 손을 들어 올리더니 손가락 위에 가볍게 입 맞췄다. 가일란이 눈을 들어 헤지아나의 표정을 확인했고, 헤지아나는 그 정도는 허락해도 문제가 없다고 생각했다.

"어쨌든 상황이 이러니 좀 안달이 난 모양이야. 이걸 환금해서 개발비를 뽑고 싶어 하는 거 같은데. 아, 샘플은 어떻게 했어? 황제가 넘겼어?"

"받았어. 약제학사들이 분석 중이야."

할센라비온은 회의가 끝난 후 자신이 가진 '열세 번째 빛'을 넘겼다. 헤지아나가 만약을 위해 그것을 분석해 해독제를 만들어 둘 필요가 있다고 설득해서였다. 현재 그것은 교황청 한 구석에서 비밀스럽게 연구되고 있다.

"해독약을 바로 만들 순 없겠지만, 어쨌든 대응은 할 수 있게 되겠지."

"어쨌든 성하에게는 이 대륙에 재앙을 뿌리려고 한 괘씸한 놈들일 텐데."

헤지아나는 가는 눈으로 가일란을 쏘아보았다. 하지만 그는 그런 시선에 눈 하나 깜짝할 사내가 아니었다.

"어쩔 거야. 그네들을 칠 생각은 있어?"

"그러긴 해야겠지…."

'열세 번째 빛'의 생산지를 발본색원하고 그 죄과를 밝혀 벌을 주는 것. 헤지아나는 그것을 업무 리스트에 올려두고 있긴 했다. 우선순위가 좀 떨어지지만 그런 위험한 것을 그냥 두어서는 안 되었다. 어쩌면 이 일의 해결은 웨스월드의 첫 번째 업무가 될 수도 있었다.

"그렇다면 저 일기당천을 파병하는 건 어때. 그는 본디 그런 일에 최적이잖아?"

가일란이 작게 속삭였다. 그 말이 옳긴 하다만, 사실 가일란은 아셔를 치워 버리고 싶어서 하는 말일 게 뻔했다. 헤지아나는 자신에게 속삭이는 가일란의 얼굴을 밀어냈다.

"아셔는 할 일이 있어."

"네. 성하의 명을 받아 임무에 차출되었습니다."

"그래? 어디지?"

휘파람을 불며 가일란이 되물었다. 그 유쾌해 보이는 모습에 아셔는 웃음으로 대답했다.

"말씀드릴 수 없습니다."

"얼마나 걸리지?"

"역시 말씀드릴 수 없습니다."

"성하가 말해 줄 순 없나?"

"너에게 알려 줄 건 없어."

"주종이 매정하군."

결국, 가일란이 혀를 차며 물러섰다.

"정 안 되면 7월성을 보내 줘도 되지 않나? 그것 역시 이젠 교황청이 소유한 전략병기이고."

"암살하려고?"

갑작스레 어린 티가 묻어 있는 목소리가 날아들었다.

헤지아나도, 리암도, 아셔도 아닌 목소리를 향해 고개를 돌리자 거기엔 햇빛 쏟아지는 창틀에 앉아 금빛 머리카락을 반짝이는 녹색 눈동자의 소년이 있었다. 그는 창틀에 앉아 다리를 흔들거렸다.

"솔직히 나를 모르는 사람이 어딨어? 잠입요원으로는 최악이지. 하지만 눈에 띄니까 암살하기는 좋겠네. 당신은 나 안 좋아하잖아?"

"죽일 정도로 싫어하진 않아."

가일란이 어깨를 으쓱하며 말했다.

"딱히 네가 상대가 되는 것도 아니고."

가일란이 덧붙인 말에 루시올의 눈매가 날카로워졌다. 그러나 그는 헤지아나가 다가오자 바로 표정을 바꿨다.

"루시올. 문으로 다니도록 해요."

"성하."

순진한 아이처럼 웃으며, 루시올은 자신을 안아 내리는 헤지아나의 품에 매달렸다.

"오늘도 날아다닌 건가요? 물론 그건 나쁘진 않지만, 될 수 있으면 정원 안에서만 하도록 해요. 밖으로 나가진 말고…."

"걱정 마세요. 성하. 말씀하신 대로 잘 하고 있어요. 그리고 날이 좋아서 볕을 쪼이다가 이야기를 듣고 들어온 것뿐이에요."

루시올이 헤지아나의 뺨에 자신의 뺨을 비비며 말했다. 어쩜 이렇게 말랑말랑하고 부드러울까. 부드러운 뺨의 감촉에 헤지아나의 마음이 흐물흐물하게 녹아내렸다.

"앞으로는 성하의 말대로 문으로 드나들게요."

"루시올…."

"어이구."

보고 있던 가일란이 어이가 없다는 듯 내뱉었다. 표정을 일그러 뜨린 가일란을 보며 루시올은 헤지아나의 뺨에 입 맞추고 씩 웃었다.

"아, 그러고 보니 아셔 경계서 출정하신다고요?"

"네, 그렇습니다."

"오래 걸리시나요?"

헤지아나에게서 떨어진 루시올이 종종종 아셔의 앞으로 다가가 물었다. 순진하고 귀여운 요정의 표정이 아셔를 향했다.

"그리 오래 걸리지는 않을 겁니다."

"아, 그렇군요. 빨리 돌아오셨으면 좋겠어요."

루시올이 아셔의 손을 잡고 걱정스러운 표정으로 말했다.

"어쨌든 형제나 다름없는 사이 아니겠어요. 무사길 바라요."

"물론입니다. 루시올 님께 심려 끼치지 않도록 무사하도록 하겠 습니다."

"참, 리암 전하께서는 오늘 성으로 돌아가시죠?"

"예. 수도를 오래 비웠으니, 한번 돌아가 상황을 볼 필요가 있겠 습니다. 내일 모레쯤엔 돌아오겠지만 말입니다."

리암은 미소 지으며 묻는 루시올에게 고개를 끄덕이며 말했다.

"아무래도 보고로 듣는 것과 직접 살피는 것은 천지차이니까요."

"그렇군요. 빨리 돌아오셔서 이스파시아 이야기를 해 주셨으면 좋겠어요."

"그래서, 짐 정리를 조금 일찍 해야겠습니다. 아셔 경도 출정 준비를 하셔야 하고….”

“아, 그렇군요. 워낙 단출하게만 다녔던지라.”

“아셔, 짐은 저와 함께 챙기도록 하지요. 짐을 챙기며 어떤 일인
지 자세히 설명하도록 하겠어요. 가일란. 잠시 기다려. 이야기를 좀
더 들어 봐야 할 거 같으니까.”

리암이 나가고, 아셔와 헤지아나가 나간 방 안에는 루시올과 가
일란만이 남았다.

“정말 비위도 좋군. 죽으려고 하고 도발한 상대에게 형제네 뭐네
아양을 떠는 걸 보면.”

“사사건건 부딪혀서 좋을 일은 없지.”

루시올이 싸늘한 표정으로 가일란을 곁눈질했다. 사실 루시올의
표정은 헤지아나가 나간 즉시 바뀌긴 했다.

“그리고 무엇보다 자기 남자들 사이에서 문제를 일으키는 놈이
좋겠어, 원만하게 잘 이끄는 놈이 좋겠어?”

“까칠한 것도 나름 맛이 있는 법이라서 말이야. 달콤한 것만 아
는 왕자는 모르겠지만.”

“남 신분으로 남이 편하게 살아왔다고 재단하지 말라고.”

“굶어 죽을 뻔한 일은 없었을 거 아냐?”

어쨌든 둘은 사이가 좋지 않았다. 그런 것치고는 서로에게 솔직
하긴 했지만.

“그리고 뭐, 힘은 본처보다는 애첩이 가지는 법이지.”

“애첩이 되겠다는 거야?”

가일란이 눈살을 찌푸렸고, 루시올은 눈꼬리를 내리며 씩 웃
었다.

"당연한 거 아냐? 뭐, 당신은 애첩보다는 개의 자리에 더 관심 있겠지만."

"하!"

루시올의 대답에 가일란이 어이가 없다는 듯 목소리를 높였다. 이건 너무 솔직한 거 아닌가?

"바로 출발한다고요?"

"지체할 것 없지 않습니까."

아셔가 말했다. 그는 지금 막, 정말로 단출한 짐을 싼 직후였다. 먹지도 잠들지도 않아도 되는 사람의 짐이란 그렇게 많이 필요가 없었다. 필요한 건 만약을 위해 쓸 노자 정도. 그걸로 끝이었다.

"황제 폐하께서도 바로 준비한다고 하셨는데, 그분이 출정하여 도달하는 데 걸리는 시간을 생각하면 저 역시도 바로 출발하는 것이 좋겠지요."

"아니, 하지만 군대의 진군은… 훨씬 느려요."

"주변에서 정보도 수집해야 하지 않겠습니까?"

남문이었다. 해가 져 갈 무렵이었고, 아셔가 출발하겠다고 전갈을 보내 헤지아나가 급하게 뛰쳐나온 상황이었다. 아셔가 말했다.

"그리고 성하. 한 가지 허락해주셨으면 하는 것이 있습니다."

"뭔가요?"

"이 임무가 끝나면 두세 달 정도 여행을 하고 싶습니다."

아셔가 웃으며 말했다. 헤지아나는 바로 그 말뜻을 이해하지 못했다.

"네? 그야 돌아오는데 한 달 정도는 걸릴 거고…."

"아니요, 성하. 철저하게 저의 즐거움만을 위한 여행을 하고 싶다는 말입니다."

헤지아나는 작게 신음했다. 그야 그건 당연히 허락할 수 있는 일이었다. 그의 노고가 얼마인데. 그렇지만 그것과는 다른 느낌이 들었다.

"왜… 그런 결정을 내렸는지 물어봐도 될까요?"

"성하께서 자신은 교황이기 이전에 한 명의 사람이라고 하셨지요."

노을이 내려앉았다. 천천히, 불그스름하게.

"그래서 저도 생각해 보았습니다. 성기사가 아닌, 교인이 아닌 저에게는…. 무엇이 있을까요. 물론 이 몸은 전부 신에게 바쳐진 것이라고 해도, 그렇지만, 성하께서는…. 뭐랄까요. 이것은…. 제가 성하께 갈구하는 것은 결국 사사로운 추구 아닙니까?"

어색하게 아셔가 웃었다.

"저라는 것의 중심을 잡아야 할 시간이 필요할 거 같더군요. 그런데 저는 정말 이렇게만 살아와서, 조금 다른 경험을 해 보는 것이 어떨까 하는 생각에."

"그것은, 그건…. 아주 찬성이에요."

격렬하게 고개를 끄덕이며, 헤지아나가 말했다.

"그, 제가 말했죠. 저는 아셔가 행복하길 원한다고. 그러니까, 어, 원한다면 좀 더 오래 걸려도 돼요."

"그보다 오래 있지는 않겠습니다. 다른 분들이 성하의 마음을 빼앗아가, 제가 들어갈 자리가 없으면 곤란하니까요."

"아니, 그런 일은 없어요."

헤지아나가 아셔의 손을 붙잡은 채 고개를 저었다. 맞잡은 손을 보며 아셔가 작게 웃었다.

"모든 분이 성하께 특별함을 압니다. 저 역시 다른 이름으로 특별하겠지요. 그러니, 사실 이것은…"

아셔가 맞잡힌 손을 들어 헤지아나의 손가락에 가볍게 입 맞췄다.

"사실, 저의 초조함입니다. 그런 것이죠…"

"아셔."

"돌아온 제가 성하의 마음에 들었으면 좋겠습니다."

"아뇨, 아셔."

헤지아나가 미간에 주름을 잡더니, 한 번 고개를 저었다.

"그런 걸 생각하지 않아야 하는 여정이죠."

아셔가 눈을 둥그렇게 떴다. 곧, 그는 아 하는 작은 신음과 함께 작게 웃음을 터트렸다.

"그러게요. 그러네요."

웃는 얼굴인 채, 아셔가 손을 놓았다. 그리고 한 걸음 뒤로 물러서 인사했다.

"그러면, 다녀오겠습니다."

평범하게, 외출하는 사람처럼.

"그래요."

평범하게, 배웅하는 사람처럼.

노을 속에서 그림자가 사라질 때까지 헤지아나는 계속 쳐다보았다. 해는 금방 져서, 이제 육안으로도 해의 붉은 색을 식별할 수 있게 되었다. 헤지아나는 이제 해를 쳐다보았다.

"헤지아나?"

리암의 목소리였다. 돌아보지 않고 헤지아나가 말했다.

"가기 전에 인사하러 온 건가요?"

"네."

발자국 소리가 조용했다. 스치는 듯한 발소리가 등 뒤까지 다가왔고, 바로 뒤에서 멈췄다.

"왠지 쓸쓸하네요. 원래 혼자였는데. 그리고 다들 다시 결국, 내일 당장이라도 돌아올 수 있다는 걸 아는데."

"가지 말까요?"

리암이 고개를 숙여 헤지아나의 귓등에 입 맞췄다. 식은 온기를 따스하게 데우는 입술의 온기에 헤지아나가 눈을 감고 작게 신음했다.

"생각해 보니까 루시올이 있어요."

"그가 당신의 적적함을 달래준다니 다행이군요."

밤은 천천히 짙푸른 청색으로 물들었다. 그 위로 밝은 세상에서 보이지 않던 별들이 드러나고.

"아."

갑자기 흐르는 유성.

"왜요?"

"유성을 봤어요."

"이런. 놓쳤네요."

리암이 뒤에서 헤지아나를 끌어안았다. 편안한 기분에 헤지아나는 눈을 감았다. 그리고.

"아…."

"또 유성인가요?"

"아니요."

헤지아나는 손을 들었다. 손끝에서 피어나는 작은 빛의 조각들. 그것은 마치 유성우처럼 소리 없이 위를 향해 솟아 올라갔다. 높은 천장으로 사라지는 그것의 흔적은 아름답고, 소리 없이 조용했다.

"…이건 뭐죠, 헤지아나?"

"창조신의 마지막 전언이요."

"마지막…?"

믿을 수 없다는 듯이 리암이 그 말을 되새김질했다.

"우리는 다 자랐대요."

빛무리를 쳐다보며 헤지아나가 말했다.

"이젠 독립해야 한대요."

"그렇군요."

리암은 가볍게 고개를 끄덕였다. 헤지아나와 함께 조용히 움직이고 허공으로 사라지는 빛무리를 올려다본 그가, 고개를 숙여 헤지아나를 보았다.

"두렵지 않나요?"

"뭐가요?"

헤지아나도 고개를 숙여 리암을 보았다.

"나는 신과 접했던 사람이 아니니까요. 하지만 당신에게 신은, 언제나 곁에 있는 것이었잖아요? 그게 '마지막' 전언을 남겼다면,

사라졌다면…. 두렵지 않나요?"

"그래요, 그렇기도 하네요…."

헤지아나는 잠시 빛이 사라진 천장을 올려다보았다. 그리고 다시, 고개를 돌려 리암을 쳐다보았다. 이제는 천장이 아니라, 허공이 아니라, 옆의 사람을 보아야 할 시간이었다.

"그렇지만."

"네."

"그래서 저에게 여러분을 준 것이라고 했어요."

신은 오래전부터 인간들이 자신에게 의존하는 것을 피하려고 했다. 예언을 공개하지 않게 된 것도 그런 뜻 때문 아니었나.

그러므로 신이 이제 인간과 접촉하지 않는다고 해도 이상할 일은 없었다.

이것은 신이 사라진다는 뜻은 아니었다. 그는 언제나 자신의 피조물들을 살피며, 가장 낮은 곳에서부터 모든 것들을 어루만지며 그들이 알 수 없는 방법으로 개입할 것이다. 신은, 자신이 만든 것을 너무나 사랑한다.

그러나 신도 쉬어야 하는 때가 있겠지. 그 잠시 잠깐의 때를 위해서 자신에게 이런 선물을 준 것이겠지. 그녀에게 안식년이 찾아오듯, 신에게도 안식년이 필요할 것이다.

"그러니까 아무 걱정하지 않아요."

그가 준비한 세계는 아름다우며, 안배는 이루어졌으며, 그 정원 안의 아이들은 조화를 이루고 있었으며, 함께할 사람들이 있었다. 그러므로 걱정할 것은 아무것도 없었다.

신이 없는 일요일이었다.

[외전] 황궁 안에서 봄은 빠르게 지나간다

열여섯 살이 되는 해의 봄이었다.

소년은 건물의 기둥에 기대 서 있었다. 흘림기둥 위에 얹힌 추녀와 처마 끝의 풍경. 동남부 나라의 전통방식으로 지어진 건물은 황제가 좋아하는 건물이었다.

그 주변 또한 이국의 건물에 맞추어 사각형의 호를 파고 창포와 연꽃, 부레옥잠과 물양귀비 따위를 줄지어 심어둔 것 또한 황제의 마음에 들었을 것이다. 소년 역시 그 이국적인 정원의 풍경을 좋아했다.

"그래도 관례를 하지 않았습니까. 혼례를 올리는 것이 마땅하지요."

"꼭 그래야 할 이유가 없지 않은가."

황제의 목소리였다. 불쾌해하는 표정이 눈앞에 보이는 듯이 선했다.

"그러나 혼례를 올리지 않으면 그 또한 폐하의 흠이 될 것입니다."

"골치 아픈 일이군."

"그리 힘겨워하실 이유가 없지 않습니까?"

풍경이 울렸다. 소년은 고개를 들어 다시 •처마 끝을 쳐다보았다.

풍경이 흔들리며 청아한 소리가 잔잔하게 퍼졌다. 뺨을 스치고 지나가는 바람을 느끼며, 소년은 눈을 감았다. 맑은 소리에 마음이 가라앉았다.

"무엇을 심려하시는지 감히 짐작하자면, 결국 그래도 황실의 씨라고 황자를 이용해 권세를 부리려는 자가 있을까 저어하시는 것 아닙니까?"

"그런 건 별문제가 되지 않네."

황제가 단호하게 말을 잘랐다.

"내가 제일 걱정하는 것은 그놈이 야욕을 부리는 것일세. 아무리 그래도 그놈이 황가의 손인 이상 법도에 합당한 가문과 혼인해야 하지. 나는 쥐새끼건 범새끼건 날붙이가 될 만한 것은 일체 쥐여 주고 싶지 않네!"

쓸데없는 걱정을.

소년의 눈이 열렸다. 눈꺼풀 사이에서 드러난 보랏빛 눈동자는 빛을 잃어 탁하고 차가웠다. 푸른 하늘의 빛이 소년이 서 있는 처마 아래까지 닿지 않았던 탓이다. 늘, 언제나 그랬다.

그런데 대체 무엇을 겁내고 걱정하고 분노한단 말인가.

"제 예상이 틀렸군요. 그러나 폐하. 마침 그에 합당한 가문이 있지 않습니까?"

"어느 집안 말이냐?"

"지난해에 대공의 반역에 가담하였던 가문인데."

"말도 안 되는 소리 하지 말게."

"아니요, 폐하. 그 가문은 대공의 사촌이었는데 일에 깊게 연루시킬 필요는 없어서 어른들만을 죽이고 아이들은 살려 두었습니다."

연루시킬 필요는 없어서.

짐작은 했지만, 역시 그랬구나. 그러나 그것은 소년과 상관없는 일이었다. 물론 그 일의 결과물은 자신과 곧 관계있게 될 듯하지만 말이다.

"떨어짐 없는 혈통입니다. 거기다가 그 집안은 본을 보이기 위해 벌을 받았을 뿐, 관련이 크지 않은 가문으로 판결하였지요. 얼마나 좋습니까? 일가친척 어른들은 다 죽거나 노예가 되었으니 어디 권세를 부리기도 마땅치가 않습니다. 다만."

"다만?"

"예, 살아남은 것은 여자아이 둘인데, 첫째는 매우 박색입니다. 따라서 둘째가 좋을 듯합니다. 아무리 그래도 황실의 격이 있지요."

"첫째가 박색이라니, 그것 참 좋군."

황제가 감탄하며 박수를 쳤다. 기쁜 듯 웃기까지 했다.

"그렇습니까?"

"그렇지. 박색에게 좋은 혼담이 들어갈 리가 없지 않은가?"

"하긴, 그도 그렇군요. 그 집안에 딸밖에 없고, 아이들이 불쌍하여 동정을 베풀었는데 이렇게 또 필요하게 되니, 역시 사람이 마음을 곱게 쓰고 살아야 하나 싶습니다."

웃음이 터졌다. 참으로 즐거운 듯한 웃음이라, 소년은 그 웃음소리를 피해 조심스럽게 발걸음을 옮겼다. 그런 즐거운 곳은 자신이 있을 곳이 아니었다.

황궁에서 사람들은 크게 두 종류로 나뉘었다.

두려워하는 자와 미쳐버린 자.

평안한 때였으나, 모략과 암투는 시대를 가리지 않고 횡행하는 법이다. 무엇보다 황제에게는 자식이 많았다. 적법한 다수의 상속자는 언제나 다툼을 불러일으키기 마련이다.

그들은 언제나 서로를 견제했다. 황태자라고 해서 안심할 수는 없었다. 아니, 황태자이기 때문에 더 안심할 수 없었다. 그 자리는 결국 황제의 선택으로 얻어진 자리이며, 그것은 곧 황제의 선택으로 인해 계승권이 제거될 수 있다는 의미이기도 했기 때문이다.

"너냐?"

때문에 멱살이 잡히는 일은 사실 흔했다.

"네가 내 펜에 독을 묻혔어?!"

궁으로 돌아오자마자 소년은 자신의 멱을 쥐는 이복형제의 손을 움켜쥐었다.

사실 이복형제인지도 모르겠다. 어쨌든 소년은 관례했다지만 열다섯에 불과했고, 형제는 스물일곱의 장성한 어른이었다.

"컥, 큭."

"내가 너처럼 어린애인 줄 알아? 내가 손이라도 핥을 거라고 생각한 거야? 어? 대답해 봐!"

짝. 결국 성질을 이기지 못하고 형제가 소년의 뺨을 후려쳤다. 금반지 장식에 긁혀 소년의 뺨에 깊은 상처가 났다. 피가 주룩 흐르자, 형제는 흠칫거리며 멱을 잡은 손에서 힘을 뺐다.

"태자 전하. 상처가 남으면 흠이 잡힐 수 있습니다."

"그렇습니다. 이런 놈 때문에 괜한 말을 들으실 필요까지는."

황태자는 잠시 머뭇거렸다. 감히 자신에게 독을 보낸 놈을 혼쭐 내야 한다고 생각했을 것이다. 그러나 잡아서 벌을 내릴 수 있을 정도로 증거가 명확한 것은 아니었다. 좀 더 정확히 말하자면, 그는 자신의 두려움을 해소할 상대가 필요했을 뿐이다.

쏟아지는 불안을 담을 그릇으로는, 황제가 외면하고 그 모친도 힘을 잃은 열세 번째 황위 계승자가 적당했다. 그렇다고 해도 이 지 푸라기 든 인형 같은 놈도 황위 계승자였고, 그를 주저앉히고 싶은 이들은 그 이유로 책을 잡을 것이다.

"굳이 이런 소인에게 손을 더럽히실 필요는 없지요. 쳐야 한다면 제가 대신 치겠습니다."

"–됐다. 그러다간 벌을 너희가 받는다."

찌뿌둥한 표정을 짓던 황태자가, 앞으로 나서는 시종을 걷어 내 며 뒤로 물러섰다.

"내 시종들에게 감사해라. 너보다는 현명하고 윗사람을 공경할 줄 아니 내가 이들을 아끼지 않을 수가 없구나."

소년은 소매로 입가를 닦았다. 긴 옷소매가 비웃음을 가렸다.

"가자."

황태자가 빠른 걸음으로 돌아섰다.

열세 번째 황태자에게 주어진 궁은 작았다. 실 궁이라기보다는 저택의 모습에 가까웠지만 어쨌든 이름은 궁이라 붙여져 있다. 기 실네어 궁. 겨우살이와 연관된 요정의 이름.

겨우살이란 여러 신화에서 등장하고 약용으로도 쓰이지만 본질은 기생목이다. 궁 제일 바깥에 위치한 이 궁은 멀기도 멀어서 정말이 황궁에 기생한 무언가처럼 보이기도 했다. 이 궁을 준 것 자체가 눈에 띄지 말라는 뜻인 듯한데, 서로로 인해 미쳐 버린 형제들은 꼬박꼬박 이곳까지 행차하시어 제일 만만한 것에게 행패를 부리고 가 버리는 것이다.

참 부지런하기도 하다.

—하긴, 미치지 않으려면 어쩔 수 없나.

"불안에 미쳐 애같이 군 주제에 체면치레 하는 꼴하고는."

황태자가 두려워 멀리서 지켜보던 시종이 다가왔다. 그러나 소년은 시종을 손짓 하나로 물리치고 복도를 지나쳐 자신의 방으로 향했다.

소년은 황궁의 사람들을 크게 두 가지로 나눴다.

그를 업신여기는 자.

그를 두려워하는 자.

형제들의 반은 그를 업신여겼다. 그러므로 아무렇지도 않게 자신을 불안의 해소 대상으로 여겼다. 어쨌든 반은 피가 통하는 혈육들을 대상으로 한 불안이므로, 똑같이 피가 통하는 인물을 업신여기고 조롱하여 짓밟는 것으로 불안을 해소하는 것은 꽤 좋은 방법일지도 몰랐다.

형제들의 반은 그를 두려워했다. 병석에 누운 지 오래되었으나 아직 죽지 않은 선제가 그를 어떻게 할지 모른다는 이유였다. 천하게 여기며 두려워하고, 어떤 이변이 될지 몰라 두려워했다. 사실 아버지, 황제 또한 소년을 두려워했다.

서재에 들어선 소년은 서재에 늘 준비되어 있는 과일을 하나 집었다.

"…."

잠시, 소년의 움직임이 멈췄다. 소년이 손에 든 것을 내려다보았다. 제철을 맞아 붉게 익은, 몇 입 베어 물면 사라질 작은 사과였다. 붉게 익은 쪽은 매끄러웠고, 아래쪽의 아직 푸르스름한 부분은 매끄럽지 않았다. 과일이란 잘 익으면 본디 매끄러운 법이다.

소년은 종을 울렸다. 시종이 오길 기다리며, 소년은 사과를 한 입 깨물었다. 아직 덜 익은 풋풋함이 느껴졌다. 혀끝으로 과육과 과피를 훑어본 다음, 소년은 입을 손으로 가리고 고개를 숙였다.

"무슨 일이십니까?"

"오늘 과일은 누가 가져다 두었지?"

"…부엌에서 일하는 사르나가 두었습니다만."

"맛이 좋군. 데리고 와라."

경계하던 시종이 소년의 말에 안도하며 자리에서 물러섰다. 곧 긴 머리를 묶은 남자 시종 한 명이 아까 왔던 시종을 따라 들어왔다.

"저하께서 부르셨다고 들었습니다."

"오늘 다과는 자네가 채웠나?"

"예, 그렇습니다."

"사과 맛이 좋아서 불렀네. 어디 사과인가? 어디서 이런 걸 가져왔는지도 궁금하군."

"어제 식료품을 사러 나가는 일행과 같이 나갔는데, 대장벽 부근의 붉은 흙에서 자란 과실이라고 해서 들였습니다. 그 땅의 사과가 맛이 특히 좋다고 들었는데, 흡족하시다니 모시는 자로서 이보다 기쁜 일이 없을 것입니다."

"그렇군. 맛이 좋아 자네에게도 주고 싶었네."

소년은 사과를 반으로 쪼갰다. 요령만 있다면 어려운 일은 아니다. 소년은 매끈한 사과 반쪽을 하인에게 건넸다.

"먹어 보게."

"아, 황송합니다."

긴 머리를 묶은 시종이 웃음 짓더니 소년이 건넨 사과를 바로 한 입 깨물었다. 그 모습을 보고 소년은 잠시 미간을 찌푸렸다.

"맛이 어떤가?"

"확실히 보통 사과와는 맛이 다르군요. 즙이 많고, 향 또한…"

대답하며 시종이 사과 조각을 삼킨 순간이었다. 갑자기 그가 배를 움켜쥐었다.

"우욱…!"

"이, 이봐?"

"…본인이 한 짓은 아닌가 보군."

소년은 테이블에 사과를 내려놓았다. 아까 입 안에 넣었다가 뱉은 사과조각도 같이 테이블 위에 뒹굴었다.

"물을 많이 먹여. 고통스럽지만 죽지는 않을 거야."

"흐어, 윽, 억…"

바닥에 구르는 시종의 얼굴은 새하얬고, 식은땀이 주룩주룩 흐르고 있었다. 고통이 심한지 이미 눈은 까뒤집혀 있었고, 입은 다물지 못해 침이 바닥으로 떨어졌다.

"뭐 해. 데려가서 물을 먹여."

"아, 예…. 예. 알겠습니다."

시종이 나간 다음, 소년은 잠시 아래층으로 내려가는 둘을 쳐다보다가 천천히 문을 닫았다.

흔히 있는 일이었다. 그리고 이것이 알려질 때마다, 발본색원을 해야 한다며 시종을 벌하고, 죽이거나, 갈아치우는 일도 흔했다. 예전에는 그렇게 했다.

"그렇게 하면 안 되지."

소년은 작게 중얼거렸다. 누구의 짓거리인진 모르겠으나, 너희들 뜻대로 이용당하지는 않을 것이다.

아마 상대는 이것으로 소란을 일으켜 소년의 궁의 하인들을 물갈이하기를 기대했을 것이다. 그리고 이전처럼, 자신을 손아귀에 넣고 주무르기를 원했겠지. 그렇게는 안 된다. 증거를 마음대로 조작해 소년을 배후로 만들거나, 또는 소년을 피해자로 만들고 자기에게 거슬리는 형제를 가해자로 만들거나 하게 내버려 두지는 않을 것이다.

"…이런 곳에 있는데 미치지 않는 게 이상하지."

바람은 이토록 선선하고 볕은 따사로운데,

꽃은 향기롭고 새들은 지저귀고 과실은 달콤하며 이슬은 청명한데.

자신의 신부로 결정된 이도 이 안에서 천천히 미쳐 가겠구나. 이 밑바닥으로 안심하며 떨어지는 광기를 전부 받아 그 그릇도 깨져 버리겠구나. 그런 생각을 했다.

걱정할 필요가 없었다. 그 신부는 처음부터 미쳐 있었으니까.

식 동안 신랑과 신부는 얼굴을 가리고 있기 때문에 서로의 얼굴을 확인하지 못한다. 처음 얼굴을 마주하는 것은 신방 안에서였고, 달이 차고 지는 보름 동안 신방 안에서 함께 할 상대의 눈을 본 순간, 소년은 깨달았다.

이 소녀는 이미 미쳤다.

저주받을, 증오받을, 그리하여 영원불멸 파멸하라. 그러한 정념에 미쳐 돌아 버린 눈으로 상대를 쳐다보는데 무엇을 더 확인한단 말인가?

"확실히 말해 두지요."

소녀가 말했다.

"나는 황가를 증오합니다."

그 말을 한다는 것 자체가 이미 미쳤다는 증거다. 그냥 해도 입을 틀어막을 말을 그 집안의 자식에게 한다는 것이.

"죄 없는 일가를 참살하고도 그날 밤 잘 잠들 수 있는 인간들을 증오합니다. 사람 삶을 마음대로 폐허로 만들어도 된다고 생각하는 작자들을 이 손으로 찢어 죽이고 싶습니다. 한 사람의 삶을 자기 맘대로 끌고 다니는 치들의 생살을 죽을 때까지 물어뜯어 뼈를 보고 싶습니다."

"그래?"

소년이 말했다. 소녀의 표정이 일그러졌다.

"여유로우시군요. 이 몸의 자유를 빼앗는다고 하여 이 영혼까지 도 묶어 둘 거라고 생각하지 마시지요."

구구절절이 맞는 말이었다. 소년은 물끄러미 소녀를 쳐다보았다. 저런 격렬한 감정을 가졌던 적이 있었나.

"왜 가만히 계십니까. 나가서 저 건방진 계집의 목이라도 치라고 하셔야 하는 것 아닌가요?"

"그 전에, 뭔가 착각하는 거 같은데."

머리에 쓴 예식용 관을 벗은 소년이 옷걸이에 자신의 관을 걸어 두었다. 무거운 겉옷도 벗어 걸쳐 두었다.

"내 황위 계승권은 열세 번째야."

"그래서요? 황위 계승권이 있는 건 마찬가지 아닌가요. 첫 번째 라고 무조건 황제가 되는 것도 아닌데요."

열세 번째 황위 계승자에 대한 이야기를 모르는 건가? 소년은 미 간을 찌푸렸다.

"너는 내가 원해서 내게 온 게 아니야."

순간, 소녀의 표정이 가만히 일그러졌다.

"모두 나를 죽이고 싶어 해. 하지만 죽일 수가 없지. 완전히 내버 려 둘 수도 없어. 장성한 자식이 결혼도 하지 않았다는 건 흠이 되 니까. 그리고 너는 적절하지. 반역에 관련된 집안의 딸. 일가친척 모 두 사망."

"…그건."

"그래서, 네가 내게 온 거야."

소녀의 얼굴이 굳었다. 잠시 후, 소녀는 소년의 말을 깨달은 것 같았다. 소녀의 눈동자가 흔들렸고, 금세 두려움으로 물들었다. 아마도 눈앞의 인간이 자신의 운명을 희롱한 자라고 생각했겠지. 황실의 음모로 집안이 풍비박산 났는데 제멋대로 끌고 가 인형 놀이를 하려고 한다고 생각했을 것이다. 진열장의 인형이 되느니 피와 살이 있는 채로 죽는 것이 낫다고 생각했을 것이다.

그러나 네 눈앞의 인간의 삶도 진열장 안의 인형과 다르지 않다.

"저하."

소녀가 무너지듯이 몸을 낮췄다. 쿵 하는 소리가 들렸고, 바닥에 이마를 박은 소녀의 머리 위에서 예식용 관이 떨어져 굴렀다. 그것은 소년의 발치에 툭 하고 닿았다.

─사실 소녀라고 해서 죽고 싶지는 않을 것이다. 그러나 굴욕적으로 사느니 죽는 게 낫다고 생각한 것이겠지. 그러나 상황이 생각처럼 굴욕적이지 않다면, 어떻게든 살고 싶을 것이다. 이해는 한다.

"제가 망발을 하였습니다. 부디 용서해 주십시오. 제가 사람들의 말을 믿고 그만 허튼 소리를 하고 말았습니다. 제발 저를 벌해 주십시오."

소년은 낮게 한숨을 지었다. 벌이라. 자신에겐 그런 걸 줄 힘도 없다. 물론 법을 따져 징벌할 수는 있겠지만 그럴 필요가 있나.

"일어나."

소녀는 순순히 일어났다. 두려움에 굳어 있는 표정이었고, 소년은 그게 또 마음에 안 들었다. 한숨이 깊어졌다.

"나에 대해서 다들 아는 줄 알았는데 아닌가 보군. 나 때문에 황제 폐하께서는 부끄러워 얼굴도 못 들고 다닐 지경이라고 들었는데."

"부끄럽게도 저는 세상 말에 대해 아는 것 없이 자랐습니다."

"일가친척 다 죽은 지금까지도 말이지."

소년이 툭 내뱉자, 소녀의 어깨가 가볍게 흔들렸다. 내민 손끝에 갈라진 흠이 보이기는 하나 일꾼들처럼 삭지는 않았다. 일하는 열다섯 살 노비의 손은 손톱이 거의 닳아 있었다.

"재산 없는 여자 둘이라 살기 힘들다고 들었는데 언니라는 사람이 꽤나 아낀 모양이군."

순간, 소녀의 얼굴이 일그러졌다. 왜 그런가 쳐다보던 소년은, 갑작스레 소녀의 두 눈이 꾹 감기더니 눈가에서 주룩 눈물이 떨어지는 것을 보고 당황했다.

"왜 우나?"

"아, 아니요."

소녀가 재빨리 눈물을 훔쳤다.

"혈육이라고는 하나밖에 남지 않았는데 이제 그조차 보기 어려워 슬플 뿐입니다."

소녀는 열다섯이었다. 이르면 열둘에도 결혼하여 부모와 떨어지는 여자아이들이 있지만, 어쨌든 혈육이 그리울 때… 인가.

소년이 가진 혈육에 대한 감정이라는 것은 지긋지긋함뿐이라서 혈육에 대한 애틋함 같은 것은 이해할 수 없었다. 친모조차도 한 계절에 한 번 볼까 말까 한데.

"저하, 부디 저희 언니를 자주 궁에 초대해 주십시오. 저하의 하나뿐인 부인의 부탁이라고 여기고 들어 주시면 안 되겠습니까. 저하껜 여러 형제누이가 있지만 저에겐 오직 한 명밖에 없습니다. 모쪼록…."

그러니까, 그 혈육에 대한 애틋함이 없다. 그렇지만.

"하나뿐인 부인의 부탁이라…"

소년은 작게 중얼거렸다. 황자들도 첩을 들일 수는 있으나 그들은 부인이 아니고, 정식 지위도 갖지 않는다. 정식으로 첩이 허용되는 것은 황제뿐이고, 소년이 황제가 될 일은 없었다. 부인은 평생 그녀 한 명일 것이다.

소년은 소녀에게 다가갔다.

"황가를 증오한다고 했나?"

"—예."

그 말만은 사실인 듯했다. 회피하듯 대답하는 소녀의 눈동자에 광기가 스쳤다.

원한과, 증오를 길어 한데 섞은 듯한 광기였다.

"다행이군."

소년이 소녀의 손을 붙잡았다.

"나도 마찬가지야, 부인."

❈

혈육이 애틋하고 가족이 애틋하다고 했나.

혈육의 애틋함은 느끼지 못해도 가족의, 맞이한 부인의 애틋함은 느낄 수 있을 것인가. 누이가 올 때마다 얼굴에 꽃이 피는 자신의 부인을 보며 소년은 가끔 그런 의문을 가졌다. 그래서 쓸데없이 부인에게 극진히 대해 보기도 하고, 예쁘게 불러 보기도 했다.

"당신은 황가를 증오하잖아."

"그래."

사적인 자리에서는 말이 편했다. 그렇게 하면 정이 더 붙을까 싶어서 그랬지만, 별 소용은 없었던 것 같다. 소녀는 차가운 눈으로 작은 연못을 쳐다보고 있었다. 이 따스한 봄날, 정오의 볕에도 그 시선은 능히 연못을 얼려버릴 것 같았다.

"그럼 나도 증오하나?"

소녀는 잠시 말이 없었다.

"예전엔."

"지금은?"

"마음에 들지는 않아."

"정은 없는 거군."

"맘에 안 들어?"

"아니."

소년이 고개를 저었다.

"그냥, 좋아해 보려고 했는데 생각처럼 잘 되지 않아서 물어봤어."

"마음이 눈밭인데 무엇이 들어가겠어."

"그런가?"

"아무리 그래도 살 붙이고 사는 사이인데 모를까."

소녀가 피식 웃었다. 차가운 웃음이었다. 소녀는 언제나 저랬다. 초야에 언니와 만나게 해달라며 눈물을 뚝뚝 흘리던 모습 말고는, 언제나 얼어붙을 듯한 차가운 표정에 정 없는 목소리만 냈다. 사실 그런 모습이 편안했다. 들러붙는 여자였다면 정말이지 끔찍했을 것이다.

"누가 들으면 금슬 좋은 부부인 줄 알겠어."

딸랑. 종 울리는 소리가 들렸다.

"페신하나 님께서 오셨습니다."

"물러나야겠군."

소년이 자리에서 일어났다. 그는 처형과 친하게 지내고 싶은 마음이 없었기 때문에 늘 그 자리를 피해 다녔다. 소년과 달리 소녀는 갑자기 얼굴이 환해졌다. 얼음들판에 봄이라도 온 것처럼 뺨에 빨갛게 화색이 돌았다.

"기실네어 궁에서 너무 멀리 떨어지지 마."

"알아."

혼례를 올린 지 1년.

소년을 향하던 화살은 소녀를 향해서도 한 가닥, 두 가닥씩 천천히 쏘아졌다. 가랑비는 이미 소녀의 어깨를 푹 적신 지 오래였고, 영민한 소녀는 궁 안에서 한 계절이 지나가기 전에 궁의 상황과 자신의 남편의 입지, 남편의 형제들이 어떤 상황인지를 전부 알아차렸다.

소녀는 소년을 동정하는 것 같았다. 세상에 정 하나 가지지 않고 살아남아 버린 사람으로 여기는 것 같았다. 그러나 본인이 그 정을 줄 생각은 하지 않는 것 같았다. 소년은 그 거리감이 좋았다.

소년은 소녀를 자기 때문에 다친 사람으로 여겼다. 그러나 그 피해를 안타까워해 소녀를 싸고돌거나, 그 피해를 수복하기 위해 열성을 다하지는 않았다. 소녀는 그 차가움이 좋았다.

차가운 두 사람에게 어울리는 관계였다.

서로 그 관계에서 안식하고, 위안을 얻었다.

소년은 빠른 걸음으로 자신의 궁 안을 가로질렀다.

여름. 햇살은 뜨겁게 복도를 비췄고 바람은 숨을 죽였다. 소년은 방문 앞에서 도착을 알리고, 방 주인의 허락을 기다렸다. 허락이 떨어지자 소년은 시종 대신 문을 열고 다급하게 들어섰다.

"칸젤리타."

"…라드리건."

소녀가 한숨을 내쉬며 고개를 돌렸다. 소녀는 몸을 일으켜 침대의 차양막을 쳤지만, 소년은 소녀의 손을 붙잡더니 차양막을 걷었다. 시원한 소리를 내며 차양막이 걷혔다.

"이번엔 뭘 먹은 거야?"

"죽는 건 아니야."

"조심하라고 했잖아. 이번 달만 벌써."

"방 안에만 있으니까 그런가 보지."

갑자기 발진을 일으키며 쓰러졌다고 들은 것이 삼십 분 전이다. 소년은 소녀의 피부를 살펴보았다. 두드러기가 옅게 올라와 있었다.

"입 벌려 봐."

"넌 의사가 아냐."

"하지만 너보단 독에 대해 잘 알지. 두드러기가 났다며. 숨쉬기 힘들어 했고."

소녀는 자신의 입을 벌리는 손길에 어쩔 수 없이 입을 벌렸다. 목젖이 조금 부어 있었다.

"…죽이려고 작정한 거야. 기도가 부으면 숨을 못 쉬어서 죽는다고!"

"죽지 않았으니 됐어."

"대체 뭘 먹고 이렇게 됐나?!"

"라드리건."

소녀가 주변의 시종들에게 소리치는 소년에게 말했다. 그러나 소년은 듣지 않았다.

"빨리 말하지 못해?"

"저, 그것이. 저하."

조심스럽게, 소녀의 시종이 말했다.

"그것이, 피세아 공주께서 보내신 복숭아를 드시고…."

"가져와."

피세아 공주라면 소년보다 나이는 많다만 그의 조카 되는 자였다. 이제는 조카들에게도 얕보이는 것인가? 소년은 곧 자신 앞에 대령된 작은 복숭아를 집어 살폈다. 만져 보니 별다른 처리를 한 느낌은 나지 않았다. 냄새를 맡아 보아도 복숭아의 달큼한 향에 가려져 느껴지지 않았다. 한 입 깨물어 보아도, 특별히 다른 맛은 나지 않았다.

"엣취."

그때, 소녀가 재채기를 했다. 소년은 한 가지를 떠올렸다.

"…남에겐 약이 되는 것도 어떤 사람에겐 독이 되기도 하지."

어떤 사람은 복숭아에도 옻이 올랐다. 소년은 복숭아 바구니를 들고 아래층으로 내려갔다. 그는 부엌으로 들어갔고, 식사를 준비하던 숙수들이 전부 놀라 기겁하며 고개를 숙였다. 소년은 들고 있던 바구니를 전부 화구 안에 처박고, 떠 놓은 물로 손을 씻고 옷을 털었다.

"저하."

대답하지 않고, 소년은 다시 소녀의 방으로 향했다. 그는 한숨을 내쉬는 소녀에게 다가서서 말했다.

"원래 이랬어?"

"아니."

소년은 소녀의 손목을 붙잡아 보았다. 몇 번 독에 당한 탓에 몸이 약해져 복숭아에 반응을 보이는 걸까? 설마 차례대로 노린 걸까? 맥은 확실히 약했다. 소년은 이를 갈았다.

"앞으로 이 궁에 복숭아는 들이지 마."

"라드리건."

"들이는 순간 내 부인에게 해를 끼치겠다는 걸로 알겠어. 그리고 익숙하지 않은 식재료는 들이지 마! 칸젤리타 앞으로 오는 선물도 전부 나에게 먼저 보내!"

"라드리건!"

소녀가 소리 질렀다.

"좀 과하다고 생각 안 해?!"

"지금 과하지 않게 생겼어? 전부 선물로 온 거 거절 못 해서 생긴 거잖아!"

전부 소녀보다 높은 신분의 여자들이 보낸 선물이었다. 꽃바구니에는 독 향이 섞여 있었고, 다과회에서 소녀가 마신 차에만 헛구역질을 일으키는 약이 섞여 있었다. 소녀는 토하고 망신을 당했다. 어쩌면 그것들 중 하나가 복숭아에 반응하도록 만들었을지도 모른다.

공주는 그걸 알고 보냈을 수도 있다. 소년은 그렇게 확신했다.

"물러가."

소녀가 이마를 짚으며 시종들을 내보냈다. 문이 닫히고, 소년은 소녀의 침대에 앉았다.

"칸젤리타."

"네가 뭘 걱정하는지는 알아."

소녀가 침대를 짚은 소년의 손을 붙잡았다. 소년은 미간을 찌푸렸다.

"알아? 알면서 이래?"

"그렇지만 그렇게 싸고도는 걸 보이는 건 좋지 않아."

소녀가 말했다.

"그러면 나를 더 괴롭힐 테니까."

소년의 어깨가 떨렸다.

소녀의 말이 맞았다. 그들은 그저 즐거움을 위해 소년과 소녀를 괴롭혔으니까. 두려움을 해소하기 위해, 꽉 조여진 숨통을 풀기 위해 남의 숨통을 졸랐으니까. 그러므로 그들의 고통은 그들의 해방구였다. 소중히 여기는 것일수록 더욱 고통스럽다는 것 역시 그들은 잘 알 것이다. 왜냐면 그들 역시 그렇게 잃어 보았으니까.

굳어버린 소년의 손을, 차가운 소녀의 손이 조심스레 붙잡았다.

"신경 쓰지 않는 것도 곤란하지만, 너무 신경 쓰는 것도 곤란해."

"…하지만, 나는."

소년이 소녀의 손을 꼭 붙잡으며 말했다.

"나는, 무서워서 견딜 수가 없어. 이것 외엔 방법을 모르겠어."

"뭐가 무서워?"

"내 유일한 친구를 잃을까 봐."

푸하. 소녀가 웃음을 터트렸다.

"오래된 부부는 친구와 같다고 하지만, 아직 우리가 그리 오래되지는 않았는걸."

"다섯 계절 지날 동안 서로 계속 붙어서 시간을 보냈는데 충분하지 않아?"

"충분하긴 하지."

소녀가 소년의 손을 쳐다보았다. 소녀의 손끝이 조심스럽게, 소년의 손등을 쓸어내렸다.

"충분하긴…."

있는 줄도 몰랐던 외로움이 조금 녹아내렸다. 서로를 만나게 해준 흉포한 인연에 감사하며, 소년과 소녀는 손을 맞잡았다. 조금만 편안하다면 좋을 텐데. 이 궁 밖으로 나갈 수 있다면 좋을 텐데.

소년은 자주 소녀와 함께 산책했다.

본디 소녀 역시 궁 안의 정원과 산책길을 좋아해 자주 산책을 다녔다. 그러나 그 산책조차 소년과 함께하게 된 것은, 황태자와 계승권 3위와 5위 황자의 희롱을 겪고 나서였다. 시녀들이 태자들을 막을 수 있을 리가 없지 않은가. 특히 3위와 5위 황자들은 황태자에게 붙는 것으로 보신하며 남을 괴롭히고 다니는 놈들이라 더했다. 듣기로 패로 몰려다니며 행패를 부린다고 했다.

소년 역시 특히 황태자를 경계하고 있었다. 간혹 궁의 행사가 있어 참석할 때마다 황태자가 진득한 시선으로 소녀를 훑어보는 것을 알아차렸기 때문이다. 사실 그것은 소년뿐만이 아니라 누구라도 알아볼 수 있는 시선이었다.

더해, 황태자가 남편이 있는 여자를 욕보이는 걸 좋아한다는 건 다들 알고 있는 사실이었다. 그리고 소녀는 불행하게도 소년이라는 남편이 있는 상태여서, 소년은 소녀가 황태자의 눈에 닿지 않도록 최선을 다할 수밖에 없었다.

"왜 그런 짓을 하는 걸까?"

"변태의 생각을 어떻게 알아."

소년이 대답했다. 툭 내뱉은 소년은 조금 더 생각해 보더니 말을 덧붙였다.

"사람을 두 배로 괴롭힐 수 있어서 그러나. 참 그 자식답네."

"그런 자가 태자라니 이 나라도 참 걱정이네."

"나는 네가 더 걱정이야."

소년이 인상을 찌푸리며 말하자, 소녀가 작게 킥킥거리며 웃었다.

"산책 친구가 있다는 건 나쁘지 않네."

"그건 다행이네."

소년이 낮게 한숨을 내쉰 순간이었다. 저 앞에 황태자와 그의 일행이 보였다. 산책길에서는 신분이 낮은 사람이 신분이 높은 사람에게 길을 비켜 줘야 했으므로, 소년은 자신의 수행원을 정리해 길 옆에 서게 했다.

"오랜만에 보는군."

"예. 오랜만에 뵙습니다."

"제수는 아무 말이 없군."

태자는 소년의 인사는 듣는 둥 마는 둥 하며 소녀를 쳐다보았다. 소녀는 그의 시선이 닿는 것만으로도 불쾌해했다.

"오랜만에 뵙습니다."

"한 가족인데 말이야. 자주 인사도 하고 그래."

"몸이 아파 자주 인사를 드리지 못해 죄송합니다."

"이렇게 산책하는 거 보면 건강해 보이는데?"

"건강해지기 위해서 하는 것이지요."

소년이 끼어들었다. 소년은 소녀의 손과 어깨를 붙잡아 부축하더니, 태자에게 말했다.

"형님께서 먼저 지나가십시오. 제 부인은 몸이 좋지 않아 오래 산책하면 힘들어합니다. 이제 돌아가지 않으면 몸에 열이 끓습니다."

"그래? 참. 그렇게 몸이 안 좋다니 안타깝군."

태자는 턱 밑을 긁더니 씩 웃음 짓고는, 몸을 돌렸다. 황태자의 일행이 지나간 다음 소년은 얼굴을 찌푸리며 작게 욕을 했다.

"재수 없는 새끼."

"빨리 좀 죽으면 좋을 텐데."

부창부수라고, 둘 다 생각이 그다지 다른 것 같지 않았다. 태자의 뒷모습을 쳐다보던 소녀는 흘끔 소년을 쳐다보았다.

"근데 나 언제부터 그렇게 병약한 설정이 된 거야?"

"한 달 전부터."

복숭아를 먹고 쓰러진 때부터였다. 소녀는 작게 웃음을 터트렸다.

그것은 계승권 5위 황자의 부름에 발걸음을 옮겼던 어느 날이었다.

　　하지만 그의 궁에 도착하자 지금은 주인이 나가고 없다고 했다. 이상한 일이었지만, 골리려고 괜히 부른 것임이 분명했다. 소년은 자신의 궁으로 발걸음을 옮겼다.

　　도착하자 시종이 소년을 맞이했다.

　　"저하, 다름이 아니라."

　　"무슨 일 있어?"

　　"태자 전하께서 오셨습니다."

　　소년의 표정이 굳었다. 자신이 자리를 비운 사이에 온 태자라니.

　　"언제 왔어? 어디 있지?"

　　"한 십 분쯤 되었습니다. 지금 응접실에…."

　　오래되지 않아 다행이었다. 소년은 빠른 발걸음으로 복도를 가로질렀다. 문을 벌컥 열자, 질린 표정의 소녀와 음흉한 표정의 태자가 보였다. 그가 소리에 재빨리 기울였던 몸을 바로 세우는 것을 보고, 소년은 그의 손이 소녀의 허벅지에 얹혀 있음을 깨달았다.

　　"대체 알림도 없이 들어오는 건 무슨 예절…."

　　"다른 여자 몸에 손을 함부로 올리는 건 무슨 예절입니까?"

　　소년이 소녀를 일으켜, 자신 뒤에 세우며 소리를 높였다.

　　"남의 부인 희롱이나 하러 온 겁니까? 당장 가십시오!"

　　"하, 그래도 사내놈이랍시고 제 여자 챙기기는 하는군."

"흰소리하지 말고 당장 꺼져!"

소년이 형제의 몸을 밀어낸 순간이었다.

"이게 뭐 하는 거야?"

"이 자식이 누구 몸에 손을 올려?"

3위 황자와 5위 황자였다. 열린 문 안으로 들어온 그들 뒤로 당황해하는 시종의 모습도 보였다. 먼저 들어온 5위 황자가 소년의 손을 붙잡았고, 3위 황자가 문을 닫았다.

순간, 불길함이 소년의 목덜미를 찍어 눌렀다. 셋이 한 자리에 있다는 것 자체가 좋지 않았다.

"주제에 저도 사내라는 건지 제 여자에게 손을 대니 반항하더라고."

"아하. 그런 거였습니까?"

"윽…!"

5위 황자가 소년의 팔을 뒤로 꺾어 쥐었다. 소년은 형제의 발을 밟았지만, 형제는 손을 놓지 않았다. 불쾌해하며 그는 소년의 오금을 걷어차 무릎 꿇리고 팔을 비틀었다. 억눌린 신음이 소년의 입에서 새어 나왔다.

"이젠 비명도 지르지 않아. 독한 것."

"그래도 이쪽은 비명을 지르지 않겠습니까."

3위 황자가 소녀에게 다가갔다. 소녀가 움찔거린 순간, 그는 소녀의 팔을 휙 잡아당기더니 옷 앞판을 잡아당겼다. 단추로 연결된 자수 장식이 뜯어져 바닥에 굴렀다.

가슴 사이를 스치는 찬 공기를 느낀 소녀가, 그대로 굳었다.

"제수도 독하군. 비명 한마디 안 지르고."

태자가 소녀를 향해 다가가더니, 윗옷 속으로 손을 넣어 가슴을 움켜쥐었다.

"이 차가운 얼굴이 일그러지는 걸 한 번 보고 싶었거든."

"너!!"

소녀가 몸을 일으키며 소리를 질렀다. 그러나 뒤통수를 두터운 손이 눌렀다. 이마가 바닥과 부딪혔다.

"고개 들게 해. 보게 해야지."

이번엔 고개가 들렸다. 그다음 보인 것은 이쪽을 보는 소녀의 눈. 크게 부릅뜬 눈동자가 소년과 마주친 순간, 소녀는 시선을 피했다.

보면 안 돼.

소년도 시선을 피했다. 봐서는 안 됐다. 그것이 지금 자신이 할 수 있는 일이었다.

"뭐야, 처녀였어?"

웃음이 터지고, 사이사이 억눌린 신음소리가 들렸다. 보지 않으려고 했다. 머리카락을 잡아당겨 고개를 들게 해도, 뺨을 때려도, 억지로 눈을 뜨게 해도, 시선을 피할 수는 있었다.

그게 최대한의 저항이었다.

저녁이었다.

소녀의 방이었다. 소녀는 침대 앞의 의자에, 소년은 벽에 붙은 소파에 앉아 있었다.

아무 말도 없었다. 마법으로 밝힌 광원은 흔들리지도 않았다. 방에선 아무 냄새도 나지 않았고 아무 소리도 나지 않았다. 숨소리조차 없었다. 그저 가만히 앉아 있었다.

"네 방으로 가서 자."

소녀가 말했다. 소년은 반응이 없었다.

"자도록 해. 밤이 깊었어."

"…옆에 있으면 안 돼?"

소년이 겨우 말한 순간, 소녀는 인상을 찌푸렸다. 소녀는 자리에서 일어나더니 소년에게 다가갔다. 시선 끝에서 보이는 소녀의 발끝에 소년이 흠칫거렸다.

"…다가오지 마."

소녀는 다가갔다. 천천히, 느리게, 그가 두려워하는 것을 보며 다가갔다.

그리고, 손을 얹었다.

"…제발."

소녀의 손이 닿은 순간, 소년의 목울대가 크게 울렸다. 소녀는 천천히 그의 목을 쓰다듬었다. 소년의 몸이 떨렸다. 소녀는 소년의 턱 밑에 손을 댔다. 소년의 숨이 떨렸다. 소녀는 그의 턱을 밀어 올렸다.

소년의 눈이, 소녀의 차가운 눈과 닿았다. 몇 초 정도 그러고 있었을까.

"우욱."

헛구역질이 올라왔다. 소년은 입을 가리며 고개를 숙였다.

"…이러면서 옆에 있고 싶어?"

"아니, 이건…."

"뭘 보고 싶어서 같이 하룻밤을 보내겠다는 거야? 고통을 곱씹으면서 자기 연민에 취하고 싶어?"

"그게 아니라!"

소년이 고개를 흔들어 자신을 붙잡은 소녀의 손을 치웠다. 소녀를 보지 못한 채, 소년이 말했다.

"그럼 약속해."

"뭘."

"자살하진 않겠다고."

"하. 나 참."

소녀가 어이없다는 듯이 웃었다.

"별 쓸데없는 걱정을 다 한다. 그게 걱정되면, 내일 언니가 놀러 올 수 있게나 해 줘."

"…알았어."

"그리고 나는 네 꼴을 보면 잠을 못 잘 거 같아. 그러니까 날 위해서 사라져줘."

소년은 잠시 말이 없었다. 곧 그는 조용히 자리에서 일어나 자신의 방으로 갔다.

방은 차갑고 조용했다. 소년은 침대 위에 앉았다. 아무 생각도 들지 않았다. 온통 적막이고 온통 공허였다. 모든 것이 휩쓸고 지나간 그 한가운데에서.

"라드리건! 라드리건!"

갑자기, 소녀의 목소리와 함께 문 두들기는 소리가 들렸다. 소년은 재빨리 일어나 잠긴 문을 열었다. 거기엔 뺨에 젖은 소녀가, 숨을 몰아쉬며 서 있었다.

"혼자 두지 마."

"알았어."

어떻게 해야 할지 몰랐다. 서로 떨어져 앉은 채, 쳐다보지 않고 한마디도 나누지 않으며 앉아 있었다. 그냥 서로를 혼자 두지만 않았다. 그대로 날이 밝았다.

◆❖◆❖◆

날이 지나며 조금씩 나아졌지만, 여전히 소년은 소녀의 얼굴을 보면 간혹, 아주 드물게 헛구역질을 했다. 소녀는 얼굴을 찌푸렸지만, 그것이 자신이 감당해야 할 몫이라고 생각했다.

그것을 소년도 어느 정도 감당해야 한다고 생각하게 된 것은, 한 달이 더 지나 가을에 들어섰을 때였다.

"합방하자."

밤, 방에 찾아온 소녀가 말한 순간 소년은 눈에 띄게 동요했다.

"왜, 싫어?"

"누가 친구하고 그런 걸 해."

"너 전설이나 전승 같은 거랑 친하지 않구나."

전승에 보면 전사들의 우애랍시고 육체관계를 나누는 내용이 자주 나온다. 이비아네라는 오래전부터 무를 숭상하는 나라였고, 과거에는 무가 너무 숭상되다 보니 그런 전설이 꽤 흔하게 전승되었다. 싸우다가 서로의 기량에 감탄해 관계를 가진다든가…. 물론 아이들에게는 그런 전설을 좀 생략해서 들려주기 마련이다.

"일단 부부기도 하고."

"우리에게 아이를 가지라는 압박이 들어오는 것도 아닌데 상관없 잖아."

"월경할 날짜가 지났어."

소녀가 말했다. 소년은 잠시 그 말이 무슨 뜻인지 이해하지 못했 다. 소녀는 한숨을 내쉬며 설명했다.

"임신한 거 같아."

그렇다면, 역시 그 일로 인해ㅡ.

"ㅡ우욱."

순간, 소년이 헛구역질했다. 소녀가 걱정하는 표정으로 붙잡은 순간, 소년은 더욱 심하게 헐떡거렸다. 자신을 밀어내려는 손길에, 소녀는 순간 울컥하는 표정을 짓더니 소년의 멱살을 움켜쥐었다.

"적당히 좀 해. 내가 그렇게 역겨워?"

"칸젤리타."

"내가 그렇게 더러워?! 어?!"

소녀가 소리치며, 소년의 멱을 흔들었다.

"아니. 칸젤리타. 그런 게 아니야. 나는…."

"역겨워서 미쳐 버릴 거 같아? 그러면 너는 뭔데. 그거 다 지켜 보고 있었던 너는 뭔데 날 보고 헛구역질을 해?!"

"그게 아니라!"

다음. 뒤통수가 찡하게 저려왔다. 소년을 벽에 밀친 소녀가 이를 갈며 말했다.

"아니면 뭔데?"

"그건."

그냥, 견디기가 힘들어서. 그 상황이 떠오르면 너무 힘들어서.

"뭐든 상관없어."

소녀가 목장식을 떼어 냈다. 소년의 겉옷도 벗겨냈다. 소년은 소녀의 손길을 막으려고 했다.

"잠깐, 이래야 할 필요가…."

"임신 초기에는 관계를 삼가라더라."

소녀가 자신을 거절하는 소년의 손을 뿌리치며 말했다.

"유산할 수 있다고."

소녀는 소년의 몸을 돌려 침대를 향해 밀었다. 몇 번 뒷걸음질 치던 소년의 몸이 침대에 툭 떨어졌고, 소년은 자신의 몸 위에 올라탄 소녀를 보고 숨이 가빠짐과 동시에 정신이 희미해짐을 느꼈다.

"못 견디겠으면 눈 감아. 전부 알아서 할 테니까."

소녀의 손이 소년의 눈을 감겼다. 어둠에게 감싸여 소년이 작게 신음했다.

마치 서로를 갉아먹는 듯한 교합이었다.

어쩌면 그건 싸우는 걸 수도 있고, 어쩌면 쌓아 두었던 독기를 풀어내는 것 같기도 했다. 어디 가지도 못하는 감정이 서로를 향해 터지는 것 같았다. 그래서, 우리는 이제 완전히 같아졌구나.

그렇게 생각했다. 왠지 위안이 되었다.

서로를 상처입히는 듯한 관계를 계속, 무언가에 쫓기듯 반복해가졌다. 육체적으로도, 정신적으로도 한계가 올 때까지 서로를 몰아붙였다. 핏방울이 몇 번 비쳤지만, 월경은 시작하지 않았다. 약도 몇 번 썼다만, 배는 계속 불러 왔다. 배가 부른 것이 눈에 띌 때 즈음엔 서로 포기했다.

　처음, 임신을 축하한다는 선물이 5위 황자에게서 들어왔다. 이건 무슨 농간인가? 어차피 진실은 다들 알고 있을 텐데 말이야. 소년의 분노가 기세를 모르고 치솟았다. 소녀가 그를 달래듯이 다독이며 말했다.

　"유산하기엔 그른 거 같아. 유산이 안 되면, 낳아서 죽이는 게 쉬울 수도 있긴 해."

　낳아서 죽인다는 말은 왜인지 섬뜩하게 들렸다. 사실 그쪽이 처리는 쉽겠다만.

　"…기르자."

　소년이 소녀를 쳐다보며 말했다.

　"그냥, 이렇게 된 거…. 낳아서 길러 보자."

　"제정신이야?"

　"난 자식 가질 생각 없어. 하지만 그건 네 자식이기도 하니까."

　"난 내 자식으로 받아들인 적이 없어서 모르겠는데."

　소녀의 미간이 구겨졌다.

　"네 처지랑 비슷해서, 연민이라도 들어?"

　그건 사실 정답이었다. 소년은 조용히 시선을 피했다. 소녀는 한숨을 내쉬었다. 소녀의 언니는 아무것도 모르고 이제야 들어선 미래의 조카를 반겼다. 소녀는 일주일 정도 고민하더니 말했다.

"낳아 두는 게 좋겠어."

어쨌든 아이가 없으면 흠을 잡힌다는 것이 소녀의 말이었다.

❈❈❈

난산이었다.

아이가 거꾸로 들어선 것 아닌지, 간혹 황궁의 의사들이 우려를 표하기는 했다. 그래서 돌아선 아이를 제대로 앉힐 수 있는 법도 이것저것 시험해 보았다. 그러나 아이는 발부터 나왔다.

진통이 길어졌다. 소녀는 탈진과 실혈로 사망했고, 아이 역시 죽었다.

피가 너무 많았다. 소년은 문이 열린 순간 훅 불어닥친 피 냄새에 모든 것을 잊어버렸다. 그 피 냄새가 이미 죽음의 냄새였다. 산파와 어의가 말하지 않아도 이미 죽은 것을 알 수 있을 정도로 명징한 냄새였다.

바닥까지 적신 피는 지나치게 선명했다. 그 가녀린 몸에서 뭐 저리 많은 피가 나온단 말인가?

소년은 서 있었다. 모든 것이 지나치게 선명하게, 온몸의 감각을 깨우고 있었다.

"저하."

하지만 소리만은, 들리지 않았다.

듣고 싶지 않았다. 하지만 진실은 귀를 가린다고 해서 사라지지 않는 법이다.

소녀는 아이를 낳다 죽었다. 아이는 어떻게 가졌나? 형제들이 강간해 가졌다. 형제들은 왜 자신의 부인을 강간했나? 그것은 자신을 괴롭히기 위해 그랬다. 그들은 왜 자신을 괴롭혔나? 괴로우라고.

괴로워서, 죽으라고.

"아."

소년은 깨달았다. 이건 처음부터 이것을 목적하고 벌어진 일이었다. 그들은, 처음부터 소녀를 죽이려고 했다. 죽이려고 임신시키고, 아이를 낳게 만들었다. 그러니까 축하 선물을 보낸 것이다. 드디어 그녀가 죽을 것이 기뻐서.

"아, 아…"

소녀가 죽어서, 자신이 괴로워하는 것을 보려고.

"이건…"

소년의 손이 떨렸다.

"살해당한 거야."

"예?"

산파가 되물었다. 소년은 소리쳤다.

"타살이라고. 살해당한 거라고, 칸젤리타는!!"

소년이 소리 질렀다. 온몸이 떨렸다. 두려웠다. 저렇게 생각지도 못한 방식으로 살해당할 수도 있으니 또 다른 방식도 존재하지 않겠는가. 또 두려웠다. 아무것도 지켜내지 못한 게 두려웠다. 더욱 더 두려웠다. 아무에게도 진실을 말할 수 없다는 것이 두려웠다.

홀로인 것이, 두려웠다.

살아남아야 했다.

살아남아서 전부 죽여 버려야 했다. 전부 없애 버려야 했다. 오직 그 원망만이 소년을 움직였다.

소년은 형제에게 다가가 조용히 속삭였다.

4황자가 공작과 만나던데요. 9황자가 분장하고 궁 밖으로 나가던데요. 아무도 소년을 의심하지 않았다. 서로 의심하는 형제들은 상대가 자신의 목에 칼을 겨눌까 두려워하며 상대를 견제했다. 소녀의 언니는 그를 도와 몇 명의 일꾼을 만들었다. 물밑에서, 소년은 조용히 판을 흔들었다.

정말 얼마나 공들인 판이었던가. 소년은 이제 청년이 되었다. 청년은 긴 밧줄을 쥐고 걷고 있었다. 그 끝에 무언가 질질 끌려가며 땅에 길게 자국을 남기고 있었다. 그것은 청년이 정말 오래 공들이고 기다렸던 판에서 수확한 열매였다. 열매는 가끔 신음하고, 돌길에 부딪히면 비명을 지르기도 했다.

"다 왔어요. 다 왔어."

청년은 작게 말했다. 눈앞에 오랜 기간 비워 두었던 그의 거처가 보였다. 이제 그는 그곳에 살지 않는다. 청년은 문을 열고 들어가며 자신이 어린 시절 심어 두었던 나무를 둘러보았다. 자두나무의 잎사귀가 싱그러웠다. 감회에 젖으며 청년은 천천히, 정원을 둘러보며 건물 안으로 들어갔다.

이 복도가 이런 모습이었나.

"다 모여 있으니 이게 가족 모임이죠."

응접실 문을 활짝 연 청년이 말했다. 안에는 묶인 사람들이 여섯 명 정도, 꿈틀거리고 있었다.

"안 그런가요, 형님?"

배가 다 긁혀 핏덩이가 된 과거의 황태자는 신음소리만 냈다. 대답을 하고 싶어도 입이 막혀 있어 대답할 수 없었을 것이다. 그는 형제의 멱을 붙잡아 응접실 안에 던져 넣었다.

"기억나십니까? 아니, 한 일이 많아서 기억도 나지 않으시겠지만…."

청년은 검을 뽑았다. 차갑게 빛나는 검날에 모두 숨을 죽였지만, 청년은 별로 신경 쓰지도 않는 눈치로 형제의 겨드랑이에 칼을 댔다.

"저는 간혹 기억이 나더군요. 그래서."

"흐읍!!"

아무렇지도 않게 왼쪽 팔이 잘려나갔다.

"그때마다 이렇게 하는 게 좋을 것 같았습니다."

오른쪽 팔. 오른쪽 발. 왼쪽 발. 잘린 틈 사이에서 피 냄새가 났다. 허벅지를 깊이 베자 피가 마치 분수처럼 솟아나와 바닥을 적셨다. 청년이 익히 아는 죽음의 모습이었다.

청년은 자기 발을 적시는 핏줄기를 쳐다보았다. 곧 청년은 자신의 부인이 죽은 이후 늘 걸고 다니던 목걸이를 벗어 피의 강 한가운데에 내려놓았다. 하얀 뼛가루가 든 병 모양의 하얀 펜던트가 이 피에 젖어들었다.

"이제 제 할 일은 끝났군요."

청년은 차가운 표정으로 문 밖으로 나왔다. 그의 수하들이 문 밖에서 대기하고 있었다.

"태워."

"…괜찮겠습니까."

소녀의 언니였다. 청년은 흘끔 곁눈질로 기실네어 궁을 쳐다보았다.

"예전부터 태우고 싶었어."

"알겠습니다."

궁 사방에서 불이 붙기 시작했다. 청년은 조금 떨어진 곳에서 어린 시절을 보냈던 궁이 타는 것을 지켜보았다. 모든 끔찍한 것이 타오르고 있었다. 기억하고 싶지 않은 것들이 사라지고 있었다. 뜨거운 불길이 모든 것을 정화했다. 죄고 뭐고, 이제 청년과는 일체 상관없었다.

봄은 끝나고, 여름이 시작되는 때였다.

후기

이 이야기는 따뜻한 남쪽 나라에서 집필되었습니다.

그렇습니다. 저는 미세먼지를 피해 따뜻한 남쪽 나라로 간 것입니다…. 물론 후기를 쓰는 지금은 한국입니다.

한글을 알아보는 사람이 없는 나라에서 한글로 공공장소에서 음란한 소설을 집필했다고 하면 굉장히 공연외설적인 느낌이 드는데요, 저에게도 선량한 마음이라는 것이 있어서 남의 시선에 닿지 않는 자리에 앉아서 집필했습니다.

공기가 맑은 건 정말 중요하더군요. 귀국한 후에도 미세먼지가 나쁨 이상인 날에는 움직이지 못했습니다. 장기적으로 어딘가에 탈출 거점을 마련해야 하는 거 아닌가 생각 중입니다.

먼저, 오랜 시간을 기다려주신 분들께 감사드립니다.

〈세계 평화를 위한 유일한 방법〉은 인터넷에서 12년에 연재했고, 출판은 14년부터 이루어졌습니다. 현재 20년이고 6권짜리 소설치고는 너무 오래 걸렸죠. 심지어 저는 이 사이에 13권짜리 소설까지 썼고요.

변명할 게 있느냐고 한다면 없는 건 아닌데, 그건 솔직히 제 개인 사정이고 제 마음의 문제여서 그걸로 이해를 원하는 건 염치가 없는 거 같습니다.

그저 기다려주신 분들, 그리고 제게 물심양면으로 독려해주신 분들께 감사드릴 뿐입니다. 많은 망설임이 있었습니다만, 그래도 어쨌든 그런 분들 덕분에 무사히 여기까지 올 수 있었다고 생각됩니다.

이제 제가 바라는 것은 그저 여러분께 이 이야기가 한순간의 즐거움을 줄 수 있기를 바라는 것입니다.

그리고 워낙 오래 쓴 이야기라 편집자님도 한 번 바뀌었는데, 전 편집자님과 현 편집자님, 또 이 긴 시리즈에 고통받으신 가지구이님께도 사과와 감사의 말씀을 전하고 싶습니다. 함께해주셔서 감사합니다.

3권에서 짧게 말했지만, 제가 이 소설을 쓰기 시작한 건 상태가 꽤 안 좋은 때였습니다(돌이켜 생각해보면 그 후기 쓸 때도 딱히 좋은 상태는 아니었던 거 같습니다). 남의 웃음에 위안을 얻은 때였고 계속 그랬지만 이 소설을 끝낸 지금, 저는 여러 가지를 거쳐서 굉장히 괜찮아졌습니다. 물론 괜찮아지려고 노력했으니 그렇게 된 거긴 한데요.

제가 여러분의 웃음에 위안 받았듯 여러분께 역시 이 이야기가 한순간의 위로가 된다면 좋겠습니다. 덮고 그 이후에는 영원히 잊어버리더라도 지금 이 짧은 한순간을 즐겁게 해 주었다면 좋겠습니다. 그러기 위해서 쓴 이야기니까요.

어쨌든 끝났습니다! 초기에 계획했던 그대로까지는 아니어도, 생각했던 대로 완결을 맺었고 신은 이 세계를 떠났습니다. 그리고 휘빈이는 자유예요! \(ovo)/

이 세계에 머물러 주셔서 감사합니다.

다음 스테이지에서도 뵐 수 있다면 기쁘겠습니다. 그때까지 행복하세요.

김휘빈 드림.

초기 시안

중간 시안

비하인드 스토리

초기 시안

최종 시안

세계 평화를 위한 유일한 방법 6

초판 1쇄 발행 2020년 02월 28일

저자 김휘빈
그림 가지구이

발행인 원종우
발행처 이미지프레임

주소 경기도 과천시 뒷골 1로 6
영업부 02-3667-2653 **편집부** 02-3667-2654 **팩스** 02-3667-2655
메일 alicenovel@imageframe.kr **웹** alicenovel.com

ISBN 978-89-6052-024-0 02810